DEIN BLICK AUF MEINER HAUT
Gabriella Queen

DEIN
Blick
AUF MEINER
HAUT

VOR DER WEBCAM ist Finn in seinem Element. Es ist eine bunte Welt aus weicher Bettwäsche, neckischen Toys und provokanten Posen, in der er sein Geld verdient. Die Männer vor den Bildschirmen lieben ihn … und bis zu einem schicksalhaften Tag beruht das auf Gegenseitigkeit.

Eine einzige Nacht zerstört nicht nur seine Karriere, sondern auch Finns Leben. Der ehemals fröhliche und lebhafte Camboy zieht sich vollkommen zurück, verlässt das Haus kaum noch und will am liebsten nie wieder von irgendjemandem gesehen werden.

Bis Milan neben ihm einzieht und dem verwilderten Garten, der auch Finns Grundstück wie eine Schutzmauer umgibt, den Kampf ansagt. Finn spürt, dass er sich nicht für immer verstecken kann - nicht vor der Welt und schon gar nicht vor seinen Gefühlen für Milan.

GABRIELLA QUEEN schreibt Geschichten, die Grenzen überwinden. Damit sind nicht nur Genre-Grenzen gemeint, sondern vor allem die Grenzen in unseren Köpfen. In ihren Romanen geht es um Vielfalt, ums Anderssein, und um Liebe in allen Formen und Farben.

Sie lebt mit Partner und Hund in einer Kleinstadt in der Nähe von Berlin und liebt abseits des Schreibens vor allem Rockmusik, Achterbahnen und Videospiele.

Für alle, die wissen,
wie sehr Blicke wehtun können.
Und für alle, die wissen,
wie schmerzhaft es sein kann,
nicht gesehen zu werden.

Bibliografische Information der Deutschen Nationalbibliothek: Die Deutsche Nationalbibliothek verzeichnet diese Publikation in der Deutschen Nationalbibliografie; detaillierte bibliografische Daten sind im Internet über dnb.dnb.de abrufbar.

Die automatisierte Analyse des Werkes, um daraus Informationen insbesondere über Muster, Trends und Korrelationen gemäß §44b UrhG („Text und Data Mining") zu gewinnen, ist untersagt.

Verlag: BoD · Books on Demand GmbH, In de Tarpen 42, 22848 Norderstedt
Druck: Libri Plureos GmbH, Friedensallee 273, 22763 Hamburg
Illustration: Mai Khanh Huynh, www.instagram.com/mai.kh4
Covergestaltung: Casandra Krammer, www.casandrakrammer.de

ISBN: 978-3-7597-7697-6

Inhaltswarnung: Alkoholkonsum, körperliche Gewalt, psychische Gewalt, Amputation, Trauer, Angstzustände, explizite Erotik

KAPITEL 1

HÄTTE FINN GEAHNT, dass es dieses bescheuerte Paar Schuhe im Schaufenster war, das diesen Tag zu dem Tag machen würde, der alles veränderte, dann hätte er einen weiten Bogen um die Einkaufspassage gemacht.

Aber da standen sie auf einem blank polierten Sockel aus Marmor und fingen seinen Blick ein. Gleißend weiße Sneaker mit honigfarbenen Sohlen. Die Schnürsenkel waren so schick und filigran in ihrem sanften Grau, dass sie eher wie ein Design-Element wirkten, und nicht wie der tatsächliche Verschluss.

Finn war stehen geblieben und spähte durchs Schaufenster, bemerkte kaum, dass sein Kumpel ihn fast verloren hätte.

„Stimmt, die sehen geil aus", sagte Louis und drehte den Schirm seines Cappys nach hinten. „Hab' ich heute früh schon auf dem Hinweg gesehen. Ziehen alle Blicke auf sich." Er lachte.

„Oh ja", stimmte Finn ihm zu und blickte kurz an sich herab. Seine eigenen Sneaker waren reichlich abgetreten, vorn löste sich schon ein Stück der blauen Sohle. Aber er liebte die Dinger einfach und sie waren verdammt teuer gewesen - er hatte über die Hälfte seines Semesterferienjob-Gehaltes in sie investiert. Obwohl er vorsichtig mit ihnen umging, würden sie nicht mehr lange halten, wie ihm schmerzlich bewusst wurde.

Louis legte ihm beide Hände auf die Schultern. „Reingehen und anprobieren?"

Finn lachte und entwand sich seinem Griff. „Damit ich sehe, wie gut sie passen, und noch frustrierter bin, weil ich sie mir nicht leisten kann?"

„So ungefähr", erwiderte Louis und machte eine Kunstpause. Das machte er oft. Finn hörte an der Art, wie er die letzte Silbe langzog, dass da noch etwas kommen würde, und wartete geduldig. „Oder du siehst es als Anreiz, dich lukrativ zu betätigen."

Finn schnaufte. „Ich kann außerhalb der Semesterferien nicht arbeiten. Meine Mutter braucht im Moment ziemlich viel Unterstützung und bald stehen die Abschlussprüfungen an."

„Ich mein' ja nicht Kellnern oder Pakete packen, sondern lukrative Betätigung."

Finn runzelte die Stirn. Er wurde nicht schlau aus Louis' Tätigkeitsbeschreibung - auch nicht, wenn er es nochmal mit diesem seltsamen Unterton wiederholte.

Louis drehte sein Cappy wieder andersherum, legte einen Arm um seine Schulter und senkte die Stimme verschwörerisch. „Wenn du wirklich Bock hast, erzähl' ich dir, wie ich mir die geleistet habe", sagte er und hielt Finn sein Handgelenk vors Gesicht, an dem eine nigelnagelneue Uhr im Sonnenlicht vor sich hin blitzte.

Das smaragdgrüne Ziffernblatt erkannte Finn sofort, auch wenn er definitiv kein Uhrenkenner war. Louis hatte ihm monatelang von dieser Uhr vorgeschwärmt. Wenn das reichte. Und auch den Preis kannte Finn.

„Glückwunsch!", rief er aus und fasste nach Louis' Hand, um sich das gute Stück genauer anzusehen. „Sie ist wirklich schick."

„Ich weiß", sagte sein Kumpel und Finn hörte das stolze Grinsen, auch wenn er es gerade nicht sehen konnte. "Und weil ich gerade so happy bin, weihe ich dich in mein Geheim-

10

nis ein … damit du dir auch einen kleinen größeren Wunsch erfüllen kannst, na was sagst du?"

„Klingt fast zu gut, um wahr zu sein. Muss ich mir dafür Organe entnehmen lassen?"

Louis prustete. „Nein, Kleiner, keine Sorge. Es ist easy. Du brauchst auch nicht viel. Ein bisschen Mut und einen kleinen Hang zum Exhibitionismus vielleicht, aber den hast du ja eh."

Finn merkte, dass Louis ihn über ihr Spiegelbild im Schaufenster hinweg ansah und erwiderte seinen Blick. Ein aufgeregtes Prickeln durchfuhr ihn. Louis grinste so breit und selbstsicher, als habe er die Lösung für alle Probleme des Lebens gefunden, und Finn wollte wissen, worum es dabei ging.

„Komm mit zu mir, ich zeig's dir."

Ihm klopfte das Herz bis unters Kinn, als Louis den Vorhang zurückzog, der einen kleinen Teil seiner Einzimmerwohnung vom Rest abtrennte. Finn wusste nicht, was er dahinter erwartet hatte, aber als er das Bett und den Schreibtisch sah, war er nicht geschockt, sondern nur irritiert.

Louis kniete sich auf die Matratze und startete den Rechner. Zwischen Bett und Schreibtisch war gar kein Platz für einen Stuhl, sie standen direkt nebeneinander.

Finn war noch nicht oft hier zu Besuch gewesen, aber er erinnerte sich daran, dass das nicht immer so gewesen war. Und noch etwas schien verändert. Oben am Monitor klemmte eine Webcam.

„Online-Nachhilfe?", fragte er und schaute seinem Kumpel über die Schulter, während der den Browser öffnete.

Louis lachte. „Nein, nicht so ganz. Lukrativer. Pass auf."

Die Website, die sich öffnete, gehörte ganz eindeutig nicht zu einem Lernportal. Eine Art Fotogalerie erschien. Nein, keine Fotos, Videos, kurze Sequenzen, die sich immer wiederholten. Finn runzelte die Stirn. Acht nackte bis halbnackte Typen blickten ihm entgegen, winkten, zwinkerten ihm zu oder bedeuteten ihm mit gekrümmtem Zeigefinger, dass er näherkommen sollte.

„Was … ist das?"

„Tu nicht so, als hättest du sowas noch nie gesehen." Louis stieß ihn an.

Finn musterte das Banner, das über allem thronte. *Camboy-Heaven, coming just for you.*

„Im Ernst jetzt … du bist ein Camboy? Und damit hast du die Uhr bezahlt?", fragte er und blickte zwischen seinem Kumpel und dem Bildschirm hin und her. Louis war kein Kind von Traurigkeit und er spielte gerne Spielchen, aber … sich vor eine Kamera setzen und fremde Kerle dabei zusehen lassen, während man an sich rumspielte?

„So sieht's aus, Kleiner. Ich geh richtig ab. Die alten Säcke stehen total auf meinen Skater-Style. Wenn ich auf Sendung gehe, klingelt die Kasse." Er drehte den Schirm seines Cappys nach hinten. „Hab lange nach einem guten, bequemen Job gesucht. Ehrlich, das ist perfekt. Von zu Hause aus, freie Zeiteinteilung … und wichsen tust du sowieso, also von daher." Er grinste wieder und klickte auf eine Schaltfläche.

In Finns Kopf schwirrten wilde Gedanken umher. Gedanken über Sex und Geld und alte Säcke, die ihn irgendwie unruhig machten. Er wusste noch nicht, ob auf die gute oder auf die schlechte Art. Irgendwie wirkte das Ganze so surreal. Er starrte weiter auf den Bildschirm und folgte den Bewegungen des Mauszeigers.

„Guck hin, ich erzähle keinen Mist. Das hier ist meine Abrechnung vom letzten Monat. Das hab ich verdient."

Finn musste sich räuspern. Da stand ein vierstelliger Betrag, und wenn er sich recht erinnerte, hatte Louis letzten Monat in keiner Vorlesung gefehlt oder irgendwie müde gewirkt. Im Gegenteil - er war richtig gut gelaunt gewesen, obwohl es auf die Prüfungen zuging.

„Und das war nur mein erster Monat. Ich fang' gerade erst an." Er lachte.

„Was machst du da so? Wenn du vor der Kamera bist?"

„Privatsache", sagte Louis trocken, prustete dann aber los und klickte eine neue Seite an. „Pass auf, ich schicke den Einladungslink an deine Mail-Adresse und du meldest dich an. Und dann erklär ich dir Schritt für Schritt, wie ich's gemacht hab. Das wird richtig geil. Lebensverändernd, glaub mir."

Eine Woche später packte Finn seine erste eigene Webcam aus. Sie kam in einem kleinen quadratischen Karton und sah nicht nach viel aus. Louis hatte sie ihm geschenkt und es als Investition in seine Karriere bezeichnet.

Finn befreite sie von Folie und Papier und schloss sie an seinen Computer an. Er steckte sie oben auf seinen Monitor, wie er es bei seinem Kumpel gesehen hatte und die Kamera-Anwendung öffnete sich schon ganz von selbst. Nun sah er sich selbst auf dem Monitor. In HD-Auflösung.

Finn schob den Stuhl beiseite und ging ein Stück rückwärts. Seine Ein-Zimmer-Wohnung war nicht gerade die perfekte Kulisse für eine Cam-Show. Und es gab noch ein anderes Problem: Sein Sofa stand an der anderen Wand und das hatte auch seinen Grund. Er würde nicht den ganzen Fernseher samt Haltung abmontieren, nur damit er sich auf seinem Bett präsentieren konnte.

Finn atmete durch, als ihm klar wurde, dass er es gerade schon in Gedanken formuliert hatte, als stünde das alles schon fest. Dabei war er sich noch gar nicht sicher, ob er das wirklichen tun würde. Klar, das Geld, und so weiter, aber … irgendwie war es auch eine große Sache, sich nackt im Internet zu präsentieren. Oder vielleicht auch nicht. Vielleicht war er auch nur naiv. Vielleicht ging er irgendwann live und kein Hans-Albrecht interessierte sich für ihn.

Okay, egal, er hatte jetzt diese Cam und er würde es zumindest mal antesten. Er steckte eh schon zu tief drin. Louis war total angefixt von der Aussicht, ihn quasi zu seinem Kollegen zu machen. Stundenlang hatte er ihm davon vorgeschwärmt, wie sie das Leben leben würden. Finn schnaufte belustigt, stemmte die Fäuste in die Hüften und sah sich in seiner Einzimmerwohnung um.

Sein Blick fiel auf den Sessel, der schräg neben ihm stand. Der Lieblingsplatz seiner meisten Besucher. Ein schicker, alter Sessel, den er vom Sperrmüll gerettet hatte. Den Riss im Polster hatte er für ein paar Euro flicken lassen und jetzt war das gute Stück das Juwel in seinem Wohn-Ess-Schlafzimmer.

Finn strich über die Lehne und von dort aus über die Armpolster. Schließlich drehte er ihn um und zog ihn ein Stück zu sich, damit er zentraler im Kamerabild stand. Dann wandte er sich zur Kamera um und nahm darauf Platz wie ein König auf seinem Thron. … Na gut, wie ein ungekrönter, etwas zögerlicher König.

Aber was er auf dem Monitor sah, gefiel ihm. Wenn er die Kamera noch ein bisschen nach oben bog, wäre der Bildausschnitt perfekt. Der Sessel würde seine Bühne sein. Oder sein Spielplatz. Oder sein Set? Keine Ahnung, wie man seinen Arbeitsplatz in der Szene nannte.

Nun fehlte nur noch das Publikum.

KAPITEL 2

ALS MILAN AUF die Veranda hinter dem Haus trat, und das morsche Holz unter seinen Füßen ächzte, musste er an Dornröschen denken. Nicht direkt an die Prinzessin, aber an ihr Schloss und den wuchernden Garten. Vor allem an den Garten. Für Prinzessinnen hatte er nicht wirklich viel übrig.

Vor ihm erstreckte sich ein sechzig Quadratmeter großes Grundstück. Allerdings wirkte es mit den mannshohen Disteln, Brennnesseln, wildem Getreide und all den anderen Gewächsen viel kleiner. Von hier aus konnte er nicht einmal die Zäune sehen, die seinen Garten von denen der Nachbarn abgrenzten.

„Viel zu tun", murmelte Milan und stemmte die Fäuste in die Hüften. „Aber ich freu mich drauf."

Er hatte sich auf den ersten Blick in das Haus verliebt. In die Backsteinfassade, die dunkelblauen Fensterrahmen und das Walmdach. Aber viel mehr noch in den Flair, den es verströmte. Das Gefühl, das es ihm gab, wenn er sich durch die Räume bewegte. Die Art, wie sich das Licht der Abendsonne auf den Fensterbänken spiegelte. Er konnte nicht sagen, was genau es war, aber er hatte sich hier vom ersten Moment an wohlgefühlt.

Im Flur standen ein Karton und ein Jutebeutel mit Materialien und Werkzeugen, die er für seine Arbeiten hier brauchen würde. Arbeitshandschuhe, Schippe und Spaten, eine Astschere und allerlei andere hilfreiche Dinge, die der freundliche Kundenberater aus dem Baumarkt ihm empfohlen hatte. Vermutlich waren es mehr Sachen, als er brauchen würde. Er könnte jedem Gerät einen Namen geben, ein Bier hinstellen und am Abend, nach gemeinsam getaner Arbeit mit ihnen grillen.

Milan schmunzelte über den Gedanken, streifte sich die Handschuhe über und begann damit, die ersten Unkrautpflanzen aus dem Erdreich zu ziehen. Einige der Gewächse streckten sich so hoch, dass sie sein Kinn kitzeln konnten und Milan hielt einen Moment inne und drehte sich einmal um sich selbst. Er stand im Urwald. Ein Urwald am Stadtrand. Das Motorendröhnen eines Autos drang aus der Ferne an seine Ohren, aber das Rauschen der Gräser war lauter. Um ihn herum zirpte und sirrte es. Der Sommer lag in seinen letzten, lauwarmen Zügen.

Lächelnd setzte er seine Arbeit fort. Er hatte sich immer einen großen Garten gewünscht. Von einem eigenen Haus ganz zu schweigen. Natürlich musste er es noch abzahlen, aber vorerst durfte es sich schon so anfühlen, als sei es wirklich seines.

Stück für Stück und Strunk für Strunk arbeitete er sich voran. Das würde seine Zeit dauern. Er wischte sich mit dem Handgelenk den Schweiß von der Stirn.

Je mehr er freilegte, umso mehr konnte er erahnen, wie der Garten früher mal ausgesehen hatte. Zwischen den Löchern, die die ausgerissenen Wurzeln hinterließen, tauchten kleine Trittsteine auf. Beetumrandungen. Tonscherben.

Milan warf Steine und Schutt in einen Eimer. Er würde später sowieso alles umgraben müssen.

Langsam sank die Sonne und nahm die Wärme mit. Aber Milan wollte erst wieder hineingehen, wenn er den Zaun erreicht hatte.

Ein Schrillen unterbrach seine Arbeit. Es war das erste Mal, dass er die Klingel von hier draußen hörte. Sein erster Besuch sozusagen. Er marschierte zurück nach drinnen und lief zur Tür. War das schon das Empfangskommittee der Nachbarschaft?

Er öffnete die Tür und begegnete seinem Gegenüber mit einem Lächeln. Dort stand ein Mann um die vierzig. Rechteckbrille, schmale Lippen, hellwache Augen. Der Fremde nickte freundlich.

„Guten Abend, entschuldigen Sie die Störung. Mein Name ist Hanno Behneke und ich bin Journalist. Hier ist meine Karte." Milan nahm die Visitenkarte entgegen und fuhr mit dem Daumen über die abgerundeten Kanten.

„Was kann ich für Sie tun, Herr Behneke?" Kein Nachbarschaftsbesuch, so viel war klar. Milan hatte früher oft mit Reportern zu tun gehabt. Besonders in der Zeit, die er im Tulala-Tempel, einem noblen Wellnesshotel, verbracht hatte. Dort war ständig irgendjemand auf der Jagd nach Informationen über ihre reichen und berühmten Gäste gewesen.

Behneke trug denselben durstigen Ausdruck auf seinem Gesicht.

„Zuerst muss ich Sie zum Kauf dieses wunderbaren Hauses beglückwünschen. Wirklich nett." Er neigte den Kopf. „Ich bin aber in der Hauptsache wegen Ihres Nachbarn hier. Konnten Sie sich schon kennenlernen?"

„Ich bin vor ein paar Stunden erst angekommen und habe noch niemanden getroffen", erklärte er. Das kam ihm auch komisch vor … wenn er hier neben einem Prominenten eingezogen war, dann hätte der Makler garantiert nicht versäumt, es zu erwähnen. Sowas war doch gut für den Preis. Entweder, Behneke irrte sich, oder es ging nicht um die typische Art von Prominenz. Kein Model, Schauspieler oder Musiker.

„Ach so, verstehe. Ich bin zu früh dran." Behneke lachte. „Na ja, ist mir lieber als andersherum. Hören Sie zu, ich interessiere mich sehr für ein Interview mit Ihrem Nachbarn Finn Wieser. Allerdings ist es sehr schwierig, eines zu bekommen. Er ist pressescheu. Deswegen wäre ich bereit, Ihnen ein nettes Honorar zu zahlen, wenn Sie mir vielleicht ein paar Insider-Informationen geben können. Rufen Sie einfach an, wenn Sie was haben." Behneke tippte auf die Visitenkarte, die Milan in der Hand hielt. „Schönen Abend noch."

*

Finn verbarg sich im Schatten der Vorhangschals. Der weiche Stoff schmiegte sich an seine Seite wie ein Freund, der sich schützend vor ihn stellte. Sein Blick folgte der Person, die den Gehweg entlang schritt und in den alten VW stieg.

Er kannte diese Figuren. Nicht einzeln und mit Namen, aber er wusste, woher sie kamen und was sie wollten. Meistens von Fernsehsendern, manchmal vom Radio oder von Magazinen. Früher hatten sie ihn regelrecht belagert. Seit er sich versteckte kamen sie seltener. Manchmal rief einer an, aber Finn ging schon lange nicht mehr ans Telefon. Wer etwas wollte, sprach auf den Anrufbeantworter … und die Wenigen, mit denen er wirklich reden wollte, besaßen seine Handynummer. Eigentlich waren das nur drei. Seine Mutter, sein Kumpel

Marius und Jolanda, die er in seinem Telefonbuch liebevoll als Sittich-Tante abgespeichert hatte.

Der Kerl mit dem VW hatte seinen Nachbarn besucht. Das Schrillen der Klingel hatte ihn so zusammenzucken lassen, dass ihm der Stift seines Grafiktablets aus der Hand gefallen war.

Warum war dort wieder jemand eingezogen? Es wäre ihm wirklich lieber gewesen, das Haus hätte weiter leergestanden. Natürlich hatte er bemerkt, dass sich etwas tat. Der Makler war immer wieder dort zugange gewesen, mit verschiedenen anderen Leuten.

Wer das Haus letztendlich bekommen hatte, wusste er nicht. Hoffentlich keiner von der Zeitung. Es hätte ihn nicht gewundert, wenn die so weit gegangen wären, neben ihm einzuziehen.

Finn seufzte und verließ seinen Platz am Fenster.

Jetzt ließ ihm der Gedanke keine Ruhe. Der neue Nachbar.

Er stieg die Treppe hinunter und schlich den Flur entlang. In seinem Haus fühlte er sich sicher. Es war sein Schloss, sein Unterschlupf, seine Barrikade gegen die Welt da draußen. Vor allem gegen ihre Blicke.

Deswegen ging er nur ungern in den Garten. Meistens nur ganz früh am Morgen, wenn die Sonne gerade erst aufging. Weil die anderen da noch schliefen und das Licht weich und golden war. Aber es reichte nie, um dem Unkraut Herr zu werden, das dort wütete. Er hätte sich Zeit dafür nehmen müssen, aber er konnte nicht. Letztes Jahr hatte er es nicht mal geschafft, die Kirschen vom Baum zu pflücken, obwohl sie so gut ausgesehen hatten.

Er trat in seine Küche und lugte vorsichtig durch das Fenster. Dieses zeigte zum Garten hinaus, und wenn man sich richtig hinstellte, konnte man einen Teil des benachbarten Grundstückes einsehen.

Tatsächlich hatte sich dort etwas verändert. Da zog sich eine Schneise durch den Unkrautwald.

Finn stolperte zwei Schritte zurück und hielt sich an der Theke fest. Da bewegte sich etwas. Jemand. War das der Nachbar?

Mit klopfendem Herzen wagte Finn wieder einen Schritt nach vorn und duckte sich ein wenig, damit er selbst nicht so leicht gesehen wurde. Dann spähte er nach draußen.

Es war ein junger Mann. Vielleicht Anfang dreißig. Schlank und groß. Viele Details konnte Finn nicht erkennen, weil es schon zu dunkel war und er auch nicht näher heran konnte. Er sah nur die Arbeitshandschuhe und wie der andere sich den Schweiß von der Stirn wischte. Und wie er lächelte. Oder bildete er sich das ein?

Machte ihm die Gartenarbeit Spaß oder freute er sich über den Besuch des Zeitungsmenschen? Ja, wahrscheinlich war es das. Vielleicht hatte ihm der Kerl Geld angeboten, damit er was über ihn rausfand, oder ihm einen Interview-Termin besorgte. Das hatten sie sogar bei seinen Freunden versucht, also warum nicht jetzt auch bei Fremden?

Finn atmete tief durch. „Ich will doch nur in Ruhe gelassen werden", flüsterte er in die Stille seiner Küche hinein. „Ist das so schwer zu kapieren?"

KAPITEL 3

IST DOCH IDEAL." Louis grinste ihm von seinem Monitor aus entgegen. „Na ja, deine Cam könnte besser sein, aber du kaufst dir halt von deinen ersten Einnahmen eine bessere. Aber ich steh auf das mit dem Sessel."

„Ich weiß nicht", sagte Finn und blickte zur Seite.

„Alter, du bist wie die Braut vor der Hochzeit. Oh mein Gott, diese Entscheidung wird mein Leben verändern, tue ich wirklich das Richtige? Was, wenn ich die vielen Euro auf meinem Konto irgendwann nicht mehr liebe?" Er schnaufte. „Probier's doch erst mal aus, Mann. Du hast nur Schiss, weil du's noch nie gemacht hast. Wirst sehen, dass es richtig Spaß bringt. Und wenn nicht – na dann lässt du es wieder. Niemand wird je davon erfahren." Louis grinste. „Außer mir. Offensichtlich."

„Warst du nicht tierisch nervös, bevor du angefangen hast?", fragte Finn und setzte sich in den Schneidersitz.

„Minimal. Das ist sofort weg, wenn die Zuschauer anfangen, mit dir zu chatten. Kannste mir glauben."

Die Zuschauer. Sein Herz schlug schneller, wenn er sich das vorstellte.

„Mach es heute Abend, Finn. Spring' so schnell wie möglich ins Wasser. Wenn du noch zwei Wochen drüber nachdenkst, machst du's nicht. Ich kenn dich."

Finn nickte. Louis kannte ihn wirklich. Es war wie beim Karaoke. Er war anfangs begeistert von der Idee gewesen, auszugehen und das zu machen – und dann, vor Ort, hatte er sich den halben Abend lang darum gedrückt, weil er angefangen hatte, über alle möglichen Szenarien nachzudenken. Hätte Louis ihn nicht auf die Bühne gezerrt, hätte er nie erlebt, wie viel Spaß es machte.

Er musste lächeln, als er an ihre gemeinsame Performance von ABBAs *Lay all your Love on me* dachte.

„Kann ich eigentlich Musik im Hintergrund laufen lassen?"

„Klar, wenns der Show hilft. Aber ehrlich: Mach dir nicht so'n Kopf. Lass es auf dich zukommen. Mach die Cam an und hab einfach Spaß. Dann läuft es auch."

Es war Samstagabend, 22 Uhr. Der Besucherzähler von *Camboy Heaven* zeigte jede Minute eine neue, noch höhere Zahl an. Auf der Hauptseite öffneten sich immer neue Werbefenster, auf denen die Jungs – seine Kollegen – ihre Shows präsentierten.

Er hatte keinen solchen Teaser, aber Louis hatte ihm versichert, dass es auch ohne ging. *Die Leute lieben Frischlinge. Du brauchst keine Werbung.*

Alles war bereit. Der Sessel stand auf dem richtigen Platz, die Cam war perfekt darauf ausgerichtet, das Handy lautlos geschaltet und er erwartete keinen Besuch. Dieser Abend war sein Abend.

Er würde es heute machen. Jetzt. Gleich.

Oh Mann, er war schon lange nicht mehr so nervös gewesen. Das Programm lief schon. Er konnte sich auf dem

Bildschirm so sehen, wie die Besucher. Natürlich war noch niemand da – er musste erst auf *Live gehen* klicken.

Finn schob den Mauszeiger auf die blaue Schaltfläche und atmete durch. Ein Klick ... und seine Show ging los.

Er ließ sich auf den Sessel zurücksinken und starrte auf das Chatfenster und die Zuschauerliste. Zuerst passierte gar nichts. Aber der rot blinkende Punkt oben rechts versicherte ihm, dass er online war.

Jede Faser seines Körpers war gespannt. Er war live im Internet. Hier in seinem Wohnzimmer. Finn musterte sich selbst auf dem Monitor. Er sah gut aus. Okay auf jeden Fall. Sein nackter Oberkörper konnte sich sehen lassen. Er machte ja auch viel Sport dafür. Ganz nackt war er nicht.

Es ist spannender, wenn du noch was hast, was du ausziehen kannst.

Die Jogginghose saß bequem und schnitt nicht in seine Hüften, aber vielleicht verbarg sie zu viel von dem, was das Publikum sehen wollte? Das ... Publikum.

Finns Blick heftete sich an das Chatfenster, das auf einmal gar nicht mehr so leer war.

Hey, Kleiner, wie läufts?

Wow, ich steh auf dich, Süßer. Zeig mal, was du hast.

Passiert hier noch was?

Von einer Sekunde auf die andere breitete sich sengende Hitze in ihm aus. In seinem Gesicht, in seiner Brust, in seinem Schoß.

Fuck, er war wirklich live ... da waren Kerle, die ihm zuschauten. Die ihn sahen. Genau jetzt.

Was sollte er machen?

Einige schienen schon ungeduldig zu werden.

Ein wenig unsicher blickte er in die Kamera. „Hi."

Die sind glücklich, solange du ein kleines bisschen mit ihnen intera-gierst. Aber das heißt nicht, dass du auf jeden einzeln eingehen musst. Mach einfach, wonach dir ist. Es ist deine Show.

Okay. Okay.

Er setzte sich entspannter hin und ließ den Rücken gegen die Lehne des großen Sessels sinken. Dann strich er sich die Haare aus dem Gesicht und beobachtete sich dabei auf dem Bildschirm. Ja, das sah gut aus. Seine Finger strichen über sein Gesicht, dann kitzelnd an seinem Hals entlang. Eine sanfte Gänsehaut überzog seine Unterarme.

Immer mehr Nachrichten strömten in den Chat. Er hätte nicht einmal dann alle lesen können, wenn er es gewollt hätte. Nur einzelne Wörter sprangen ihm ins Auge. Komplimente für sein Aussehen, Aufforderungen, dass er sich mehr anfassen sollte ... und immer wieder der Nickname, den er benutzte. Er hatte sich Jinn genannt, um seinen echten Namen ein wenig zu verschleiern. Außerdem mochte er, dass es ein bisschen nach Flaschengeist klang. Jemand, der Wünsche erfüllen konnte.

Sein Herz pochte immer noch wahnsinnig laut und seine Fingerspitzen prickelten vor Aufregung, aber eigentlich war es gar nicht so schwer. Es war nur neu.

Er streichelte seinen Oberkörper, umkreiste die Nippel mit dem Zeigefinger. Normalerweise fasste er sich nicht so viel an, wenn er es sich nicht selbst machte. Aber er hatte Schiss, und wollte den Moment hinauszögern, in dem es ans Eingemachte ging.

Ich steh voll auf süße Typen wie dich, die in Wirklichkeit total versaut sind.

Steck dir die Finger in den Mund und saug dran.

Er ist schon hart.

Die Zahl seiner Zuschauer stieg immer noch. Unfassbar, wie viele es waren. Und die bezahlten alle, um ihm zuzusehen.

Weil sie scharf auf ihn waren. Er stellte sie sich vor, wie ein Publikum, das vollständig im Schatten vor ihm lag, während er hier im Licht vor ihnen saß. Hunderte Blicke auf seiner Haut.

Vorsichtig strich er über die Beule in seiner Hose. Die Überraschung darüber, wie heiß es ihn selbst machte, prickelte heftig in seinem Magen. Finn bis sich auf die Lippe und griff fester zu. Ein Stöhnen kam aus seinem Mund und er schloss für ein paar Sekunden die Augen, während er sich weiter rieb.

Schließlich ging ihm der dicke Stoff der Jogginghose auf die Nerven und er ließ seine Hand unter den Bund gleiten. Fuck. Heiße, feuchte Haut schmiegte sich gegen seine Handfläche. Er schloss die Finger fest um seinen Schaft.

Mit kräftigen, schnellen Bewegungen besorgte er es sich, die freie Hand in die breite Armlehne des Sessels gekrallt, die Beine weit auseinandergestellt, der Körper tief im Sessel versunken.

Sein Orgasmus überrollte ihn heiß und elektrisierend. Sein Schwanz pochte, als die warme Flüssigkeit über seine Hand lief und den Stoff seiner Hose durchnässte. Jeder Atemzug vibrierte. Wow.

Das Prickeln blieb noch lange in seinem Körper. Finn streichelte sich noch so lange, bis es ganz verebbte, und atmete genüsslich ein und aus.

Dann überfiel ihn der Schock.

Er riss die Augen auf und starrte auf den Bildschirm. Die Show. Fuck.

Keine Chance. Der ist völlig in seiner Welt versunken.

Da kann ich mir auch n gratis Porno reinziehen.

Alter ...

Nun lief er wirklich rot an. Wie hatte er so die Kontrolle verlieren können? Natürlich waren die Leute verärgert. Er hatte überhaupt nicht mehr auf sie reagiert, sie ja nicht mal wahrgenommen.

„Entschuldigung. Tut mir leid", stammelte er in die Kamera. „Ich ... hab das zum ersten Mal gemacht." Er griff nach dem Taschentuchspender und trocknete seine zitternde Hand ab, ehe er nach der Maus griff. „Sorry." Mit einem Klick war die Show aus und Finn sank mit einem schweren Seufzen zurück auf das Polster.

Was für ein Reinfall.

Oder?

KAPITEL 4

DER ERSTE MORGEN in seinem neuen Heim fühlte sich an, als würde er aus einem Traum aufwachen und direkt in den nächsten hinübergleiten.

Milan setzte sich im Bett auf, gähnte so herzhaft, dass es ihm Tränen in die Augenwinkel trieb, und sah sich mit einem müden Lächeln in dem großen Raum um. Das allererste Sonnenlicht schlüpfte durch die apricotfarbenen Vorhänge und malte leuchtende Muster auf die Dielen.

Noch standen keine Schränke an den Wänden, sondern vor allem Umzugskartons mit Kleidung. Einzig ein Stuhl diente ihm im Moment als Lagerort für seine Sachen. Das würde sich aber heute ändern. Sein Kleiderschrank stand in seine Einzelteile zerlegt unten im Flur und wartete nur darauf, hier aufgebaut zu werden.

Milan schlüpfte unter der Decke hervor. Seine Zehen gruben sich wohlig in die weichen Fasern des Hochflorteppichs, der vor seinem Bett lag. Er liebte das leise Kitzeln an seinen Fußsohlen und genoss es einige Atemzüge lang, ehe er wirklich aufstand.

Dieses Haus war die Umgebung für ein ganz neues Leben. Eine neue Etappe. Eine entspannte, ruhige Etappe, in der er sich auf sich selbst besann. Er hatte viel dafür gearbeitet und jetzt war es auf einmal soweit. Hoffentlich gewöhnte er sich niemals daran.

Grinsend schlenderte er ins Bad und bereitete sich auf den Tag vor. Die frühen Stunden wollte er für die Gartenarbeit nutzen, bevor es mittags wieder zu heiß wurde.

Also trank er nur schnell einen Smoothie zum Frühstück und ging direkt nach draußen in den Garten. Mit Handschuhen und Stecheisen stapfte er in die Unkrautwiese und wollte loslegen. Doch etwas hielt ihn ab.

Ein Geräusch, das wie Schluckauf klang, dann ein leises, dumpfes Rumpeln auf dem Gras. Drüben auf dem anderen Grundstück. Milan sah gerade noch, wie eine Gestalt im Haus verschwand.

Stirnrunzelnd schaute er nach drüben.

Hatte er den anderen erschreckt?

„Entschuldigung", rief er halblaut nach drüben. Er wollte nicht rumschreien, um niemanden zu wecken, der vielleicht bei offenem Fenster noch schlief. Es kam nichts zurück, die Tür blieb zu.

Ach Mist ... hoffentlich hatte er es sich nicht direkt schon mit dem ersten Nachbarn verdorben.

*

Finn presste sich mit dem Rücken gegen die Wand, und versuchte, sich zu beruhigen. Der Schluckauf ließ ihn zucken. Er hasste das. Sagte man nicht, dass ein Schreck den Schluckauf beseitigte? Bei ihm war es genau andersherum und manchmal dauerte es Stunden, bis er ihn wieder loswurde.

Der neue Nachbar war ein Frühaufsteher. Das war es dann wohl mit seinen morgendlichen Ausflügen in den Garten. Finn wischte sich mit der Handfläche übers Gesicht. Er würde den Tagesablauf des anderen beobachten müssen, und sich daran anpassen. Anders ging es nicht.

Hoffentlich hatte er ihn nicht gesehen. Klar, er hatte ihn bestimmt gehört, aber vielleicht glaubte er ja, dass er nur eine Katze aufgeschreckt hatte. Irgendwie war das Ganze ein bisschen peinlich ... er wusste ja, dass es nicht normal war, dass er wegen sowas direkt die Flucht ergriff. Er konnte nicht anders. Und er hatte auch keine Lust, es jemandem zu erklären. Die meisten verstanden ihn nicht, selbst, wenn er es versuchte.

Um sich zu beruhigen, ging er hinüber zum Vogelzimmer.

Nichts tat seiner Seele besser als seinen vier kleinen Stars beim Spielen und Herumfliegen zuzusehen. Kaum, dass er durch die Tür war, begrüßte Björn ihn auch schon. Er war immer der Erste und wäre wahrscheinlich sogar mit ins Bett gekrochen, wenn er ihn gelassen hätte.

Benny und Anni-Frid thronten auf einem der Äste, die von der Decke hingen, und Agnetha beäugte ihn vom Wasserspender aus.

Hicks.

Finn hielt sich die Hand vor den Mund, aber die Nymphensittiche waren seine Eigenheiten längst gewohnt. Sie antworteten ihm mit fröhlichem Zwitschern. Wahrscheinlich glaubten sie, dass Menschenzwitschern von Natur aus so seltsam klang.

Das Vogelzimmer war der schönste Raum in seinem Haus. Er hatte hier viel Arbeit reingesteckt, damit es sowohl für sie als auch für ihn angenehm hier drinnen war. Es gab viele Landeplätze für die Bande, genauso wie geschützte Orte und ein paar Spielereien, mit denen sie sich die Zeit vertreiben konnten. Die Voliere war auch noch da.

Finn ließ sich auf den Sitzsack fallen, der mitten im Raum stand, und fing an, eine Melodie zu summen. *Knowing Me, Knowing You.* Er schloss die Augen dabei und machte nach jeder Zeile eine kleine Pause, um zu lauschen. Als Björn ihm antwortete, musste er schmunzeln. Er ging vom Summen ins Singen über und die anderen drei fingen nun auch an, sich einzumischen.

Als er am Ende des Liedes ankam, war der Schluckauf fort.

Er verbrachte den ganzen Morgen bei den Vögeln und erst, als es klingelte, verließ er das Zimmer wieder und schloss die Tür sorgsam hinter sich. Er wusste, wer das war. Dienstags kam immer sein Essen. Er kannte die Botin und sie war so freundlich gewesen, auf seinen Wunsch einzugehen, immer zur selben Uhrzeit zu klingeln.

Finn zog sich das Kapuzenshirt über, das neben der Tür hing, bevor er öffnete. Er grüßte leise und beeilte sich, ihr die Kartons abzunehmen und hinter sich zu stapeln. Wie immer unterschrieb er auf ihrem Lesegerät und verabschiedete sich bis nächste Woche.

Als sie fort und die Tür verschlossen war, zog er den zu warmen Kapuzenpulli wieder aus und machte sich daran, die Sachen in die Küche zu tragen.

Während er kochte, spähte er immer wieder durch die Gardinen und versuchte, seinen Nachbarn auszumachen, aber der war scheinbar wieder nach drinnen gegangen.

Wann er wohl das Haus verließ?

Mit einem Teller voll Gemüse und Reis ging Finn nach oben und setzte sich in die Nähe des Fensters, das zur Straße zeigte. Es musste der blaue Hyundai sein, den hatte er vorher noch nicht hier gesehen. Ein hübscher Wagen.

Im Schutz und der Stille seines Arbeitszimmers saß Finn da und aß und beobachtete die Straße. Wie üblich fuhren Autos vorbei, hier und da auch mal ein Radfahrer. Frau Hansen ging mit ihrem Pudel spazieren und ein Jogger machte kurz Halt an einer Laterne und band sich die Turnschuhe.

Drüben tat sich nichts. Vielleicht hatte sein Nachbar heute frei. Oder er arbeitete nur nachts. Oder von zu Hause aus. Finn seufzte. Das wäre echt anstrengend. Am liebsten wäre ihm jemand gewesen, der das halbe Jahr unterwegs war.

Aber ... das war ja auch nicht die Schuld seines Nachbarn. Er war derjenige mit dem Problem. Er hätte vielleicht wegziehen sollen. In den Wald oder in eine dünn besiedelte Gegend, wo jeder Nachbar vier Kilometer vom nächsten entfernt wohnte.

Er schnaufte. So einen Umzug würde er niemals packen. Abgesehen davon wollte er ja auch nicht weg.

Sein Handy blinkte. Eine Nachricht von Marius.

Wie sieht's aus? Er hätte heute Zeit.

Finn seufzte. Er ging ihm immer noch wegen des Friseurs auf die Nerven.

Hab sie mir selbst geschnitten, tippte er.

Was? Glaub ich dir nicht.

Finn verzog das Gesicht und hielt das Handy hoch, um ein Selfie zu machen. Auf dem Bild sah man vor allem seine Haare, und bevor er es versendete, schnitt er es so zurecht, dass von seinem Gesicht nur die Augen mit drauf waren.

Wir machen Fortschritte, schrieb Marius. *Sieht gut aus.*

Er schickte ihm ein Gif, auf dem jemand genervt mit den Augen rollte und pickte mit dem Zeigefinger die letzten Reiskörner von seinem Teller.

Am Nachmittag endlich fuhr der blaue Wagen fort. Erleichtert trat Finn hinaus in den Garten und nahm ein paar tiefe Atemzüge von der Luft, die nach Spätsommer und Blüten roch.

Er trug einen kleinen Eimer bei sich und stapfte vorsichtig hinüber zu der Sauerkirsche. Die Früchte sahen gut aus. Er wollte nicht wieder so viele schlecht werden lassen wie letztes Jahr.

Da hatte er sich wirklich fast gar nicht rausgetraut. Inzwischen ging er wenigstens in den Garten und bemühte sich, einmal im Monat seine Mutter zu besuchen. Es war schwierig. Immer noch.

Die Sonnenstrahlen waren keine Blicke. Eigentlich fühlten sie sich gut auf seiner Haut an. Aber er wusste, dass Licht auch Sichtbarkeit bedeutete. Und man wusste niemals, von wo einem gerade jemand zu sah. Oder wer es war, der einen gerade beobachtete. Es passierte einfach, und oft bemerkte man es nicht einmal.

Er durfte nicht zu genau darüber nachdenken.

Die meisten Leute waren jetzt auf der Arbeit. Er war hier ungestört. Nur die Hummeln und die Spatzen in den Bäumen konnten ihn sehen ... und die machten ihm nichts aus.

Finn streckte sich nach den Zweigen und pflückte ein paar Kirschen. Mitsamt den Stielen legte er sie in den Eimer und wandte sich erneut dem Baum zu.

Eigentlich war doch gar nichts dabei.

Zwischendurch wanderte sein Blick hinüber zu dem anderen Grundstück. Das war jetzt monatelang verwildert. Fast die ganze Zeit, die er hier wohnte schon. Und der vorherige Besitzer war ein alter Mann gewesen, der nicht mehr viel im Garten geschafft hatte.

Dass sich dort nun alles veränderte, war seltsam.

Vorsichtig trat Finn näher an den Zaun heran. Er musste die Zweige eines Strauches beiseiteschieben, um heranzukommen.

Der Holzzaun ging ihm bis zur Hüfte. Es war die Sorte Zaun, die man zog, wenn man seine Nachbarn gut leiden konnte. Ehrlich gesagt war ihm nie so richtig klar gewesen, wie niedrig er war. Die hohen Gräser allein hatten eine Wand geschaffen, hinter der er sich sicher fühlen konnte. Jetzt würde sie nach und nach schwinden. Vielleicht war es an der Zeit, dass er einen neuen Zaun zog. Einen großen, blickdichten.

Die Türklingel ließ ihn zusammenschrecken. Fast wäre ihm der Eimer aus der Hand gefallen. Finn presste sich die flache Hand auf den Mund. Nicht schon wieder.

Hicks.

Er wollte niemanden sehen. Kein Interview geben. Nichts kaufen.

Sollte er überhaupt zur Tür gehen? Leider waren die Leute von der Zeitung oft hartnäckig. Sie würden wiederkommen, wenn er sie nicht abschmetterte. Ihn wieder erschrecken.

Finn verzog das Gesicht und ging nach drinnen. Er stellte den Eimer mit den Kirschen auf die Kommode im Flur und zupfte den Kapuzenpulli abermals vom Haken. Fahrig streifte er ihn sich über, verstaute seine Haarsträhnen unter dem dunklen Stoff der Kapuze und öffnete die Tür. Nur so weit, dass er hindurchspähen konnte.

„Was gibt es?", fragte er, ohne seine Missstimmung zu verbergen.

Der Mann, der da vor ihm stand, war fremd. Er war groß und schlank, hatte kurzes, dunkles Haar und graue Augen, die klar und schimmernd wie Wasser waren. Ein Bartschatten umrahmte den schmalen Mund, der zu einem Lächeln verzogen war. Kein Verkäuferlächeln. Nicht schmierig oder hinterhältig, sondern glasklar wie seine Augen. Finn spürte, dass seine Augenbrauen zuckten. Das Bild passte nicht zu dem, was er erwartet hatte. Was nur hieß, dass er noch vorsichtiger sein musste.

„Oh, hi, ich bin Milan von nebenan. Ich bin gestern eingezogen. Und ich glaube, ich hab' dich heute Morgen erschreckt.
Du hast wahrscheinlich nicht damit gerechnet, dass noch
jemand da ist. Deswegen wollte ich mich entschuldigen und
die Chance nutzen, um mich vorzustellen."

Jetzt erst fiel Finn auf, dass Milan einen Weidenkorb im
Arm hielt. Er hatte sich die ganze Zeit auf sein Gesicht
konzentriert, das ihn immer noch nicht ganz losließ. Nur kurz
streifte sein Blick den Inhalt des Korbes. Obst. Jede Menge
davon.

Finn öffnete den Mund, bevor er wusste, was er sagen sollte.
Danke? Oder seinen Namen vielleicht?

Hicks.

Eilig hielt er sich die Hand vor den Mund.

„Sorry. Das geht den ganzen Tag schon so", murmelte er.

Milan neigte den Kopf und reichte ihm den Korb. „Hast
du jemanden, der an dich denkt?"

„Was?"

„Na, sagt man doch so. Dass man Schluckauf bekommt,
wenn jemand an einen denkt."

Finn schüttelte den Kopf. „Nein. Wohl eher nicht. Ich hab
das leider öfter." Er räusperte sich und nahm den Korb
entgegen. Dafür musste er die Tür nun doch ein kleines
bisschen weiter öffnen. Weiter als er wollte.

Sein Herz klopfte wie eine Warnung in seiner Brust. Einem
völlig fremden Mann so dicht gegenüberzustehen war ungewohnt. Er hätte nur den Arm ausstrecken brauchen, um ihm
zu berühren. Das ging ganz schnell. Aber obwohl seine Gedanken sich so düster wie eine Nacht voll Nebel anfühlten,
war da auch noch etwas anderes. Ein aufgeregtes Prickeln.
Etwas, das sich wie Vorfreude anfühlte und das Pochen in
seiner Brust weniger schmerzhaft machte.

„Ich werde jetzt sicher öfter im Garten zugange sein und vermutlich auch etwas Krach machen. Ich muss da so einiges in Ordnung bringen, und drinnen sind viele Möbel aufzubauen, sicher auch mal ein Loch zu bohren. Ich halte mich natürlich an die Mittagsruhe und so weiter … und wenn ich trotzdem störe, dann melde dich ruhig. Ich wünsche mir eine gute Nachbarschaft mit dir."

Die letzten beiden Worte hallten auf seltsame Art und Weise in seinem Kopf wieder. Finn konnte nur nicken. Er fühlte sich ein bisschen … ja, fast ein bisschen betrunken von Milans Stimme. Sie war kräftig und selbstbewusst, aber doch irgendwie sanft. Er hörte gerne zu. Und das war nicht gut.

Milan wirkte freundlich, aber das hieß rein gar nichts. Die schlechtesten Menschen konnten sich oft am besten tarnen, weil sie viel Erfahrung damit hatten. Weil sie wussten, dass man ihnen nur so vertraute.

„Danke für den Korb", sagte Finn und bewegte seinen Mund. Ob ein Lächen aus dem Impuls wurde, wusste er nicht. Noch ein kurzer Blick in die klaren, grauen Augen. Dann schloss er die Tür.

KAPITEL 5

EIGENTLICH HATTE ER diese ganze Sache mit der Cam
wieder vergessen wollen. Und das wäre auch das Beste
gewesen.

Aber er konnte nicht.

Er konnte gar nicht in diesem Raum sein, ohne daran zu
denken. Vor allem konnte er keine Zeit mit Louis verbringen,
ohne daran zu denken.

„Du sagst, das ist einfach nichts für dich, aber ich sage dir,
du bist sowas von dafür geboren, Alter." Sie schlenderten
nebeneinander her. Finn hatte sich extra die Kopfhörer aufge-
setzt, um Louis klarzumachen, dass er nicht reden wollte, aber
der ignorierte das einfach. „Mag sein, du hast ein paar Leute
verärgert, aber die meisten hast du garantiert verzaubert. Die
lieben was Echtes. Weil sie wissen, dass sie das nicht überall
kriegen. Und du warst halt die pure Definition von echt."

Angespannt atmete er ein und zog sich die Hörer nun doch
wieder ab. Er ließ sie sich um den Hals baumeln und blickte
zu Louis, dem er für sein dreckiges Grinsen am liebsten eine
gegeben hätte.

„Guck nicht so giftig. Dir muss das nicht peinlich sein. Ist doch quasi der Jackpot, wenn es dich heiß macht, dass sie dir zusehen. Besser geht's doch gar nicht. Win-Win.“

Finn war sauer. Er wusste nur nicht, ob tatsächlich auf Louis, oder doch eher auf sich selbst.

„Du musst nur lernen, dich ein bisschen mehr zu zügeln. Ist wie beim richtigen Sex ... der andere soll ja auch auf seine Kosten kommen.“ Louis lachte.

„Mit anderen läuft schon eine ganze Weile nichts mehr“, murmelte er.

„Ist doch gut, dann musst du dich vor niemandem rechtfertigen. Und außerdem bleibst du so auch in der Übung.“

„Du kannst echt alles so hindrehen, dass es sich wie ein Lottogewinn anhört.“

„Ich weiß, ich hab' viele Talente.“ Louis drehte den Schirm seines Capps nach hinten und tätschelte ihm die Schulter. „Und ich erkenne andere Talente. Versuch's nochmal. Aber schalte einen Gang zurück. Vielleicht liegt dir ja eine Private Session für den Anfang mehr? Da musst du dich nur auf einen fokussieren.“

Wieder auf dem Sessel zu sitzen, fühlte sich seltsam an. Als wäre er in der Zeit zurückgereist. Dieses Mal lief der Chat nicht über vor Nachrichten. Da war nur eine einzige Person auf der anderen Seite.

Finn zögerte.

Louis hatte ihm ein paar Tipps für Privatsessions gegeben. Fragen zu stellen war einer davon. „Also, wie soll ich dich nennen?“, fragte Finn und ließ sich auf der Sitzfläche des Sessels nieder.

Cäsar.

„Okay, Cäsar", erwiderte er und versuchte, die Aufregung aus seiner Stimme zu vertreiben. Er wollte lieber sexy klingen ... er wusste nur nicht, wie genau das funktionierte. „Was hast du dir vorgestellt?"

Finn saß still auf seinem Platz – oberkörperfrei wie beim letzten Mal. Heute trug er allerdings eine Jeans. Die Hose saß enger, sodass es nicht so leicht sein würde, einfach die Kontrolle zu verlieren. Er musste das Ding ausziehen, wenn er richtig zur Sache kommen wollte.

Knete deine Titten für mich.

„Okay", sagte er und fing an, seinen Oberkörper zu streicheln. Es fühlte sich seltsam an, in diesem Chatfenster Anweisungen zu lesen und sie dann im stillen, leeren Zimmer auszuführen. Irgendwo da draußen, irgendwo auf der Welt, war dieser Kerl, der sich Cäsar nannte und beobachtete ihn jetzt.

Sitz nicht so stumm da. Erzähl mir was von dir.

„Oh, ähm", machte er und vergaß dabei für einen Moment, dass er sich streicheln sollte. Dann machten seine Hände weiter, während es in seinem Kopf ratterte. Etwas von sich erzählen? Was denn?

„Ich war heute in der Uni. Langweilige Vorlesung", sagte er.

Was studierst du?

„Grafikdesign, Illustration."

Ein Künstler, soso. Zieh deine Hose für mich aus.

Finn nickte und öffnete die Jeans. Dann stand er kurz auf, um sie sich abzustreifen. Wie beim letzten Mal trug er keine Unterwäsche. Und wie beim letzten Mal war er schon erregt ... Louis hatte sowas von Recht.

Er setzte sich wieder hin, die Beine leicht auseinandergestellt und die Hände auf den Oberschenkeln abgelegt.

Sei nicht so zurückhaltend. Du bist echt süß und heiß. Ich liebe deine Muskeln. Deine Haut sieht ganz weich aus. Alles an dir ist so perfekt. Mach ihn richtig hart für mich und dann zeig ihn mir.

Finn schluckte. Cäsar fand ihn gut. .... Natürlich fand er ihn gut, sonst würde er keinen Haufen Geld dafür bezahlen, ein paar Minuten hier privat mit ihm zu chatten ... aber es so zu lesen, fühlte sich nochmal anders an. Es waren simple Worte, ein Kompliment, das er vielleicht jedem machte, mit dem er hier verkehrte. Aber sie taten gut.

Er schloss die Hand um seinen Schaft und fing an, es sich zu machen. Dieses Mal ließ er die Augen offen und blickte zum Bildschirm. Nicht direkt in die Kamera, weil sich das zu komisch anfühlte.

Eine neue Hitze überlief ihn wie Wasser. Sein ganzer Körper begann zu glühen. Außen und innen. *Okay, Stopp,* sagte er sich. Er durfte nicht wieder Mist bauen. Widerstrebend ließ er von sich ab und stand auf, um Cäsars Wunsch nachzukommen.

Er biss sich auf die Unterlippe und trat näher an die Kamera heran, damit sein Kunde das sehen konnte, was ihn so brennend interessierte. Angespannt betrachtete er selbst das Bild auf dem Monitor.

Ehrlich gesagt, fand er auch, dass sein Schwanz hübsch war. Die Eichel hatte einen ganz sanften Rosaton, und der Schaft machte eine leichte Biegung nach links. Am Anfang hatte er das komisch gefunden, aber sein erster Freund damals, Jesse, war sozusagen sein perfektes Gegenstück gewesen und seitdem mochte er, dass es so war.

Finn drehte die Hüfte ein bisschen, damit Cäsar mehr zu sehen bekam.

Bitte mach weiter.

Cäsar musste ihn nicht darum anbetteln. Zu gerne streichelte er sich weiter. Inzwischen war er wahnsinnig hart.

Erzähl mir noch mehr. Setz dich hin und hör nicht auf.

Die letzten beiden Sachen waren leicht zu erfüllen. Das weiche Leder des Sessels schmiegte sich an seinen nackten Po, und seine Hand wurde schon feucht von der Vorfreude.

Aber dieses Erzählen nebenbei. Sein Leben war so total normal, dass es nichts Spannendes zu berichten gab.

„Ich will am Wochenende ins Kino. In die Premiere von dem neuen Will Smith Film. Ich verpasse keinen von seinen Streifen. Ich liebe den Typen einfach. Alle seine Rollen. Vom Prinz von Bel Air bis zu den Men in Black. Einfach genial." Er redete einfach vor sich hin, auch wenn es ihm blödsinnig vorkam.

Seine Stimme bebte ein bisschen – er war schon immer schlecht darin gewesen, seine Gefühle zu verbergen. Und jetzt war er verdammt scharf. An Will Smith zu denken, machte es nun auch nicht unbedingt besser.

Finn starrte auf das Chatfenster. Irgendwie war das alles doch ziemlich einfach. So wie Louis gesagt hatte. Er hatte seinen Spaß und ließ andere daran teilhaben ... und bekam noch gutes Geld dafür.

Wollte Cäsar ihm nicht noch mehr Anweisungen geben? Reichte ihm das hier? Dass er sich einfach einen wichste?

„Ich bin gleich so weit", sagte er, falls sein Kunde doch noch etwas anderes sehen wollte.

Besorg es dir richtig schön und dann zeig ihn mir nochmal, bevor du ihn saubermachst.

Finn las die Zeilen und nickte. Seine Finger schlossen sich fester um seinen Schwanz. Die Bewegungen wurden kürzer und schneller. Seine Eichel pochte, Gott, er war so scharf, und er fühlte den heißen Blick der Kamera auf sich. Cäsar beobachtete jede seiner Bewegungen, hörte seine rauen Atemzüge, sah genau, wie geil er gerade war.

Zuerst drang das Stöhnen aus seinem Mund, dann der warme Saft aus seiner Spitze. Fuck. Das hier war nicht nur Sich-einen-Runterholen. Es war so viel besser. Jede Sekunde schmeckte hundertmal süßer.

Sperma tropfte auf seinen Bauch. Finn machte weiter, während es schubweise aus ihm herausspritzte. Seine Hand war ganz nass, als er wankend aufstand und sich nochmal direkt vor dem Monitor präsentierte.

Wunderschön. Ich würde ihn dir am liebsten sauberlecken.

Auf dem Bildschirm erschien eine Meldung.

JCasesar29 hat dir ein Trinkgeld gegeben.

„Dankeschön", sagte er.

Ich habe zu danken. Das war wirklich wunderbar. Ich würde dir gern bald wieder zusehen. Es gibt niemanden auf dieser Plattform, der so atemberaubend ist wie du, und ich kenne viele. Glaub mir das. Aber jetzt ruh dich erst mal aus. Ich hoffe, du hast einen schönen Abend.

Der Bildschirm schloss sich und Finn stand nackt vor dem Monitor. Immer noch außer Atem, immer noch eingesaut, aber mit einem glücklichen und ein wenig fassungslosen Grinsen auf den Lippen.

KAPITEL 6

EIN WENIG PERPLEX starrte Milan die Tür an, die sich gerade vor seiner Nase geschlossen hatte. Sein Nachbar, Finn, wirkte ein bisschen seltsam. Wie ein scheuer Einsiedler. Oder ein Vampir.

Danke für den Korb.

Schmunzelnd wandte er sich ab. Er hatte sich irgendwie erhofft, sie würden mehr miteinander reden. Aber vielleicht war er auch einfach gerade beschäftigt gewesen. Immerhin hatte er sein Geschenk angenommen und sie wussten nun beide, wer da auf der anderen Seite wohnte.

Während er zurück zu seinem Haus lief, ging ihm das Bild nicht aus dem Kopf. Eine dunkle Stoffkapuze hatte viel verdeckt, aber das, was er gesehen hatte, war hübsch gewesen. Vor allem sein Mund.

Noch auffälliger war nur die Aura gewesen, die ihn umgeben hatte. Ein Gefühl von Verletzlichkeit. Nicht nur die Angst, verletzt zu werden, sondern die Gewissheit, dass es schon passiert war. Milan schüttelte den Kopf. Vielleicht hatte er sich das nur eingebildet. Sowas wie Auren gab es ja nicht wirklich, aber ... manchmal stand man einem Menschen gegenüber und fühlte ihn.

Grübelnd betrat er den Flur und schloss die Tür hinter sich.

Ihm fiel die Visitenkarte von Behnke wieder ein. Sie
klemmte noch an seinem Spiegel. Milan zog sie dort ab, ging
in die Küche und warf sie in den Müll. Er brauchte nicht
mehr zu wissen. Sein Gefühl sagte ihm, dass Finn Gründe
dafür hatte, keinen Kontakt zur Presse zu wollen. Wer wusste
schon, was ihm widerfahren war?

Er würde jedenfalls nicht den Informanten spielen. Falls er
irgendwann mehr über den jungen Mann erfuhr, dann nur für
sich selbst. Nicht gegen Bezahlung.

Apropos Bezahlung.

Milan schob den Ärmel seines Hemdes zurück und warf
einen Blick auf die Uhr. Halb acht hatte er einen Termin. Den
ersten seit seinem Umzug.

Lex Peterson war Fotograf und Filmemacher aus den USA.
Seine ganze bisherige Lebensgeschichte hing gerahmt in seinem Flur. Dutzende Fotos, die ältesten waren sogar noch in
Schwarzweiß und zeigten seinen Vater, der ihm das Talent
wohl in die Wiege gelegt hatte.

„Ich kenne Ihre Arbeit", sagte Milan, als sie langsam an den
Bildern vorbeischritten wie an einer Kunstausstellung. „Ich
habe ein Faible für Fotogafie, aber auch so meine Schwierigkeiten mit ihr." Er schmunzelte.

„Sag ruhig Du. Ich bin Lex."

„Danke, Lex. Ich hoffe, ich kann dir helfen. Hast du die
Unterlagen von deinem Arzt?"

Sein Kunde nickte und winkte ihn hinter sich her in die
Küche. Auf dem Tisch lagen bereits einige Akten ausgebreitet.

„Darf ich?", fragte er und lehnte sich dann über die Unterlagen. Lex hatte einen längeren Leidensweg hinter sich. Allergien waren immer ein schwieriges Thema mit so vielen verschiedenen Symptomen. Oft konnte man nur durch ellenlange Ausschlussversuche auf den Auslöser kommen.

Dann waren die Leute zwar erleichtert, aber standen vor dem nächsten Problem.

„Zitrusallergie", murmelte er und machte sich eine Notiz. „Stehst du auf Orangen?"

„Gar nicht so sehr. Auf diese kleinen auch nicht. Manchmal war was davon in meinen Smoothies. Aber es war täglich in meiner fucking Zahnpasta."

Milan stimmte in Lex' Lachen ein und nickte. „Gut, dass ihr das entdeckt habt. Ich stelle dir eine Liste mit Lebensmitteln und Produkten zusammen, die du vermeiden musst. Und natürlich vor allem einen Plan, wie du besser an dein Vitamin C kommst. Oder an saubere Zähne."

Eine ganze Weile redeten sie über Ernährungspläne und Rezepte, aber auch über Lex' Lebensweise. Er zeigte ihm sein ganzes Haus. Welches Waschmittel er benutzte, welches Parfüm. Sie machten einen Abstecher in den Garten und landeten am Ende in seinem Arbeitszimmer.

Eine der Vitrinen zog Milans Blick magnetisch an. Hinter den Glastüren lagen mehrere Kameras. Von ganz alten Leicas bis hin zu topmodernen Sony-Modellen.

„Und du fotografierst auch?", fragte Lex, der sein Interesse natürlich bemerkt hatte.

„Ja, ich ... versuche es. Im Moment stecke ich noch mitten in den Nachwirkungen meines Umzugs. Ich habe die Kamera noch gar nicht wieder ausgebuddelt." Das war nur ein Teil der Wahrheit, aber Lex das zu erklären, würde zu weit führen. Er sprach nicht so gern über die Details.

Sie verstanden sich gut, aber letztendlich war das hier eine geschäftliche Beziehung – keine Freundschaft.

„Dann wird's aber Zeit. Zeig mir gerne mal was. Hast ja meine E-Mail-Adresse."

„Oh, ja, klar. Wenn ich mal was habe." Er schenkte Lex ein schiefes Lächeln. „Ich mache mich dann jetzt wieder auf den Weg. Es gibt ja einiges auszuarbeiten ... du hast es morgen früh in deinem Postfach, dann kannst du direkt damit anfangen, es in deine Einkaufsliste einzuplanen."

Am nächsten Morgen hatte er Lex' Worte noch im Ohr, und die Begeisterung für Fotokunst noch im Herzen. Seine ganze Wohnung hatte sie ausgestrahlt und Milan hatte einen kleinen Teil davon mit nach Hause genommen.

Es war halb sechs. Die Sonne würde bald aufgehen.

Schlaftrunken wischte er sich übers Gesicht und setzte sich auf. Hinter dem Fenster lag ein blauvioletter Himmel. Gähnend stieg Milan aus dem Bett. Eigentlich noch gar nicht seine Zeit. Aber wenn er der Sache eine Chance gab, dann doch zur richtigen Uhrzeit ... dann, wenn das Licht weich und golden war.

Gähnend kniete er sich vor den Karton, in dem er sie vermutete. Griff hinein und wühlte vorsichtig nach der kleinen Nylontasche. Bedächtig zog er sie heraus und drehte sie in seinen Händen, ehe er die Kamera auspackte.

Sie sah noch aus wie neu. Was daran lag, dass er sie, seit er sie gekauft hatte, nur drei oder vier Mal überhaupt in Betrieb genommen hatte. Seine Fingerspitzen kribbelten, als sie über das Gehäuse strichen und die verschiedenen Knöpfe berührten. Was für schöne Bilder könnte er mit ihr machen?

Die Vorfreude war da. Der Drang, sie zu benutzen. Seinen Blick auf die Welt mit ihrer Hilfe sichtbar zu machen. Aber da war auch dieses kühle Kribbeln in seinem Nacken. Wie ein eisiger Hauch. Nicht wirklich da. Wenn er danach fasste, war seine Haut nicht kalt, sondern ganz normal. Es war gespenstisch. Er wusste, dass es keinen Grund gab, Angst zu haben.

Aber das Wissen reichte nicht.

Er stand auf und trat mit der Kamera ans Fenster. Er musste endlich aufhören, sich von diesen blödsinnigen Geschichten den Spaß verderben zu lassen. Er wollte fotografieren. Hatte es als Jugendlicher schon gewollt ... aber dann hatte er sogar die Kamera an seinem Handy abgeklebt, weil sie ihm Angst gemacht hatte.

Fotos stehlen einem die Seele. Gernots rauchige Stimme durchfuhr ihn wie das Kratzen auf einer Glasscheibe.

Sein Mund verspannte sich. Fest entschlossen drehte Milan den Schutzdeckel vom Objektiv herunter und schaltete die Kamera ein. Dann hielt er sich den Sucher vors Auge. Er musste tief einatmen, bevor er hindurchblicken konnte.

Es passierte doch gar nichts. Niemandem hier wurde irgendetwas gestohlen. Schon gar nicht die Seele, richtig?

Seine Hände zitterten. „Scheiße", zischte er und wollte sich zwingen, den Auslöser zu drücken. Es ging nicht. Er ließ sie wieder sinken und legte sie auf dem Fensterbrett ab.

Diese Technik ist voller Flüche. Du siehst doch, wie sie alle süchtig macht, die mit ihr in Berührung kommen. Sie frisst dich auf, wenn du nicht aufpasst.

Sein linkes Augenlid zuckte. Milan stieß ein frustriertes Stöhnen aus und massierte sich die Schläfen.

„Nur dumme Geschichten", murmelte er, sagte es sich immer wieder. Das waren alles nur dumme Geschichten von alten Leuten, denen die moderne Technik auf die Nerven ging. Nicht die Wahrheit. Nicht die Realität. Ein Scheiß würde passieren, wenn er auf den Auslöser drückte. Weder mit ihm, noch mit den Spatzen, die da drüben in den Zweigen saßen.

Gerade, als er sich dazu durchgerungen hatte, die Kamera wieder anzuheben, schaltete sie sich ab und das Batteriesymbol blinkte. Der Akku war leer. Er hatte sie zu lange liegen lassen. Vielleicht war das ja auch ein Zeichen.

Die Sonne erhob sich über den Horizont und ließ Milan dabei zusehen, wie ihr goldenes Licht die Landschaft wie eine Welle überspülte. Seine Gedanken schwiegen für einen Moment. Es war wunderschön, wie die Gärten im Tageslicht erwachten, und der Nebel ganz hinten in der Nähe des Waldes sich auflöste.

Eilig drehte Milan sich um und griff noch einmal in den Karton. Er zog seinen Skizzenblock heraus und das kleine Aquarellset, das er sich mal für unterwegs gekauft hatte. Dann rannte er ins Bad, um Wasser zu holen, und kehrte so zum Fenster zurück.

Das Bild von den Gärten im frühen Sonnenlicht wurde nicht fotorealistisch, aber es beruhigte ihn und befreite ihn von dem kalten Kribbeln. Sein Großvater wäre sehr zufrieden mit ihm gewesen.

*

Finn hasste Schuldgefühle. Es gab nicht viele Menschen, denen er sich verpflichtet fühlte. Eigentlich nur einen.

Seine Mutter war der liebste Mensch in seinem Leben. Sie hatten immer zusammengehalten. Niemand war so für ihn da gewesen wie sie. Aber er hatte permanent das Gefühl, es nicht genügend zurückzugeben.

Er stand im Flur und band sich die Haare zu einem Zopf, damit er sie besser unter der Kapuze seines Sweatshirts verstauen konnte. Dann zog er sich die Schuhe an. Jeder Handgriff, der ihn näher zu dem geplanten Aufbruch brachte, fiel ihm schwerer als der vorherige.

Und dass es ihm so widerstrebte, loszugehen, fütterte das schlechte Gewissen zusätzlich. Er warf seinem Spiegelbild einen bösen Blick zu und nahm sich zusammen. So weit war es nicht. Er würde das hinkriegen.

Letzten Monat hatte er es ja auch irgendwie geschafft. Und den davor.

Er drückte die Klinke herunter und verließ das Haus. Niemand zu sehen. Keine Fußgänger.

Er musste die Straße runter und dann entweder in den Bus steigen oder durch die Stadt laufen. *Du willst sie doch auch sehen. Du schaffst das.*

Sein Herz wummerte, als er den Weg entlang lief, der vom Haus zum Gehweg führte. Je weiter er sich von dem vertrauten Gebäude entfernte, umso verlorener fühlte er sich. Nicht nur verloren. Angreifbar. Von allen Seiten.

Er war so konzentriert, dass er alle Geräusche aufsaugte. Das Dröhnen der Motoren der vorbeifahrenden PKW, Rufe aus der Ferne, ein Fahrradklingeln, das aus der Seitenstraße kam. Sein Körper fühlte sich an, als würde er Hochleistungssport betreiben. Jeder Muskel war angespannt und sein Blick huschte ständig hin und her und scannte die Umgebung.

Wenn ihm jemand entgegenkam, wich Finn aus, selbst wenn sie auch so gut aneinander vorbeigekommen wären. Wenn ihn jemand ansah, machte sein Herz einen Satz und er zog sich die Kapuze tiefer ins Gesicht.

Als er an der Haltestelle ankam, muste er eine Entscheidung treffen. Fahren oder laufen. Er wartete auf den Bus und nahm ihn genaustens unter die Lupe. Wie viele Leute waren drin, wie viele stiegen ein und aus? Konnte er es wagen?

Er presste die Zähne aufeinander, als sein Blick über eine große Gruppe Jugendlicher glitt, die dicht neben einigen Männern standen. Sie sahen aus, als wären sie unterwegs zu einem Sportevent. Viele Joggingjacken. Zu viel Trubel.

Finn schüttelte den Kopf. Das schaffte er nicht.

Zittrig zog er sein Handy hervor und schaute auf die Uhr. Der nächste Bus, der bei seiner Mutter hielt, kam erst in vierzig Minuten. So lange zu warten, hielt er nicht aus. Er könnte wieder nach Hause gehen, aber ... er kannte sich: Er würde heute kein zweites Mal den Mut finden, um loszugehen.

Also blieb nur der Fußweg.

Der dauerte länger, aber zumindest hatte er es in der Hand, Menschengruppen auszuweichen. Entschlossen lief er los.

Hoffentlich hatte sie den Kuchen noch nicht fertig. Seine Mutter backte gerne und erfand dabei oft ausgefallene Rezepte, die meistens echt gut schmeckten. Sie war da in irgendeiner Online-Community, wo sie ihre Kreationen mit anderen teilen konnte.

In Gedanken versuchte er, sich an die Zutaten des letzten Rezeptes zu erinnern, von dem sie ihm erzählt hatte, um sich von seiner Angst und der weiten, offenen Straße abzulenken.

Es fiel ihm nicht ein. Orangen auf jeden Fall, aber ...

Jemand rempelte ihn heftig von der Seite an. Durch den Schreck stolperte Finn nicht nur zur Seite, sondern knallte gegen den Laternenpfahl. Orientierungslos und mit einem lauten, dumpfen Wummern im Kopf hielt er sich an der kalten Metallverkleidung fest. Die Welt um ihn herum verschwamm in matschigen Farben und die Geräusche der Autos und Menschen schwollen an.

Hilflos krümmte er sich zusammen und wünschte sich, im Schutz seiner Kapuze ganz zu verschwinden, und einfach wieder in seinem Bett aufzuwachen.

„Entschuldigung. Ist alles in Ordnung?" Die sanfte, volle Stimme durchbrach den dicken Vorhang aus Chaos und Panik. Sein Blick fand etwas, an das er sich heften konnte. Den Mund des Mannes, der ihn angesprochen hatte. Finn blinzelte überrascht. Er kannte ihn.

Die Verwunderung schob einen Teil seiner Angst beiseite. Kurz wagte er es, in seine Augen zu schauen. Das weiche Grau berührte etwas in ihm. Als würde ein Tropfen in ein stilles Meer fallen.

„Ich ... danke, mir ... ist nicht gut", stammelte er und richtete sich wenigstens wieder richtig auf.

„Ich war gerade auf dem Weg nach Hause, aber ich kann dich auch zum Arzt begleiten."

„Nein", sagte er schnell. „Nein, ich meine ... ich wollte auch nach Hause." Er versuchte, es vor Milan zu verbergen, aber er zitterte und seine Schritte kamen ihm unsicher und wackelig vor. Er würde es nicht bis zu seiner Mutter schaffen. Im Moment wollte er nur noch zurück in die Sicherheit seiner vier Wände, und die Aussicht, dass er nicht allein gehen musste, kam ihm gelegen.

Er kannte Milan kaum und doch war er gerade sein Anker.

„Okay, dann können wir ja zusammen gehen." Milan lächelte und schlug den Heimweg ein. Sein Blick blieb bei ihm, er hatte die Augenbrauen sorgenvoll zusammengezogen. „Warum ist dir nicht gut? Was falsches gegessen? Oder gar nichts?"

Finn atmete tief durch und ging neben ihm her. Er wollte nicht, dass sein Nachbar sah, was für ein Kampf das hier für ihn war. Sicher würde er früher oder später Gerüchte über ihn hören. Das sollte ihm eigentlich egal sein, aber irgendwie war es das nicht. Irgendwie wollte er, dass Milan ihn als ganz normalen Typen wahrnahm.

„Doch. Ich hatte ein leckeres Obstfrühstück." Ein Teil von ihm wollte Milan ein Lächeln schenken, weil es sich so anfühlte, als wäre das die richtige Stelle dafür. Schließlich hatte er das frische Obst von ihm bekommen. Aber sein Gesicht bewegte sich nicht.

Das mit dem Lächeln übernahm Milan für ihn. „Als ich hergezogen bin, hab ich damit gerechnet, von Großfamilien umzingelt zu sein. Oder mindestens Vater-Mutter-zwei-Kinder-ein-Hund."

„Die findest du um die Ecke. Und auf meiner anderen Seite wohnt ein Rentnerpaar mit zwei Katzen."

Milans Augen funkelten amüsiert, ehe er den Blick abwandte und hoch zum strahlend blauen Sommerhimmel schaute. „Ehrlich gesagt gefällt es mir ganz gut, dass du keine vierköpfige Familie und kein Rentnerpaar mit Katzen bist."

„Ich find's auch gut, dass du allein bist." Finn runzelte die Stirn über seine eigenen Worte. „Sorry, ich meine ... dass du keine laute Familie bist. Weil ... ich es lieber ruhig mag ... oh Mann, das klang dämlich."

„Ach was, es klang nur ein bisschen, als wärst du ein Serienmörder alleinstehender Männer, der sich gerade sein nächstes Opfer ausguckt." Milan lachte und steckte ihn damit an. Es war richtig ungewohnt, laut zu lachen, aber es brach einfach aus ihm heraus. Weil es absolut stimmte.

„Entschuldige", sagte er nochmal und wischte sich übers Gesicht, achtete aber darauf, dass die Kapuze an Ort und Stelle blieb.

„Nicht schlimm, so kann ich mich wenigstens vorbereiten", sagte Milan.

Finn schnaufte und bemerkte jetzt erst, dass sie bereits in ihre Straße einbogen. Er hatte gar nicht mehr auf seine Umgebung geachtet.

„Nachdem ich mich so verraten habe, werde ich mir wohl ein anderes Opfer suchen müssen."

„Ja, das musst du ja jetzt sagen. Ich bleibe auf der Hut."

Sie witzelten weiter, bis sie an ihren Häusern ankamen. Das Zittern war weg, und auch, wenn er noch enttäuscht vom Abbruch seiner Reise war, war da auch eine seltsame Leichtigkeit in ihm.

„Ich hab's wirklich versucht", sagte er und aktivierte den Lautsprecher, damit er das Handy beiseitelegen konnte. „Aber ich hab' Panik bekommen, weil mich jemand angerempelt hat."

„Das tut mir leid, Schatz. Wie geht es dir jetzt?"

„Ich hab ein schlechtes Gewissen."

„Schon gut. Wir finden einen anderen Termin", versicherte sie ihm und er hörte ihr nachsichtiges Lächeln durch die Leitung hindurch.

Er stand im Vogelzimmer und schaute sich nach seinen gefiederten Freunden um. In der Hand hielt er einen Teller mit Brombeeren.

„Es hatte aber auch etwas Gutes ...", setzte Finn an. Er wusste nicht so ganz, wie er es in Worte fassen sollte. „Irgendwie. Mein neuer Nachbar hat mich eingesammelt und wir sind zusammen zurück gegangen."

„Oh, das hört sich nett an."

Finn zupfte einen Beerenstrang ab und hielt ihn Anni-Frid hin, die auf der Schaukel neben ihm saß.

„Ja, nett trifft es. Er hat mir geholfen, mich wieder einzukriegen, und wir haben uns den ganzen Weg unterhalten. Ich hab blödes Zeug erzählt, aber es war lustig. Ich finde ihn sympathisch, glaube ich."

„Glaubst du?" Sie lachte leise. „Und er?"

„Er mich auch. Wir werden gut miteinander auskommen. Das erleichtert mich um gute zehn Kilo."

Seine Mutter schwieg eine Weile und Finn sah dabei zu, wie Anni-Frid an der Brombeere herumpickte. Auch die anderen drei Nymphen kamen näher. Björn setzte sich direkt in die Nähe des Tellers.

„Gestern hat er mir einen Obstkorb gebracht. Als Nachbarschaftsgeschenk. Ich füttere gerade die Vögel mit den Brombeeren."

„Sehr aufmerksam, dein Nachbar. Wie heißt er denn?"

„Milan."

„Und wie alt ist er?"

Finn schnaufte. „Ich schätze zwei oder drei Jahre älter als ich." Wenn seine Mutter solche Fragen stellte, wusste er, wohin das deutete.

„Ein gutes Alter."

Er brummte zustimmend, fest entschlossen, nicht weiter darauf einzugehen.

KAPITEL 7

AN DIESEM MORGEN ging er nicht in den Garten. Stattdessen saß Finn im Schneidersitz auf einem Kissen auf dem Wohnzimmerfußboden, den Laptop vor sich, und den Eimer Kirschen daneben.

Es waren ein paar neue Aufträge reingekommen. Illustrationen für Bücher und eine für einen Werbeclip, den er animieren sollte. Das Geld konnte er gut gebrauchen.

Auch wenn die Interviews damals wahnsinnig anstrengend gewesen waren und er sich immer noch dafür hasste, sie überhaupt gegeben zu haben – sie hatten ein bisschen Kohle in die Kasse gespült, als er nicht in der Lage gewesen war, zu arbeiten. Es hatte damals sogar eine Organisation gegeben, die für ihn gespendet hatte. Aber wahrscheinlich bereuten die es inzwischen auch schon, es an ihn verschwendet zu haben.

Finn schnaufte und schob die Gedanken beiseite.

Auf dem Grafiktablett machte er einige Skizzen und steckte sich dabei immer wieder eine Kirsche in den Mund, die er vorsichtig zerkaute. Die Kerne sammelte er auf einer Untertasse.

So verging der Morgen relativ ruhig. Er sah bei seinen gefiederten Freunden nach dem Rechten und verbrachte seine Pause mit ihnen. Sie sangen gerade wieder gemeinsam ein Lied, als das Telefon klingelte.

Wie gewohnt ging Finn nicht dran. Er ignorierte das Klingeln eine ganze Weile, aber es war nicht nur ein Anruf, sondern mehrere. Da hatte jemand wirklich Ausdauer.

„Ich muss mal sehen, was da los ist", sagte er zu Björn, der sich auf seinen Finger gesetzt hatte. „Willst du mitkommen?"

Tatsächlich blieb Björn sitzen und ließ sich durch den Raum tragen. Normalerweise nahm er die Vögel nicht mit in seine anderen Räume, aber für Björn machte er eine Ausnahme ... jetzt gerade konnte er seinen Beistand gut gebrauchen.

Finn ging nach nebenan, wo das Telefon schon wieder schrillte. Er drückte auf den Knopf für den Lautsprecher, damit er mithören konnte, was der Anrufer auf die Box sprach.

Es war jemand von einem Online-Portal, der eine Reportage über ihn machen wollte. „Wir wissen, dass es viele Falschdarstellungen gab und möchten Ihnen die Chance geben, das geradezurücken. Wir möchten Ihnen eine Stimme geben. Rufen Sie mich bitte zurück."

„Ja, ganz bestimmt", murmelte Finn und drückte den Löschknopf. Björn zwitscherte zustimmend.

Die konnten ihm erzählen, was sie wollten – er würde es nicht glauben. Und auf keinen Fall würde er noch mal so einen Gang durch die Hölle riskieren. Es war schon alles beschissen genug. Da brauchte er keine Hilfe von außen, um erneut auf sich aufmerksam zu machen.

Er löschte alle Nachrichten, die der Typ schon hinterlassen hatte und gab dann die Kombination ein, mit der er die Nummer seiner Sperrliste hinzufügen konnte. Dann kehrte endlich wieder Ruhe ein.

Eine Illustration war fertig, zu den anderen würde er heute Abend zurückkehren. Jetzt gerade zitterte seine Hand zu sehr.

Vorerst ging er in die Küche und machte sich was zu essen. Während er dem Gemüse beim Brutzeln zusah, beruhigte er sich langsam wieder. Der leckere Geruch von gebratenen Zwiebeln und Paprika breitete sich im Raum aus und Finn rieb sich den Bauch. Das Frühstück wegzulassen war keine gute Idee gewesen.

Voller Vorfreude auf das leckere Essen wandte er sich dem Geschirrschrank zu. Was war das?

Eine kurze Bewegung im Augenwinkel ließ ihn stocken. Finn klappte den Schrank wieder zu und spähte aus dem Fenster.

„Geht's noch?"

Da war ein Fremder in seinem Garten. Ein Typ mit Mütze und langem Mantel, und einem Tablet in der Hand, das er so hielt, als würde er gerade das Haus filmen.

Hitze ballte sich in seinem Magen zusammen. Ohne nachzudenken, riss er das Fenster auf. „Was fällt Ihnen ein? Das hier ist privat. Hören Sie auf zu filmen. Runter von meinem Grundstück, sonst rufe ich die Polizei!" Seine Stimme überschlug sich vor Aufregung.

Der Kerl sah ihn mit hochgezogenen Brauen an. Nicht geschockt oder überrascht oder auch nur irritiert. Er starrte einfach und hielt weiter mit dem Tablet drauf. „Wird's bald?"

Finns Hand schnellte in seine Hosentasche. Er zog das Handy raus und wählte die Nummer, dann hielt es sich demonstrativ ans Ohr.

„Ich habe mir nur Sorgen gemacht, weil Sie nicht ans Telefon gehen. Ich möchte Sie interviewen."

Der Drang, rauszustürmen, und jemandem gegenüberzutreten, war lange nicht mehr so groß gewesen wie jetzt gerade. Wie dreist konnte jemand sein?

„Fick dich!", rief er zurück und versuchte gleichzeitig, sich hinter dem Vorhang zu verstecken.

Etwas raschelte. Wie das Geräusch von Federn.

Björn schoss an ihm vorbei, flatterte mit Highspeed in den Garten. Fuck, auch das noch!

Finns Blick folgte seinem Nymphensittich, der Richtung Nachbargarten flog, dann fixierte er wieder den Eindringling, der alles beobachtete, aber zumindest nicht noch näher herankam.

„Hallo, Wieser hier. Jemand ist unbefugt in mein Grundstück eingedrungen und weigert sich, es zu verlassen", sagte er ins Telefon, obwohl es immer noch tutete.

Sein Plan funktionierte. Der Kerl hob eine Hand und machte ein paar Schritte rückwärts. Finn sah ihm nach, beobachtete, wie er weiter hinten über den Zaun kletterte und legte auf.

Die unmittelbare Bedrohung war vorüber, aber sein Puls klopfte immer noch wild und seine Hände zitterten vor Wut. Was dachten sich diese Leute eigentlich? Das war doch krank. Einfach über Zäune klettern, filmen, einem auf die Pelle rücken, obwohl man ganz klar Nein gesagt hatte – sowas machten Stalker.

Finn beugte sich vor und massierte sich mit beiden Händen die Kopfhaut.

Alles gut. Der Kerl war weg. Es passierte nichts weiter. Er hatte seine Ruhe.

Er musste sich nur um Björn kümmern.

Der war inmitten der Aufregung abgehauen. Er konnte ihm deswegen nicht mal böse sein. Er selbst wäre schon vor über einem Jahr weggeflogen, wenn er Flügel gehabt hätte.

Finn atmete ein paar Mal durch, ehe er sich wieder aufrichtete und erst mal den Herd abschaltete, damit da nicht das nächste Unglück passierte. Dann holte er schnell das Sweatshirt mit der Kapuze und zog es sich über. Falls der Typ doch noch irgendwo lauerte und versuchen wollte, zu filmen.

Er schloss das Küchenfenster und trat dann nach draußen. Die Mittagssonne direkt auf den Händen zu fühlen war ungewohnt. Ungewohnt intensiv. Finn hob den Kopf und blickte zum Himmel.

Björns Tschilpen riss ihn schnell wieder aus seinen Gedanken. Dort drüben saß er – auf der Kastanie in der hinteren Ecke von Milans Garten – und blickte auf ihn herab wie der König der Welt.

„Kommst du wieder her?", fragte Finn halblaut, aber der Vogel rührte sich nicht. Vorsichtig ging er näher heran, machte große Schritte durch das Unkraut und die wuchernden Sträucher. Er ging bis zu dem kleinen, langsam verfallenden Zaun an der Grundstücksgrenze. Weiter sollte er nicht … sonst wäre er nicht viel besser als der dreiste Kerl mit dem Tablet.

„Björn?" Er streckte den Arm in Richtung des Baumes aus, der noch gute dreieinhalb Meter von ihm entfernt stand, und hoffte, dass sein gefiederter Kamerad zu ihm kommen würde.

„Komm schon. Wir gehen wieder nach Hause. Die anderen vermissen dich. Und ich auch."

Die kleinen schwarzen Äuglein schauten zu ihm, aber Björn schien es auf dem Ast und mit dem weiten blauen Himmel über sich zu gemütlich zu finden, um zurückzukehren.

Was sollte er jetzt machen? Ihn mit Futter locken? Das würde wohl kurz nach dem Frühstück nicht funktionieren. Wenn er näher herankäme, könnte er ihn vielleicht überzeugen, sich auf seine Schulter zu setzen, und ihn so mit nach drinnen nehmen. Von hier aus konnte er nur rufen und hoffen.

Er musste in den anderen Garten. Vorsichtig blickte er in Richtung der Gartentür. Kein Milan zu sehen. Er ... müsste klingeln.

Finn wischte sich mit beiden Händen übers Gesicht.

„Du stellst was mit mir an", murmelte er in Björns Richtung und verließ den Garten.

Wenig später stand er vor Milans Haustür. Sie war in einem warmen Grau gestrichen und sah aus wie neu. Er klingelte und hoffte auf das Beste. Dass Milan zu Hause war und es ihm nicht so schwer machen würde.

„Hey, guten Tag."

Die Stimme ließ ihn zucken, obwohl er ja damit gerechnet hatte, gleich jemandem gegenüber zu stehen. Reflexartig trat Finn ein Stückchen zurück und musterte sein Gegenüber vorsichtig. Im hellen Mittagslicht erkannte er, dass Milans Haare gar nicht schwarz, sondern von einem sehr dunklen Braun waren.

„Hi", sagte er leise. Die Stimme in ihm drängte ihn, abzuhauen, schnell in die Sicherheit seiner eigenen vier Wände zurückzukehren, aber das konnte er nicht. Er musste Björn zurückholen.

„Mein Nymphensittich ist ausgebüchst und sitzt in deiner Kastanie", erklärte er und machte eine etwas ziellose Geste.

„Oh, verstehe. Dann komm rein, wir gehen hinter in den Garten." Milan hielt ihm die Tür auf, aber Finn konnte nur den Kopf schütteln. Das schaffte er nicht. Er konnte nicht in das fremde Haus gehen. Nicht mal für Björn.

„Ich … geh zurück in meinen Garten und wir treffen uns draußen, wäre das okay?" Er mied Milans Blick und machte sich auf verwirrte Fragen gefasst, warum er sich denn so blöd anstellte, aber es kam nichts.

„Okay, dann bis gleich."

„Danke dir."

Erleichtert wandte Finn sich ab und lief zurück.

Er hatte wirklich Glück, dass sein Nachbar so unkompliziert war. Er schien sehr nett zu sein, oder vielleicht interessierte es ihn auch schlicht und ergreifend nicht, warum er sich so benahm. Beides war in Ordnung. Zumindest machte ihm das Hoffnung, dass sie einigermaßen miteinander auskommen würden. Er konnte sich vielleicht an ihn gewöhnen. Nicht mehr vor der Stimme erschrecken, die er eigentlich ganz schön fand.

Als er wieder in den Garten trat, stand Milan schon auf dem Grundstück und blickte hoch zu Björn. Die Arme hatte er in die Seiten gestemmt. „Na, du Hübscher, gefällt es dir da oben?"

„Darf ich rüberkommen?", fragte Finn.

„Na klar, sicher."

Er stieg über den niedrigen Zaun und ging zu dem Baum. Zum Glück blieb Milan dort, wo er war. So konnte er sich auf Björn konzentrieren.

„Komm, wir gehen nach Hause", sagte er ruhig zu ihm und neigte den Kopf, um ihm klarzumachen, dass er auf seiner Schulter landen konnte.

Björn drehte das Köpfchen und hüpfte auf einen niedrigeren Ast. Einen weiteren Schritt schien er aber nicht machen zu wollen.

„Ich habe leider überhaupt keine Ahnung, wie man entflogene Sittiche wieder einfängt. Ich schätze mal, ein Netz ist keine gute Idee."

Finn schüttelte vehement den Kopf und sah Milan in die Augen. „Das würde ihm den Schock seines Lebens verpassen." Er hatte noch mehr sagen wollen, aber irgendwie schaffte es sein Anblick, ihn die Worte vergessen zu lassen.

Es waren nicht nur seine Augen oder sein Lächeln ... es war irgendwie ... alles. Die Art wie er da stand. Als sei er mit dem dem Boden verbunden. Sicher wie ein Felsen. Und genauso harmlos. Milan hatte diese Ausstrahlung von innerer Ruhe und Harmonie. Als wäre er mit sich und der Welt im Reinen.

Erst als Milans Mundwinkel sich bewegten, merkte Finn, dass er ihn anstarrte, und wandte den Kopf. Ihm war warm unter der schwarzen Kapuze. Aber sie gab ihm Sicherheit.

„Wie kann ich dir am besten helfen, ihn da wegzubewegen? Vielleicht, wenn ich auf die andere Seite vom Baum gehe? Vielleicht ist ihm das nicht geheuer, weil er mich nicht kennt, und dann fliegt er zu dir."

Finn zögerte. „Okay, aber mach es bitte langsam und vorsichtig. Ich will nicht, dass er sich erschreckt."

„Na klar."

Milan machte einen großen Bogen um den Baum herum, ehe er sich dem Stamm von der anderen Seite aus näherte. Den Blick hielt er auf Björn gerichtet, war wirklich konzentriert bei der Sache.

Wieder konnte Finn nur ihn ansehen. Dieses Mal waren es seine Arme ... Schön geformte Deltamuskeln, sanft geschwungener Trizeps. Früher waren es genau solche Männer, die ihm gefallen hatten. Muskulös, ohne zu übertreiben.

Früher, ja. Eigentlich hatte er gedacht, dass das vorbei war. Er hatte monatelang niemanden mehr so angesehen wie Milan. Seinen Körper betrachtet. Überhaupt als Körper wahrgenommen. Er war sich sicher gewesen, dass das vorbei war.

Dass er nie wieder jemanden attraktiv finden würde. Und das war gut so gewesen. Sicherer.

Aber es war nicht vorbei. Er stand hier und sah Milan an und ihm wurde noch wärmer, als es ihm ohnehin schon war. Ein Schweißtropfen kullerte über seinen Nacken und lief kitzelnd zwischen seinen Schulterblättern entlang.

Finn zog sich die Kapuze vom Kopf.

Was für eine Befreiung. Ein großer Teil der Hitze flog davon. Der warme Sommerwind strich ihm durch die leicht verschwitzten Haare. Er stieß den Atem aus. Es tat unerwartet gut. Unter dem dicken, schwarzen Stoff war es wirklich viel zu warm gewesen.

So gut es auch tat – so unangenehm war es auch. Das Gefühl, nackt zu sein, schlich sich in seinen Kopf. Fremden Blicken ausgesetzt. Finn sah sich um. Der Reporter war nicht zu sehen. Vielleicht war er wirklich abgehauen.

Da waren nur Björn und Milan.

Noch einmal streckte er den Arm nach seinem Nymphensittich aus. „Du verpasst das nächste Konzert, wenn du nicht zurückkommst", erklärte er ihm mit ruhiger Stimme.

„Er ist ein ganz schöner Sturkopf, kann das sein?", fragte Milan.

Finn nickte. „Sind sie alle."

„Alle? Wie viele hast du?"

„Sie sind zu viert."

„Wow, eine ganze Schar. Ich hab leider kein Haustier. Aber irgendwann zieht bestimmt eines ein – ist ziemlich einsam in so einem Haus, wenn man alleine wohnt."

„Und man ist anfällig für Serienmörder", schnaufte Finn.

„Ja, das hatte ich nicht bedacht."

„Wo hast du vorher gewohnt? In einer WG?"

„Sowas in der Art. Ich war Masseur in einem großen Wellness-Hotel. Wir hatten kleine Angestellten-Wohnungen. Alle nebeneinander. Da war es nie so still wie hier."

Masseur? Verstohlen betrachtete er Milans Hände. Sie waren groß, aber wirkten nicht plump. Wahrscheinlich genau richtig für so eine Arbeit. Er ... musste jeden Tag viele nackte Körper gesehen haben.

„Und was machst du jetzt?", fragte er. Es war seltsam. Als hätte er mit dem Abnehmen der Kapuze eine kleine Mauer eingerissen. Normalerweise vermied er solche Gespräche. Weil das klüger war. Aber normalerweise interessierte es ihn auch nicht, was andere zu erzählen hatten.

Vielleicht hatte er vergessen, dass es angenehm sein konnte. Dass es Spaß machen konnte, jemanden kennenzulernen. Neues zu hören.

Alle gefährlichen Dinge begannen mit Spaß. Gefahr kitzelte etwas, das tief in einem drin war. Dann ließ man sich darauf ein. Und dann bezahlte man.

„Der Job hat mir gefallen und war gut bezahlt, aber ich wollte nicht mein ganzes Leben so verbringen ... irgendwie war man immer nur für die Kunden da. Es hat sich gar nicht angefühlt, als würde man zwischendurch nach Hause gehen, sondern als schliefe man direkt am Arbeitsplatz. Streng genommen war's ja auch genau das. Ich hab nebenbei eine Weiterbildung gemacht und bin jetzt Ernährungsberater."

Finn nickte. „Geld ist halt auch nicht alles", sagte er. „Man sollte sich nicht davon in etwas reinlocken lassen, das einem nicht gut tut."

„Ja, so ist es." Milan verzog den Mund und blickte zu Björn. „Er ist nicht besonders beeindruckt von mir."

„Stimmt." Offenbar waren Björn und er derselben Meinung: Milan strahlte keine Gefahr aus. Es war wirklich verwunderlich, dass er so ruhig dasaß, obwohl er fremde Menschen gar nicht gewohnt war.

„Kannst du ihn mit Futter locken?"

„Normalerweise schon, aber ich fürchte, er ist im Moment satt. Ich habe sie erst gefüttert." Er zögerte. „Es gibt vielleicht etwas anderes."

„Und was?" Milans Blick lag auf ihm. Freundlich und interessiert. Das hier war keine nervige Sache für ihn. Er wollte wirklich helfen. Und er *sah* ihn.

Eine Gänsehaut kribbelte auf Finns Oberarmen. Dem fremden Blick standzuhalten, war schwierig, aber es ging irgendwie. Sein Herz pochte. Als es zu doll wurde, schaute er wieder zu Björn.

„Wenn ich singe, kommt er vielleicht."

„Meintest du das vorhin mit dem Konzert?"

„Ja ... wir singen öfter zusammen."

Milan grinste. „Das klingt niedlich, darf ich zuhören?"

„Solange du mich nicht auslachst."

„Ganz bestimmt nicht. Ich treffe selbst keinen Ton."

Früher hatte er gern gesungen. Auch vor anderen. Es hatte ihm nicht nur nichts ausgemacht – er hatte es genossen, viele Komplimente für seinen Gesang bekommen.

Finn atmete durch und stimmte Björns Lieblingslied an. *The Winner takes it all.* Als er leise die ersten Zeilen sang, regte sich der Sittich und hüpfte auf dem Ast hin und her. Seine Botschaft kam an.

Schmunzelnd sang Finn weiter. Der Wind trug die Klänge durch die Luft. Es machte Spaß, draußen zu singen.

Milan nickte ihm zu, zum Zeichen, dass er weitermachen sollte. Sie ahnten beide, dass es klappen würde. Und tatsächlich – als er beim Refrain ankam, flatterte Björn los und landete auf seinem Kopf. Finn blickte kurz nach oben, sang aber weiter und schaute dann zu Milan.

Er hatte Angst, dass Björn wieder abdüsen würde, wenn er aufhörte.

Milan schien zu wissen, was er dachte. Er lächelte ihn an und hob die Hand für einen Abschiedsgruß. Finns Mundwinkel zuckten. Vorsichtig drehte er sich um und sang weiter. Sang, während er über den Zaun stieg, sang, als er das Haus betrat, sang, als er die Tür hinter sich schloss und Björn endlich wieder drinnen und in Sicherheit war.

Gemeinsam kehrten sie ins Vogelzimmer zurück, wo Finn sich auf das alte Sofa mit den aufgeplatzten Polstern sinken ließ und erschöpft die Augen schloss, während er die letzten Takte des Liedes sang.

KAPITEL 8

SICHER, DASS DAS der richtige Ort ist?", fragte er und warf einen zweifelnden Blick zu seinem Freund, während seine Hand auf dem Türgriff ruhte.

„Das ist sogar *genau* der richtige Ort", erwiderte Louis und bedeutete ihm mit einem Nicken, dass er reingehen sollte. „Der richtige Ort für Investitionen, der richtige Ort, um sich Ideen zu holen und der richtige Ort, um ein bisschen Spaß zu haben."

Er war noch nie in einem Sex-Shop gewesen.

Louis schob sich an ihm vorbei und ging voraus, wie ein Stammkunde, der genau wusste, wo jedes einzelne Teil zu finden war. Finn steckte die Hände in die Jackentaschen und folgte ihm.

Krass, wie viel Zeug es hier gab. Nicht nur Dildos in allen möglichen Formen und Farben, sondern auch Ringe, Kugeln, Ketten, Ketten mit Kugeln und irgendwelche genoppten Teile. Vorn im Kassenbereich hing eine ganze Wand voller Kondome, daneben pries ein Werbeaufsteller das beste Gleitmittel aller Zeiten an.

Finn wäre wahrscheinlich alle zwei Schritte stehen geblieben, wenn Louis ihn nicht dauernd angesprochen hätte.

„Kommst du? Wir wollen zu den Klamotten. Spielzeug kannst du dir danach angucken. Hier hinten sind die besten Teile immer schnell weg."

Sie erreichten einen abgeteilten Bereich, der einer Boutique glich. Die Puppen trugen Unterwäsche. Netzslips. Lack und Leder. Andere Formen, andere Stoffe.

„Wirst bald merken, dass jeder Look seine Fans hat." Louis wandte sich ihm zu und musterte ihn von oben bis unten. „Du bist der hübsche Student, der auch Model sein könnte. Ein bisschen schüchtern, aber im Inneren versaut." Er wackelte mit den Augenbrauen und deutete auf die Regale. „Du kannst fast alles davon anziehen, solange du es mit normalen Teilen abwechselst. Das gibt den Überraschungseffekt. Was wird er heute tragen? Verstehst du?"

Finn brummte zustimmend und ließ seine Finger über einen Slip gleiten, der feucht glänzte. *Wetlook* stand auf dem Schild. Das Höschen sah ganz schön eng aus.

„Ja, genau sowas", sagte Louis. „Und dann ein ganz normales Hemd drüber. Vielleicht solltest du dir auch eine Brille zulegen, oder irgendein anderes Accessoire, das deinen Typen unterstreicht. Ein Markenzeichen. Hochgekrempelte Ärmel? Oder eine lose getragene Krawatte? Leb dich aus, Alter."

Finn musste grinsen. Sein Kumpel ging so richtig in dieser Sache auf und dieser Elan schwappte auch auf ihn über. Die Arbeit als Camboy war wirklich cool. Inzwischen hatte er so einige Sitzungen hinter sich. Zwei weitere Privatchats und zwei allgemeine mit dem großen Publikum. So langsam gewöhnte er sich daran, wurde lockerer, hatte wirklich Spaß daran.

„Meinst du, die passt?", fragte er und hielt sich den blauen Wetlook-Slip vor den Schritt.

„Sieht gut aus. Die muss etwas eng sitzen, ist genau richtig." Louis griff nach einem anderen Teil. „Wie wär's mit dem noch dazu?" Das Teil war rot und sah fast aus wie gehäkelt.

Eine sehr grobe Netzstruktur in Form einer Hotpants. „Da kannst du hinten auch was durchstecken." Louis grinste und drückte ihm das Ding in die Hand. „Du wirst das so rocken ... nächsten Monat kannst du dir drei Paar von den geilen Schuhen kaufen, ich schwör's dir."

*

Der Chat füllte sich binnen zehn Sekunden. Louis hatte ihm erklärt, dass das daran lag, dass einige Leute ihre Lieblingsboys abonnierten. Die bekamen dann eine Push-Nachricht aufs Handy oder auf ihren PC, wenn er live ging, und kamen sofort angerannt.

Fans.

Das Wort fühlte sich total surreal an. Sänger hatten Fans. Schauspieler. Er war nur ein Typ, der vor der Kamera rummachte.

Er hörte Louis' Stimme widersprechen. Wir sind Künstler, würde er ihm entgegnen. Damit hatte er wohl irgendwie Recht. Trotzdem ...

„Hey", sagte Finn und grinste in die Kamera, als immer mehr Leute ihn begrüßten und schrieben, dass sie sich freuten, oder sogar, dass sie ihn vermisst hatten. „Wie geht es euch? Habt ihr einen schönen Abend?"

Am Anfang hatte er kaum ein Wort herausbekommen, aber mit den Zuschauern zu reden half, die Nervosität abzubauen – und es gefiel den Leuten. Natürlich konnte er nicht alle Antworten lesen, weil sie einfach zu schnell durchs Bild scrollten, aber auf einige ging er ein, während er in Ruhe einen Schluck Cola trank und es sich auf dem Sessel bequem machte.

Wie gewohnt forderten einige bereits, dass er sich ausziehen sollte oder gaben Anweisungen, aber Finn vertraute inzwischen auf sein eigenes Tempo. Er redete ein bisschen mit den Leuten und erzählte etwas über die Uni, während er ganz beiläufig mit dem Saum seines Hemdes spielte oder sich über den Oberschenkel fuhr.

Wenn ich dein Professor wäre, würde ich dir nur noch Privatstunden geben, schrieb einer. *Du würdest immer die besten Noten bekommen, wenn du artig wärst.*

„Meine Dozenten sind leider Null mein Typ", sagte Finn und knöpfte sich nach und nach das Hemd auf, während er weitere Nachrichten las. Vermutlich waren die meisten der Kerle hinter den Monitoren auch nicht sein Typ, aber das war ja das Gute an dieser Sache: Er sah sie nicht, sie fassten ihn nicht an, und deswegen war alles seiner Fantasie überlassen.

Hast du einen Freund?

Die Frage kam jedes Mal auf. „Ich muss mich aufs Lernen konzentrieren. Keine Zeit für die Liebe", erwiderte er mit einem Zwinkern. „Ich nehme mir schon alle Zeit, die ich erübrigen kann, für euch."

Du bist so süß.

„Ich hab mich heute auch besonders schick gemacht ... für euch." Er zog den Bund seiner Hose ein Stück herunter, sodass die Kamera eine Ahnung von dem roten Stoff darunter einfangen konnte.

Er würde sie nicht sofort ausziehen. Er wusste, dass er sie noch ein bisschen hinhalten und scharfmachen konnte.

„Wenn ihr drei Wünsche freihättet, wie würdet ihr sie benutzen?", fragte er mit leicht lasziver Stimme und rieb sich über die Hose. Diese Frage stellte er gerne. Sie war sowas wie sein Markenzeichen geworden. Es machte Spaß, die Antworten zu lesen. Die meisten schrieben drei Dinge, die sie sich *von ihm* wünschten, oder die sie mit ihm anstellen wollten – was ihm immer neue Ideen lieferte. Andere schrieben tatsächlich reale Wünsche für ihr Leben auf, was ihm mehr über seine Zuschauer verriet.

Du erfüllst mir schon alle Wünsche, wenn du einfach nur da bist.

... Und manche waren einfach nur süß. Sie liebten ihn und auch, wenn er tief in sich drin wusste, dass sie ihn schnell wieder vergessen würden, wenn er von der Website verschwand, taten ihre Worte und Komplimente gut.

Die Abende vor der Cam waren längst mehr als ein Hobby oder Nebenjob. Sie wurden zu einem Ritual. Er fühlte sich wie ein Rockstar, wenn sie alle zu ihm strömten.

So wie jetzt, als er die Hose auszog. Die Besucherzahl schoss in die Höhe, während Finn seinen Hintern in dem roten Netzhöschen präsentierte.

Bück dich mal für mich!

Kann man dich auch treffen?

Ich würd ihn dir jetzt gern ganz tief reinrammen.

Je heißer seine Show wurde, umso mehr kochten die Gemüter hoch. Finn ließ sich mitreißen. Wenn die Kerle geil waren, schrieben sie manchmal krasse Sachen. Wenn es zu heftig wurde, griff ein Admin ein, aber normalerweise war das nicht nötig. Es ging hier nur um Fantasien. Sobald er die Cam ausschaltete, war alles wieder normal.

Finn spielte eine Weile mit dem Netzstoff. Zugegeben, es sah wirklich ziemlich geil aus, wie sich sein Schwanz dagegen drückte. Er konnte die Jungs verstehen.

Die Show heute sollte die letzte für diesen ersten Monat sein. Da wollte er es richtig krachen lassen. Sich selbst beweisen, wie weit er gekommen war und seinen bisherigen Zuschauerrekord brechen.

Deswegen griff er nach dem blauen Dildo, den er im Sexshop gekauft hatte, zeigte ihn den Leuten und züngelte ein bisschen daran herum, ehe er nach dem Gleitmittel griff und ihn großzügig damit einrieb.

Er positionierte das Ding unter sich auf dem Polster des Sessels und setzte sich langsam darauf. Sein Schwanz zuckte, als er sich bewusst machte, dass ihm gerade über hundert hungrige Männer dabei zusahen, wie der Dildo in ihn eindrang.

Finn rutschte in eine halb sitzende, halb liegende Position, damit die Zuschauer sehen konnten, wie das Ende aus ihm herausragte, und zog den Netzslip vorn so weit herunter, dass er sich richtig anfassen konnte.

Eine wahnsinnige Hitze brodelte in ihm. Sie glühte auf seinen Wangen und in seinem Schoß. Das Chatfenster war nur noch ein verzerrter Nebel auf dem Monitor. Er wusste, dass er sich schon wieder gehen ließ, aber das kannten sie ja inzwischen von ihm.

Wenn er es nur für sich machte, steckte er sich selten etwas rein ... aber das hier war nicht einfach nur Selbstbefriedigung. Es war eine Show. Jede Faser prickelte. Er fand nie die richtige Position auf dem Sessel und rutschte unruhig darauf herum. Wenn der Dildo verrutschte, schob er ihn wieder rein und genoss das Gefühl des Ausgefülltseins.

Das Netz rieb über seine Hoden. Finn stöhnte leise und griff fester zu. Er bewegte das Becken zum Auf und Ab seiner Hand. Ein bisschen versuchte er noch, es hinauszuzögern, das Ziel dieser Show im Blick, aber lange hielt er nicht mehr stand. Inzwischen hatte er nur noch in den Camshows Sex. Wenn er morgens mit einer Latte aufwachte, ignorierte er sie. Seine Erregung gehörte den Fans.

Irgendwann war es vorbei, und Finn lag verschwitzt und schwer atmend auf seinem Sessel. Die Kamera lief noch, weil er noch nicht bereit dazu war, aufzustehen und sie abzuschalten.

Die Zahl seiner Zuschauer hatte sich reduziert, aber einige waren noch da und schrieben Nachrichten.

Ich könnte dir jahrelang zugucken, bei allem, was du machst.

Deine Oberschenkel sind der Hammer.

Würd' dich jetzt ins Bett tragen und mich an dich kuscheln.

Manche waren regelrecht liebevoll. Und wenn er ehrlich war, hätte er jetzt nicht mal was dagegen gehabt, wenn ein Partner dagewesen wäre, mit dem er seine Erschöpfung noch ein bisschen hätte genießen können.

„Ich danke euch, Jungs", sagte er und richtete sich träge auf. Er hievte sich aus dem Sessel und trat auf den Schreibtisch zu. „Ich hoffe, ihr bleibt mir treu." Mit einem müden Lächeln verabschiedete er sich und beendete die Session.

Eine Woche später war Louis bei ihm zu Besuch. Er wollte unbedingt dabei sein, wenn die Abrechnung für seinen ersten Monat online ging.

Grinsend boxte Louis gegen sie Sessellehne. „Für'n Anfänger hast du das alles echt gut gemacht. Einfach improvisiert." Sofort entdeckte er den Karton, der neben dem Sessel unter dem Beistelltischchen stand. „Und da sind die Spielzeuge drin, was? Ich rieche sowas."

„Ich hab sie sauber gemacht", witzelte Finn zurück und klickte auf der Seite herum.

„Alter, ich bin echt gespannt. Du hast bestimmt mehr als ich. Aber das wär' gut, dann hab ich 'n größeren Anreiz, mich reinzuhängen. Rivalität ist was Gutes."

Finn schüttelte den Kopf und schob den Mauszeiger auf das Feld mit dem Namen *Berechnung & Gutschriften*.

„Auf geht's. Stunde der Wahrheit!"

Mit einem Klick öffnete sich die neue Seite.

Mehrere Daten waren untereinander aufgelistet. Jede Menge Zahlen, weiß auf schwarz. Alle seine Camsessions, privat und öffentlich. Dazu Besucherstatistiken, Zeitangaben, und am Ende eine centgenaue Abrechnung.

„Krass", stieß er leise aus.

„Ich hab dir doch gesagt, dass es locker für die Schuhe reicht. Selbst wenn du die Slips und den Kram noch abziehst, ist das fett." Er klopfte ihm lachend auf die Schulter. „Wir rocken das Ding so richtig. Mann, ich freu mich echt. Für dich, ist ja klar, aber auch für mich und uns beide. Es hat nur halb so viel Spaß gemacht, als ich's allein gemacht habe. Ist definitiv cooler, wenn man einen direkten Kollegen hat, mit dem man sich austauschen kann."

Louis hatte so gute Laune, dass Finn sich anstecken ließ. In ihm selbst herrschte noch der Unglaube über diese Zahl vor. Mit ein bisschen Zeit am Abend – nicht mal jeden Abend – hatte er so viel Geld verdient, dass er mehr als nur seine Miete davon hätte zahlen können. Wenn er damit weitermachte, konnte ihm das ganz neue Wege öffnen. Der Camjob würde sein Leben verändern.

KAPITEL 9

ZWEI WOCHEN NACH seinem Einzug standen endlich alle Möbel. Auch die Regale waren aufgehängt und das meiste Unkraut im Garten beseitigt.

Durch das Haus zu spazieren, erfüllte Milan mit tiefer Zufriedenheit. Er liebte die hellen Wände, die großen Fenster, und wie die Luft draußen im Garten roch. Auch die Ruhe, hier am Stadtrand.

Er kam immer wieder gern nach Hause. Nach jedem Kundenbesuch freute er sich darauf. Und auch, wenn er den Kredit noch eine gute Weile abzahlen würde, fühlte es sich doch inzwischen ganz wie seins an.

Er trat nach draußen auf die kleine Terrasse. Es war ein sonniger Nachmittag. Nur ein paar vorbeiziehende Schäfchenwolken zierten den blauen Himmel. Der Wind ließ die Blätter der Kastanie rascheln.

Ein eigener Garten war schon was Tolles. Aber das war nicht der einzige Grund, warum er sich fast nur noch hier draußen aufhielt, wenn er zu Hause war. Nein, es lag definitiv an seinem Nachbarn. Finn war ... Ja, er war ein bisschen seltsam. *Scheu* passte vielleicht besser. Aber das war nur die

Oberfläche. Darunter steckte ein freundlicher Mann, der Tiere liebte, wunderschön singen konnte und auch noch verdammt hübsch war.

Irgendetwas war ihm passiert, das spürte er jedes Mal, wenn er ihn sah. Er spürte Finns Vorsicht, wenn sie sich begegneten. Seit er ihm mit dem Vogel geholfen hatte, trafen sie sich öfters im Garten.

Finn erntete dann die Kirschen, oder rückte ebenfalls dem Unkraut zu Leibe.

Heute hockte er in der Nähe des Zaunes am Boden und stach die Grasnabe aus.

„Legst du ein Beet an?", fragte Milan und kam vorsichtig näher heran. Er trat nicht direkt an das Stück Zaun heran, an dem Finn saß, sondern blieb zwei Meter entfernt stehen.

Finn sah zu ihm auf. Er trug eine weiße Schirmmütze gegen die Sonne.

„Ich schiebe das schon eine Ewigkeit vor mir her."

„Weißt du schon, was du reinsetzen willst?"

„Anemonen", erwiderte er. „Und am Haus ein paar Pfingst-rosen. Und da drüben stelle ich mir ein Gemüse-Hochbeet hin."

Milan zog die Brauen hoch. „Das klingt nach einer ausge-klügelten Planung. Du steigst wohl so richtig ins Gärtnern ein?"

Finn stach ein Stück Rasen aus und schaufelte den Ballen dann aus dem Loch. „Ja." Er sah kurz zu ihm auf. „Dein Einzug hat mich daran erinnert und ... motiviert mich wohl ein bisschen. Also danke."

Milan lächelte.

„Nichts zu danken." Er sah ihm noch einen Moment lang zu und drehte die nächsten Worte in seinem Kopf hin und her, bevor er sich dazu durchringen konnte, sie auszusprechen. „Hast du vielleicht Lust, morgen Abend rüberzukommen?

Ich würde ein paar Sachen auf den Grill schmeißen. So eine Art kleine Feier, weil jetzt so langsam alles Form annimmt. Du wärst mein erster richtiger Gast."

Finn hielt inne und blickte auf den Boden. Vielleicht war seine Einladung zu früh gekommen oder hatte zu verbindlich geklungen. Manchmal täuschte ihn sein Gefühl ... und nur, weil einer ABBA mochte, hieß das ja nicht, dass er auf jeden Fall schwul war. Es hatte sich einfach angefühlt, als wäre da ein Funken Interesse.

„Nur wir beide?", fragte Finn zögerlich.

„Ja, na ja, du bist der Einzige, den ich hier bis jetzt kenne. Also ganz unverbindlich. Nur einen Happen Essen und ein bisschen quatschen. Von Gartenbesitzer zu Gartenbesitzer", versuchte er, die Sache zu retten.

„Was sagt der Wetterbericht? Können wir die ganze Zeit draußen sitzen?"

Milan checkte sein Handy. „Ja, sieht gut aus. Klar, wir machen es uns auf der Terrasse bequem."

„Okay, dann ... bin ich dabei."

„Super, das freut mich."

Finns Lächeln war schwach, aber es ließ seine Stirn ganz merkwürdig kribbeln. „Magst du irgendwas Bestimmtes? Ich fahr gleich los und hole ein paar Sachen. Ich brauche auch noch Grillkohle und so."

„Zum Baumarkt?" Nun sah er ihn direkt an.

„Ja, die haben die beste."

„Kannst du mir vielleicht ein paar Sachen mitbringen?"

Als er wenig später mit dem Karton mit Finns Wünschen zurückkehrte, strahlte sein Nachbar ihn dankbar an. Es waren ganz simple Dinge. Arbeitshandschuhe, eine kleine Schippe, eine Spule Gartendraht und solcher Kram.

Er kam zum Zaun und reichte ihm den Karton. Ihre Finger berührten sich kurz, als Finn ihn entgegennahm. „Danke, das hat mir echt Zeit gespart", sagte er und strich sich ein paar Strähnen zurück unter das Cappy. Wie schön er war ... Milan musste sich zusammenreißen, um nicht zu offensichtlich zu starren.

„War doch kein Problem."

„Ich hole dein Geld."

Milan sah ihm nach, als er nach drinnen lief. Sein Herz fühlte sich an, wie ein aufgezogener Kreisel, der wild rotierte. Einer von denen, die dabei noch Musik spielten. Lambada zum Beispiel.

*

Vielleicht hatte er sich getäuscht. Milans Einzug machte sein Leben nicht schwieriger. Er half ihm. Nicht nur mit Besorgungen, sondern auch, indem er es irgendwie schaffte, ihn zum Lächeln zu bringen.

Finn legte die Finger an seine Lippen, als er im Wohnzimmer nach dem Portemonnaie suchte. Milan war unheimlich nett und auf eine Art und Weise verständnisvoll, um die man nicht bitten musste.

Er war froh, dass ausgerechnet er dort eingezogen war.

Als er ihn zum Essen eingeladen hatte, war die Angst zurückgekehrt, aber er wollte trotzdem hingehen. Wenn sie nur draußen saßen, war es okay. Ein Schritt in die richtige Richtung. Vielleicht konnte alles wieder ein bisschen normaler werden. Vielleicht konnte er einen Freund finden, oder ...

Finn schüttelte den Kopf, weil der Gedanke ihm übertrieben optimistisch vorkam. Nein, er verrannte sich da in etwas.

78

Milan war freundlich und offen, aber mehr würde da nicht sein. Konnte es nicht.

Er konnte niemals wieder jemanden haben, der mehr als ein Freund war.

*

Am Nachmittag des nächsten Tages stand Milan auf der Terrasse und zündete Grillkohle an. Ein Grinsen lag auf seinem Gesicht.

Früher, im Tulala-Tempel hatte es oft ein Abendprogramm auf der Terrasse gegeben. Mit Barbecue, wie sie es dort genannt hatten, weil es erlesener klang, und manchmal sogar einer Show. Immer mit Livemusik.

Eine Show würde es hier nicht geben, und er hatte auch keine Band da, aber das Radio spielte ein paar Popsongs und der Sonnenuntergang war ja auch ein Spektakel, dem man gerne zusah.

Er wedelte den Kohlen Luft zu und lief dann in die Küche, um die Lebensmittel zu holen. Vor sich hin summend deckte er den Tisch, faltete sogar zwei Servietten und legte frische Sitzkissen auf die Gartenstühle.

Endlich war der Grill heiß genug und Milan legte Brot, Gemüsespieße und etwas Fleisch auf das Gitter. Mit der Zange bewaffnet blieb er davor stehen und betrachtete stolz sein Grundstück.

Es war anstrengend gewesen, das Unkraut auszustechen, den Schutt wegzuschaffen und die wuchernden Sträucher zurückzuschneiden, aber jetzt war der Garten bereit für einen Neuanfang. Er könnte Beete anlegen. Einen neuen Weg. Dekorieren. So gestalten, wie es ihm gefiel. Den Pflanzen beim Wachsen zusehen.

„Das riecht verlockend." Finn stützte sich auf den Zaun und schaute zu ihm rüber. Er trug ein langärmeliges Hemd, das ihm eine Nummer zu groß zu sein schien, und sah trotzdem toll darin aus.

„Komm her und probier es", forderte Milan ihn auf und grinste. „Ist so gut wie fertig, du hast das perfekte Timing. Was möchtest du trinken?" Er deutete auf die Auswahl an Flaschen, die auf dem Fensterbrett standen.

Finn schwang sich über den niedrigen Holzzaun und stapfte heran. Die Dielen knarrten freudig unter seinen Schritten. „Ich nehme Orangensaft." Er blieb kurz vor dem Tisch stehen und schien sich nicht entscheiden zu können, wo er sich hinsetzen sollte, dabei war ja nur an zwei Stellen gedeckt. Milan hatte die Plätze ausgewählt, die sich an der kurzen Seite des Tisches gegenüberlagen. Das war am angenehmsten, um sich zu unterhalten.

„Kann ich mich hierhin setzen?", fragte Finn und deutete auf das Kopfende des Tisches.

Milan zuckte mit den Schultern und wendete testweise ein Stück Brot. Ja, das sah gut aus. „Du kannst überall sitzen, wo du möchtest. Auch auf der Kastanie. Ein Vogel hat mir gesagt, dass der eine Ast da ziemlich bequem ist."

„Danke." Finn lächelte nach wie vor nur selten, aber wenn er es tat, hüpfte etwas in Milans Innerem. Dieser Mann hatte es ihm eindeutig angetan.

Er zog einen der Stühle auf die Kopfseite des Tisches und verschob auch Teller und Besteck dorthin. Vielleicht war das besser fürs Feng-Shui. Milan fragte nicht. Aus seiner Arbeit im Tulala-Tempel wusste er, dass manche Menschen einfach ganz bestimmte Vorstellungen hatten, und dass es manchmal auch nur eine Gefühlssache war. Dass es sich besser anfühlte, dort zu sitzen oder hier zu liegen. Und er akzeptierte das. Sein

Gast sollte sich hier wohlfühlen. Wie sie am Tisch saßen, war am Ende völlig egal.

Er schenkte ihm etwas von dem Orangensaft ein und nahm Finns Teller. „Was darf's sein? Wir haben geröstetes Baguette mit Kräutern, Steak a la Provence und vielerlei Gemüse am Spieß."

„Ich nehme gerne von jedem etwas."

„Kommt sofort." Milan verteilte die Sachen auf dem Teller, stellte ihn vor Finn ab und nahm sich dann selbst eine ähnliche Portion. Das, was übrig blieb, legte er in eine Schüssel und stellte sie in die Mitte des Tisches.

Die Stuhlbeine scharrten über das Holz, als er an den Tisch heranrückte.

Gemeinsam begannen sie, zu essen, während sich der Himmel rot-violett färbte. Der Duft von gegrilltem Gemüse und Kräuterbaguette vermischte sich mit dem Geruch von Laub und Gräsern. Milan atmete ihn tief ein und lehnte sich entspannt zurück.

„Ich kann noch gar nicht richtig fassen, dass ich endlich angekommen bin", murmelte er und biss von seinem Gemüsespieß ab. „Ich habe mir zwar immer gesagt *Eines Tages ...* aber wenn es dann so weit ist, fühlt es sich total unwirklich an."

„Also hast du neben der Arbeit als Masseur eine Weiterbildung gemacht und immer Geld weggelegt, damit du dort irgendwann aufhören und dein eigenes Ding machen kannst?", fragte Finn.

Er nickte. „So in etwa war's. Ich habe mich ordentlich ins Zeug gelegt, um die Kunden zufriedenzustellen. Die Trinkgelder waren nicht von schlechten Eltern. Ich bin nicht gierig, aber man braucht ja doch Geld, um sich bestimmte Wünsche zu erfüllen."

Finn kaute nachdenklich auf seinem Baguette herum. Hatte er was Falsches gesagt? Er wartete eine Weile, aber der junge Mann schwieg nur und wirkte irgendwie bedrückt.

„Hast du das Haus gekauft? Du bist ja auch noch ziemlich jung."

„Von meinen Großeltern geerbt", sagte er. „Meine Mutter wollte es nicht. Ich hatte vorgeschlagen, dass wir beide hier einziehen."

„Habt ihr ein gutes Verhältnis?"

Finn nickte. „Uns verbindet sehr viel."

„Und dein Vater?"

„Mit dem verbindet mich umso weniger."

„Tut mir leid, das zu hören."

„Ich brauche nicht so viele Menschen."

Milan versuchte, den Ausdruck in Finns Gesicht zu verstehen. Seine Miene wirkte entschlossen, beinahe trotzig, aber in seinen Augen stand noch mehr.

„Nein, man braucht nicht viele. Nur die richtigen", stimmte er ihm zu und lächelte. Finn nickte leicht, aber seine Mimik blieb still.

„Ich fühl mich zurzeit schon ein bisschen einsam", räumte er ein. „Das ältere Ehepaar auf der anderen Seite von meinem Haus ist nett, aber der Funke ist nicht übergesprungen." Er seufzte. „Und mein Freundeskreis beschränkt sich komplett auf die ehemaligen Kollegen, die alle noch im Tempel arbeiten. Ich muss ganz von vorn anfangen. Freunde finden ... vielleicht einen Partner. Ich meine, was bringt mir das große Haus, wenn ich niemanden einlade?"

„Bei deiner Arbeit lernst du sicher ein paar Leute aus der Umgebung kennen."

„Das stimmt, Arbeit ist immer ein guter Weg, um sich näher zu kommen."

Milan zögerte. Er beobachtete Finn die ganze Zeit. Vorsichtig natürlich, niemand mochte es, die ganze Zeit angestarrt zu werden. Aber er konnte gar nicht anders. Bei Finn spürte er etwas. Den Funken, der woanders fehlte, auch wenn er nicht direkt das ganze Haus in Brand steckte. Es war eher ein Glimmen und Flackern. Wie das Licht in einem Lampion. Zurückhaltend, aber doch bunt und magisch. Ein Licht, das nur im richtigen Moment seine Schönheit zeigte. Das sich die meiste Zeit über verbarg ... so wie Finn sein Lächeln.

„Was machst du denn eigentlich beruflich?", fragte Milan.

Finn blinzelte und schien aus tiefen Gedanken zu erwachen. „Ich bin Grafikdesigner und Illustrator. Am liebsten mache ich Zeichnungen für Bücher, aber es ist viel Werbung dabei."

„Oh, was für Bücher hast du schon illustriert?"

„Wendigona, kennst du das?"

„Nein, sagt mir nichts."

„Das ist eine Fantasy-Reihe. Da habe ich die Karten gezeichnet und ein paar Charakterillustrationen."

„Vielleicht bestelle ich es mir. Es ist was Besonderes, wenn man mit seiner Arbeit viele Menschen gleichzeitig erreichen kann. Ich finde, das ist eine der großartigen Sachen an Künstlern." Er trank einen Schluck. „Ich habe lange überlegt, etwas mit Fotografie zu machen, aber da gab es zu viele Probleme."

„Mit deiner Arbeit hilfst du auch vielen Menschen. Mit denen zu arbeiten ist auch eine Kunst."

Milan musste lachen. „Stimmt schon, stimmt schon. Ich hoffe, dass ich helfen kann. Aber Massagen und Ernährungspläne sind anders als deine Art von Kunst. Niemand ist bewegt von einem Mahlzeitenplan und einer Einkaufsliste. Und die Massagen lösen zwar Gefühle aus, aber das ist meisten nur Schmerz und am Ende ein bisschen Erleichterung.

Niemand gerät ins Träumen oder denkt wochenlang darüber nach."

„Du hast eine sehr romantische Sicht auf die Kunst", stellte Finn fest.

„Das stimmt ... ich bin vielleicht ein Träumer." Er betrachtete Finn im rötlichen Licht der Abenddämmerung. Die Haare trug er offen, und die blonden Strähnen umrahmten sein Gesicht weich und schimmernd.

Ihre Blicke streiften sich und Milan war sich sicher, dass Finn sich gleich wieder abwenden würde, aber dieses Mal dauerte der Moment länger als sonst.

„Das war ich früher auch", sagte Finn und sein Blick glitt wieder in die Ferne. „Aber wenn man träumt, sieht man Dinge anders. Dann übersieht man Gefahren."

Finn hatte genau das erlebt. Milan konnte es ihm ansehen, und es tat ihm leid. Jeder sollte ohne Angst träumen können. Neugier wuchs. Er wollte ihn fragen, was sein Traum gewesen war, aber er wusste auch, dass Finn es wahrscheinlich von selbst erzählt hätte, wenn er darüber reden wollte.

„Ich glaube, die größte Gefahr ist, dass man es danach nicht mehr versucht."

Finn sah ihn an. Dieses Mal war er es, der regelrecht starrte.

„Das ist nicht die größte Gefahr", erwiderte er. „Wenn du das denkst, dann ..." Er schüttelte nur den Kopf und brachte den Satz nicht zu Ende.

„Dann bin ich vielleicht ein bisschen naiv", räumte er ein. „Das kann sein. Bis jetzt ging für mich alles gut aus. Ich meine, man träumt von der großen Liebe, dann verliebt man sich und wenn es auseinandergeht, zerstört es einen und man braucht Mut, um den Traum nochmal zu träumen. Aber die Gefahr gehört dazu, oder nicht? Und das Zerstörtwerden auch. Erst kommt die Asche, dann der Phönix."

Je mehr er sprach, umso blasser schien sein Gegenüber zu werden. Finn sah ihn an, aber er schien durch ihn hindurch zu blicken. Schockiert.

„Das klingt ... echt einfach bei dir." Seine Stimme war leise wie das Rascheln der Bäume.

„Hast du keine mehr? Träume, meine ich."

„Nein."

„Bist du sicher? Ohne einen Traum vor Augen würde ich morgens gar nicht aus dem Bett kommen. Und ich wäre ohne einen Traum nicht auf die Idee gekommen, einen Kredit aufzunehmen ... oder stundenlang Brennnesseln zu rupfen." Er neigte den Kopf. „Irgendetwas muss es geben. Jeder träumt doch von irgendetwas. Eine persönliche Errungenschaft, oder eine berufliche. Liebe, Familie, ... ein besonderer Illustrations-Auftrag ...."

Finns Mimik wirkte immer verspannter und Milan beendete seine Aufzählung lieber.

„Nein. Ich wünsche mir nur Ruhe. Und ... ich muss jetzt nach Hause." Finn legte das Besteck auf den leeren Teller. Es klirrte unerwartet laut. Mit versteinerter Miene stand er auf. „Danke für das Essen."

KAPITEL 10

Louis ging voran, als sie den Laden betraten. Mit erhobenem Kopf, verdrehtem Cappy und einer riesigen Portion Selbstbewusstsein.

Finn folgte ihm.

Das Geschäft sah von innen noch teurer und edler aus, als von außen. Hier war nicht alles mit Regalen vollgestopft – es wirkte eher wie eine Kunstausstellung. Die Schuhe ruhten auf kleinen Podesten, die scheinbar zufällig in dem großen Raum verteilt waren.

Die Verkäuferin musterte sie beide mit einer kleinen Falte zwischen ihren perfekt gezupften Augenbrauen. Wahrscheinlich dachte sie, dass sie klauen oder Unruhe stiften wollten.

„So, das sind sie, oder? Die Schuhe deiner Träume."

Finn eilte ihm hinterher und blieb dann vor dem Sockel stehen. Ja, das waren sie. Und sie faszinierten ihn immer noch. Er konnte gar nicht genau sagen, was es war ... diese Schuhe hatten einfach eine Ausstrahlung. Sie waren irgendwie sexy, und zwar mehr als einige Typen, die er kannte.

„Die Zeiten, in denen du sie nur angeglotzt hast, sind vorbei. Na los, probier sie an."

„Kann ich Ihnen vielleicht behilflich sein?", fragte sie Verkäuferin in einem sehr nasalen Tonfall.

„Schuhe anziehen kriegt er noch alleine hin, aber danke", sagte Louis und drehte den Schirm seines Cappys wieder nach vorn. „Im An- und Ausziehen sind wir beide echte Profis."

Er übertrieb es mal wieder. Finn nahm die Schuhe von dem Podest und setzte sich auf den nächstgelegenen Sessel. Seine eigenen, etwas abgelatschten Schuhe trat er sich von den Hacken und schlüpfte dann in die neuen.

Sie waren unfassbar leicht. Fast als hätte man gar keine Schuhe an. Andächtig strich er über das Material, ehe er vorsichtig an den Schnürsenkeln zog und sie zu Schleifen band.

Dann stand er auf und machte ein paar Schritte, den Blick nach unten gerichtet.

„Pass auf, dass du nichts umreißt, Alter. Für die Schuhe reicht's – für den ganzen Laden noch nicht." Er lachte.

Finn nickte und besann sich darauf, seine Umgebung nicht aus den Augen zu verlieren ... auch wenn diese Schuhe ihn regelrecht hypnotisierten. Er liebte dieses gleißende Weiß und das weiche Gefühl an seinem Fuß. Wie ein Streicheln bei jedem Schritt.

Im Spiegel bewunderte er die honigfarbenen Sohlen. Ein echtes Highlight. Finn drehte sich und betrachtete seine Füße von mehreren Seiten. Ihm kam ein Lied in den Sinn, und wie immer fing er direkt an, es leise vor sich hin zu singen. These Boots Are Made for Walkin'.

„Ich sehe schon, du hast dich verknallt. Ich kann's verstehen. Die sind echt heiß. Und du hast sie dir echt verdient. Ab jetzt kannst du dir einen Traum nach dem anderen erfüllen."

*

Er hatte nie gedacht, dass ein Paar Schuhe so viel verändern könnte. Eigentlich waren es auch nicht direkt die Schuhe. Sie waren nur der Anfang gewesen – und jetzt waren sie sein Beweis. Sein Beweis dafür, dass Louis Recht hatte. Dass das Leben nicht immer schwierig und ein Kampf sein musste.

Er konnte es leicht nehmen.

Er konnte genießen. Er konnte er selbst sein, sich vor die Kamera setzen und sich anhimmeln lassen und dabei noch Geld verdienen. Er konnte frei sein.

Die Vormittage an der Uni wurden einfacher, aber auch langweiliger. Einfacher, weil er sich nicht mehr so viel Druck machte, und langweiliger, weil er eigentlich nur auf den Abend wartete.

Finn ging aus. Er feierte mit Louis und ein paar anderen Freunden in den Clubs. In teuren Clubs. Sie luden die anderen ein und ließen sich dafür bejubeln. Sie tranken raffinierte Cocktails und ließen es sich gutgehen.

Die Clique verstreute sich schnell. Einige tranken an der Bar, andere gingen auf die Suche nach etwas Gesellschaft und der Rest tanzte oder stand zu cool für richtiges Tanzen am Rand und wippte mit dem Kopf.

Mit den weißen Sneakern wirbelte er nur so über die Tanzfläche, badete im Meer der bunten Lichter und kantigen Beats und liebte sein Leben. Noch mehr sogar, wenn der DJ auf die Idee kam, Dancing Queen von ABBA zu spielen.

Das Dauergrinsen schmerzte schon fast. Er und Louis waren unsterblich. Heute Nacht und für immer. Es war der Wahnsinn. Nicht nur die Musik ... auch die Typen hier.

Ein Kerl, der über und über mit Tattoos bedeckt war, tanzte ihn an. Die Bilder auf seiner Haut bewegten sich beim Spiel seiner Muskeln. Er kam dicht an ihn heran, legte eine

Hand an seine Hüfte und wiegte sich gemeinsam mit ihm zur Musik hin und her.

„Du siehst geil aus. Bist du neu in der Stadt?", fragte er dicht an seinem Ohr. Ein warmer Schauer lief über seine Schultern.

Neu in der Stadt war er nicht ... aber neu in dieser Sphäre. Dort, wo man nicht mehr jeden Cent umdrehte, sondern es sich einfach gutgehen ließ.

„So ungefähr", erwiderte er.

„Ich zeig dir gerne alles Sehenswerte", erwiderte der andere und grinste ihn an, während er den Schoß verführerisch über gegen seinen rieb und die Arme auf seinen Schultern ablegte.

Erwartungsvolle Hitze mischte sich in die Euphorie. *Ab jetzt kannst du dir einen Traum nach dem anderen erfüllen.* Dieser Kerl hier war definitiv einer.

„Wir können gleich damit anfangen", schlug er nun selbst vor und griff dem anderen ins Haar. Dann drückte er seine Lippen auf den fremden Mund und versank in wilden Küssen.

Früher war er schüchtern gewesen, wäre nicht auf die Idee gekommen, die Initiative zu ergreifen, aber die letzten Wochen hatten ihn verändert. Oder vielleicht hatten sie ihm nur gezeigt, wer er sein konnte. Welche Facetten er von sich selbst noch nicht gekannt hatte.

Zum Beispiel den Finn, der seinen Körper gerne zeigte. Oder den, der sich traute, einen anderen Kerl zu küssen, wenn er ihm gefiel.

Um vier Uhr morgens war er auf dem Heimweg. Finns Haut war kühl von der Nachtluft, die Jeansjacke ein bisschen klamm vom Nieselregen, aber in seinem Inneren pulsierte immer noch die Wärme dieses Abends.

Die Straßen waren still. Hin und wieder dröhnte in der Ferne der Motor eines Wagens, ansonsten war da nur das Geräusch seiner Schritte.

Der Himmel glühte. Obwohl er fast schwarz war und dünne Wolken die Sterne und den Mond einhüllten, kamen Finn die Straßen ungewöhnlich hell vor. Sein Grinsen wurde langsam müde – seine Füße ebenfalls. Die neuen Schuhe schimmerten in diesem geisterhaften Licht noch mehr als sonst. Und sie trugen ihn den ganzen Weg bis nach Hause.

Als er in seine Straße einbog, konnte er nur noch an das weiche Bett denken, das auf ihn wartete. Er würde direkt hineinfallen, den Arm um seinen Plüschlöwen legen, den er mit zehn geschenkt bekommen und immer noch gern zum Einschlafen bei sich hatte, und wegdämmern.

Als er die Tür aufschloss, überkam ihn ein komisches Gefühl. Ein Prickeln im Nacken. Er berührte die Stelle, aber es war kein Haar, das ihn dort kitzelte – der Impuls kam von innen.

Stirnrunzelnd drehte er den Schlüssel und warf einen kurzen Blick über die Schulter. Nein, da war nichts. Nur die Nacht, die sich langsam in einen neuen Morgen verabschiedete.

*

Mit jeder Cam-Show wuchs sein Publikum. Es wuchs sogar so weit, dass ihn ein Mädchen aus seiner Uni darauf ansprach, dass sie gehört hatte, er würde nachts als Camboy arbeiten.

Im ersten Moment wusste er nicht, was er darauf erwidern sollte. Louis hatte ihm prophezeit, dass es irgendwann durchsickern würde, aber so schnell?

Finn räusperte sich und rückte sich den Rucksack auf der Schulter zurecht.

Niemand schämt sich für seinen Erfolg, hatte er zu ihm gesagt, als sie darüber gesprochen hatten. Louis ging offen damit um, wenn ihn jemand konfrontierte.

„Ich hab vor einer Weile damit angefangen, ja", sagte er.

Sie lachte. „Okay, danke dir." Dann ging sie davon und gesellte sich zu einer Gruppe junger Frauen, die leise vor sich hin kicherten.

Louis holte ihn ein und legte den Arm um seine Schulter. „Der Fame holt dich ein, was?" Er lachte und hielt sein Handy vor sich, um ein Selfie von ihnen beiden zu machen. „Und ich muss zusehen, dass ich an dir dran bleibe. Wenn du so weitermachst, stiehlst du mir die komplette Show."

Finn konnte nur schmunzeln. Louis beschwerte sich öfter gespielt darüber, dass er mehr Zuschauer anzog als er selbst. *Dein Gesicht ist einfach zu hübsch. Na ja, und dein Schwanz ist auch ganz nett. Ich kann nur mit dem arbeiten, was ich habe.*

„Ich hab mir überlegt, dass wir einen Club gründen sollten. Eine Gemeinschaft, die nur aus aufstrebenden Stars wie uns besteht. Wo man quatschen und sich vielleicht gegenseitig helfen kann, wenn mal Not am Mann ist. Was meinst du?"

„Was für aufstrebende Stars?", fragte er.

„Leute aus dem Business. Ich kenn so einige. Eskorts, Stripper, sowas halt. Typen, die uns verstehen. Die einen nicht verurteilen, wenn man abgeht. Das nennt man Networking. Ich hab' ne Gruppe erstellt." Er tippte mit dem Daumen auf das Display. „Und du bist jetzt Mitglied. Herzlichen Glückwunsch." Louis drückte ihm einen Kuss auf die Wange und ließ ihn dann los. „Ich brauche nur noch einen passenden Namen für uns."

„Wie wäre es mit *Louis ist an allem schuld?*"

Sein Kumpel lachte. „Tja, ich bin gerne schuld daran, dass Leute ihr Glück finden. Vielleicht werde ich Talent Scout, wenn vor der Cam nichts mehr für mich läuft."

Finn zog nun auch sein Smartphone aus der Tasche und sah sich die Chatgruppe an. „Love and Secrets?"

„Ist wie gesagt nur ein Platzhalter."

„Ich dachte, du glaubst nicht an Liebe."

„Nicht direkt, aber ein paar von uns vielleicht schon und außerdem hat unser Job viel damit zu tun. Wenn dich die Leute nicht lieben, dann kommen sie nicht wieder."

Er schaute sich die Mitgliederliste an. Keiner der Namen sagte ihm was. Louis kannte fast die ganze Stadt – so kam es ihm jedenfalls manchmal vor. Er hatte früher an verschiedenen Supermarktkassen gearbeitet und zwischendurch in einem Skaterpark. Da schloss man viele Bekanntschaften ... aber letztendlich war es wohl vor allem Louis' Art, die ihn zu den verschiedensten Menschen hintrieb. Er war der sprichwörtliche bunte Hund.

„Sag nett hallo und unterhalt dich auch mal mit den Leuten. Fame macht einsam, wenn man nicht aufpasst. Hat alles seine Schattenseiten."

KAPITEL 11

E R STAND SCHON wieder am Fenster. Manchmal kam er sich vor, wie in einem Gefängnis, wo das wirklich das Einzige war, das man tun konnte.

Dabei stimmte das nicht. Er hätte rausgehen können. Was ihn hier festhielt, waren seine eigenen Ketten. Finn seufzte. Das Gespräch mit Milan ging ihm nicht mehr aus dem Kopf.

Natürlich hatte er Träume. Aber diese bloße Tatsache machte ihm so viel Angst, dass er es kaum vor sich zugeben und sie schon gar nicht vor jemand anderem benennen wollte.

Im Moment träumte er von einem freieren Leben. Davon, dass er rausgehen konnte, ohne die fremden Blicke auf seiner Haut brennen zu spüren. Wie ein normaler Mensch unter Menschen.

Aber dieser Traum kam ihm albern vor. Albern und viel zu groß.

Also stand er hier und sah anderen zu, für die es eine Selbstverständlichkeit war. Und er sah nicht zu, um ihnen zuzusehen, sondern ... weil da noch etwas anderes war. Weil es um Milan ging.

Finn vergewisserte sich, dass der Vorhang ihn gut genug verbarg, als unten die Autotüren klappten. Da war er wieder,

der hübsche Typ, der gestern schon bei Milan zu Besuch gewesen war. Wie jemand, der eine Diätberatung brauchte, sah er nicht gerade aus. Und ... war es nicht eigentlich so, dass der Berater zum Kunden kam und nicht umgekehrt?

Die Art, wie der Fremde lächelte, schmerzte in seiner Brust.

Finn hörte die Türklingel und wie Milan öffnete. Die Stimmen der beiden drangen gedämpft an seine Ohren. Sie klangen fröhlich, fast schon euphorisch. Finn hielt das Handy so ans Fenster, dass es die Szene aufnehmen konnte, ohne, dass er dafür aus seiner Deckung kommen musste. Auf dem kleinen Bildschirm konnte er beobachten, wie die beiden sich umarmten.

Wie sich das wohl anfühlte, von Milan umarmt zu werden?

Der einzige Mensch, der ihn regelmäßig umarmte, war seine Mutter. Da ging es. Da fiel es ihm leicht. Und es tat ihm gut.

In seiner Vorstellung tat es ihm auch gut, wenn es Milan war, der die Arme um ihn legte. Er wollte wissen, wie er roch, und die Wärme spüren, die er immer in seinem Lächeln fand. Aber auch das war nur ein dummer Traum. Wäre es vorher schon gewesen, und jetzt, wo sie schon eine ganze Woche nicht mehr richtig miteinander gesprochen hatten, noch mehr.

Sein Abgang von der kleinen Grillfeier war mehr als blöd gewesen, das wusste er. Er hatte in dem Moment nicht anders gekonnt, als abzuhauen. Es gab Augenblicke, in denen wollte er nur noch rennen. Oder sich zu einer Kugel zusammenrollen und nichts mehr hören, nichts mehr sehen, und vor allem von niemandem mehr *gesehen werden*.

Deswegen verbarg er sich hinter Vorhängen und hinter dicken Sweatshirts.

Er konnte den Gedanken an noch mehr Zerstörtwerden nicht ertragen. Auch wenn er wusste, dass es stimmte. Man riskierte immer etwas, um etwas zu gewinnen. Aber das war der Punkt, an dem er raus aus dem Spiel war.

Er ließ das Handy sinken, als er spürte, dass seine Hand sich zur Faust ballen wollte. Das kleine Video löschte er wieder. Es tat ihm nicht gut.

War er wirklich eifersüchtig?

Auch das war dumm. Und auch das kam von einem blöden Traum. Er war einsam, das war ihm klar. Aber etwas zu wollen, das man nicht haben konnte, schadete nur. Milan sah gut aus, er war freundlich und wirkte offen und verständnisvoll. Er hatte diese ruhige, tiefe Stimme, die vermutlich super war, um Leute bei einem sensiblen Thema wie Ernährung und Gesundheit zu beraten. Und er war der erste Mann seit einer Ewigkeit, dessen Blick er aushalten konnte.

Von dem er vielleicht sogar gesehen werden wollte. Irgendwie. Aber das war falsch. Das war die Stelle, an der es gefährlich wurde. Und absurd. Warum wünschte er sich sowas?

Finn legte die Finger an die Schläfen und massierte vorsichtig seinen Kopf. Er musste wieder zur Ruhe kommen. Zum Status Quo zurückkehren, zufrieden sein mit dem, was er hatte. Und dann bekam er auch seine Ruhe zurück. Er wusste immerhin, dass Milan ihm nicht auf die Nerven gehen würde. Sie konnten einfach nebeneinander wohnen und sich aus dem Weg gehen. Das war ideal. Das war alles, wovon er träumen sollte.

Obwohl er immer wieder den Sendungsstatus überprüft hatte, erschreckte ihn das Klingeln an der Haustür, als es so weit war. Finn zuckte und legte sich die Hand auf den Mund. Immerhin dieses Mal kein Schluckauf. Er bestellte wirklich ungern etwas anderes als seine Lebensmittel ... aber er hatte niemanden, den er schicken konnte.

Zittrig warf er sich das Kapuzenshirt über und öffnete die Tür.

In dem Karton steckte die Saat für seine Beete. Er hatte sie vor einer Woche bestellt, als er in diesem kleinen Höhenflug gewesen war. Die Entscheidung war voreilig gewesen. Und nun blickten ihm die pflanzbereiten Blumen entgegen und freuten sich darauf, dass er sie in den Garten setzte.

Finn stieß einen Seufzer aus. Gut, er würde das durchziehen. Er konnte sie nicht hängen lassen. Kurzentschlossen packte er den Karton und schaffte ihn raus in den Garten.

Niemand war da. Milan und sein Besuch schienen sich drinnen aufzuhalten. Das war gut. Sicherheitshalber ließ er das Kapuzenshirt an, auch wenn es zu dick zum Arbeiten in der Sonne war. Das hier würde ja schnell gehen.

Er nahm die kleine Schaufel in die Hand und hockte sich zu den vorbereiteten Beeten. Binnen weniger Minuten hatte er ein paar Löcher ausgehoben, die zu den Erdballen der Pflanzen passten.

Sorgsam drückte er die Erde rundherum fest. Die Arbeit mit den Pflanzen tat gut und lenkte ihn sogar ein paar Minuten von den Gedanken über Milan ab.

Als das Beet fertig war, lief Finn der Schweiß in ganzen Bächen vom Körper. Er kitzelte ihn im Nacken, lief über seine Schläfe, über seine Brust und über seinen Rücken.

Eilig räumte er die Schaufel und den Karton weg, bevor ihn der nächste Weg ins Badezimmer führte. Dort schmiss er das Sweatshirt von sich und zog sich ganz aus.

Das kühle Wasser aus der Duschbrause tat gut. Finn seufzte unter dem sanften Regen und ließ ihn sich über den Kopf laufen. In den angenehmen Duft von Mandarinen gehüllt, trat er schließlich wieder nach draußen, auf das Handtuch.

Das Abtrocknen ging schnell. Er befasste sich nie lange damit. Obwohl er den Spiegel schon vor langer Zeit auf Ellbogenhöhe zugehängt hatte, und deswegen sowieso nicht viel daran sehen konnte, schaute er immer wieder dorthin. Immer wieder prallte sein eigener Blick gegen den weißen Frotteestoff. Immer wieder fragte er sich, warum er es überhaupt versuchte.

Besaß der Mensch einen natürlichen Drang danach, sich ständig selbst ansehen zu müssen? War das Narzissmus? Unsicherheit? Oder die Hoffnung, dass sich etwas verändert hatte?

Finn wusste es nicht.

Er zog sich wieder an und beschloss, die Vögel zu besuchen, ehe er sich für den Rest des Tages hinter seinem Laptop verschanzen würde.

Mit dem Grafiktablet auf dem Schoß, Musik auf den Ohren und einem lauwarmen Tee neben sich, saß Finn auf dem Wohnzimmerboden und zeichnete die Animation für seinen letzten Werbeauftrag. Schließlich lud er die Datei in seine Cloud und schickte dem Kunden einen Link, damit er die Arbeit prüfen konnte.

Als er den Versand erledigt hatte, war da schon wieder eine neue E-Mail. Ohne sich Betreff oder Absender genauer anzusehen, öffnete Finn sie und las den Text. Jemand wollte ihn für ein Logodesign anheuern. Hm, das stand eigentlich nicht in seinem Portfolio. Wahrscheinlich hatte ihn jemand empfohlen und der Kunde hatte sich seine Website gar nicht näher angesehen.

Er scrollte zur Beschreibung des Vorhabens.

Ich bin selbstständiger Ernährungsberater. Das Logo sollte Werte wie Offenheit, Gesundheit und Empathie ausdrücken. Meine Philosophie ist, dass die Arbeit nicht bei der Erstellung von straffen Plänen und Vorgehensweisen endet, sondern dass man diese vor allem an den Kunden und dessen Bedürfnisse anpassen muss.

Finn stockte.

Ernährungsberater? Dieser Text klang irgendwie nach ...

Tatsache. Die E-Mail kam von einem Milan. Ein schöner Name, aber nicht gerade der häufigste. Milan hatte ihm den Auftrag geschickt.

Und bevor er sich fragen konnte, warum, entdeckte er den letzten Absatz.

Mir ist es wichtig, dass jemand das Logo macht, der mich kennt, und dem ich vertraue. Nicht irgendeine fremde Person im Internet. Ich hoffe, du nimmst den Auftrag an. Ich bezahle natürlich den vollen Preis für deine Arbeit.

Finn las die Zeilen mehrmals.

Vertraute er ihm wirklich? Er wusste doch fast gar nichts über ihn. Nur seinen Namen und seine Adresse. Dass er Nymphensittiche hatte und gerne sang. Solche Kleinigkeiten eben. Das reichte doch nicht, um jemandem zu vertrauen.

Er meinte bestimmt eher die künstlerische Ebene. Er vertraute darauf, dass er ein passabler Künstler war. Selbst jetzt, da gar keine Gefahr bestand, begann sein Herz lauter zu klopfen. Es war, als sei Milan hier, säße ihm gegenüber.

War dieser Auftrag echt oder ein Versuch, sich wieder zu versöhnen?

Finn schluckte.

Er wollte den Auftrag annehmen. Er wollte Milan helfen. Aber wenn er es machte, dann sollte es auch gut werden ... und er hatte keine Erfahrung mit Logos. Er brauchte mehr Input. Musste mehr über Milans Arbeit wissen. Mehr über ihn.

Bedeutete diese E-Mail, dass Milan seinen komischen Abgang von der Grillfeier vergessen hatte? Dass der Typ, der ihn besucht hatte, vielleicht doch ein Kunde war ... oder vielleicht jemand von der Familie oder nur ein Freund?

Und warum machte er sich solche Hoffnungen überhaupt? Das ging nicht. Er und Milan. Er und *irgendjemand*.

Vor über einem Jahr hatte er sich geschworen, dass es sowas nie mehr geben würde. Keine Beziehungen. Nichts was auch nur irgendwie in diese Richtung ging. Er sollte Abstand halten. Sich nicht am Ende noch verlieben.

Finn klappte den Laptop zu und ging ins Vogelzimmer.

*

Seufzend saß Milan vor seinem PC und checkt die E-Mails. Seine Anfrage war jetzt zwei Tage her und Finn antwortete nicht. War das ein Nein? Oder bedeutete es einfach nur, dass er sie noch gar nicht gesehen hatte? Wahrscheinlich bekam er sehr viele Mails.

Milan ging in den Garten, um frische Abendluft zu schnappen. Zugegeben – das war nicht der einzige Grund. Immer, wenn er rausging, hoffte er darauf, dass Finn auch gerade draußen war.

Aber seit er ihn eingeladen hatte, war er ihm nicht mehr begegnet. Als hätte er sich ganz gezielt zurückgezogen.

Er wollte mit ihm reden. Sich entschuldigen, falls er etwas Falsches gesagt hatte. Er wollte erfahren, was diesem Mann passiert war. Nicht nur aus Neugier. Nicht nur, weil es ein Geheimnis war. Sondern weil er ihn verstehen wollte. Den Ausdruck in seinen Augen. Seine Stille. Seine Angst.

Sowas hatte er noch nie gefühlt. Früher hatte er Männer angesehen und sie attraktiv gefunden. Man hatte was getrunken, war ausgegangen, im Bett gelandet. Manchmal nochmal und nochmal. Klar hatten sie auch geredet. Aber es war ihm nie so wichtig vorgekommen.

Sie hätten einfach nur Nachbarn sein können, wenn er nicht ständig über ihn nachdenken müsste. Über sein Lächeln und das, was ihn so oft davon abhielt.

Milan ging zum Zaun und betrachtete Finns Garten. Den Kirschbaum, der seine Äste weit streckte. Die frisch geharkten Beete, in die Finn wahrscheinlich die Zwiebeln gesetzt hatte. Ihm kam seine Kamera in den Sinn, aber er wischte den Gedanken fort.

Sein Blick ging zum Fenster. Hinter den Vorhängen brannte Licht, aber mehr ließ sich nicht erkennen. Auf jeden Fall war Finn zu Hause. Sollte er klingeln gehen?

KAPITEL 12

DAS GEHÄUSE DER Kamera war kalt unter seinen Fingern und wie immer fragte sich Milan, ob das Einbildung oder eine echte Empfindung war.

Es war noch früh am Morgen. Die Sonne kroch gerade erst über den Horizont, ihr Licht war warm und weich, und ganz sicher keine Einbildung.

Der Trageriemen lag um seinen Hals. Milan hielt die Kamera fest in beiden Händen und ging durch seinen Garten. Hinüber zum Zaun. Heute würde er es schaffen. Er würde etwas fotografieren. Zum Beispiel, wie das Licht durch die Baumkrone seiner Kastanie brach. Oder wie die Kirschen an Finns Baum in ihrem perfekten Rot strahlten. Oder den Löwenzahn, der durch ihren Zaun hindurchwuchs, oder den Spatzen, der da hinten auf der Ecke saß.

Dieser Morgen war ruhig und friedlich. Auf dem Dach zwitscherten Vögel und vor ihm auf der Wiese flatterte ein Zitronenfalter umher. In den Nachbargärten tat sich nichts. Die Häuser schliefen.

Milan hob die Kamera vors Gesicht.

Sein Adamsapfel bewegte sich, als er versuchte, seine Angst hinunterzuschlucken. Er legte den Finger auf den Auslöser. Wischte darüber. Er schwitzte schon wieder. Und er zitterte. Nicht gut für ein Foto.

Angespannt stellte er die Belichtungszeit kürzer, damit nichts verwackelte.

Jetzt musste er sich nur noch trauen. Nur noch ...

Neben ihm räusperte sich jemand. „Entschuldigung. Ich störe gerade, oder?"

Milan fuhr herum. „Nein", sagte er eilig und nahm den Finger vom Auslöser. „Nein, ich hab nur ... was versucht." Finn zu sehen, lenkte seine Gedanken weg von der Kamera. „Guten Morgen."

Finn trug ein langärmeliges Shirt mit einem Schmetterlingsmuster. Noch ein Kleidungsstück, das ihm zu groß zu sein schien. Die Ärmel reichten ihm bis zu den Fingernägeln.

„Was hast du versucht?" Finn neigte den Kopf und musterte die Kamera.

„Na ja, halt ein Foto zu machen."

„Ist sie kaputt?"

Er lachte kurz. „Nein. Es liegt an mir." Er stieß den Atem aus. „Lach nicht, okay? Ich hab Angst, den Auslöser zu drücken."

„Warum das?" Finn kam einen Schritt näher und hockte sich zu dem Beet. Noch konnte man dort natürlich keine Pflanzen erkennen. Die Zwiebeln würden erst im nächsten Jahr austreiben. Aber der Löwenzahn hätte ein gutes Motiv abgegeben.

„Weil Kameras anderen Lebewesen die Seelen rauben."

Finn legte die Stirn in Falten. „Bist du religiös?"

„Ich weiß, dass es albern klingt. Und dass es albern *ist*. Aber ich kann wirklich nicht."

„Hast du nicht gesagt, du wolltest sogar beruflich etwas mit Fotos machen?"

„Ja ... und jetzt verstehst du sicher auch, warum das nie eine realistische Option war. Ich zittere jetzt schon, obwohl gar nichts passiert." Milan lächelte schief. Diese Beichte war ihm peinlich, aber andererseits machte es sein Herz leichter, mal darüber zu reden. Er hatte das noch nie jemandem erzählt.

Er steckte den Arm aus, damit Finn sehen konnte, dass es stimmte.

Tatsächlich stand er auf und betrachtete seine Hand. Irgendwie hoffte Milan, dass er sie nehmen würde, aber er tat es nicht. Also zog er sie wieder zurück.

„Ich wollte mich noch entschuldigen. Wegen meinem Vortrag über Träume. Ich stehe jetzt hier und habe eigentlich diesen Traum vom Fotografieren und die größte Gefahr, die mich da bedroht, stammt aus einem Horrormärchen, das mir mein Opa erzählt hat. Ich sollte andere wirklich nicht über sowas belehren." Er verzog den Mund.

Finn blickte zwischen der Kamera und seinem Gesicht hin und her. Dann streckte er den Arm aus und legte seine Hand auf das Gehäuse. Milan beobachtete die Bewegung und fühlte auf einmal sein Herz schneller schlagen. Dabei fasste Finn gar nicht ihn an, sondern nur seine Ausrüstung. Es gab gar keinen Grund, deswegen Herzflattern zu kriegen.

„Ich glaube nicht, dass sie den Vögeln oder den Blumen hier die Seele stehlen wird", sagte er und seine Stimme klang nach einem Lächeln, auch wenn es sich auf seinem Gesicht nicht zeigte. Seine Züge behielten die ruhige, sanfte Stille, die sie die meiste Zeit über trugen.

Milan nickte. „Danke." Der erste Anflug von Panik war verflogen, aber er wagte es doch nicht, die Kamera wieder zu fassen und wirklich ein Foto zu machen. Es war ein neuer

Versuch gewesen ... und jetzt war es ein neues Scheitern. Aber doch nicht ganz. Er sah Finn an und Finn schaute zurück.

„Hast du meine Mail bekommen?", fragte er langsam.

Finn nickte. „Ich fühle mich geschmeichelt, aber ich bin mir nicht sicher, ob ich der Richtige für den Job bin. Illustrieren liegt mir mehr als schlichtes Design."

„Mach eine Illustration", sagte Milan schnell. „Zeichne es, so wie du eine Illustration für ein Buch machen würdest. Es könnte wie ein Wappen aussehen ... keine Ahnung. Es muss jedenfalls keins von diesen sterilen Dingern sein, die nur aus einem Buchstaben oder einem Kreis in einer bestimmten Farbe bestehen. Es kann ruhig ..."

„Eine Seele haben?", ergänzte Finn und neigte den Kopf.

Milan musste lächeln und dieses Mal schien er Finn damit anzustecken. Ein kleines Lachen kam aus seinem Mund.

„Genau. Siehst du ... du verstehst mich. Deswegen will ich mit dir arbeiten."

Finn senkte den Kopf und schloss für einen Moment die Augen, als müsse er tief in sich gehen, um diese Entscheidung zu treffen. „Gut. Okay. Ich mache es."

„Großartig! Das freut mich total!" Milans Lächeln wurde noch breiter. „Sag mir, wenn du noch etwas dafür brauchst."

„Du hast mir schon viel geschrieben", erwiderte er.

„Ja, ich weiß. Ähm ... also melde dich einfach." Er nickte Finn zu und ging ein Stück rückwärts, ehe er sich umdrehte und Richtung Haus lief. Über die Schulter warf er noch einen Blick zurück. „Ich versuche das mit der Kamera weiter", rief er noch, ehe er die Tür öffnete.

*

Finn sah Milan hinterher. In ihrem Gespräch hatte es sich so angefühlt, als hätten sich die Gräser und Sträucher um sie herum erhoben und sie vom Rest der Welt abgeschirmt. Vom Rest der Welt und von seinen eigenen Ängsten. Von seinen eigenen Erinnerungen.

Er hatte Milan zugesagt, obwohl er sich von ihm hatte fernhalten wollen.

Als er den Garten betreten hatte, war der Plan noch ein anderer gewesen. Oder? Finn schaute auf seine Hände, die sich in den Ärmelstoff verkrallt hatten. Er war sich selbst nicht mehr sicher.

Aber wenn er jetzt tief atmete, und in sich hineinfühlte, dann war da eine Leichtigkeit, die ihm vorher gefehlt hatte. Ein erfüllter Wunsch. Er hatte mit Milan geredet. Sich wieder versöhnt. Mehr sogar noch.

Dass dieser Mann Angst haben konnte, kam ihm absurd vor. Genauso absurd wie dieser Gedanke. Er schüttelte den Kopf. Natürlich hatte er welche. Die Zeit, in der er sich so zurückgezogen hatte, hatte ihn das wohl vergessen lassen.

Er hatte Scham in seinem Gesicht gesehen. Das kleine Lächeln, das diese Geschichte begleitet hatte. Aber er hatte sie ihm trotzdem erzählt. Milan war besonders. Er war offen und obwohl er ahnen musste, dass er selbst es nicht war, blieb er es. Er gab nichts von sich, um etwas zu bekommen. Er gab, weil er Milan war.

Finn strich über die raue Holzoberfläche des Zaunes, der ihre beiden Grundstücke trennte. Klein und wackelig. Nicht wirklich eine Grenze, und auch kein Schutz. Eher wie ein offenes Fenster. Vielleicht würde er ihn doch nicht ersetzen. Vielleicht war er so genau richtig.

KAPITEL 13

WIE SIEHT EIGENTLICH euer Liebesleben aus, Jungs? Also, wegen eurer Jobs, fragte Marius in der Chatgruppe. Sie hieß immer noch Love & Secrets. Auch nach zwei Wochen war Louis noch kein besserer Name eingefallen.

Ziemlich normal, schrieb Albert zurück.

Du bist raus, tippte Veit. *Du lebst mit deiner Schreiberei das perfekte Doppelleben.*

Also bei mir geht die Party ab, kam es von Louis. *Ich könnte mir einen ganzen Harem zusammenstellen.*

- Ich rede von Liebe.

Finn war auf dem Weg vom Fitness-Studio nach Hause. Er hatte beschlossen, etwas von dem Geld in sich zu investieren, indem er seinen Körper weiter aufpimpte. Deswegen besaß er nun das Premium-Abo, mit dem er so viele Stunden dort verbringen konnte, wie er wollte und sogar seinen eigenen Trainer gestellt bekam.

Grinsend verfolgte er den Chat.

Also ich bekomme jede Menge Liebe von meinen Fans, diktierte er dem Messenger, weil er nicht tippen wollte.

Scheint ja ein unbequemes Thema für euch zu sein.

Marius hatte sie durchschaut.

Er war ihm schon öfter aufgefallen, weil er gar nicht so begeistert vom Sexbusiness zu sein schien. Er hatte gleich am Anfang erzählt, dass ihn Sex inzwischen langweilte und er am Telefon nur noch schauspielerte. Allerdings war er auch sehr erfolgreich damit.

Bei uns geht's doch gerade erst los, schrieb Louis. *Mit Mitte zwanzig muss man noch keine ernsten Absichten haben. Da tobt man sich aus und nimmt mit, was man bekommen kann.*

Jaja, wir sind alte Säcke. Veit schickte ein Gif hinterher, das Gandalf den Weißen zeigte. *Du hast schon Recht, Marius. Der Job macht's nicht leichter. Ich lerne jede Menge heiße Typen kennen, aber man kommt nie von dem Thema weg. Als wäre alles darauf aufgebaut. Und Fanliebe ist ja was Schönes, aber würdest du mit einem von denen was anfangen, Finn?*

„Wer weiß?" Er lachte und schickte das Emoji mit der Sonnenbrille.

Er hatte noch keinen seiner Fans näher kennengelernt. Die meisten waren wahrscheinlich nicht sein Typ, aber glatt auszuschließen, dass einer unter ihnen war, in den er sich tatsächlich verlieben könnte …? Das kam ihm abgehoben vor. Als wären alle diese Typen irgendwelche Freaks. Nein, das waren ganz normale Kerle. Kerle, die sich gerne andere Kerle anschauten. Daran war nichts Abnormales.

Er steckte das Handy weg und bog in seine Straße ein. Man spürte sofort, wenn man sich vom Kern der Stadt entfernte. Binnen weniger Schritte wurde es stiller. Hier waren nicht mehr viele Menschen auf der Straße. Die meisten tummelten sich noch an Haltestellen.

Von irgendwoher kam das Geräusch eines Auslösers. Finn wandte den Kopf, aber da war niemand. Vielleicht hatte der Radfahrer da hinten ein Selfie gemacht. Er zuckte mit den

Schultern und lief weiter. Heute stand keine Session mehr an. Die nächste war erst morgen.

In letzter Zeit verbrachte er kaum noch einen Abend mit großem Publikum. Er bekam so viele Anfragen für private Cam-Sessions, dass er es als Vollzeitjob hätte betreiben können. Aber das war nicht der Plan. Er wollte Spaß haben. Deswegen lehnte er die meisten ab.

Finn warf den Schlüssel in die Schale und knallte die Tür hinter sich zu. Mann, er war ganz schön platt vom Sport. Gähnend schlurfte er ins Schlafzimmer und ließ sich ins Bett fallen.

Liebe? Na gut ... vielleicht war da jemand, auf den er ein Auge geworfen hatte. Und vielleicht waren sie am Freitag verabredet ... und vielleicht hatte er weder Louis noch den anderen davon erzählt, weil dieses Geheimnis viel zu kribbelnd und viel zu privat war, um es mit jemandem zu teilen.

Mit einem Grinsen auf den Lippen schlief er ein.

∗

„Die ist ja der Wahnsinn, Schatz!", sagte seine Mutter und rollte näher an den Tisch heran. Finn grinste von einem Ohr zum anderen. Er musste selbst zugeben, dass es das schönste Stück Erdbeertorte war, das er jemals gesehen hatte.

„Musste gleich an dich denken, als ich es entdeckt habe."

Er schnappte sich einen der Windbeutel und ließ sich mit Schwung auf dem freien Stuhl nieder.

„Dann muss der Rollstuhl-Marathon wohl noch ein Jahr auf mich warten."

Er lachte. „Du kannst auch teilnehmen, wenn du Kuchen isst. Dabei sein ist alles, oder nicht?"

Seine Mutter schnitt die Spitze der Torte mit einer Seite ihrer Kuchengabel ab und steckte sie sich in den Mund. Ein genüssliches Seufzen folgte. „Die ist richtig, richtig gut. Willst du auch kosten?"

„Nein, alles deins." Er warf sich den zweiten Happen des Windbeutels in den Mund. „Ich dachte, du könntest ein bisschen Zucker vertragen, ich ... hab dir nämlich was zu erzählen."

Sie hob die Brauen. „Mach mir keine Angst, Schatz. Ist alles in Ordnung? Läuft das Studium schief? Kann ich dir irgendwie helfen?"

Er hob die Hände. „Alles gut. Sehr gut sogar. Es ist nur ... ein bisschen pikant."

Sie schwieg, obwohl er sehen konnte, dass seine Ankündigung sie unruhig machte. Dass seine Mutter im Rollstuhl saß, hinderte sie nicht an einer sehr lebendigen Körpersprache. Sie saß ganz aufrecht, knetete ihre Hände im Schoß und schien auf der Sitzfläche nach vorn zu rutschen.

„Ich habe einen Nebenjob begonnen. Ich bin seit drei Monaten ein Camboy. Das heißt, ich ziehe mich im Internet vor einer Kamera aus und andere können mir dabei zusehen, was ich mache."

Seine Mutter öffnete und schloss ihren Mund. Dann befeuchtete sie ihre Lippen und machte einen neuen Versuch, etwas zu erwidern. „Schatz, ... das ... macht dir das Spaß? Oder brauchst du Geld?"

Finn lächelte. Er hatte gewusst, dass seine Mutter nicht mit der Moral kommen würde. „Es macht höllischen Spaß", sagte er und fuhr sich durchs Haar. „Es macht sogar ein bisschen süchtig."

Sie nickte langsam. „Und die Zuschauer ... sehen die dein Gesicht?"

„Ja, natürlich, die sehen alles."

„Hast du keine Angst?"

„Nein, es ist alles cool. Die Leute lieben mich. Und ja, es haben ein paar an der Uni mitgekriegt, aber das ist egal. Ich hab den Abschluss ja so gut wie in der Tasche und dann seh ich die nie wieder."

Seine Mutter fuhr sich massierend mit den Händen über die Oberschenkel. Das machte sie immer, wenn sie nervös war. Also, seit dem Unfall. Vorher hatte sie immer an den Fingernägeln geknabbert, das tat sie jetzt dafür nicht mehr.

„Okay, Schatz, mich macht das ein bisschen unruhig. Aber ich will dir nicht reinreden. Wenn es dir gefällt, dann ist es in Ordnung. Ich hoffe nur, dass dir keine Probleme daraus erwachsen."

„Alles gut, Mama. Ich bin vorsichtig, ich werde trotzdem jemanden finden, der mich liebt und ich verdiene übrigens auch ganz gutes Geld damit."

Er musterte sie und ihren Rollstuhl. „Ich würde dich in Zukunft gerne damit unterstützen. Es gab doch diesen anderen Rollstuhl, der besser für dich gewesen wäre ... den die Krankenkasse nicht bezahlen wollte."

„Ja, aber der war auch sehr teuer, Schatz. Das kannst du nicht bezahlen."

Er sah ihr in die Augen. „Nicht sofort vielleicht, aber in ein paar Monaten ist das gar nicht mehr unrealistisch."

Wenn er daran dachte, was für ein Papierkrieg es gewesen war, einen passenden Rollstuhl für seine Mutter bewilligt zu bekommen, wurde er immer noch wütend. Sie hatte den Unfall nicht verursacht, war vollkommen unschuldig in den Crash geraten, der ihr Auto komplett zertrümmert und ihre Beine zerstört hatte. Sie hatten sie rausschneiden und die kaputten Gliedmaßen amputieren müssen. Es war ein Wunder, dass sie überlebt hatte ... aber beim Kontakt mit der Krankenkasse war es ihm manchmal so vorgekommen, als wäre denen

ihr Tod lieber gewesen. Es ging immer nur um das scheißver-
dammte Geld.

„Du musst dein Geld nicht für mich ausgeben."

„Ich weiß. Aber ich möchte es tun. Du verdienst was
Besseres."

„Ich hab doch schon bessere Erdbeertorte bekommen", sie
deutete auf den leeren Teller vor sich.

„Ja, aber offenbar zu wenig." Er lachte und stand auf, um
sie zu umarmen.

Einen Auftritt vor der Kamera gab es heute Abend nicht. Es
gab etwas Besseres: ein Date. Sein erstes Date seit Monaten.
Kai hatte ihn in einem Café angesprochen, einfach so, als er
morgens vor der Uni noch einen Cappuccino getrunken und
in den Unterlagen geblättert hatte. Zwischen ihnen hatte es
sofort gefunkt. Kais Lächeln war Liebe auf den ersten Blick.

Weil er keine Zeit gehabt hatte, hatten sie nur Nummern
getauscht und versprochen, sich bald zu treffen. Jetzt war es
so weit.

Finn drehte sich vor dem Spiegel und betrachtete sich aus
allen Winkeln. Keine extravagante Unterwäsche heute; dafür
eine Jeans, die wie für ihn und seinen Hintern gemacht war,
und ein schickes, blaues Hemd.

Die Haare band er sich in einen absichtlich unordentlich
aussehenden Dutt. So hatte er sie auch getragen, als Kai ihn
das erste Mal gesehen hatte. Er konnte ihm nicht verdenken,
dass er das sexy fand. Es schrie nach *Künstler*, und die waren
von Natur aus heiß.

Finn grinste sein Spiegelbild an und schnappte sich den
Schlüssel. Dann machte er sich auf den Weg in das Restaurant,
in dem sie verabredet waren.

Als er sich zu seinem Tisch begleiten ließ, waren alle Augen auf ihn gerichtet. Vorerst nahm er allein Platz; Kai war noch nicht da. Die Leute um ihn herum unterhielten sich, aßen ihre Salate und ließen Weingläser klirren. Hin und wieder fing er einen verstohlenen Blick auf. Vielleicht kannten ihn einige der treuen Ehemänner hier. Er schmunzelte und prüfte die Uhrzeit auf seinem Handy.

„Ist dieser Platz noch frei?"

Er stand auf und begrüßte Kai mit einer Umarmung.

„Tut mir leid, dass ich zu spät bin."

„Komm nächstes Mal drei Minuten zu früh, dann ist es wieder ausgeglichen."

„Ich freu mich so, dich zu sehen. Du bist wunderschön. Ich steh auf deine Haare. Und entschuldige, dass ich so aufgeregt bin."

Sie nahmen beide wieder Platz und rückten an den Tisch heran. Zwischen ihnen stand eine Kerze. Es war richtig romantisch.

„Ich bin auch nervös, kein Problem."

„Spielst du Poker?"

„Was?"

„Du behauptest, dass du nervös bist, aber man sieht dir nichts an. Entweder du flunkerst, oder du hast dich perfekt unter Kontrolle."

„Ach so, na ich bin abgehärtet."

„Gehst du auf viele Dates?"

Kai sah ihn die ganze Zeit über an. Seine Augen funkelten vor Interesse und er lächelte ununterbrochen. Er war hübsch mit seinen kurzen, dunklen Haaren und dem kleinen Muttermal auf der rechten Wange.

„Nein, das ist was Besonderes", erklärte er. Sollte er jetzt schon von seinem Job erzählen? Noch bevor die Vorspeise serviert war? Nein, aber irgendwann heute Abend musste er es tun. Er wollte nicht wie die anderen aus der Gruppe ewig um das Thema herumtanzen. Wer sich für ihn interessierte, sollte möglichst frühzeitig wissen, worauf er sich einließ.

Zwischen Rindersteak und leckerem Wein unterhielten sie sich über alles mögliche. Kai war zwei Jahre älter als er und arbeitete in der Tischlerei seines Vaters. Ein echter Handwerker. Das gefiel ihm. Sie passten gut zusammen. Finn erzählte von seinem Studium und den Plänen für danach.

Als sie das Dessert bestellt hatten, wischte Finn sich den Mund mit der Serviette ab und sah Kai dann ganz offen an.

„Ich habe außerdem noch einen Nebenjob als Camboy auf einer Website."

Kai sah ihn an. Einen Moment lang wortlos, dann lachte er. „Ehrlich? Das ist ja krass."

Finn beobachtete sein Gegenüber und wartete darauf, dass das passierte, was die anderen immer sagten. Dass sein Date sich mit einer fadenscheinigen Ausrede abseilte und sich nie wieder meldete.

Kai blieb sitzen, auch wenn er hibbelig wirkte. „So eine richtige Cam-Show? Mit ... ähm ..." Er sah sich kurz um und senkte die Stimme. „Mit Toys und allem drum und dran?"

Finn funkelte ihn an. „Klar, mit allem drum und dran."

„Das finde ich geil. Du hast es ja faustdick hinter den Ohren."

Sein Grinsen wurde so breit, dass es schmerzte. Kai dachte gar nicht daran, wegzulaufen. Er stand drauf. Jackpot.

„Aber du triffst dich mit keinem, oder?", versicherte er sich.

„Nein. Es ist alles nur online."

„Okay, cool. Ich würde dir echt gerne mal zuschauen."

„Kannst du gerne ... du könntest mich abends zu Hause besuchen und mir beim Arbeiten zusehen. Es sei denn, du willst unbedingt bei dir daheim sitzen, und 1,90 pro Minute fürs Zusehen bezahlen."

Kai lachte. „Okay, das kann ich nicht ausschlagen." Er lehnte sich über den Tisch. „Du bist echt noch toller, als ich dachte."

Nach dem Essen machten sie einen Abstecher in eine Bar, tranken ein bisschen und schlenderten dann verloren aber glücklich durch die nächtliche Stadt.

Sie knutschten im trüben Licht der Laternen, scheuchten mit ihrem Gelächter Katzen auf und redeten jede Menge Blödsinn. Die Scheinwerferlichter der vorbeifahrenden Autos streiften sie, ebenso wie die Schatten der hohen Gebäude und der Bäume am Rande des Parks.

Die Nacht war endlos, genau wie das Gefühl in seiner Brust.

Konnte man nach einem Tag schon verliebt sein?

Finn lehnte sich gegen eine Hauswand und zog Kai am Kragen mit sich. Die Welt um ihn herum verschwand in dem Gedanken, dass er alles hatte, was er sich wünschte. Er lächelte in die betrunkenen Küsse, schmeckte den Alkohol auf Kais Lippen und schmiegte sich gegen ihn.

In der Ferne jaulte eine Sirene. Aus dem Kuss wurde eine Umarmung. Kai ließ die Hände über sein Hemd gleiten. Die dumpfen Lichter der Straße verschwammen hinter halb geschlossenen Lidern, als Kai über die Beule in seiner Jeans strich.

Finn stöhnte, als Kai sanft in seinen Hals biss und ihn weiter reizte.

In der Ferne bewegte sich etwas. Hinten bei den Sträuchern im Park. Wahrscheinlich eine Katze, oder was Größeres. Ein Fuchs oder so. Nichts Besonderes. Finn wollte die Augen ganz schließen, aber er erwischte sich doch immer wieder dabei, zu der Stelle zu schauen.

„Geht das zu schnell?", fragte Kai an seinem Ohr.

„Nein, ist nur ein bisschen unbequem." Er küsste ihn auf die Stirn und Kai trat von ihm zurück.

„Hast recht, gehen wir erst mal nach Hause."

KAPITEL 14

Finn saß mit einem Skizzenblock auf dem Schoß im Vogelzimmer und starrte Björn an. „Komm schon, du musst doch eine Idee haben. Du bist der einzige, den ich kenne, der Milan kennt."

Es war aussichtslos. Björn drehte das Köpfchen und zwitscherte ein paar Mal, aber es kam nichts Hilfreiches dabei heraus. Wie sollte er nur dieses Logo gestalten? Das Briefing in der E-Mail konnte er inzwischen auswendig.

Mit einem Seufzen blätterte Finn in dem Block herum. Keiner seiner bisherigen Entwürfe gefiel ihm. Er mochte Milan, aber das reichte nicht, um die Aufgabe zu erfüllen. Er brauchte mehr Input.

Er wusste, wie er das Problem normalerweise gelöst hätte. Er hätte dem Kunden bei der Arbeit zugesehen. Ganz sicher hätte das seiner Muse auf die Sprünge geholfen. Aber allein die Vorstellung, Milan zu einem der Kunden zu begleiten ... in ein fremdes Haus.

„Nicht schon wieder", seufzte er, als er Schluckauf ihn zucken ließ. „Scheiße."

Grummelnd stand er auf und ging in die Küche, um einen großen Schluck Wasser zu trinken. Manchmal half das.

Er musste das ja nicht machen. Es war nur ein Gedanke gewesen. Wenn er das mit dem Logo nicht schaffte, musste er es Milan eben sagen. Er würde sicher enttäuscht sein, aber man konnte die Kunst eben nicht erzwingen.

Und wenn er nur zu Milan ging? Vielleicht half es schon, in seinen vier Wänden zu sein. Seinen Arbeitsplatz zu sehen und etwas mehr über den Ablauf zu erfahren. Bestimmt konnte er ihm jede Menge dazu sagen. Jeder sprach doch gerne über seinen Job.

Finn kniff die Lippen zusammen und drehte den Kopf. Er schaute in die Richtung, in der Milans Haus stand, als könne er durch Wände sehen und sich so einen Einblick verschaffen. Natürlich funktionierte das nicht. Er war nicht Superman.

Wenn er den Einblick wollte, dann musste er rübergehen.

Scheiße, schon der Gedanke daran jagte ihm einen kühlen Schauer über den Rücken. Finn rieb sich die Oberarme und lief in der Küche auf und ab.

Konnte er das?

Konnte er das, wenn es Milan war, und kein Fremder?

„Hey, ist dir das Mehl ausgegangen?", fragte Milan. Er trug nur ein T-Shirt und eine kurze Trainingshose. Hatte er ihn beim Sport gestört?

„Was meinst du?", fragte Finn. Er hielt die Arme vorm Körper verschränkt. Ihm war bewusst, dass das nicht die freundlichste Pose war, aber es half ihm, seine Angst im Zaum zu halten.

„Na es ist Nachmittag, eine gute Zeit zum Backen, und du bist mein Nachbar, ... ja, das ist nur wieder eine von meinen bescheuerten Vorstellungen vom Nachbarschaftleben. Komm rein." Er lachte und trat zur Seite.

Finn ging hinein. Erst eilig, aber im Flur angekommen wurde er langsamer. „Also, was treibt dich her, wenn es nicht das fehlende Mehl ist?"

„Ich saß an deinem Logo. Oder den Skizzen dafür. Ich bin zu der Feststellung gekommen, dass ich zu wenig über dein Business weiß, um den Auftrag zu erledigen. Ich will was Gutes abliefern. Es soll dich repräsentieren. Also dachte ich, ich muss herkommen und mehr Eindrücke gewinnen."

„Verstehe, verstehe." Milan neigte den Kopf. „Dann komm mal mit in die Küche." Er ging an ihm vorbei, weil der Flur so schmal war. Sein Geruch drang an Finns Nase. Er schluckte. Milan roch gut. Das war kein Parfüm oder Aftershave, sondern einfach nur der Duft eines anderen Mannes.

„Ähm, nicht ins Arbeitszimmer?", fragte Finn leise und kam ihm nach, konzentriert darauf, ruhig zu atmen. Alles war in Ordnung, ihm würde nichts passieren. Die Küche war groß und quadratisch. Auf dem Esstisch stand eine Schale mit Obst – wie in einem Möbelhaus. Finn tippte vorsichtig den Apfel an. Nein, das war kein Kunststoff. Alles echt.

„Möchtest du etwas trinken? Kaffee, oder Orangensaft? Setz dich, wenn du magst. Weißt du, die Küche ist vielleicht nicht ganz unwichtig, schließlich geht es bei meinem Job um Ernährung." Er lächelte und öffnete den Kühlschrank. „Ich versuche natürlich, das zu leben, was ich gelernt habe."

„Das heißt, du hast keine Süßigkeiten da?"

Milan lachte. „Oh doch, oh doch. Willst du Beweise?" Er trat an den großen Schrank heran und öffnete die linke Tür. Dahinter türmten sich Tüten mit Gummitieren, zahlreiche Packungen mit Gebäck und ein paar Tafeln Schokolade, ebenso wie Popcorn für die Mikrowelle.

„Wow. Welchen Kunden rätst du zu so einem Vorrat?"

„Magst du was davon?"

Finn deutete auf die Schoko-Cookies. Er mochte Schokolade, und es war eine gute Idee, seinen Fingern etwas zu tun zu geben. Milan nahm sie heraus und stellte sie auf den Tisch. „Ich halte nichts davon, alles zu verbieten. Essen soll Genuss bleiben und man darf nicht alles so ernst nehmen, dass man die Freude daran verliert. Wenn der Kunde eine Umstellung möchte, um abzunehmen – darum geht es meistens in erster Linie – dann finde ich für ihn einen Weg, sich trotzdem Dinge zu erlauben. Das ist total wichtig für die Motivation."

Die Folie knisterte, als er die Kekspackung herausschob und sich einen nahm. Milan grinste ihm zu und nahm sich auch einen. Es war ganz seltsam – er konnte jede dieser Bewegungen spüren, weil sie ihm so nahe kamen. Den Luftzug. Die herüberströmende Wärme. Den Geruch.

Bestimmt nur Einbildung. Oder konnte man wirklich so sensibel dafür werden, wenn man Monate lang in totaler Einsamkeit lebte? Er wusste es nicht und die Gänsehaut auf seinen Schultern gab ihm auch keine Antwort. Vorsichtig strich er über den Stoff, um sie wieder zu glätten.

„Wenn Allergien im Spiel sind, muss man natürlich aufpassen, aber auch da gibt es Wege, dafür habe ich das ja gelernt. Manchmal muss man zum Detektiv werden, wenn man die richtige Nascherei für jemanden finden will, der viele Einschränkungen hat. Aber das macht auch irgendwie Spaß."

Finn knabberte an seinem Keks, und biss immer nur kleine Stückchen ab. Er wollte nicht mehrere essen, der eine sollte reichen, aber gleichzeitig schmeckte er auch einfach zu gut. Vielleicht sollte er doch mal was backen.

Milan war verstummt, also ergriff Finn die Chance.

„Ich habe zuerst an eine Apfelform kombiniert mit irgendeinem Symbol für Gesundheit gedacht. Absolut langweiliger Klischee-Kram. Jetzt denke ich an Süßigkeiten und eine Lupe", murmelte er, nachdem er den Keks verzehrt hatte.

„Das klingt nach einem guten Ansatz. Ich kann dir noch mehr erzählen." Milan stellte ein Glas auf den Tisch und goss Orangensaft hinein. Finn fiel jetzt erst auf, dass er die Frage danach vorhin gar nicht beantwortet hatte. Er war zu nervös.

Mit einem dankbaren Nicken nahm er das Getränk entgegen und trank sofort einen Schluck. Milan beobachtete ihn. Inzwischen kannte er seinen Blick, es war nichts Fremdes mehr. Außerdem hatte er heute den Pullover an, in dem er sich sicher fühlte. Den trug er auch, wenn er zu seiner Mutter fuhr. Es war nie etwas passiert, wenn er ihn anhatte. Und Milan war nicht gefährlich.

Gedankenverloren starrte Finn vor sich hin und erwachte erst, als Milan sich zu ihm herunterbeugte. Wie hypnotisiert schaute er ihm in die Augen. Wieder umspielte der schöne Geruch seine Nase und Finn fiel es leicht, ihn tief einzuatmen.

„Du hast da was", sagte Milan.

Finn runzelte die Stirn und wischte sich über den Mund.

Milan lachte leise und schüttelte den Kopf. „Da." Er wischte den Krümel fort. Die Berührung war so flüchtig und weich wie der Flügelschlag eines Schmetterlings. Nur eine Fingerspitze, die seinen Mundwinkel kitzelte. Nicht mehr.

Seine Haut kribbelte wie wild an der Stelle. Es war kein Brennen, es tat nicht weh. Im Gegenteil. Er hätte gern mehr davon gefühlt und für einen kurzen Moment dachte er daran, nach Milans Hand zu greifen.

„Danke", sagte er und hob die Mundwinkel. Mit dem Lächeln war er aus der Übung. Früher war er perfekt darin gewesen. Hatte sein Lächeln oft als Werkzeug benutzt, um

Türen zu öffnen. Dann hatte er eine zu viel geöffnet und damit aufgehört. Jetzt tat er es, weil er nicht anders konnte. Und weil er Milans im Austausch sehen wollte.

Er war wirklich attraktiv. Jedes Mal, wenn er ihn länger ansah, fiel es ihm mehr auf. Die Kontur seines Kinns, die Form seiner Lippen, seine dunklen Augenbrauen.

Hinter seiner Stirn kitzelte es, weil er ihn so lange ansah. Seine innere Alarmanlage. Finn schaltete sie ab. Ganz gelang es ihm nicht, doch sie wurde leiser.

Er räusperte sich.

„Also, damit das Logo kein Abklatsch von Apple wird, wäre das mit dem Arbeitszimmer noch ganz gut", sagte er.

Milan hatte ihn genauso lange angesehen wie umgekehrt. Ob er ihn auch schön fand? Sein Gesicht? Den Teil von ihm, der nicht zerstört war. Alles nur eine Lüge. Eine Werbung, die ihr Versprechen nicht hielt.

„Okay, klar." Milan führte ihn im Flur die Treppe nach oben und in einen kleinen Raum mit einem Schreibtisch, einem Drachenbaum und einem Regal, in dem sich Fachliteratur drängte. Finn überflog ein paar der Titel. In vielen ging es um den menschlichen Körper, um Muskeln und Massagetechniken, sogar um Akkupunktdur. Daneben standen einige mit Ernährungsthemen. Oh, und in der oberen Reihe ging es um Fotografie.

Während er sich umschaute, erzählte Milan etwas über den Ablauf vom ersten Anruf des Kunden bis zur Erstellung der Pläne.

„Was ist der Hauptgrund, wegen dem die Kunden sich für dich entscheiden? Oder entscheiden sollten?", fragte er nach einer Weile und zog wieder sein Handy hervor, um ein paar Notizen zu machen.

„Dass ich jeden Menschen als das Individuum betrachte, das er ist. Ich versuche nicht, allen das gleiche Konzept überzustülpen, sondern schaue mir jeden einzelnen Fall genau an, jeden einzelnen Körper. Jeder ist etwas anders in seinen Bedürfnissen. Ich passe mich daran an."

Jeden einzelnen Körper.

Finn zögerte und starrte auf die Wörter, die er getippt hatte.

„Was tust du, wenn einer von ihnen anders ist? Also, wenn er wirklich extrem von allem abweicht, was du kennst. Oder ... wie es sein sollte."

Am liebsten hätte er sich dafür geohrfeigt. Er hatte doch längst beschlossen, dass aus ihm und Milan niemals etwas werden konnte. Er würde nie wieder eine Beziehung haben. Sich nicht verlieben. Es nur in Gedanken durchzuspielen, war schon so absurd und dumm, dass er sich selbst auslachen wollte.

Er drehte sich zum Bücherregal und tat so, als würde er sich nochmal die Titel ansehen.

„Ich würde mich auf seine Besonderheiten einlassen. Niemand braucht sich schämen, oder Angst haben, dass ich ihn hängen lasse. Ich finde es immer wieder krass, wie viele Leute sich damit belasten. Weißt du, ich glaube, keiner von meinen Kunden hätte von sich gesagt, dass er so ist, wie er sein soll. Alle kommen sich falsch vor oder wie eine Abweichung." Milan ereiferte sich richtig. „Für mich ist jeder Körper ein Haus oder eine Wohnung. Die sind alle verschieden. Alle sind unterschiedlich eingerichtet. Manche müssen ein bisschen renoviert werden – das sind dann die Krankheiten – aber jede Wohnung ist ein Zuhause. Ein Ort, an dem man sich wohlfühlen sollte. Auch Häuser sind lebendig und verändern sich. Sie altern auch. Sie haben ihre eigene Geschichte. Manche haben Erdbeben überlebt, in vielen sind Kinder herangewachsen. Jede Erfahrung verändert ein Haus ... oder einen Körper, hinterlässt Spuren. Aber sie macht ihn nicht unbewohnbar oder hässlich oder was dir sonst noch einfällt."

Als es nach Milans Vortrag wieder still im Raum wurde, hörte Finn sein Herz schlagen. Seine Kehle zog sich zusammen und er musste sich für einen Moment aufs Atmen konzentrieren.

Wenn das wirklich die Wahrheit war ... Wenn Milan wirklich so fühlte und dachte ... Scheiße, er hätte das nicht fragen sollen. Er konnte keine falschen Hoffnungen gebrauchen. Es tat doch jetzt schon weh.

Milan hatte nicht über ihn gesprochen, sondern über seinen Job, das musste er sich klarmachen.

„Ich glaube, ich weiß jetzt, wie ich das Logo zeichnen kann."

KAPITEL 15

DASS ER MAL neben Lex Peterson in dessen Auto sitzen und auf eine Fototour fahren würde, hätte Milan sich noch vor einem Monat nicht träumen lassen.

Jetzt saß er hier, jeden einzelnen Muskel gespannt und die Kamera auf dem Schoß. Sein Herz pochte gegen den straff gespannten Sicherheitsgurt, aus dem Radio drang eine Rockballade von Bon Jovi und Lex erzählte Geschichten aus seiner Zeit in den USA, wo er mehrere grandiose Dokumentarfilme gedreht hatte.

Milan blickte mit versteinerter Miene geradeaus.

Heute musste er es endlich schaffen, den Auslöser zu drücken. Als Lex ihn am Telefon zu diesem Ausflug eingeladen hatte, weil er seiner Aufforderung, ihm Bilder zu schicken immer noch nicht nachgekommen war, hatte er nicht absagen können.

Lex war so etwas wie sein Idol. Die Idee, dass sie beide Freunde sein könnten, kam ihm utopisch vor. Aber so langsam merkte er, dass er auch nur ein ganz normaler Kerl war.

„Ach komm," murrte er sein Auto an, als er an der Ampel den Motor abwürgte. Stotternd erwachte der wieder zum Leben und Lex trat aufs Gas. „Nur weil ich Urlaub mache, heißt das nicht, dass du auch Urlaub machen kannst." Der Wagen schoss über die Kreuzung.

„Heute überwinden wir deinen Perfektionismus", sagte Lex und warf einen kurzen Blick zu ihm.

Milan grinste schief. Er hatte sich noch nicht getraut, ihm zu sagen, was das eigentliche Problem war.

„Ich kann's nicht mehr sehen, dass keiner was macht, weil's unperfekt sein könnte. Perfekt ist scheiße. Kunst ist unperfekt. Wie mein Fahrstil, kapiert. Der ist auch Kunst."

Milan lachte und spürte, wie es ihn entspannte. Lex war viel lässiger, als er gedacht hatte. Vielleicht konnten sie tatsächlich Freunde werden.

Sie hielten am Stadtrand neben einer halb eingestürzten Mauer. Das hier war früher ein Industriegebiet gewesen. Die alten Bauten standen noch, aber die Natur war dabei, sich alles zurückzuholen.

Bäume umzingelten das rotgemauerte Fabrikgebäude. Efeu und andere Kletterpflanzen wuchsen wie Vorhänge vom Dach und den Einbuchtungen der Fenster herunter. Heerscharen von Grashüpfern flogen bei jedem Schritt, den sie über das Feld machten, vor ihnen her.

„Schon mal an einem Lost Place gewesen?", fragte Lex.

„Wenn du mein Haus nicht mitzählst, dann nicht."

„Am Anfang vielleicht. Jetzt zählt es nicht mehr."

Lex blieb stehen und blickte an dem Gebäude hinauf. Dann stapfte er hinüber zu der Backsteinwand, lehnte sich dicht dagegen und knipste. Einfach so.

Milan umfasste seine Kamera fester. Er wollte das auch können. Er schloss die Augen und atmete die Atmosphäre dieses Ortes ein. Den Geruch von Gräsern und Staub.

„Na, was ist? Akku leer, oder welche Ausrede hast du?"

„Nein. Es ist alles bereit." Er schnaufte. „Nur ich nicht."

Lex lachte. „Bist du ein Bräutigam vor der Hochzeit?" Kopfschüttelnd kam Lex auf ihn zu und griff seine Hände. Er führte die Kamera vor sein Gesicht und stellte sich dabei hinter ihn. „Darf ich vorstellen, das ist deine Kamera, und sie ist beleidigt, wenn du sie nicht benutzt, das kann ich dir versprechen."

Milan schaute durch den Sucher. Lex' Hand lag auf seiner und schob seinen Finger auf den Auslöser. „Wir machen jetzt den unperfekten Anfang, damit du endlich drauf scheißen kannst." Ehe Milan es sich versah, drückte er den Knopf. Die Kamera stellte scharf und schoss ein Foto. Einfach so.

Milan schluckte und ließ die Arme sinken, als Lex ihn losließ. Auf dem kleinen Bildschirm erschien das Bild. Ein kühler Wind umwehte ihn, aber Lex' warmer Atem in seinem Nacken wischte das Gefühl gleich wieder fort. „So, dann lass uns mal einen Weg nach drinnen suchen."

Der Ort hatte sich nicht verändert. Wenn er gerade seine Seele verloren hatte, dann ohne, dass man es ihm ansehen konnte. Milan wischte sich einen Anflug von Schweiß von der Stirn. Erleichterung floss durch seine Venen.

Er hob die Kamera nochmal und fotografierte den Efeu. Dann den Baum vor sich. Dann die Ecke, hinter der Lex gerade verschwunden war.

„Kommst du?"

Ein bebendes Lachen drückte sich aus seiner Kehle. Es klang ein bisschen verrückt, aber es schwemmte eine wilde Mischung von Gefühlen aus ihm heraus. Angst, Unglaube, Freude und Übermut. All die Jahre hatte er sich abhalten lassen ... wegen gar nichts.

Eilig stapfte er Lex her.

Am nächsten Morgen erwachte er mit einem Kater. Der erste Kater seit er in dem neuen Haus lebte. Scheiße. Milan lachte

gequält und legte sich die Hände aufs Gesicht, um das Sonnenlicht von sich abzuhalten.

Er war den ganzen Tag mit Lex unterwegs gewesen. Am
Abend waren sie was trinken gegangen, hatten noch Freunde
von ihm getroffen. Es war das reinste Fotopromi-Fest gewesen und er mittendrin.

Aufregung und Euphorie hatten ihn ein Bier nach dem
anderen bestellen lassen. Sie waren alle verdammt gut drauf
gewesen. Wenn er sich richtig erinnerte, hatte er jede Menge
Visitenkarten mit Telefonnummern eingesammelt und auch
selbst welche ausgeteilt.

Und … wenn er sich weiterhin richtig erinnerte, hatte er
auch die Wahrheit zum Besten gegeben.

„Oh Mann, Milan", seufzte er beschämt und kühlte sich die
Wangen.

Echt, an sowas hast du geglaubt? Wie alt bist du nochmal? 32?

*Ich hab alles geglaubt, was meine Großeltern gesagt haben. Ich dachte
bis Mitte zwanzig, dass Onanieren blind macht.*

Und da hast du's riskiert?

Er lachte leise vor sich hin. Hoffentlich hatten seine neuen
Freunde gestern genug getrunken, um das gleich wieder zu
vergessen. Ansonsten würde er sich das wohl nun für den
Rest seines Lebens anhören müssen.

Aber selbst wenn …

Er hatte gestern so viel gewonnen. Nicht nur etwas mehr
Anschluss an diese Stadt und ihre Bewohner, sondern ein
riesiges Stück Freiheit. Seine Speicherkarte war voller Bilder,
das wusste er. Ab jetzt würde er endlich Fotos machen. Er war
frei. Von einem Tag auf den anderen.

Der Gedanke half ihm beim Aufstehen, die Dusche half
ihm beim Wachwerden und zwei Tabletten halfen gegen den
Kopfschmerz.

Finn würde staunen, wenn er ihm erzählte, dass er sich überwunden hatte. Mit einem Lächeln auf den Lippen trat er in den Garten hinaus, musste aber feststellen, dass er allein war. Kein Finn zu sehen.

Milan verzog den Mund. Schade. Aber er hatte eine Idee.

Er lief zum Zaun und hockte sich auf den Boden. Zwischen den morschen Latten wuchs der Löwenzahn hindurch. Eine Pflanze, die sich überall durchsetzte, selbst in Beton. Wenn er ihm dieses Foto mailte, würde Finn wissen, was es bedeutete.

*

Milans Worte waren überall. Er wurde sie nicht mehr los. Seine Gedanken flüsterten sie ihm immer wieder ins Ohr, und seine Hoffnung wickelte ihn in die Silben ein, als wären sie eine flauschige Decke.

Er dachte den ganzen Tag an Milan. An seine Augen, an seine Stimme, an seine Hände, an seinen Geruch, und an das Gefühl, das er hatte, wenn er in seiner Nähe war. Dieses Gefühl, das sogar die Gefahr beiseiteschieben konnte, wie einen Vorhang, der kein Licht hereinließ.

Er vermisste es.

Er vermisste ihn.

Er hörte ihn im Garten arbeiten, aber ging nicht nach draußen. Er saß an seiner Skizze für das Logo, aber versuchte, nicht an ihn zu denken. Dabei wusste er genau, was das war, das da in ihm wuchs.

Als eine neue Mail von Milan in seinem Postfach auftauchte, bekam er Schluckauf. Scheiße. Dauerte es ihm zu lange? Nein. Er wollte ihm etwas zeigen. Im Anhang war ein Foto. Finn öffnete es.

Hicks.

Es war Löwenzahn. Der an seinem Zaun? Die Pflanzen wirkten riesig groß, weil sie vom Boden aus fotografiert worden waren, nicht platt von oben. Auf den Blüten lagen Tautropfen, in denen sich das Sonnenlicht brach und der Hintergrund schillerte in tausend kleinen Bokeh-Bläschen.

Das Foto war wunderschön. Er sollte sich das drucken lassen.

„Also hast du es geschafft", sagte er leise. „Meinen Glückwunsch." Er hatte seine Angst überwunden. Diesen seltsamen Aberglauben, den ihm sein Opa eingetrichtert hatte. Das war toll. Er beneidete Milan um diesen Mut.

Milans glückliches Lächeln erschien in seinen Gedanken. Finn musste auch lächeln. Er freute sich für ihn. Sogar sehr.

Nachdenklich schaute er an sich herab. Der gemusterte Stoff seines Hemds hielt seinen eigenen Blick von sich ab. Selbst vor dem hatte er Angst. Im Grunde war das genauso absurd, wie das, was Milan da mit sich herumgeschleppt hatte.

Fotos stahlen keine Seelen.

Und Blicke zerschnitten keine Haut.

Finn stand vom Küchentisch auf und ließ den Laptop stehen. Große Schritte trugen ihn ins Badezimmer. Entschlossen griffen seine Hände nach dem Handtuch, das seit Monaten die unteren zwei Drittel des Spiegels verhängte.

Er warf es über den Wannenrand, fühlte den Frotteestoff unter seinen Fingern. Eine Wand aus weichen Fasern. So leicht einzureißen.

Minutenlang betrachtete er sein Spiegelbild. Angezogen. Das Hemd mit den Schmetterlingen verdeckte so gut wie alles von ihm. Keine Formen, keine nackte Haut. Nur die Hände waren frei.

Zittrige Finger legten sich an den oberen Knopf und öffneten ihn. Sie glitten hinunter, öffneten den nächsten. Finn sah sich selbst fest in die Augen. Der Druck in seiner Kehle wuchs.

Fotos stehlen keine Seelen.

Dir passiert nichts. Du bist allein. Du bist sicher. Und Björn ist nebenan.

Sein Mundwinkel zuckte.

Der dritte Knopf öffnete sich, dann der vierte. Zum ersten Mal seit einer Ewigkeit betrachtete er seinen nackten Oberkörper. Die blasse Haut, und wie sich seine Rippen sanft darunter abzeichneten. Seinen Bauchnabel. Das Sixpack, das inzwischen nur noch eine Ahnung war, weil er kaum noch Sport machte.

Er berührte die Muskeln ganz vorsichtig, fuhr mit der Spitze seines Zeigefingers daran entlang und ertappte sich bei dem Gedanken, dass es Milan sein könnte, der das tat. Wie schön es gekribbelt hatte, als er ihn berührt hatte.

Vorsichtig legte er das Hemd beiseite.

Sein Herz klopfte in seinem Hals. Ein stetiges, kraftvolles Wummern.

Finn zog die Unterlippe zwischen die Zähne. Sein Blick brannte nur in seinen Augen, nicht auf seiner Haut. Es dauerte viele Atemzüge, bis er weitermachen konnte, und seine Hände den Weg zum Bund seiner Jogginghose fanden. Der Stoff war dick und das Kleidungsstück eine Nummer zu groß. Er hatte sie straff zugebunden, damit sie ihm nicht von den Hüften rutschen konnte.

Seine Finger ballten sich zu Fäusten, stoppten ihre Bewegung. Finn starrte auf den dunklen Stoff und die kleinen Fusseln, die daran hingen.

Manche haben Erdbeben überlebt, in vielen sind Kinder herangewachsen. Jede Erfahrung verändert ein Haus ... oder einen Körper, hinterlässt Spuren. Aber sie macht ihn nicht unbewohnbar oder hässlich oder was dir sonst noch einfällt.

Finn schüttelte den Kopf.

Er gab dem Druck in seiner Kehle und hinter seinen Augen nach. Die Tränen liefen. Er presste die Lider zusammen und wartete, bis das Schluchzen kam. Zusammen mit seinem Schluckauf klang es so albern, dass er fast darüber lachen musste.

Die Kraft floss aus seinen Beinen. Finn setzte sich auf den Wannenrand und ließ die Gefühle durch sich hindurchströmen. Da war so viel. Es aufzuhalten unmöglich. Er hatte es lange weggeschlossen, aber jetzt war es wieder da, weil er eine Tür geöffnet hatte.

Vielleicht. Vielleicht, wenn er es schaffte.

Vielleicht durfte er dann hoffen.

Mit eiskalten Fingern wischte er sich über die Wangen und stand wieder auf. Er musste das hier zu Ende bringen. Er musste mutig sein, so wie Milan. Nur seinen eigenen Blick aushalten. Nur für einen Moment.

Er schob die Jogginghose nach unten. Der Stoff fiel zu Boden und wärmte seine nackten Füße. Die Boxershorts war seine letzte Mauer. Einfacher grauer Baumwollstoff. Er kaufte die Dinger in Zehnerpacks.

Finn sah seinem Spiegelbild in die geröteten Augen. Hielt sich am Anblick seiner feuchten Wangen fest und an den angespannt verzogenen Lippen. An seinen bebenden Nasenflügeln. Und an der Hoffnung, die immer noch in seinen Ohren widerhallte.

Dann zog er sich aus.

KAPITEL 16

HINTER SEINER STIRN dröhnte es, als er am nächsten Morgen erwachte. Diesen Kater kannte er von früher. Kein Alkohol, aber zu viele Tränen. Gestern hatte er wirklich viel geweint.

Er rollte sich auf den Rücken und massierte vorsichtig die Schläfen.

Eine Weile herrschte Ruhe in seinen Gedanken. Als würden sie Platz für das Gefühl machen, das mit jedem wachen Herzschlag in seiner Brust wuchs. Freude. Erleichterung. Stolz.

Seinem Spiegelbild so offen gegenüberzustehen, war in den letzten Monaten ein unmöglicher Gedanke gewesen. Manchmal hatte er dagesessen, und versucht, seinen Körper aus der Erinnerung zu zeichnen. Die Skizzen hatte er in einen eigenen Ordner verbannt, der ganz hinten im Regal schlummerte.

Das Handtuch wollte er nicht wieder dorthin hängen. Ab jetzt würde er sich wieder ansehen. Er würde sich damit ein Stück Freiheit erkämpfen. Irgendwann würde er wieder rausgehen können, ohne sich vor fremden Blicken zu fürchten. Schritt für Schritt.

Finn rollte sich aus dem Bett und begann seinen Tag mit einer Energie, die er nicht von sich kannte. Aber er spürte, woher sie kam, sobald er die Küche betrat und durchs Fenster schaute.

Natürlich war es Milan.

Er hatte das nur schaffen können, weil er ihn dazu beflügelt hatte. Deswegen war er mutig. Am liebsten wollte er rausgehen, und es ihm sagen.

Natürlich tat er es nicht. Er blieb drinnen und machte sich Toast.

Es war nicht so einfach. An seinem Körper und seiner Angst hing eine längere Geschichte. Eine, von der er sich geschworen hatte, sie nie wieder zu erzählen. Oh, er hatte sie erzählt. Vor über einem Jahr. Und dann war alles noch schlimmer geworden.

Wieder sah er nach draußen. Was machte Milan da eigentlich? Er hantierte mit etwas Blauem herum.

*

Warum war er da nicht früher drauf gekommen? Er hatte jetzt einen Garten, also konnte er auch einen Pool haben. Na gut, ein Planschbecken.

Das Ding war ungefähr vierzig Zentimeter hoch und gewann seine Stabilität allein aus der aufgepumpten Luft und dem Druck des Wassers. Eine coole Erfindung. Schwimmen konnte man darin zwar nicht, aber man konnte im Wasser liegen und lesen oder einfach nur die Sonne genießen.

Noch war er nicht ganz voll. Milan stand am Rand und beobachtete, wie das Wasser aus dem Schlauch hineinlief. Er hatte sich den perfekten Tag dafür ausgesucht, denn obwohl es noch Vormittag war, knallte die Sonne schon ganz schön.

Er holte einen der Stühle von der Terrasse und stellte ihn neben das Becken. Dann holte er ein Handtuch und legte es über die Lehne. Aus dem Radio drang ein sommerlicher Popsong und Milan tanzte gut gelaunt über die Terrasse, um von drinnen noch etwas zu trinken und ein Buch zu holen. Wenn der Pool bereit war, würde er es auch sein.

Zwanzig Minuten später lag er im Wasser. Es war viel wärmer als erwartet, aber immer noch erfrischend. Grinsend lehnte er sich gegen die Wand und blätterte in dem Roman, den er zu lesen begonnen hatte.

Zufriedenheit floss mit jedem Atemzug durch seinen Körper. Das hier war großartig. Das Haus, der Garten, dass er Fotos machen konnte, sein Job ... alles war so schön. Ihm fehlte nur noch jemand, der sich zu ihm legte.

Aus Finns Garten drangen Geräusche. Milan schob sich die Sonnenbrille in die Haare und blickte hinauf zu seinem Nachbarn, der sich auf dem Gartenzaun abstützte und zu ihm rüberschaute.

Sofort musste Milan lächeln. Finn wirkte heute so anders. Das musste an den Klamotten liegen. Zum ersten Mal trug er etwas Kurzärmeliges, wenn er ihn sah. Ein weißes T-Shirt mit Aufdruck. Dazu eine lange Stoffhose.

„Björn wird Augen machen, wenn ich ihm erzähle, dass du dir eine riesige Vogeltränke in den Garten gestellt hast.“

„Auf der Verpackung stand *Gartenpool*“, erwiderte er und zuckte mit den Schultern. „Aber Björn ist gerne willkommen. Genauso wie du, wenn du möchtest.“

Tatsächlich stieg Finn direkt über den Zaun. Milan klappte das Buch zu und legte es beiseite. Sonst war Finn zögerlicher. Neugierig musterte er ihn.

„Ist echt angenehm“, sagte er und ließ sich tiefer hineinrutschen, um Finn zu demonstrieren, wie gut das Wasser tat. „Könntest auch deinen Skizzenblock holen und hier drin arbeiten. Ich spritze auch nicht.“

„Ich hab keine Badehose", erwiderte Finn und hockte sich vor das Becken. Er tippte mit dem Zeigefinger auf die Wasseroberfläche und betrachtete die kleinen Wellen, die er damit aussendete.

„Dann hol schnell eine von drinnen", sagte er und lächelte ihn an. Mit Finn im Planschbecken würde der Tag definitiv noch besser werden. Er mochte seine Gesellschaft ... und er war neugierig zu sehen, was sich unter den Klamotten verbarg.

„Nein, ich meinte, ich besitze gar keine. Also überhaupt keine Badesachen."

„Echt?" Er rutschte wieder in eine sitzende Position. „Gehst du nicht gerne schwimmen? Mal ins Strandbad oder so?"

Finn zeichnete weiterhin Spuren ins Wasser und Milan betrachtete seine Hand. Die schlanken, feingliedrigen Finger. Die Hände eines Künstlers. Er konnte sich gut vorstellen, wie sie einen Stift hielten, oder einen Pinsel, oder wie sie dem Nymphensittich über das kleine Köpfchen streichelten.

„Nein", sagte Finn nur. „Früher mal. Aber jetzt nicht mehr. Ich mag es nicht, halbnackt zwischen so vielen Menschen zu sein."

„Ach so, verstehe."

„Aber ich muss zugeben, dass es sehr angenehm ist. Darf ich meine Füße reinhalten?"

Milan schmunzelte. „Meine Einladung gilt für alle Körperteile."

Finn wich seinem Blick aus. „Okay, cool." Er stand auf, schüttelte sich die Crocs von den Füßen und zog die Socken aus. Langsam und bedächtig, als hätte er eine Verletzung am Zeh, die er auf keinen Fall beeinträchtigen wollte.

Milan beobachtete jede einzelne Bewegung. Dieser Mann faszinierte ihn mit jedem Tag mehr. Nicht nur wegen seiner kleinen Eigenheiten. Es war seine Ausstrahlung, die Art, wie seine Anwesenheit seine Gedanken veränderte. Wie seine Augen im Sonnenlicht schimmerten, wie seine Stimme sich an seine Ohren schmiegte und wie jede Geste ihn an einen schönen Tanz erinnerte.

Schließlich tauchte Finn die Zehen ins Wasser. Er hatte niedliche Füße. Ägyptische Zehen – perfekt der Größe nach sortiert, und gepflegte Nägel. Er war kein Fußfetischist, aber er hatte in seinem Beruf schon mit so vielen zu tun gehabt, dass er automatisch darüber nachdachte.

Vorsichtig setzte Finn den Fuß auf den Boden des Pools und bückte sich dann, um die Hose hochzukrempeln. Er hatte wohl die Tiefe des Planschbeckens unterschätzt.

Von der Seite schwirrte etwas heran. Eine Libelle. Fasziniert beobachtete Milan das Insekt. Wahnsinn, sie musste den Pool wohl für einen Teich halten.

Sie flog ganz dicht an Finn heran, der noch heruntergebeugt im Becken stand. Als er sie entdeckt, zuckte er zusammen und verlor das Gleichgewicht. „Die tut nichts!", rief Milan noch, aber es war zu spät. Mit rudernden Armen kippte Finn nach vorn und landete mit einem lauten Platschen im Wasser.

Komplett durchtränkt und mit tropfenden Haarspitzen lag er vor ihm, halb auf ihm, die Hände zwischen und neben seinen Beinen abgestützt. Das Gesicht so dicht vor seinem wie noch nie.

Die schimmernden blauen Augen verschlugen ihm die Sprache. Finns blasse Lippen standen offen, er atmete den Schrecken über seinen Sturz ein und aus.

Sein Herz wusste, was es wollte, und diese Erkenntnis überraschte ihn nicht einmal. Aber er wagte es nicht. In diesem Gesicht stand zu viel Angst.

„Hast du dir wehgetan?", fragte er stattdessen leise und blickte an Finn herab. Seine Klamotten waren klitschnass und klebten an seiner Haut.

Hicks.

Milan blinzelte überrascht.

Finn hielt sich die Hand vor den Mund. „Wa-war das eine Libelle? Ich hab mich total erschrocken", stammelte er und krabbelte von ihm herunter. „Tut mir leid, ich bringe einen Haufen Dreck hier rein. Das war echt dämlich."

Er berührte Finn an der Schulter. „Hey, alles gut, beruhig dich. Mit den drei Fusseln kann ich leben. Keine hastigen Bewegungen mehr, okay? Sonst fliegst du mir gleich nochmal hin."

Hicks.

Finn schloss für einen Moment die Augen und nickte dann. Er drehte sich auf den Rücken und setzte sich an den Rand. Zu lange sollte er wohl besser nicht mit dem nassen T-Shirt hier herumsitzen, aber fünf Minuten würden bei der Hitze keinen Schaden anrichten. So zittrig wie Finn gerade wirkte, war über den Zaun zu steigen gefährlicher.

„Tut dir was weh? Du bist ganz schön auf die Knie geknallt", erkundige er sich nochmal. Manchmal bemerkte man bei einem Schreck ja nicht, dass man sich verletzt hatte. Er schaute Finn von oben bis unten an.

Der blickte auf seine Hose und legte die Hände auf die Kniescheiben. „Nein, alles gut. Nur mein Fuß tut ein bisschen weh."

„Welcher?"

„Der rechte." Der Durchmesser des Beckens war so klein, dass er sich nur etwas vorlehnen musste, um Finns Füße unter die Lupe zu nehmen.

„Darf ich?" Er warf Finn einen fragenden Blick zu und wartete das zögerliche Nicken ab, ehe er seine Hände ausstreckte und den Fuß vorsichtig in beide Hände nahm.

Mit leichtem Druck rieb er über die einzelnen Reflexzonen und sah Finn dabei an. „Sag Bescheid, wo es wehtut." Er arbeitete sich sanft zum Ballen und den Zehen empor und dann wieder nach unten.

„Da."

„Okay." Er massierte die Stelle vorsichtig, aber mit der nötigen Kraft. Wahrscheinlich war Finn hier vorher schon verspannt gewesen, und hatte es durch den Sturz noch etwas verschlimmert.

Das Brummen, das Finn von sich gab, kannte er. Zuerst war es unangenehm, aber dann ...

„Ahhh, du kannst das gut."

Finns angetanes Seufzen kribbelte in seinem Schoß, aber noch schöner war, wie die Entspannung in sein Gesicht trat und er den Kopf ein wenig zurücklehnte. Milan lächelte und machte weiter. „Danke."

Eigentlich hatte er den Job immer gemocht. Massagen waren etwas Intimes, und manchmal hatte er dabei wirklich eine Verbindung mit den Gästen aufgebaut, sodass sie ihm sogar private Geschichten erzählt hatten. Die meiste Zeit war die Stimmung eher neutral bis entspannt gewesen und niemand hatte geredet. Und dann hatte es die Gäste gegeben, die einfach nur unangenehm gewesen waren, ungepflegt, unhöflich oder zudringlich. An diesen Tagen war es harte Arbeit gewesen.

Jetzt gerade aber war er sehr glücklich darüber, das hier tun zu können. Finn gut zu tun.

„Soll ich den anderen auch noch bearbeiten?", fragte er. „Nicht, dass du sonst nachher schief läufst, weil der eine entspannt ist und der andere ein Klotz." Das war natürlich nur ein Scherz, aber Finn nickte ihm zu.

Also nahm er sich den linken auch noch vor, ließ seine Daumen ordentlich über die weiche Haut kreisen und löste die kleinen Verspannungen, die er fand.

„Du bist sicher beliebt im Freundeskreis", sagte Finn, nachdem er ihm noch ein Seufzen abgerungen hatte.

„Na ja, durch meinen Umzug muss ich mir erst wieder einen aufbauen und bisher kennt von denen noch keiner mein Talent. Du bist der erste." Er zwinkerte ihm zu. Freunde waren was Schönes, aber er spürte ganz deutlich in sich, dass ihm das bei Finn nicht reichen würde. Zwischen ihnen war etwas, das er nicht ausblenden konnte. Neugier, Anziehung und eine ungewohnte Angst. Finn war wie eine Seifenblase, deren bunte Farben er bewunderte, und die er fliegen sehen wollte, während er gleichzeitig Sorge hatte, dass ein falscher Hauch reichte, um sie platzen zu lassen.

Milan beendete die Massage und entließ den Fuß aus seinen Händen.

„Danke dir, das hat gut getan. Ich hatte noch nie eine professionelle Massage." Finns Stimme klang nun wieder ruhig. Und der Schluckauf war auch fort. Das fiel ihm jetzt erst auf.

„Gerne wieder", sagte Milan.

„Ich sollte jetzt raus aus den Sachen und mich abtrocknen." Finn stand auf und das Wasser regnete laut aus seinen Klamotten. „Ich melde mich, wenn ich mit dem Logo fertig bin."

KAPITEL 17

FINN TANZTE. Laute Technomusik dröhnte über die Tanzfläche und bunte Lichter zuckten über die wogende
Menge hinweg. Um ihn herum nur heiße Typen und dazwischen Louis, der irgendwie mit allen gleichzeitig flirtete und
seine Spielchen spielte. Wenn sie hier waren, waren sie die
Stars. Am Anfang hatte er Louis das nicht geglaubt, aber es
stimmte. Sie zogen alle Blicke auf sich.

Ein Kerl mit Tunnels, die im Dunkeln leuchteten, wirbelte
ständig um ihn herum. Kai war heute nicht dabei. Sie würden
das Ende der Prüfungen ein anderes Mal gemeinsam feiern.
Heute waren es nur er und Louis.

„Habe ich drei Wünsche frei, wenn ich an deiner Hotpants
reibe?", fragte eine raue Stimme an seinem Ohr. Die Worte
liefen Finn heiß über den Rücken. Drei Wünsche? War das
nur ein Flirtspruch, den er noch nicht kannte, oder wusste der
Kerl, wer er war?

Er drehte sich um und sah dem Typen ins Gesicht. Es war
der mit den Tunnels. So sexy hatte er sich seine Zuschauer gar
nicht vorgestellt. Er war vielleicht Anfang 30, hatte kurze,
dunkle Haare und einen trainierten Körper.

„Wie kommst du darauf?", fragte Finn und tanzte ein paar Takte mit ihm.

„Ich würde dich unter hundert anderen Kerlen wiedererkennen. Kamst mir gleich bekannt vor."

Also doch. Seine erste Begegnung mit einem Zuschauer. Und jetzt?

„Was sind das denn für Wünsche?", fragte er und setzte ein Grinsen auf. Ein bisschen komisch war ihm schon, aber hier zwischen all den Leuten fühlte er sich sicher. Wahrscheinlich wollte der Typ nur ein bisschen flirten. Deswegen eine Szene zu machen, kam ihm übertrieben vor.

„Ein Tanz, ein Kuss und ein Autogramm."

Finn neigte den Kopf. „Wir tanzen doch schon."

Der andere grinste nun auch und legte eine Hand an seine Hüfte. Während sie sich zur Musik bewegten, rutschte sie immer weiter nach hinten, bis sie auf seinem Po lag.

Finn hielt ihn nicht davon ab. Irgendwie mochte er den Typen. Ehrlich gesagt fand er ihn sogar geil, aber mehr als ein bisschen unverbindliches Fummeln war nicht drin, schließlich hatte er Kai.

Er genoss das prickelnde Gefühl mit dem Unbekannten und tanzte mit ihm, bis ein anderer Song auf die Tanzfläche schwappte und die Lichter ihre Farbe wechselten.

Der Fremde beugte sich vor, aber Finn senkte den Kopf und hielt ihm seine Stirn hin. „Ich habe einen Freund. Ich knutsche nicht fremd."

Sein Gegenüber murrte nicht, sondern drückte ihm die kühlen Lippen auf den Haaransatz. Finn grinste. Seine Fans waren total okay. Sie liebten ihn, sie vergötterten ihn. Es war so, wie es immer in den Chats stand.

„Wo soll ich unterschreiben?", fragte er und blickte wieder auf.

Sie verließen die Tanzfläche. Der Typ lehnte sich gegen die nächstbeste Wand, zog einen dunklen Marker aus seiner Tasche und zog seine Hose ein Stück runter. Nicht so weit, dass er seinen Schwanz zu sehen bekam. Nur den Unterbauch. „Genau da."

Finn schnaufte, nahm den Stift und hockte sich vor ihn, um seinen Künstlernamen auf die freigelegte Haut zu schreiben. Ihm wurde heiß. Bestimmte hatte der Kerl gerade Bilder im Kopf. Er war auf der perfekten Höhe für einen Blowjob. Doch es passierte nichts. Der Fremde nahm den Stift wieder entgegen und bedankte sich bei ihm. Dann trennten sich ihre Wege.

Kai sah ihm tief in die Augen, während er davon erzählte. Sie saßen in seinem Wohnzimmer und schauten einen Film. „Ich sollte dich nicht mehr alleine rausgehen lassen", sagte er. Ob er das ernst oder im Scherz meinte, konnte Finn nicht feststellen.

„Ich brauche keinen Aufpasser. Meine Fans sind artig. Die würden mir nichts tun."

„Müssen sie vielleicht gar nicht", erwiderte Kai und fuhr mit der Hand in seinen Schritt. „Dich macht es ja schon geil, bloß davon zu erzählen."

„Bist du jetzt eifersüchtig?" Finn lachte kurz auf und grinste ihn dann an. „Als ob ich dir fremdgehen würde. Der Typ war ganz geil, aber du bist der einzige Fan, mit dem ich was mache."

„So, ich bin dein Fan?", fragte Kai und griff fester zu.

Finn stöhnte rau und schob sich seinem Freund entgegen.

„Wir sind die größten Fans von denen, die wir lieben", raunte er und stahl ihm einen Kuss. Kai hatte ihm noch nie gesagt, dass er ihn liebte, aber er wusste, dass es so war. Weil es ihm genauso ging. „Ich bin auf jeden Fall dein Fan. Auch wenn du keine Camshow hast."

„Na da bin ich aber froh." Kai beugte sich über ihn und Finn ließ sich auf die Liegefläche des Sofas sinken. Seine Küsse waren der pure Wahnsinn. Wenn er ihm die Zunge in den Mund steckte, fühlte sich das allein schon an wie Sex.

Finn seufzte und lächelte und ließ sich einfach in sein Glück fallen. In dieses absolut perfekte Glück.

Eine Woche später stand er komplett in schwarz gekleidet vor der Trauerhalle auf dem Friedhof und hielt einen Schirm über seine Mutter, die inzwischen ihrem neuen Rollstuhl saß.

Omas Tod war nicht überraschend gekommen – sie war lange krank gewesen und hatte sich selbst gewünscht, dass es zu Ende ging, aber das änderte nichts daran, dass es ein schwerer Tag war.

„Ich hätte sie nochmal besuchen müssen", murmelte er.

„Du hast dich auf dein Studium konzentriert und bist frisch verliebt, Schatz."

Der Regen prasselte auf den Schirm und hüllte sie mit seinem allgegenwärtigen Rauschen ein. Andere Trauergäste gingen an ihnen vorüber und strömten nach und nach in die Halle, wo der Pastor gleich seine Rede halten würde.

Tante Christina, Mutters Schwester, war auch da. Sie war weit und breit die einzige, die nicht traurig, sondern nur genervt aussah. Sie zog ihre Tochter, die jetzt ungefähr fünfzehn sein musste, an der Hand hinter sich her. Das Mädchen hatte nur Augen für ihr Smartphone und schien um sich herum gar nichts mitzubekommen.

Finn runzelte die Stirn. „Ich hätte nicht gedacht, dass sie kommt."

Seine Mutter seufzte. „Wäre sie wahrscheinlich auch nicht, wenn sie wüsste, dass sie nur den Pflichtteil bekommt. Mama hat ganz schön über sie gewettert, als ich und Micha das letzte Mal mit ihr über den Nachlass geredet haben."

Ein schwaches Lächeln huschte über sein Gesicht. Oma hatte eine sehr unterhaltsame Art gehabt, sich aufzuregen. Sie hatte jedes Mal Schimpfwörter erfunden, die es gar nicht gab.

„Gehen wir rein?", fragte er und legte ihr die Hand auf die Schulter.

Am Abend war ihm nicht nach einer Camshow. Er postete nur eine Nachricht auf seinem Profil, in der er erklärte, dass er aus privaten Gründen heute nicht kommen konnte. Binnen fünf Minuten drängten sich Dutzende Kommentare darunter.

Schade, aber jeder braucht mal Zeit für sich.

Wenn du Hilfe brauchst, melde dich bei mir.

Das sagst du doch nur, weil du jetzt doch einen Freund hast.

Du bist es wert, zu warten.

Fühl dich gedrückt, Süßer.

Finn schaltete den Computer aus und ging schlafen.

Es war der letzte Abend seines alten Lebens.

KAPITEL 18

FINN TIPPTE SICH gedankenverloren mit dem Bleistift gegen die Unterlippe. Das Logo war fertig. Statt Essens-Symbolen zierte ein Haus mit einem Herz das Papier. Er hatte es in neun verschiedenen Varianten gezeichnet, bis er zufrieden gewesen war.

Björn saß auf seiner Schulter und schien das Bild mit ihm gemeinsam zu betrachten.

„Jetzt muss es nur noch Milan gefallen", murmelte er.

Bei jedem anderen Kunden wäre er jetzt aufgestanden, hätte das Logo eingescannt und per Mail verschickt, um sich Feedback zu holen. Bei Milan wollte er das nicht. Er wollte ihn sehen. Ihn am liebsten zu sich einladen.

Auch vor diesem Gedanken hing ein kleines Schloss, das er erst öffnen musste. Er hatte lange niemanden mehr in sein Haus gelassen. Ein paar Aufnahmen davon schwirrten vielleicht immer noch im Internet herum. Die Kommentare darunter würde er nicht vergessen.

Der soll mal nicht rumjammern, lebt doch echt ganz gut von seiner Opfer-Story.

Er stieß den Atem aus. Björn schien den Umschwung in seinen Gedanken zu bemerken und flog von ihm weg.

Das Haus hatte gar nichts mit allem zu tun gehabt. Seine Mutter und ihr Bruder hatten es geerbt und ihm überlassen. Und selbst wenn ... was brachte einem ein Haus, wenn ...

Finn stand auf und verließ das Vogelzimmer. Die Vögel spürten es, wenn er wütend wurde, und das machte sie nur unruhig. Das wollte er nicht. Er legte den Block auf den Schreibtisch in seinem Schlafzimmer und fing dann an, seine Bude aufzuräumen.

War sowieso mal wieder überfällig. Er stopfte Wäsche in die Maschine, saugte Staub und wischte Böden. Als die Wohnung soweit in Ordnung war, fand er sich im Badezimmer vor dem Spiegel wieder.

Wie lange hatte er nicht mehr das Bedürfnis gehabt, gut auszusehen? Es fühlte sich immer noch giftig an. Als wäre es ein Fehler. Als provoziere er damit die Gefahr. Als wäre Haarspray daran schuld gewesen, oder die verdammten Turnschuhe. Oder die Unterhosen, die er in dem Sexshop gekauft hatte.

Schuld ist nur der Wichser, der dir das angetan hat. Finn drehte die liebevolle Stimme seiner Mutter in seinem Kopf lauter. Sie hatte ihm nie einen Vorwurf gemacht. Nie.

Er brauchte ein paar Minuten, ehe er seinem Plan weiter folgen konnte. Er massierte sich die Schläfen, bis es ihm besser ging, strich sich die Strähnen hinter die Ohren und schickte Milan eine Mail, in der stand, dass er rüberkommen sollte, um sich den Entwurf für das Logo anzusehen und darüber zu sprechen.

Während er wartete, setzte er Kaffee an. Dann lief er ein paar Minuten unruhig im Flur auf und ab, fing an, den Spiegel dort zu putzen, und rückte das Foto von seinen Eltern gerade, das irgendwie ständig schief hing.

Dann endlich klingelte es.

Mit einem vorsichtigen Lächeln auf den Lippen öffnete er die Tür.

Milan sah gut aus. Er trug ein luftiges blaues Hemd, das er nicht zugeknöpft hatte, und darunter ein weißes, enganliegendes Top. Dazu eine dunkelgraue Cargohose.

„Wir sollten echt mal Nummern tauschen", sagte er. „Hi."

„Stimmt." Finn winkte ihn herein. Es war noch immer ein angespannter Moment, wenn er so dicht an ihm vorbeiging, aber was da sein Herz so laut schlagen ließ, war nicht mehr nur die Alarmanlage, sondern etwas anderes.

„Willst du eine kleine Führung?", fragte er.

„Na klar, gerne."

Er zeigte ihm zuerst die untere Etage: das Wohnzimmer, die Küche, das große Bad und das Vogelzimmer.

„Hey, wie cool, sie haben ihren eigenen Raum?" Milan blickte durch den Glaseinsatz in der Tür.

„Ja. Ich finde das besser, als eine riesige Voliere hinzustellen, und ich habe den Platz ja sowieso. Wenn ich hier mit einem anderen Menschen wohnen würde, hätte der ja auch sein eigenes Zimmer."

„Kann ich mal reingehen?"

„Sicher. Verhalte dich ganz normal. Keine ruckartigen Bewegungen und kein lautes oder aggressives Verhalten. Und bereite dich drauf vor, angekackt zu werden."

Milan lachte und folgte ihm in das Zimmer.

„Eigentlich sind sie lieb, aber ich habe selten Gäste hier."

„Wahnsinn", murmelte Milan und schien gar nicht zu wissen, wo er zuerst hinschauen sollte. Der Raum war bunt dekoriert, mit Traumfängern, verschiedenen Landemöglichkeiten, Schaukeln, kleinen Unterschlüpfen und Spielzeugen. Manches hing von der Decke, anderes war an die Wand montiert, einige Sachen standen oder lagen auf dem Boden. In all den Monaten hatte er viel Zeit zum Basteln gehabt und natürlich auch einige Dinge gekauft. „Das ist ein richtiger Vergnügungspark."

„Sie sollen es ja auch schön haben."

Milan setzte sich falsch herum auf den Liegestuhl. „Welcher von ihnen ist Björn?"

Finn deutete auf ihn.

„Wie unterscheidest du sie? Das müssen so kleine Details sein ..."

„Das ist nicht so schwer. Björn ist minimal größer als die anderen drei. Agnethas Bäckchen haben eine besondere Form. Bennys Gelb ist ein bisschen gelber als das der anderen und Anni-Frid ist die, die man meistens gar nicht sieht. Sie versteckt sich am liebsten."

Milan lachte. „Du hast sie nach den Bandmitgliedern von ABBA benannt? Wie geil ist das denn?"

„Ich bin mit Namen nicht so einfallsreich. Hat einfach gut gepasst."

Die Vögel beäugten Milan misstrauisch, machten aber keinen Krach wegen des Besuchs. Als Eindringling nahmen sie ihn wohl nicht wahr. Eher als neues Deko-Element, das noch untersucht werden musste. Wie immer überließen sie das dem Mutigsten.

Björn flatterte los und setzte sich auf den Lampenschirm in Milans Nähe.

„Meinst du, er würde sich auf meinen Kopf setzen? Oder auf meine Hand oder so?"

„Vielleicht, wenn du singst."

Milan grinste, als hätte er einen Scherz gemacht, aber er meinte das vollkommen ernst. „Björn liebt Gesang."

Zum Beweis begann er, leise den Refrain von *Lay all your Love on me* zu singen. Schon nach den ersten Klängen flatterte Björn zu ihm und setzte sich auf seine ausgestreckten Finger. Finn grinste und sang weiter, während er langsam auf seinen Besucher zuging. Er sah die ganze Zeit Björn an und setzte sich dann vorsichtig direkt neben Milan.

Es klappte gut ... bis Milan es wagte, sich zu bewegen. Björn flatterte davon und setzte sich auf den Schrank an der Wand gegenüber.

„Ach, schade. Aber er hat schon Recht. Vertrauen muss man sich erst verdienen."

Finn schluckte, als ihm klar wurde, dass er auf einmal so dicht neben ihm saß. Er hatte sich so darauf konzentriert, Björn zu ihm zu bringen, dass er seine eigene Angst für ein paar Sekunden vergessen hatte.

Sein Herz pochte an seinem Schlüsselbein. Er hätte wieder aufstehen können – der Versuch, Milan den Vogel zu übergeben, war ja gescheitert – aber ... irgendwie wollte er es nicht.

Er wollte hier sein. Dicht bei dem Mann, der es schaffte, dass er sich im Spiegel ansah. Oder dass er ein fremdes Haus betrat. Oder dass er mit ihm in einem Planschbecken sitzen blieb und die Sonne genoss.

In seiner Brust wurde es warm, wenn er an Milan dachte. Wenn er ihn ansah. Es war Dankbarkeit. Aber nicht nur. Milan war so ausgeglichen und unkompliziert. Sein Lächeln tat gut. Irgendwie hatte er es sogar geschafft, seinen Schluckauf einfach wegzumassieren, obwohl die fremden Hände auf seiner Haut ihn zuerst noch nervöser gemacht hatten.

Er wollte nahe bei ihm sein, auch wenn er gleichzeitig Angst hatte. Nicht mehr nur Angst vor einer möglichen Gefahr ... sondern davor, dass Milan ihn ablehnen würde, wenn er sich ihm zeigte.

„Danke für den Versuch", sagte die schöne Stimme. Milan berührte ihn an der Schulter. „Und ich glaube, mein Gesang würde ihn eher verscheuchen. Er kommt nur, weil du so gut bist."

Milans Gesicht war so dicht vor seinem. Das Grau seiner Augen war bunter, als er es bis jetzt wahrgenommen hatte. So viele Facetten. Seine Wimpern waren nicht schwarz, sondern dunkelgrau ... seine Nase, ... sein Mund ...

Milans Lippen legten sich ganz vorsichtig auf seine. Es war ein süßer, harmloser Kuss, flüchtig und schön wie eine Seifenblase. Ein hauchzartes Kribbeln breitete sich von dort aus, wo sie sich berührten. Seine Mundwinkel zuckten. Sein Kinn kitzelte ganz seltsam.

Finn öffnete langsam die Augen und sah Milan an. Es war der Moment, in dem zwei Menschen bewusst wurde, dass sie dasselbe fühlten. Und der Moment, kurz bevor man sich nochmal küsste. Mutiger und inniger als vorher.

Hicks. Hicks.

Finn zuckte von Milan zurück und hielt sich die Hand vor die Lippen. „Entschuldige."

Ein warmes Schmunzeln kam ihm entgegen. „Das vergeht wieder", flüsterte Milan und küsste seine Finger. „Ich bin auch aufgeregt. Deinetwegen."

Finn schluckte. Alles war mit einem Mal so durcheinander, die klare Struktur seiner Gedanken war nur noch ein graubuntes, kribbelndes Wirrwarr. Er wollte Milan nochmal küssen. Er wollte ihn umarmen. Er wollte aufstehen und weglaufen. Er wollte ihm alles erzählen. Er wollte, dass er es nie erfuhr. Er wollte, dass er ihn verstand. Er wollte ihn wegdrücken und ihm sagen, dass er keine Ahnung hatte. Er wollte keinen Fehler machen.

„Soll ... ich dir noch die anderen Räume zeigen?", fragte er schließlich. Die Worte waren das letzte Überbleibsel irgendeiner Logik in seinem Kopf.

Milan schmunzelte. „Klar. Und das Logo möchte ich auch unbedingt sehen."

Als sie den Raum verließen, steckte Finn in einem anderen Körper. Seine Beine waren nicht mehr seine Beine. Seine Hände waren nicht mehr seine Hände. Seine Lippen waren nicht mehr seine Lippen. Alles war anders.

Musste es sich so anfühlen, wenn man seinen Panzer verlor? Wenn die Mauer bröckelte, mit der man sich umgeben hatte? War das hier das *echte* Gefühl? Es machte ihm Angst.

Seine Finger bebten, als sie die Klinke des Schlafzimmers umschlossen und herunterdrückten.

„Mein Arbeitsplatz ist in meinem Schlafzimmer", erklärte er und ging voran. Milan wirkte viel ruhiger als er. Er trat in den Raum und sah sich um.

„Schön hier", sagte er und strich über den Vorhang, hinter dem er sich so oft schon versteckt hatte. „Ich mag die Aussicht. Die Felder da hinten strecken sich unendlich weit."

Wenn er wüsste, dass er eigentlich nie die Wiesen betrachtete, sondern immer nur die Straße und die Menschen unten auf dem Gehweg vorm Haus.

Finn nickte nur und ging zum Schreibtisch. Dort lag der Zeichenblock. Er nahm ihn an sich und war sich auf einmal nicht mehr sicher, ob er Milan das zeigen wollte. Woher kam diese Unsicherheit? Das hier war seine Arbeit. Das hatte nichts mit Gefühlen zu tun. Eine Sache, die sich durch den Kuss nicht verändert hatte. Die Linien standen fest.

Er schüttelte den Kopf über sich selbst.

„Also ... das hier ist die Skizze."

Mit dem Block auf dem Schoß setzte er sich aufs Bett, weil sein Schlafzimmer sonst keine Sitzgelegenheit bot. Vielleicht auch, weil er hoffte, dass Milan sich wieder zu ihm setzte. Und das tat er.

„Also, es wird kein Apple-Plagiat. Ich musste die ganze Zeit an den Vergleich mit dem Haus denken. Ich finde, damit drücken wir die Ganzheitlichkeit deiner Arbeitsweise aus. Und es vermittelt auch ein positives Gefühl ... also der Gedanke, dass unser Körper unser Zuhause ist. Zuhause ist etwas, in dem man sich wohlfühlt."

Und es war ein Rückzugsort. Man konnte alle Türen verschließen und die Rollläden herunterlassen, und man war allein. Oder ... man lud jemanden zu sich ein.

Mutig hob er den Blick vom Papier und schaute nochmal in die grauen Augen. Wieder war da all das Wollen in ihm. So viel, dass ihm der Atem stockte. Wie ein Sicherheitsmechanismus, der ihn daran hinderte, einen Fehler zu machen.

Wie würde Milan reagieren, wenn er erfuhr, wie kaputt er war? War es nicht Betrug, wenn er zuließ, dass sie sich küssten ... sich so küssten, als wäre alles normal? Wie ein Paket, bei dem man erst zu spät sah, dass die Ware beschädigt war. Ein Kauf, von dem man nicht mehr zurücktreten konnte.

Seine Finger krallten sich in den Stoff der Bettdecke.

„Milan", sagte er leise. Es sollte der Anfang einer Erklärung sein. Eine Warnung. Milan schaute ihn an, zögerte.

Und dann war er selbst es, der sie in den Wind schlug.

Finn lehnte sich vor und küsste ihn. Mit all seiner Hoffnung, mit all seinen Wünschen. Seine Hand lag an Milans Halsbeuge. Die Haut unter seinen Fingern bewegte sich. Milans Gänsehaut.

Ihre Lippen schmiegten sich aneinander. Scheu und gleichzeitig voll Neugier. Milan strich ihm die Haare zurück, ein kurzes Lächeln huschte durch den Kuss hindurch. Dann wurde die Begegnung wilder. Mehr Hitze, weniger Schüchternheit.

Milans Zunge in seinem Mund. Ein Geräusch entkam ihm, halb erschrocken, halb unterdrückt. Kein Schluckauf, nur Überforderung.

Graue Augen schauten in seine. Finns Blick rutschte ab, zu seinen Lippen, die noch feucht glänzten.

„Was hast du?", fragte er und fuhr mit dem Daumen über seine Wange. Es fühlte sich so schön an. Zu schön, um echt zu sein.

Was wenn Milan alles schon wusste. Was wenn er von der Presse war. Undercover eingeschleust? Was wenn sie ihn dafür bezahlten, dass er so lieb war. So geduldig? Welchen anderen Sinn ergab es, dass er so perfekt war? Dass er nicht nachfragte, sich nicht wunderte?

Hatte er über ihn nachgeforscht? Hatte irgendeiner seiner Kunden etwas erzählt? Aus dem Internet hatte er das meiste verbannen können, aber die Leute in der Stadt redeten doch.

Das war eine Falle. Es konnte nicht echt sein.

Oder doch?

Finn presste die Lippen aufeinander. Sie prickelten noch. Er wandte den Blick ab. Milans Augen flößten ihm Vertrauen ein. Was, wenn sie seine eigene Sicht verklärt hatten? Er wollte nie wieder deren Opfer werden.

„Hab ich dich bedrängt?", fragte er und nahm seine Hand weg. Aus dem Augenwinkel sah er, wie er sich durchs Haar fuhr. Wie seine Augenbrauen zuckten und sein Mund nicht wusste, welche Worte die richtigen waren.

War das geschauspielert?

Alles, was er ihm erzählt hatte? Das mit den Fotos ... und die Geschichte mit dem Job als Masseur? Alles, was er über die Ernährungsberatung gesagt hatte?

Finn schüttelte den Kopf. Er sah Gespenster.

„Nein. Nein. Ich bin nur ... kaputt." Er schnaufte und gab ein verzweifeltes, leises Lachen von sich. Was jetzt? Sollte er Milan alles erzählen? Bevor er es vielleicht wirklich woanders hörte? Würde er an seiner Reaktion ablesen können, was er über ihn dachte?

Würde er in seinen Augen erkennen, was er sah, wenn er ihn anschaute?

„Was ist dir passiert?" Vier Worte voll ruhiger Ernsthaftigkeit. Sie drückten aus, dass Milan sich durchaus Gedanken über ihn gemacht hatte. Dass er in seinem Kopf war. Vielleicht nicht nur da.

Sein Herz klopfte, schlug keinen Alarm, sondern flüsterte.

Sag es ihm.

Was dachte Milan? Welche Bilder hatte er im Kopf? Nur ein Idiot hatte annehmen können, dass er nicht sah, dass er verletzt war. Er war nur sensibel genug gewesen, um ihm nicht direkt unter die Nase zu reiben, dass er anders war. Finn wusste nicht, was dieser Blick bedeutete. Er reichte bis tief unter seine Haut. Vielleicht war es Sorge. Oder Aufrichtigkeit. Oder Zuneigung.

Er stand auf und legte den Block auf das Bett.

„Kommst du mit ins Wohnzimmer? Ich koche uns einen Tee."

Wenn er es ihm erzählte, dann die ganze Geschichte. Angefangen bei den Turnschuhen, bis hin zu jenem Tag.

KAPITEL 19

AN JENEM TAG hatte er die weißen Turnschuhe getragen. Die teuren aus dem Laden, die so leicht an den Füßen waren.

„Treib's nicht zu wild, Süßer", rief Kelly ihm nach. Sie hatte ihm einen Rabatt gegeben, weil er langsam zum Stammkunden wurde. In dem Beutel, den er locker neben sich her schwang, lagen drei neue Höschen, ein Analvibrator und ein richtig schicker Cockring. Alles Utensilien für seine Shows. Er freut sich schon darauf, seinen Fans damit einzuheizen.

Aber heute Abend gab es weder Show noch Party. Er wollte noch zum Fitness-Studio. Die Sporttasche hing über seiner Schulter. Finn blieb an einer Straßenecke stehen und stopfte den unscheinbaren Einkaufsbeutel hinein.

Es war schon dunkel und sogar ein bisschen kühl. Der Herbst kam in großen Schritten. Die Ampel an der Kreuzung schaltete auf Grün und Finn rannte los, damit er es noch hinüber schaffte, bevor er Verkehr wieder rollte.

Im Studio selbst war es ruhig. Um diese Zeit konnte man gut seinen Gedanken nachhängen. Mit Musik auf den Ohren drehte er seine Runden und trainierte mit den verschiedenen

Geräten und Gewichten, bis sein ganzer Körper angenehm warm und erschöpft war. Er liebte es, sich danach zu duschen und zu Hause dann todmüde ins Bett zu fallen.

Die Nachtluft erfrischte seine Lungen, als er nach draußen trat. Finn zog sich die Kopfhörer aus den Ohren, um langsam runterzukommen. Er lief am Park vorbei. Ein Obdachloser schlief auf einer Bank. Der Club da hinten an der Kreuzung spie eine größere Gruppe von Leuten auf die Straße.

Der Name leuchtete in weiß-blauer Neonschrift über dem Eingang. Theater P. Da hatte Louis auch schon mal mit ihm hingewollt, aber dann hatten sie sich doch für was anderes entschieden.

Von drinnen kam Musik. Finn wandte im Vorbeigehen den Kopf, um einen Blick hineinzuwerfen. Das konnten sie sich ja dann bald mal noch ansehen. Die Stimmung schien gut zu sein.

„Hey, entschuldigung, warte mal."

Ein Mann holte zu ihm auf und er blieb stehen.

„Danke. Tut mir leid, dich so von der Seite anzuquatschen, aber ..."

Er musste ungefähr Mitte vierzig sein. Haar- und Augenfarbe ließen sich im Schummerlicht der Laternen und Reklamelichter nicht feststellen, aber seine Frisur und der akkurat getrimmte Bart ließen ihn auf lehrerhafte Weise seriös aussehen. Er trug einen Anzug und eine helle Krawatte.

„Ich kenne dich aus dem Himmel."

Finn hob eine Braue. Der Himmel? *Camboy Heaven*. Natürlich. Er wollte wohl ein Autogramm.

„Du bist noch hübscher als auf dem Bildschirm. Sag, kann ich dich um ein Autogramm bitten? Ich lade dich auf einen Drink ein."

„Wenn du einen Stift hast, gebe ich dir gerne eins, aber ich möchte jetzt nichts mehr trinken. Ich bin auf dem Weg ins Bett, sorry."

„Ach so, sicher. Aber das, was ich gern unterschrieben hätte, ist in meinem Büro. Wir müssten also sowieso kurz in den Club, wenn du so freundlich wärst." Er deutete hinter sich auf das Theater P.

In sein Büro, das in dem Club lag? „Entschuldigung, aber … wer bist du?", fragte er nun doch ein wenig neugierig.

„Ich bin Julius. Mir gehört das Theater."

„Ach so, krass", murmelte er und betrachtete nun doch nochmal die leuchtenden Werbeschilder. Nein, ihm war wirklich nicht nach einem Drink, aber dass er so jemanden zum Fan hatte, schmeichelte ihm doch irgendwie.

Immerhin sah er als Besitzer eines solchen Clubs täglich jede Menge heiße Typen und dürfte auch keine Probleme haben, sich ein paar von ihnen herauszupicken.

„Du bist wirklich jemand ganz Besonderes für mich. Ich schaue dir schon seit Anfang an zu und bin ein großer Bewunderer."

Finn zuckte mit den Schultern. „Okay, na gut, lass uns kurz in deinen Club gehen und ich unterschreibe, worauf du möchtest."

Er folgte Julius durch den großen Hauptraum. Auf den Tanzflächen war die Hölle los. Die halbe Stadt schien hier ihre Nacht zu verbringen. Gerade lief eine Elektro-Version von *Rhythm of the Night* und Finn spürte in sich nun doch den Drang, sich zur Musik zu bewegen.

Sie erreichten eine Tür und Julius ließ ihn einen Raum betreten, der von einem großen Schreibtisch dominiert wurde. Gerahmte Fotos zierten die Wände. Sie zeigten Julius mit verschiedenen Leuten. Wahrscheinlich prominente Besucher oder Unterstützer des Clubs. Einige waren auch unterschrieben.

„Setz dich kurz, ich muss es raussuchen."

Finn nahm auf dem Ecksofa Platz und ließ den Blick weiter schweifen.

„Warum heißt der Club eigentlich Theater P?"

„Ah, das fragen mich viele ... Es ist angelehnt an das römische Theater des Pompeius."

War klar, dass Louis nur Blödsinn erzählt hatte, als er meinte, das P stünde für Prunk, Protz oder Promis.

Julius kam mit einem Stift zu ihm herüber und holte noch etwas aus einer Vitrine. Eine Tasse. „Einmal hier drauf bitte."

Finn schmunzelte. Das war ja echt harmlos und irgendwie süß. Er hatte schon eher damit gerechnet, dass Julius gleich seine Hose lüften würde.

„Gern." Er zog die Kappe ab und zeichnete seinen Künstlernamen auf die weiße Kaffeetasse.

„Danke, das ist großartig. Ich kann kaum den Morgenkaffee abwarten." Julius lächelte glücklich und berührte ihn kurz an der Schulter. „Oder warum eigentlich warten, ich brühe mir direkt einen auf. Wozu hat man denn eine Küche neben dem Büro? Stößt du mit mir an? Tee oder Kaffee? Oder einen Drink?" Er war schon in den Nebenraum verschwunden.

Ehrlich gesagt kam ihm die Aussicht auf einen Kaffee gar nicht so ungelegen. Die Müdigkeit schlich sich gerade an, weil er so bequem saß, und er musste ja gleich noch den Nachhauseweg antreten. „Ich nehme einen Kaffee. Aber mit Koffein."

„Bekommst du. Du bekommst auch meine zweitschönste Tasse. Die schönste habe ich ja nun schon in Benutzung", rief Julius aus der Küche.

Finn schmunzelte und zog sein Handy aus der Tasche. Er hielt es hoch und filmte kurz durch den Raum. Das dreisekündige Video schickte er an Louis und schrieb: *Wollte ja eigentlich nicht ohne dich in den Club, aber der Chef ist mein Fan und hat mich auf der Straße erkannt. Das P steht für Pompeius.*

Er grinste und beobachtete, wie die Nachricht ihre Häkchen bekam. Er steckte das Smartphone wieder ein, als Julius zwei Tassen und Untersetzer brachte.

„Brauchst du Zucker und Milch?"

„Eigentlich schon, aber ich sollte ihn lieber so trinken. Ich komme gerade vom Sport ..."

„Klar, du achtest auf deinen Körper. Der ist dein Kapital", sagte Julius und setzte sich neben ihn. „Ich hab' mich gefragt, ob du echt bist, oder das spielst. Deine Unerfahrenheit und das alles", erzählte er. „Auch das wäre ja legitim. In dieser Branche verkauft man Fantasien. Illusionen. Aber manchmal findet man auch etwas Richtiges, und das ist dann besonders pur und wertvoll. Das macht deine Faszination aus, glaube ich."

„Danke", sagte er einfach und nahm einen Schluck aus der Tasse. Julius war nett und der Club war cool, aber er wollte nicht unbedingt noch ein stundenlanges Gespräch anfangen. Nur den Kaffee trinken und dann nach Hause.

Grinsend hob Julius die Tasse hoch und gestikulierte mit der freien Hand darum herum wie ein Magier, der vorhatte, sie gleich verschwinden zu lassen. Er hatte ihm damit wirklich eine Freude gemacht.

„Vielleicht sollte ich einen Shop für Fanartikel aufbauen", murmelte er. Seine Stimme kam ihm seltsam fern vor. Auf einmal war seine Hand zu schwach für das Gewicht der halbvollen Tasse. Der Henkel glitt ihm aus den Fingern. Dann wurde alles schwarz.

Als er erwachte, fühlte sich sein Kopf an, als hätte ihm jemand eine Hantel um den Hals gehängt. Er konnte ihn kaum hochhalten. Finn öffnete die Augen und sah seine nackten Oberschenkel vor sich.

Was war los? Wo war er? War das ein Traum?

Warum konnte er nicht aufstehen?

Es dauerte mehrere träge Atemzüge lang, bis ihm klar wurde, dass er die Hände hinter dem Rücken hatte. Sie waren hinter der Stuhllehne fixiert.

Scheiße. Das war krank. Er schluckte schwer gegen die seltsame, bittere Trockenheit in seiner Kehle. Nein, das konnte wirklich nur ein Traum sein. Bitte.

Er wollte sich bewegen und kämpfte gegen den Stuhl und das, was auch immer ihn daran hielt. Seine Empfindungen waren seltsam verzögert. Wie auf Droge. Er mühte sich eine Weile mit dem Versuch ab, seine Hände aus ihren Fesseln zu ziehen. Es ging nicht.

Die Füße ließen sich genauso wenig bewegen.

Nur der Kopf. Auch wenn er verdammt schwer war. Irgendwas hatte ihn ausgeknockt. Der Kaffee. Bestimmt der Kaffee. Er war in Gefahr. Der Kerl hatte ihn betäubt, damit er ihn in diese Lage bringen konnte.

Obwohl alles an ihm und in ihm drin sich so müde und träge anfühlte, wummerte sein Herz wie wild. Es rief *Gefahr*, während alles andere in ihm zu schlafen schien. Ein ekelhaftes Gefühl.

Finn hob seinen schweren Schädel an und betrachtete den Raum. Er saß nicht weit entfernt von einer Sofainsel. Ein Glastisch, auf dem leere Trinkgläser standen. Noch mit Schirmchen darin.

Das Wummern von Musik drang durch die Wände. Ganz dünn nur. War er noch in dem Club? Im Theater P? Wo war der Kerl? ... Julius?

164

„Hey", sagte die Stimme hinter ihm und jemand streichelte seine Schulter.

Finn stieß ein erschrockenes Keuchen aus und versuchte, den Kopf so weit zu drehen, dass er ihn sehen konnte. Ja, es war Julius. Er trug den Anzug und die Krawatte. Er konnte nicht so lange weg gewesen sein, richtig? Eine Stunde? Zwei Stunden? Oder vielleicht doch länger? Sein Magen rumorte und seine Kehle war staubtrocken.

„Was soll das?", fragte er. Selbst das Sprechen kostete ungewohnt viel Kraft. Finn musste husten. „Binde mich sofort los." Seine Handflächen begannen zu kribbeln. Immer noch bewegte er die Finger und wand die Gelenke. Es schienen Seile zu sein, die seine Haut umschlossen. Raue Fasern.

„Es ist alles gut, beruhig dich, Jinn."

Gar nichts war gut. Angst durchfuhr ihn wie ein kalter Blitz. Finn krümmte die Zehen, bewegte die Beine, stemmte sich hoch, schaffte es aber nicht mal, den Hintern von der Sitzfläche zu heben. Da, um seine Hüfte war auch ein Seil geschlungen. Langsam wurde alles klarer. Seine Gedanken, seine Erinnerungen ... und seine Panik.

„Okay ... okay ...", flüsterte er und versuchte, sich selbst damit zu beruhigen. Er musste sich befreien. Irgendwie. „Was willst du von mir? Eine Gratis-Show wird schwierig, wenn ich hier so angebunden bin."

Ihm war überhaupt nicht nach einer Show. Er wollte nur wegrennen. So schnell wie möglich. Raus aus dieser Tür. Die da vorne musste zurück in den bevölkerten Teil des Clubs führen. Sie war nicht weit weg.

Er musste dem Typen einen Grund geben, ihn loszumachen. Er musste rausfinden, was er dachte. Warum er das mit ihm machte. Aber er konnte kaum nachdenken.

„Ich will nur ein bisschen mehr von deiner Echtheit genießen", sagte Julius, als wäre es das Normalste der Welt. Als würden sie sich über das Wetter unterhalten oder die Farbwahl seiner Reklame.

Seine Echtheit genießen? Was sollte das heißen? Machte es ihm Spaß, ihn zittern zu sehen? Finn presste die Kiefer aufeinander.

„Die Fesseln drücken mir das Blut ab", sagte er. Es war das Einzige, was ihm einfiel. Kam es ihm nur so vor, oder hörte man das Wummern seines Herzens in jedem seiner Worte? Als ob sein Herz gegen seine Stimmbänder schlug.

Ihm war kalt. Nicht nur auf der Haut, sondern *richtig* kalt. Bis in sein Innerstes hinein. Ein Gefühl wie der pure Tod, der sich durch seine Adern presste. Das war keine Angst mehr. Es war Grauen.

„Du bist süß."

Scheiße. Er konnte nicht mit dem Kerl reden. Er war nicht normal. Der Druck unter seinem Kinn wuchs. Sprachlosigkeit. Übelkeit. Finn schüttelte den Kopf.

„Schau, wie geil du aussiehst." Julius hielt ihm ein Smartphone vors Gesicht. Ein Foto von ihm in seiner aktuellen Lage. Er konnte sich nicht daran erinnern, dass Julius vor ihm gestanden und es geschossen hatte. Seine Augen waren offen, aber vielleicht war er da noch zu betäubt gewesen.

Julius wischte über den Bildschirm, zeigte ihm noch mehr Bilder. Von Nahem. Verschiedene Ausschnitte. Vor allem seinen Schwanz hatte er mehrmals fotografiert.

Finn schluckte trocken. Er trug den Cockring, den er vorhin erst gekauft hatte. Julius musste ihm das Ding übergestreift haben. Das blanke Metall blitzte ihm entgegen. Er senkte das Kinn und starrte an sich hinunter. Der Anblick war derselbe. Er war hart.

„Ich hab' einfach nur eine Todesangst", sagte er heiser. „Bitte lass mich frei."

„Guck dir an, wie wunderschön du bist."

Julius hörte ihm gar nicht zu. Er blätterte durch die Galerie, als würde er einem Schulfreund beim Klassentreffen sein Haus und seine Familie zeigen. Dann trat er einen Schritt von ihm weg und machte noch mehr Bilder.

Wann war das vorbei?

Würde er sich damit zufriedengeben? Es war eine schwache Hoffnung, aber Finn krallte sich an alles, was er finden konnte. Er musste an die Bilder in dem Büro denken.

Er schluckte schwer, konzentrierte sich aufs Atmen und wartete.

„Ich würde dich am liebsten hierbehalten, damit ich dich jeden Tag ansehen kann." Julius lachte leise.

„Ich–"

„Ich weiß, dass das nicht geht", unterbrach er ihn direkt wieder.

Er hob den Blick und sah den anderen an. Sah in seine Augen, die ihn mit einem seltsamen Lächeln anfunkelten. Aber da war auch ein Hauch von Bedauern. Darüber, dass er ihn wieder losmachen musste?

Sie sahen sich ein paar flache Atemzüge lang an. Finn versuchte, dieses Lächeln zu verstehen. Er wusste nicht, was sein eigenes Gesicht gerade tat. Ob er nur aus großen Augen starrte, oder ob sein Mund sich irgendwie bewegte.

Irgendwann wandte Julius sich ab.

Noch ein Ruck an den Fesseln. Brennen und Ziehen war die Antwort. Die Seile gaben nicht nach. Was machte der Kerl hinter ihm?

Etwas klirrte. Was war das? Ein Schlüsselbund? Nein, das klang anders. Eine Klinge. Finn wollte es nicht sehen, aber er konnte es auch nicht *nicht sehen*. Das Messer in Julius' Hand blitzte ihm entgegen. Kalt und sauber.

„Ich lasse dich gleich frei, versprochen."

Gott, er ... Seine Augenlider flatterten. Sein Verstand konnte dieser Stimme nichts glauben. Diesem Bild. Sein Herz wollte es gerne. Wollte glauben, dass er ihn losschneiden würde. Ihm vielleicht drohen würde, damit er nicht zur Polizei ging.

Vielleicht wollte er sich auch nur noch ein paar Sekunden an seiner Angst aufgeilen. Das schien ihm ja zu gefallen.

Oder er würde ihn töten. Dann wäre er ... frei. „Oh Gott", stieß er aus. Er wollte das alles nicht glauben. Er wollte nur hier weg. Scheiße. Er kniff die Augen zusammen.

Eine kühle Hand schloss sich um seinen Schwanz und bewegte sich auf und ab. Finn keuchte. Der Druck schmerzte. Vielleicht saß der Ring zu eng. Ein schmerzerfülltes Stöhnen entkam ihm. Das hatte nichts mit Erregung zu tun.

Julius' Gesicht war direkt vor seinem. Er machte weiter, spielte an ihm herum. War es das, was er wollte? Ihm einen runterholen? Absurd wie harmlos ihm diese Idee vorkam.

Wo war das Messer hin?

„Wann?", fragte Finn. „Ich ..."

Sein Schrei zerschnitt den Raum.

Zerschnitt all die Szenarien. Alle Gedanken. Alle Hoffnungen.

Der Stuhl bewegte sich unter dem Ruck, der durch seinen Körper ging.

Die Kälte der Klinge grub sich durch ihn hindurch, fraß sich in seine Haut, zerstörte ohne Zögern, ohne Mitleid.

Alles war nass. Seine Wangen. Seine Brust. Seine Beine. Tränen, Schweiß und Blut. Finn hörte nicht mehr, dass er schrie und keuchte und schluchzte – er fühlte es nur noch an der Vibration in seiner Kehle.

Er war nicht mehr hier. Er konnte nicht hier sein.

Durch einen Schleier aus Tränen, Schock und Schmerz sah er Julius vor sich. Die Klinge war beschmiert. Seine Finger rot. Irgendetwas glitzerte im fahlen, blauen Lampenlicht. Folie und noch mehr Blut.

Julius sagte irgendetwas. Er ging um ihn herum. Dann war er fort.

Finn hielt sich die weißen, bebenden Hände vors Gesicht. Er wollte aufstehen, aber er fühlte seine Beine nicht. Er fühlte gar nichts mehr. Das ekelhafte Pulsieren in seinem Schoß, fraß alle anderen Empfindungen. Fraß sein Herzklopfen, die Angst und die Übelkeit.

Durch die zittrigen Lücken zwischen seinen gespreizten Fingern leuchtete Blut. Finn ließ die Hände auf seine Oberschenkel sinken. Sein Blick ging vorbei an dem Massaker in seinem Schoß. Es war, als könne er nichts mehr sehen. Als wolle er sich nur vergewissern, dass er Boden noch da war.

Und dort, zwischen seinen Beinen standen die gleißend weißen Turnschuhe mit den schicken Schnürsenkeln und den ehemals goldenen Sohlen in einer blutigen Pfütze.

KAPITEL 20

MILAN HATTE SEINEN Tee kaum angerührt. Er hatte nur einmal davon getrunken, an der Stelle, als er erzählt hatte, wie er das Fitness-Studio verließ. Danach hatte er nichts mehr getan. Nur zugehört.

Er hatte ihn mit seinen grauen Augen angesehen. Auch jetzt war ihr Blick ganz klar auf ihn gerichtet. Die Brauen zu einem schmerzhaften Ausdruck verzogen. Er wirkte blass. Angespannt.

Immer wieder schüttelte er den Kopf.

Finn machte eine Pause und hörte der Stille dabei zu, wie sie sich ausbreitete. Milan sagte nichts. Es waren nur seine Augen, die sprachen.

Sein Schock wirkte echt.

Die Pupillen huschten hin und her, sein Ausdruck wechselte zwischen Fassungslosigkeit, Wut und etwas, das wie Traurigkeit aussah.

„Was ist dann passiert?", fragte er schließlich. „Wie bist du ..." Er unterbrach sich selbst. „Ich kann mir nicht im Ansatz vorstellen, wie das für dich gewesen sein muss. Was für ein Horror."

Er blinzelte ein paar Mal schnell und sah ihn an.

„Ich weiß nicht mehr alles. Die Ärzte sagen, ich bin wahrscheinlich zwischendurch ohnmächtig geworden. Schock und Blutverlust und so weiter. Louis hat mich gefunden. Durch die Nachricht, die ich ihm geschickt hatte. Er war die ganze Zeit schon neugierig auf den Club gewesen, und wollte zu mir stoßen. Das war mein Glück. Ich kam in die Notaufnahme."

Er konnte sehen, dass Milan nicht wusste, was er sagen sollte. Dass er Fragen hatte und sich wahrscheinlich überlegte, welche er stellen durfte. Die Journalisten waren da weniger zimperlich gewesen.

„Konnten sie dich wieder zusammenflicken?"

Finns Lächeln wurde schmal.

Haben sie ihn dir wieder angenäht? Geht das? Bei abgeschnittenen Fingern macht man das ja auch.

„Sie haben die Wunde vernäht, ja." Er spürte, wie die Muskeln um seinen Mund herum sich anspannten. Es war schwieriger, das zu erzählen, als er geglaubt hatte. Es Milan zu erzählen. Ihn dabei zu sehen, wenn auch nur aus dem Augenwinkel. „Der Bastard hat das abgeschnittene Stück mitgenommen. In Goldfolie eingewickelt. Sie haben es bei ihm gefunden, als sie ihn eine Woche später gefasst haben."

Nun wusste Milan alles, was wichtig war. Dass das Paket beschädigt war. Dass er nicht das war, was er in ihm sah. Er war kein Mann mehr. Nur noch ein kläglicher Rest davon.

Er würde bestimmt nicht sofort gehen. Oder ihm ins Gesicht sagen, dass das mit ihnen beiden nichts werden konnte. So war Milan nicht. Dafür war er zu freundlich und zu einfühlsam.

Er würde bleiben und noch eine Weile mit ihm reden, ihm sagen, wie leid ihm das tat. Vielleicht würde er sogar ab jetzt noch netter zu ihm sein. Sein bester Freund werden wollen. Aber sie würden kein Paar werden. Und das war wahrscheinlich das Beste, was ihm passieren konnte. Sie sollten sich nicht noch näher kommen.

„Willst du was anderes trinken? Ich habe Bier da“, sagte er und stand auf. Schnell hatte er sich von ihm abgewandt und war schon auf dem Weg in die Küche.

Die kühle Luft, die ihm aus dem Kühlschrank entgegenwehte, tat seinen erhitzten Wangen gut. Milan war nicht irgendjemand. Er war keiner von den Reportern. Das wollte er einfach nicht glauben. Aber wenn er es geglaubt hätte, wäre es einfacher gewesen, diese dämliche Hoffnung loszulassen. Dieses alberne Herzklopfen. Die naiven Wünsche.

Er nahm die Bierflasche und kam zurück ins Wohnzimmer. Milan saß nicht mehr auf dem Sofa, sondern tigerte im Raum auf und ab. Er hielt inne, als er das Bier abstellte. „Hier, trink etwas auf die Horror-Story.“

„Das ist keine Horror-Story“, erwiderte Milan und kam zu ihm. Er umrundete den Tisch und streckte die Hand nach seiner aus. Er berührte sie nicht, schien zu warten, dass er es ihm erlaubte.

Finn legte seine Hand in Milans.

„Das ist keine Horror-Story“, wiederholte er. „Sondern etwas, das du erlebt hast. Ein brutales Verbrechen. Die Realität. Das ist nichts, was man mit einem Bier runterspülen kann. Ich kann das nicht, und du kannst das erst recht nicht.“

„Tut mir leid, dass ich dich damit konfrontiert habe. Dir ist bestimmt schlecht.“

Milan strich mit dem Daumen über seine Hand. „Ich bin dankbar, dass du es mir erzählt hast. Jetzt kann ich dich vielleicht besser verstehen.“ Er sah ihn an. Sah aus, als ob er ihn immer noch küssen wollte.

„Wir müssen uns da nicht in was verstricken, das keine Zukunft hat", sagte Finn. Er wollte es Milan leichter machen. „Verschwende deine Zeit nicht mit B-Ware wie mir."

Zwischen Milans dunklen Augenbrauen wuchs eine kleine Falte. Statt zu antworten, zog er ihn zu sich heran und küsste ihn. Seine Augenlider flatterten genauso wie sein Herz.

Wollte Milan das wirklich? Das hier? Ihn? Oder war das nur ein Abschiedskuss? Er bemerkte die Tränen erst, als sein Schluchzen ihren Kuss unterbrach.

„Sorry", sagte er. Dass es ihm überhaupt noch peinlich war …

„Nein", sagte Milan und nahm ihn in die Arme. Er streichelte ihm über den Kopf und über den Rücken und umarmte ihn einfach. Finn weinte in seine Halsbeuge und in den Stoff seines Hemdes.

Er wusste nicht mal, warum überhaupt. Vielleicht um das, was er verloren hatte. Vielleicht aus Angst. Vielleicht weil seine Gefühle für diesen Mann viel größer waren, als er geglaubt hatte. Vielleicht auch, weil es sich gut anfühlte, so nah bei ihm zu sein. Vielleicht aus Hoffnung.

KAPITEL 21

D IE NACHT WAR endlos, wenn man keinen Weg in den
Schlaf fand.

Milan lag auf der Seite, schaute aus halb geöffneten Augen
Richtung Fenster. Er hatte sich gemütlich in die Decke einge-
wickelt, das Kissen frisch aufgeschüttelt, gelüftet, noch einen
Tee getrunken ... aber er war wach.

Sein Herz klopfte zu laut. Wie sollte er schlafen?

Er dachte die ganze Zeit an Finn. An das, was er ihm
erzählt hatte.

Es war so heftig. Bloß die Bilder in seinem Kopf zu formen,
war unfassbar schwierig. Wie er an diesen Kerl geraten war. In
den Club. Wie er sich gefesselt wiedergefunden hatte. Und
dann diese brutale Misshandlung.

Wut kochte in ihm hoch. Dieser Kerl. Wie konnte man
jemandem so etwas antun? Wie konnte man ein Messer
nehmen und ein Stück von ihm abschneiden? Als eine Art
Andenken. Das war so krank.

Es ergab alles Sinn. Dass Finn so scheu war, sich kaum
zeigen wollte. Die weiten Klamotten. Dass er nicht ins
Schwimmbad ging. Diese Verletzung saß tief. Auch seelisch.
Er konnte sich kaum vorstellen, wie das war.

Und er hatte immer noch unendlich viele Fragen.

Aber damit hatte er Finn vorhin nicht quälen wollen. Es ihm zu erzählen, hatte Kraft gekostet, viel Kraft. Und Mut. Finn hatte vor allem Trost und Unterstützung gebraucht, nicht noch mehr Worte. Nicht sofort.

Milan drehte sich auf den Rücken, verschränkte die Arme hinterm Kopf und starrte zur Decke.

Verschwende deine Zeit nicht mit B-Ware wie mir.

Das war hart. Finn sah sich als Mängelexemplar. Das tat ihm leid. Aber es war nicht nur Mitleid, was ihn bewegt hatte. Oder?

Er hatte ihn vorher gemocht und er mochte ihn immer noch. Finn hatte ihm so viel Vertrauen entgegengebracht. Da war etwas in ihm, das ihn beschützen wollte. Diesen etwas zerstörten, jungen Mann.

Als er an ihre Umarmung dachte, konnte er die Augen schließen.

Er war sich nicht sicher, ob es fair gewesen war, ihn nochmal zu küssen. Er wusste nicht, wie es zwischen ihnen werden würde. Ob Finn überhaupt wollte, dass sie weitermachten. Es würde sicher nicht einfach werden. Sie würden lange brauchen, um mehr Vertrauen aufzubauen. Vielleicht konnten sie einige Sachen nicht machen, die für ihn bisher immer zu einer Beziehung gehört hatten. Sogar zum Kennenlernen.

Er drehte den Gedanken hin und her, betrachtete ihn von allen Seiten und wartete darauf, dass er seine Entscheidung unter diesem Gewicht ändern würde. Aber das passierte nicht.

Er wollte Finn. Die Schwierigkeiten waren ihm egal. Und wenn er ein Leben lang nur Küsse und Umarmungen bekommen konnte ... Jetzt gerade kam es ihm schon wie das größte Glück vor, wenn er einfach neben ihm gelegen hätte.

Finn war den ganzen Morgen über in seinem Kopf. Sie hatten gestern noch die Nummern getauscht. Er schrieb ihm, dass er an ihn dachte und fragte, wie es ihm ging. Dann kümmerte er sich um das Frühstück und eine ausgiebige Dusche.

Finn hatte ihm noch nicht geantwortet.

Heute Mittag hatte er einen Termin, auf den er sich vorbereiten musste. Also zog er sich ordentliche Sachen an und setzte sich an den Computer, um passende Listen zu erstellen und auszudrucken.

Nach Nährwerttabellen und Rezepten zu googeln, war nicht spannend genug, um ihn von den Gedanken an Finn abzuhalten. Er ertappte sich dabei, wie er nach Finn googelte. Überraschenderweise fand er nichts. Erst, als er nach dem Ort und verschiedenen Kombinationen mit dem Namen des Clubs suchte, stieß er auf einen kleinen Artikel, in dem das beschrieben wurde, was Finn erzählt hatte.

Das Opfer wurde im Krankenhaus notbehandelt.

Der Täter befindet sich auf der Flucht. Die Polizei ermittelt.

Nach einer Weile fand er einen etwas neueren Bericht, in dem es darum ging, dass der Täter sich in seiner Zelle erhängt hatte.

Milan ließ die Maus los und atmete tief durch. Der Kerl hatte sich umgebracht. Hatte ihn die Schuld dazu getrieben, oder war es Feigheit? Er war sich nicht sicher, ob Finn froh darüber war, dass der Kerl nicht mehr lebte. Ob er alle Antworten von ihm bekommen hatte, die er brauchte.

Als er vor die Haustür trat, erinnerte er sich an seinen ersten Tag hier. An den Besuch dieses Journalisten. Behneke. Der hatte ihn zu Finn befragen wollen. Wegen dieser Sache? Was wollte er denn wissen? Wie lebt es sich so mit verstümmeltem Penis? Er schnaufte. Er war ja sogar bereit gewesen, ihm Geld zu bezahlen, wenn er Finn aushorchte. Das kam ihm irgendwie nicht so vor, als hätte der Mann vorgehabt, einen einfühlsamen Artikel über Finns Schicksal zu schreiben, und wie er heute damit lebte. Nein, das klang nach Tratsch und Sensationsgeilheit.

Gut, dass er sich auf sein Gefühl verlassen hatte.

Milan stieg ins Auto und fuhr zu seinem Kunden.

*

Hey, ich denke die ganze Zeit an dich. Wie geht es dir heute?

Finn las die Nachricht immer wieder und stellte sich Milans Stimme dazu vor. In einem Moment lächelte er darüber, in einem anderen sagte er sich, dass es nichts Romantisches war. Milan war sicher geschockt von seiner neuen Erkenntnis. Und dass er an ihn dachte, das war eben Mitleid.

Dann dachte er wieder an den Kuss und wischte sich über den Mund. Er sah vom Fenster aus zu, wie Milan wegfuhr. Bestimmt zu einem Kunden. Zu jemandem, der vollständig war.

Als er diesen Stich in sich spürte ... dieses heiße Kribbeln in seiner Brust, da wurde ihm klar, dass er nur zwei Möglichkeiten hatte. Entweder er fand sich damit ab, dass Milan sich früher oder später von ihm abwenden und nur sein netter Nachbar bleiben würde, oder er kämpfte für die Gefühle, die er hatte. Und für seine Hoffnungen, so dumm sie ihm auch vorkamen. Vielleicht gehörte das dazu. Vielleicht war das schon der erste Schritt. Sie nicht mehr dumm und albern zu nennen.

Er hatte sich verliebt und er wollte mit Milan zusammen sein. So wie er früher mit Männern zusammengewesen war. Er wollte flirten, ihm nah sein. Ihn anfassen. Angefasst werden. Auch wenn er sich jetzt noch nicht vorstellen konnte, wie das gehen sollte. Er konnte sich ja nicht mal selbst anfassen. Nicht ... so.

178

Kai hatte es auch nicht gekonnt.

Er hatte ihn im Krankenhaus besucht, seine Hand gehalten, mit ihm geweint und geflucht, hatte ihm immer wieder gesagt, dass es wieder gut werden würde. Dass er heilte und alles normal zwischen ihnen sein würde. Dass er immer noch schön war. Dass er ihn immer noch heiß fand.

Und dann hatte er keinen mehr hochgekriegt. Jedes Mal, wenn er ihn gesehen hatte, hatte er an das Massaker denken müssen. Zumindest hatte er es ihm so erklärt. Zuerst hatten sie gedacht, er würde nur Zeit brauchen. Aber nach dem dritten gescheiterten Versuch hatte Kai sich immer mehr von ihm zurückgezogen.

Später hatte er auch Interviews gegeben und über ihn gesprochen, als wäre er gar nicht sein fester Freund gewesen. Er hatte ihnen erzählt, dass er ihn immer wieder gewarnt hätte. Sich so im Internet zu zeigen war gefährlich.

Ich glaube, er hatte selbst eine Art Fetisch in die Richtung. Er fand es geil, dass ihm fremde Kerle zusehen, und einmal hat er jemanden in einem Club getroffen, der ihn erkannte. Das hat ihn angemacht, obwohl er sich der Gefahr bewusst war.

Das war der Anfang von dieser ganzen Scheiße gewesen, die danach gekommen war. Von den Fragen nach seiner Camboy-Karriere. Sie hatten alles ausgebuddelt und irgendwann war jedes bisschen Mitgefühl, das die Leute ihm vorher entgegengebracht hatten, verschwunden.

Er hatte sich ja selbst in diese Gefahr begeben. Wer war denn so dumm, ein Getränk von einem dubiosen Fremden anzunehmen? Wer reizte denn nackt im Internet Horden von Männern, ohne seine Privatsphäre zu schützen? Warum hatte er keine Maske getragen?

Finn senkte den Kopf und massierte sich die Schläfen.

Ob es wohl eine Frage der Zeit war, bis Milan dieselben Gedanken äußerte? Dass es seine eigene Schuld war? Dass er

179

es provoziert hatte? Nein, das durfte er nicht denken. Damit stellte er ihrer Beziehung ein Bein. Er musste offenbleiben. Nicht in einer Verteidigungshaltung. Das war seine einzige Chance.

„Okay", sagte er leise zu sich selbst. Er würde kämpfen. Er würde jetzt sofort damit anfangen.

Er schrieb Milan eine Antwort. Es ging ihm soweit gut und er dachte auch an ihn. Das war die Wahrheit. Gott, er dachte ständig an ihn ...

Für eine Weile betrachtete er Milans Profilbild. Dann stand er vom Küchentisch auf und stieg hinab in den Keller.

Er hasste die schmalen, ausgetretenen Steinstufen und den kalten Geruch von Einsamkeit, der hier unten herumwaberte. Mit der Handytaschenlampe leuchtete er ins Dunkel. Hierhin kam er noch seltener als zu seiner Mutter.

In diesen Kisten lagerten Sachen, die er aufgehoben hatte. Bruchstücke aus einem anderen Leben. Noch ein paar Fotos, die er nicht verbrannt hatte. Klamotten, die ihm zu enganliegend oder zu auffällig waren. Spielzeuge. Ja, sogar die.

Er raffte sich zwei Kartons in den Arm und schaffte sie nach oben.

Hiermit würde er anfangen. Sich selbst und seine Vergangenheit aufräumen.

Am Nachmittag kam Milan zu ihm. Sie küssten sich auf der Türschwelle wie zwei Teenager, die Arme eng umeinander geschlungen, die Lippen hungrig nacheinander. Für ein paar Sekunden vergaß Finn die Kisten und alles, was ihn schmerzte.

In Milans Armen fühlte er nicht, dass er kaputt war.

„Hey", sagte er, als sie sich trennten. „Komm rein."

„Ich habe mich noch gar nicht richtig für das Logo bedankt", sagte Milan. „Es ist wirklich toll. Ich freue mich schon drauf, es zu benutzen."

„Ich digitalisiere es dir noch. Du brauchst eine Vektorgrafik", murmelte er. Daran hatte er bis jetzt gar nicht mehr gedacht.

Sie gingen in die Küche. Der Plan war, gemeinsam etwas zu kochen. Sein Vorschlag ... Er traute es sich noch nicht zu, sich irgendwo in ein Restaurant zu setzen, auch wenn er gern mit Milan ausgehen wollte. Er hatte zu viel Angst.

Deswegen hatte er ihn direkt zu sich eingeladen.

„Was machen wir? Du bist der Chef, ich mache die Zuarbeiten."

„Traust du dir Chili Con Carne zu?", fragte er. „Das steht schon eine Weile auf meiner Rezeptliste, aber ich hab's noch nie versucht."

„Klar, dann machen wir das zusammen. Was soll schon schiefgehen?"

Finn rang sich ein Lächeln ab und fing an, die Zutaten herauszusuchen. Er legte Knoblauch und Zwiebeln vor ihm auf die Theke. „Damit fangen wir an." Vorsorglich öffnete er das Fenster.

„Wo hast du deine Messer?"

„Da drüben an der Wand."

Das metallische Klirren jagte ihm einen Schauer über den Rücken und für einen Moment war Finn zurück in dem Hinterraum des Clubs. Er stützte sich am Herd ab und zwang sich, zu Milan zu schauen, der ihm den Rücken zuwandte und in aller Ruhe die Zwiebeln kleinschnitt.

Alles war okay. Er war hier sicher. Hier und mit Milan. Messer waren nur gefährlich, wenn gefährliche Menschen mit ihnen hantierten. Entschlossen griff er nach dem Olivenöl und widmete sich den Pfannen.

Bald schon breitete sich ein bunter Geruch in der Küche aus. Zwiebeln, Paprika und Hackfleisch. Ihr Werk sah gar nicht übel aus.

„Jetzt das Chili-Pulver", sagte er und angelte nach einem Glasdeckel für die Pfanne. Milan trat neben ihn und streute das Pulver in die rötliche Masse.

„Sieht gut aus."

Milan rührte mit dem hölzernen Kochlöffel darin herum und verteilt so die Schärfe. Dann legte er den Deckel darauf.

„Tja, also wenn es nicht schmeckt, können wir wenigstens nette Fotos davon machen", sagte Milan. „Jetzt, wo ich mich traue."

„Hat ein Chili con carne eine Seele, die man stehlen kann?"

„Ich weiß nicht."

„Jetzt müssen wir es köcheln lassen", sagte Finn und regelte die Hitze ein wenig herunter.

„Wie hast du es eigentlich geschafft, dich zu überwinden?" Danach hatte er noch gar nicht gefragt. Er hatte nur die Fotos von seinem Beet gesehen und die Botschaft verstanden. „Einfach so, oder ...?"

„Ich habe über die Arbeit einen Videofilmer und Fotografen kennengelernt. Lex Peterson, falls dir das was sagt. Der hat unter anderem diese grandiose Doku über den Polarfuchs gemacht. Na, jedenfalls hat er mich auf eine Fototour eingeladen. Da konnte ich nicht nein sagen."

Sie gingen rüber ins Wohnzimmer und setzten sich auf das Sofa. Gestern hatte Milan allein dort gesessen und er auf dem Sessel gegenüber. Dieses Mal blieb er neben ihm, hörte sich seine Geschichte von dem Fotoausflug an und versuchte, Normalität zu atmen.

„Klingt, als wäre er ganz schön forsch gewesen."

„Ja, das ist so seine Art. Aber es hat mir geholfen. Er hat einfach draufgedrückt und der Fluch war aufgehoben." Milan schnippte mit dem Finger und lachte. Er sah wirklich sehr erleichtert aus.

„Das freut mich echt für dich. Du wirst bestimmt tolle Bilder machen."

„Ich habe mir jahrelang nur Tutorials angesehen. Stundenlanges Material auf YouTube."

„Dann bist du gut vorbereitet."

Milan nickte. „Ich werde jetzt sicher öfter rausfahren und die Kamera mitnehmen. Vielleicht magst du ja mitkommen."

Er zögerte. Die Ablehnung wollte direkt aus ihm heraussprudeln, es war wie ein Reflex. Aber Milan hatte nicht vorgeschlagen, mit dem Bus in die Innenstadt zu fahren, sondern irgendwo raus in die Natur, wo wahrscheinlich niemand außer ihnen beiden sein würde. Im goldenen Licht kurz vor dem Sonnenuntergang. Das könnte schön werden.

„Ja. Ich würde gerne."

„Wir müssen es nicht überstürzen."

„Vielleicht tut es mir auch ganz gut, wenn jemand einfach den Knopf drückt."

Milan neigte den Kopf. „Ich find's toll, wie mutig du bist."

„Ich weiß nicht, ob das Mut ist."

„Was soll es sonst sein?"

„Verzweiflung? Wahnsinn?" Er schnaufte. „Ich bin hier eingesperrt wie Rapunzel in ihrem Turm. Jetzt kommt mich zwar der Prinz besuchen, aber ich kann nicht erwarten, dass er sich hier mit mir verbarrikadiert."

Milan lachte. „Ich hatte eher Dornröschen vor Augen, als ich hier eingezogen bin. Wegen des verwunschenen Gartens."

„Ich sollte mich lieber schnell in Merida verwandeln. Oder Mulan."

Sie grinsten einander an. Es war unerwartet einfach geworden, in Milans Nähe zu lächeln.

„Das mit den Fotos war übrigens nicht der einzige Fluch, mit dem mich mein Opa belegt hat. Ich habe mein Leben lang nicht geschielt oder in der Nase gebohrt."

„Was hast du dann bloß die ganze Zeit im Unterricht gemacht, wenn dir langweilig war?"

„Gezeichnet. Meine Heftränder sind komplett vollgeschmiert. Vor allem die vom Deutschhefter."

Finn stützte den Ellbogen an der Lehne ab und betrachtete Milans Gesicht. „Ich würde gerne mal was von dir sehen. Also was Aktuelles."

„Wenn du das nächste Mal zu mir kommst", versprach er.

Wenig später saßen sie vor zwei Tellern mit dampfendem Chili con Carne und genossen ihr erstes gemeinsam gekochtes Essen. Milan hatte wirklich nicht mit dem Pulver gegeizt. Es war reichlich scharf. Finn aß langsam und vorsichtig und fächelte sich immer wieder Luft zu.

„Was ist eigentlich mit deinen Freunden?", fragte Milan nach einer Weile. „Besuchen die dich in deinem Turm?"

„Nicht wirklich. Also erstmal ist es nur noch ein Freund, den ich aus der Zeit früher habe, der überhaupt in der Nähe wohnt. Die anderen sind weit verstreut und der Kontakt sehr dünn. Was nicht nur an denen liegt, sondern mehr an mir."

„Und deine Familie?"

„Meine Mutter ist nicht so mobil. Sie sitzt im Rollstuhl. Wenn ich es irgendwie schaffe, besuche ich sie. Aber ich musste bisher immer auf einen Tag warten, an dem ich mich mutig genug gefühlt habe. Oder einsam genug."

„Und dein Vater?"

Finn winkte ab. „Der war vorher schon nicht so begeistert von mir, und danach bin ich eh für ihn gestorben. Der Skandal der Familie. Ihm wär's wahrscheinlich lieber gewesen, ich wäre verblutet. Muss ihm wahnsinnig peinlich vor seinen

Kollegen gewesen sein, als das durch die Medien ging. Sein schwuler Sohn, Sexarbeiter und nun auch noch ..."

Er kniff die Lippen zusammen. Er hatte schwanzlos sagen wollen, aber er schaffte es nicht, das auszusprechen.

„Tut mir leid."

„Ich vermisse ihn nicht."

„Nein. Dass du so einen Mann zum Vater hast."

Er nickte. „Aber meine Mutter ist sehr lieb. Du würdest sie mögen. Ihr seid euch ähnlich, glaube ich. Sie ist sehr einfühlsam und verständnisvoll. Sie hat als einzige nie sowas gesagt ... von wegen, dass ich selbst daran schuld bin."

„Dass du schuld bist?" Milan legte das Besteck auf den Teller. „Wie meinst du das?"

„Wegen der Cam-Shows. Ich hab's ja quasi herausgefordert. Mich wie einen leckeren Happen auf einem Tablett präsentiert. Natürlich lockt man damit Leute an. Auch durchgeknallte Leute. Ich hätte vergewaltigt werden können. Oder umgebracht."

„Nur weil du diese Streams gemacht hast, gibt das niemandem das Recht, dir wehzutun", sagte Milan.

„Kann ich dir ein paar Sachen zeigen?"

Er nahm Milan mit in sein Schlafzimmer. Dort warteten die Kartons. Er hatte es bisher nur geschafft, sie vom Staub zu befreien. Viel mehr war nicht passiert.

„Da sind Sachen aus meiner Camboy-Zeit drin. Alter Kram. Ich hab's damals nicht weggeschmissen, weil ich Angst hatte, dass es Leute aus meinem Müll fischen. Als der Wirbel um mich so groß war, sind nachts öfter Leute um mein Haus geschlichen."

„Das ist so heftig", murmelte Milan. „Ich kenne das nur von Promis. Mir hat mal jemand Geld angeboten, dafür dass ich die Unterhose von einem der Gäste einstecken und ihm zukommen lassen sollte. War nicht mal wenig."

„Hast du's gemacht?"

„Nein. Die Privatsphäre und das Vertrauen meiner Kunden, war mir immer heilig."

Finn nickte. „Vielleicht war mein größer Fehler, dass ich so scharf auf die schnelle Kohle war." Er kniete sich neben den ersten Karton und öffnete vorsichtig die Laschen. Die Turnschuhe lagen ganz obenauf. Obwohl er sie gereinigt hatte, glaubte er, immer noch die roten Verfärbungen des Blutes sehen zu können.

Vorsichtig nahm er sie heraus und stellte sie auf den Boden.

„Die waren schuld. Ich hab sie in einem Schaufenster bewundert und Louis hat angefangen, mir von seinem tollen Nebenverdienst zu erzählen."

„Aber du hast es doch nicht nur wegen der Kohle gemacht, oder?"

Er strich über die glatte, gleißend weiße Oberfläche und über die Schnürsenkel. „Nein, das war nur, was mich angezogen hat. Ich hatte wirklich Spaß an der Arbeit. Irgendwie mochte ich den Gedanken, dass mir hunderte von Leuten zusehen. Ich wollte irgendwann gar nicht mehr ohne die Kamera."

Das zuzugeben, war gar nicht mehr so schwer, nachdem alles andere schon auf dem Tisch lag. Ja, er war eitel gewesen, hatte die Aufmerksamkeit und die Anerkennung geliebt. Die Komplimente und natürlich das Geld.

„Jetzt bewege ich mich am Rand einer Panik-Attacke, wenn ich nur in einer Einkaufsstraße herumlaufe und Leute mich sehen können. Komplett angezogen mit Kapuze und allem." Er lachte bitter. „Ich ertrag die Blicke nicht mehr. Nicht mal meine eigenen."

„Und wenn ich dich ansehe?"

Milan saß neben ihm auf dem Boden und betrachtete die Turnschuhe.

„Das war am Anfang auch schwierig. Inzwischen ..." Durfte er sagen, dass er es mochte? Der Gedanke war fast zu heiß, um ihn zu berühren. Er wollte sich lieber von ihm fernhalten. Aber er wollte auch ehrlich zu Milan sein. „Bei dir ist es was anderes. Erst habe ich es nur ausgehalten. Jetzt ... will ich dich immer küssen, wenn du mich ansiehst."

Milan schmunzelte und richtete seinen Blick auf ihn. Es war eine Einladung, der Finn gerne folgte. Jedes Mal, wenn sie sich küssten, fühlte er sich stärker und mutiger als vorher. Als könne er sofort aus seinem Rapunzelturm ausbrechen.

„Ich hoffe, das geht dir nicht mit allen so, an die du dich mit der Zeit gewöhnst."

Finn lachte leise. „Keine Sorge." Dann stieß er ein schweres Seufzen aus. „Was mache ich jetzt mit den Schuhen?"

„Willst du sie noch tragen?"

Er schüttelte den Kopf. „Nie wieder."

„Verkaufen?"

„Ich hab Angst, dass irgendein Verrückter sie erkennt."

„Dann ab in einen Sack und zur Kleiderspende damit. Da gehen sie zwischen hundert anderen unter."

„Ja, das könnte ich machen. Vielleicht wird sie irgendjemand zum Sport anziehen. Ist Zeit, dass sie mal jemandem was Gutes tun."

Einen Plan für die Turnschuhe zu machen, fühlte sich gut an. Fast, als hätten sie sein Leben in diesem Moment verlassen.

KAPITEL 22

E R HATTE ES noch nie erlebt, dass die Zeit langsamer lief, wenn er etwas genoss. Nur mit Finn.

In diesen Tagen waren sie jeden Tag zusammen, besuchten sich abwechselnd, kochten und aßen gemeinsam, oder genossen das letzte Sonnenlicht im Garten.

Sie redeten viel. Finn erzählte ihm von seinem Studium und er von seinen Anfängen im Tulala-Tempel. Das war einfach und unterhaltsam und sie konnten oft gemeinsam lachen.

Die dunkleren Themen blieben die meiste Zeit unter ihrer Decke. Er wollte Finn nicht ständig danach fragen, auch wenn es noch Vieles gab, das er wissen wollte. Aber das hatte Zeit. Finn bestand nicht nur aus diesem Vorfall. Er war auch nicht nur der scheue Typ, als den er ihn kennengelernt hatte. Da war mehr. Und es kam nur zum Vorschein, wenn er sich sicher fühlte.

Genau das wollte er ihm geben.

Heute waren sie bei ihm zu Hause und gerade mit dem Abendessen fertig. Wenn er Finn so musterte, wie er auf seinem Sofa saß, dann hatte das Haus genau die richtige

Größe und die Einrichtung die perfekten Farben. Als sei es nur da, um diesen wunderschönen Mann einzurahmen.

Zu zweit hier zu leben wäre perfekt. Er verlor sich leicht in diesen kleinen Spinnereien. Natürlich war es dafür noch zu früh. Viel zu früh.

„Soll ich dir jetzt meine Bilder zeigen?", fragte er und stapelte Finns leeren Teller auf seinen.

„Ja, bitte." Er schmunzelte. „Ich dachte schon, du willst dich drücken."

„So schlecht sind sie nun auch wieder nicht. Also, hoffe ich jedenfalls."

Er stand auf und winkte Finn hinter sich her. Sie gingen ins Schlafzimmer, wo in einem der Schränke seine Malutensilien ruhten. Die Aquarellpaletten, Pinsel und Blöcke warteten in einem Kunststoffkarton auf ihren Einsatz. Seit er fotografieren konnte, hatte er sie nicht mehr herausgeholt.

Er stellte den Behälter auf den Boden neben dem Schrank und zog die Mappe hervor, in der er seine aktuellen Werke aufbewahrte. Schon ihr Gewicht zu spüren, machte ihm Lust, mal wieder zu malen. Sorgsam löste er den Haltegummi, schlug sie auf und setzte sich im Schneidersitz damit auf den Boden. Finn war direkt neben ihm.

„Hier, nimm sie am besten."

Er ließ ihn darin blättern und sah zu, wie Finn seine Aquarelle und Skizzen begutachtete.

Wie lange hatte er schon niemandem mehr etwas gezeigt? Das musste ewig her sein. Durch die Doppelbelastung seines Jobs als Masseur und die Umschulung zum Ernährungsberater war kaum Zeit dafür geblieben.

Ganz am Anfang, als er noch neu im Tempel gewesen war, hatte er Jana ein paar gezeigt, das wusste er noch. Sie war ganz begeistert davon gewesen und er hatte ein oder zweimal mit ihr zusammen gemalt. Sie hatte lernen wollen, wie es ging und als Übung einige Blüten aquarelliert.

Eins der Übungsblätter steckte noch in der Mappe. Milan schmunzelte, als Finn es hervorzog.

„Ich hatte nicht so viele Portraits erwartet", sagte Finn und sah einige von ihnen durch. „Bei Aquarellen denke ich mehr an das hier." Er deutete auf die Blüten.

„Man kann alles in Aquarell zeichnen. Aber ich habe mit Naturbildern begonnen, das stimmt. Himmel und Wasser lassen sich wunderbar malen."

Finn nahm das Bild in die Hand, das den Blick aus seinem Fenster zeigte.

„Das war eine Verzweiflungstat", gab Milan zu. „An dem Morgen hatte ich mir fest vorgenommen, fotografieren zu gehen. Extra den Wecker für die goldene Stunde gestellt … und dann konnte ich nicht. Deswegen habe ich dann gemalt. Als Ersatz."

„Irgendwie traurig", sagte Finn.

„Was meinst du?"

„Na ja, dass das Malen zum Lückenbüßer geworden ist."

So hatte er noch nicht darüber nachgedacht. „Ich werde eine neue Balance dafür finden." Er schwieg einen Moment. „Bei den Portraits war das auch so. Ich konnte sie nicht fotografieren, also habe ich gemalt."

„Jetzt könntest du."

Er verzog den Mund.

„Oder nicht?", hakte Finn nach.

„Doch, schon … glaube ich. Aber …" Er musste lachen. „Na ja, der Stachel steckt irgendwie doch noch drin. Ich hab' jetzt Ruinen und Wiesen fotografiert. Und deinen Löwenzahn. Aber keine Menschen."

„Du willst also sagen, Ruinen, Wiesen und Löwenzahn haben sowieso keine Seele. Deswegen schreckst du vor Menschen zurück."

„Ja, klingt doch vollkommen logisch oder?", erwiderte Milan mit einem schiefen Lächeln.

„Du könntest es an mir ausprobieren."

„Was?"

„Ich hab monatelang alles Mögliche und Unmögliche vor einer Kamera gemacht ... wenn die Dinger Seelen einsaugen, dann gibt es bei mir nichts mehr zu holen."

Überrascht sah er ihn an. „Du würdest für mich modeln? Wirklich?" Musste Finn die Kamera nicht hassen? Würde ihn das nicht an seinen Schmerz erinnern? Er wäre nie auf die Idee gekommen, ihn zu fragen.

„Ja. Es ist nicht ganz uneigennützig. Ich möchte zurück zur Normalität. Von dir fotografiert zu werden, würde mir vielleicht helfen, wieder mehr klarzukommen." In Finns Augen funkelte Mut. Milan hätte nicht gedacht, dass er noch schöner werden konnte.

„Das würde ich gerne", sagte er.

„Okay. Dann lass uns möglichst bald anfangen, bevor einer von uns Schiss kriegt." Finn gab ihm die Mappe zurück und Milan raffte alles zusammen. Der raue Aquarellkarton raschelte angenehm.

„Morgen zur goldenen Stunde in deinem Garten."

*

„Da habe ich mir wirklich was vorgenommen."

Finn saß im Vogelzimmer und versuchte, sich von Björn gut zureden zu lassen. Der Nymphensittich saß auf seiner Schulter und zupfte mit dem Schnabel an seinen Haaren herum, als würde er ihn für das Shooting zurechtmachen wollen.

Sein Körper war bis oben hin mit Unruhe gefüllt.

„Ich würde dich ja gerne mitnehmen, aber dann sitzt du wieder eine Stunde lang in Milans Baum und kommst nicht zurück."

Er schmunzelte.

„Eigentlich muss ich dir dafür danken, dass du das gemacht hast. Ich hätte mich nie so weit vorgewagt, wenn nicht wegen dir. Du warst unser Kuppler." Vorsichtig berührte er Björns Köpfchen. „Auch wenn wir noch nicht offiziell ein Paar sind."

Es kam ihm wie ein Wunder vor, wie weit er in den letzten Wochen gekommen war. Unfassbar, dass er wieder jemanden hatte, mit dem er sich etwas vorstellen konnte. Jemanden, dem er vertraute. Das allein war krass. Aber dass da jemand war, der ihn tatsächlich wollte, noch mehr. Es war ein Sechser im Lotto an Weihnachten während einer Sonnenfinsternis.

„Ich muss los", sagte er und hielt sich die Hand vor den Mund, um den riesigen Gähner abzufangen, der sich gerade den Weg hinausbahnen wollte.

Er stand auf und Björn flatterte davon. Draußen vor dem Fenster leuchtete der Morgen in seinen schönsten Farben.

Finn ging in den Garten und sog die frische Luft tief in seine Lungen. Er hoffte, dass auch ein bisschen von der morgendlichen Ruhe in ihn hineinfließen würde. Jetzt war rundherum noch alles still. Selbst die Insekten schienen gerade erst aufzuwachen. Nur hier und da ein Zirpen.

Für Milan trug er ein schönes Hemd, das ausnahmsweise nicht viel zu groß war. Er besaß nur noch wenige von denen, und er hatte sie nach ganz hinten in seinen Kleiderschrank gedrängt, wo sie ein Schattendasein fristeten. Er hatte nicht mehr hübsch aussehen wollen. Für niemanden. Nicht mal für sich selbst.

Das Hemd war weiß und aus Leinen. Seine Finger mochten die raue Struktur des Stoffes. Es hatte einen V-Ausschnitt und ein paar kleine Zierden an den Säumen. Milan würde die Details lieben.

Die Haare trug er offen, weil er es mochte, wenn sie sein Gesicht einrahmten – sie waren sein einziger Schutz. Nicht so effektiv wie eine Kapuze, aber ein guter Kompromiss.

Er machte ein paar Schritte über den Rasen, lauschte dem Rascheln der Gräser und fühlte, wie er trotz seiner Aufregung auch irgendwie ein Stück Ruhe in sich fand.

Milan stand schon drüben am Zaun. Seine Haare sahen ein bisschen durcheinander aus und die Kissenfalten auf seinem Gesicht waren noch zu erahnen. Er lächelte ihn an. Sie waren beide nervös, und das verband sie genauso wie die Wärme in ihren Augen.

Um seinen Hals baumelte die Spiegelreflexkamera. Ein ganz schöner Klotz. Milan legte die Hände an das Gehäuse, als Finn näher zu ihm kam.

„Alles bereit?", fragte er.

Milan nickte. „Wie fühlst du dich?"

„Gut. Ich glaube, es wird Spaß machen."

„Wenn es doch zu viel wird, dann gib mir ein Zeichen."

„Ich mache dann so." Er hielt sich beide Handflächen vors Gesicht. Jetzt gerade fühlte er sich mutig. Es lag an Milan. Er lachte ihn an. „Was soll ich machen, Herr Fotograf?"

„Sei einfach du selbst. Geh ein bisschen durch den Garten. Du kannst zu mir schauen, oder woanders hin, wie es dir lieber ist. Es soll nicht zu gestellt aussehen."

„Okay, dann ..."

Er trat ein paar Schritte von dem Zaun zurück und wandte sich seinem Garten zu. Milan kletterte zu ihm herüber und suchte sich einen guten Platz. Er stellte eine Weile an der Kamera herum.

Die Anspannung stieg. Noch war das Objektiv nicht auf ihn gerichtet, sondern baumelte nach unten. Finn schluckte und suchte nach etwas, mit dem er sich ablenken konnte. Schließlich hockte er sich zu seinem Anemonenbeet und betrachtete die bunten Farben im Licht der Morgensonne.

Mit diesen Blumen verband ihn etwas. Vielleicht, weil sie die ersten waren, die sich mit ihm gemeinsam ganz offen in den Garten getraut hatten. Weil sie ihre Schönheit nicht versteckten, sondern sie mutig der Welt zeigten.

Er streckte die Hand aus und rupfte eine kleine Unkrautpflanze aus dem Beet. Die Gräser raschelten, weil Milan im Garten herumlief. Bis jetzt hatte er das Klicken des Auslösers noch nicht gehört.

Es musste ihm wirklich schwerfallen.

Vorsichtig warf er einen Blick zu ihm hinüber. Milans Gesicht verschwand hinter dem Kameragehäuse. Mund und Kinnpartie schauten noch hervor und verrieten seine Anspannung.

Finn atmete ruhig und langsam, atmete gegen seinen schnellen Herzschlag. Er brauchte keine Angst zu haben. Ihm passierte nichts. Er war ganz allein hier, allein mit Milan am sichersten Ort der Welt.

Sein Mundwinkel zuckte.

Es war anders als vor der Webcam. Er sah, wer ihn anschaute. Und er wusste, was er fühlte. Sie waren beide verliebt, sie hatten beide Angst und sie wollten beide mutig sein.

Klicklick.

Das war der Auslöser. Das Lächeln auf seinem Gesicht wuchs. Milan hatte es geschafft. Und er auch. Er war immer noch hier und weit davon entfernt, wegzulaufen.

Finn stand auf, spazierte ein paar Schritte durch den Garten und blieb unter seinem Kirschbaum stehen.

Seine Bewegungen blieben langsam, damit Milan in Ruhe knipsen konnte.

Damals auf seinem Sessel hatte er mit der Zeit genau gewusst, wie er den Kopf halten musste, und wie er am besten in der Kamera wirkte. Er war immer professioneller geworden, hatte sich seine eigenen Videos angesehen, und analysiert, wie er sich am besten in Szene setzen konnte.

Das hatte ihm jede Menge neue Zuschauer gebracht.

Vielleicht wäre er alldem entgangen, wenn er sich nicht so viel Mühe gegeben hätte. Aber in dieses Gedankenkarussell wollte er nicht noch einmal einsteigen. Er war schon viel zu lange darauf mitgefahren.

Direkt nach der Tat, als die Polizei ermittelt hatte. Julius war ihm schon lange gefolgt. Online und offline. Er war damals sein erster Privatchat gewesen. Ganz am Anfang. Wenn er daran dachte, lief es ihm heißkalt über den Rücken.

Vielleicht wäre er nicht so weit gegangen, wenn er nicht so aufs Gas getreten hätte. Aber das hatte er. Es hatte ihm so viel Spaß gemacht. Die Komplimente, das Geld. Er hatte sich in dieser Camboy-Welt verloren. Geglaubt, es würde immer so weitergehen, und dass er unsterblich war. Geglaubt, dass diese Männer ihn liebten. Aber das taten sie nicht. Das war nicht aus Liebe passiert, sondern aus Wahn.

Liebe war anders. Sie schnitt ihm nichts weg.

Sie gab, und sie ließ Dinge wachsen. Keine Körperteile, aber doch etwas ganz Wichtiges: seine innere Stärke.

KAPITEL 23

ER HÄTTE SICH die Bilder stundenlang ansehen können. Finn war nicht nur hübsch, sondern auch noch fotogen. Das Funkeln in seine Augen drang durch das Foto hindurch bis zu seinem Betrachter.

Vielleicht war er auch voreingenommen.

Milan grinste. Er hätte das Foto gern als Hintergrund für sein Handy benutzt, aber das wollte er lieber nicht tun, ohne Finn vorher zu fragen. Es war so schön zwischen ihnen ... er wollte das nicht riskieren. Für Finn war es eine großer Überwindung, sich ihm überhaupt so zu öffnen. Jeder kleine Schritt war ein Geschenk.

Eher widerwillig wandte er sich der Nachrichten-App zu.

Gibts dich noch?

Der Text kam von Lex Peterson. Er hatte ihn immer noch mit dem vollen Namen abgespeichert, obwohl sie inzwischen Kumpels waren.

Ihm schien es zu reichen, dass er seine Nachricht geöffnet hatte, denn er tippte direkt weiter. Die drei Punkte hüpften aufgeregt auf und ab, bis der neue Text erschien.

Bin gleich bei dir. Zieh Schuhe an und komm raus.

- Du bist witzig.

Ne, ich bin weise. Ich weiß, dass du ab und zu einen Arschtritt brauchst. Du bist jetzt zwei Wochen komplett in der Versenkung verschwunden. Jetzt wird gefeiert.

Milan schnaufte. Irgendwie hatte Lex ja recht. Er war ewig nicht mehr rausgekommen. Aber aus gutem Grund. Finn war hier. Sie hatten fast die ganze Zeit gemeinsam verbracht und es war ihm nie wie die Versenkung vorgekommen.

Trotzdem ... es wäre schon schön, mal wieder einen Abend mit den Jungs zu verbringen.

Gib mir ein paar Minuten.

Er wechselte das Fenster und tippte eine Nachricht an Finn. Sie waren zwar nicht verabredet, aber es war inzwischen im Grunde selbstverständlich, dass sie die Abende auch zusammen verbrachten. Mit Fernsehen, zeichnen oder ein wenig Arbeit, während sie die Gesellschaft des jeweils anderen genossen.

Er musste Finn auf jeden Fall Bescheid sagen, wenn er heute nicht konnte.

Du, ich gehe heute Abend mit Lex und seinen Kumpels aus. Sehen wir uns morgen?

Er fragte nicht, ob Finn mitkommen wollte. Er wusste, dass es zu viel für ihn gewesen wäre. Ein Club, und so viele fremde Leute. Sie hatten Pläne gemacht, raus in die Natur zu fahren, um woanders mehr Fotos zu machen, aber das lag noch in der Zukunft. Bestimmt hätte Finn es wie einen blöden Scherz aufgefasst, wenn er ihn gefragt hätte.

Er wartete auf seine Antwort, bevor er sich von seinem Platz bewegte. Wenn Finn schrieb, dass er ihn heute Abend brauchte, dann würde er Lex absagen.

Klar. Dann viel Spaß euch. Zeig allen die Dancing Queen.

Mit einem Schmunzeln steckte er das Smartphone wieder ein.

Wenig später hupte Lex auch schon. Milan schnappte sich seine Geldbörse, warf sich eine dünne Jacke über die Schulter und schlüpfte in seine Lieblingssneaker.

*

Er sah zu, wie das Auto wegfuhr und Milan mitnahm. Die schlechten Gefühle aber blieben bei ihm. Finn presste die Lippen aufeinander und kämpfte gegen sich selbst.

Er sollte sich nicht so fühlen. Die Nachricht, die er Milan geschickt hatte, sollte sich nicht wie eine Lüge lesen. Er sollte diese Worte ernst meinen.

Aber es fiel ihm so unendlich schwer.

Gönnte er ihm den Spaß nicht? Das Tanzen? Die Gespräche mit den anderen? Die Drinks? Oder ... was auch immer seinen Abend ausfüllen würde?

War das Eifersucht? Oder war es Frustration?

Er wollte mit ihm ausgehen. Und er war neidisch auf die Männer, die es konnten. Die jetzt seine Gesellschaft teilten. Die ihn tanzen sahen.

Finn senkte den Kopf und drehte sich vom Fenster weg.

Ein Teil davon war auf jeden Fall Angst. Was wenn Milan durch so einen Ausflug erst richtig klar wurde, worauf er mit ihm verzichtete? Himmel, er schaffte es ja nicht mal, mit ihm in die Stadt zu fahren. Sie konnten nicht in einem Café sitzen und Kuchen essen, erst recht nicht in eine Disko gehen. Sie hatten keine Dates, sondern trafen sich immer nur bei einem von ihnen und hingen vorm Fernseher.

Wie lange würde Milan das wohl mitmachen?

Seine Finger zitterten. Er schob sie in die Hosentasche und ging nach unten zu den Vögeln, um ein bisschen mit ihnen zu singen.

*

Milan saß auf einem Barhocker und beobachtete das Treiben auf der Tanzfläche. Blaue Lichtpunkte huschten über die tanzende Menge hinweg. Eine aufgemotzte Version irgendeines Popsongs hallte von den Wänden wider.

Hier hatte die Nacht einen anderen Puls als bei ihm zu Hause. Lauter und schneller. Wild und ausgelassen.

Milan nippte an seinem Bier und überlegte, ob er sich kopfüber hineinstürzen, oder lieber am Rand bleiben sollte. Er war nicht so gut im Tanzen, kam sich immer ein bisschen albern dabei vor. Aber dafür war ja der Alkohol da.

Er prostete Lex zu, der etwas weiter entfernt an einer Wand lehnte und mit jemandem sprach, der nicht zu ihrer Gruppe gehörte.

Marc, einer von den anderen, flirtete ein paar Hocker weiter mit dem Barkeeper, obwohl ihm vorhin noch alle versichert hatten, dass er nicht bei ihm landen konnte. Schmunzelnd sah er ihm eine Weile zu und bestellte dann sein zweites Bier.

Dann zog er sein Handy aus der Tasche. Vielleicht hatte Finn ihm ja geschrieben. Es wäre cool gewesen, ihn hier bei sich zu haben. *Seine* Dancing Queen zu sehen.

In der Nachrichten-App regte sich nichts. Bestimmt war Finn schon im Bett, oder in eine Zeichnung vertieft.

„Bist du nur mitgekommen, um zu saufen?", fragte Lex, der auf einmal wieder vor ihm stand. „Da muss Bewegung rein."

Er zog Milan so schnell von seinem Hocker herunter, dass er sich fast am Bier verschluckte. Hastig stellte er das leere Glas auf der äußersten Kante des Tresens ab und stolperte hinter Lex hinterher.

Drei Schritte, dann standen sie am Rande der Tanzfläche und Lex fing auch schon an, sich zu bewegen. Bei ihm sah es gut aus.

„Muss man bei dir alles selber machen?", fragte er über die Musik hinweg und legte seine Hände an Milans Hüften, um mit der Bewegung nachzuhelfen. Bevor er auch noch auf die Idee kam, seine Schultern und Arme zu dirigieren, gab Milan sich einen Ruck und bewegte sich irgendwie zur Musik.

Hier ging es ja nur um den Spaß, nicht darum, eine gute Figur zu machen.

„Du bist echt eine seltsame Type", kommentierte Lex. „Beim Tanzen fängt man die besten Fische."

Sie hatten einmal kurz darüber geredet, dass sie auf Typen standen. Dass Lex bi war, hatte er vorher schon gewusst, weil er sehr offen damit umging und es in mehreren Interviews zu lesen war. Seine Kumpels waren fast alle schwul, deswegen war klar gewesen, was das Ziel dieses Ausfluges sein würde.

Was er Lex bisher nicht erzählt hatte, war, dass er schon jemanden im Auge hatte.

„Ich will keine Fische fangen", erklärte er ihm über die laute Musik hinweg und hob die Hände über den Kopf. Keine Ahnung, ob das gut aussah, er machte einfach irgendwas. Vielleicht war es doch ganz gut, dass Finn nicht hier war, um ihm zuzusehen.

„Nicht?", fragte Lex und sah regelrecht entsetzt aus. „So enttäuscht von der Männerwelt? Du musst dir ein paar Models einladen. Da lernt man interessante Persönlichkeiten kennen."

Milan lachte, war sich dann aber nicht mehr sicher, ob Lex einen Scherz gemacht hatte, oder wirklich vorschlug, sich an ein vorher gebuchtes Model ranzumachen. Irgendwie passte das nicht zu dem Bild, das er von seinem Idol hatte.

„Ich treffe mich schon mit jemandem", sagte er. Er wollte keine Missverständnisse schüren.

Lex zwinkerte ihm als Antwort nur zu. Glaubte er ihm nicht, oder was?

Milan fragte nicht nach, weil es nervig war, sich die ganze Zeit anzubrüllen, und tanzte lieber. Dann wechselte der Song und Milan musste laut lachen, als er die Melodie von ABBAs Dancing Queen hinter den verfremdeten Beats erkannte.

Das musste er morgen Finn erzählen.

Vor sich hin grinsend schwang er die Hüften, versuchte, eine Bewegung für seine Arme zu finden, die nicht bescheuert aussah und hatte einfach Spaß. Mit der Zeit bekam er den Dreh raus und passte sich den anderen an.

Lex ließ sich durch die Menge treiben, tanzte mal diesen und mal jenen Typen an. Einem fasste er sogar an den Hintern, aber statt eines Schlags kassierte er dafür einen ziemlich heiß aussehenden Kuss.

Milan konnte nur fasziniert den Kopf schütteln. Der Kerl war einfach ... besonders. Und sein Flirt ... halleluja.

Marc gesellte sich zu ihm und reichte ihm ein frisches Bierglas. „Na wie läufts, Mister?"

„Man amüsiert sich", sagte er und bedankte sich mit einem Nicken. Gierig stürzte er die Hälfte des Getränkes herunter. Hatte er so lange getanzt? Er war wahnsinnig durstig.

„Ja, ich auch", sagte Marc und tanzte ihn an. Er war einer von Lex' Modelfreunden. Groß und unheimlich attraktiv. Lex nannte ihn gerne No-Filter, um auszudrücken, dass er bei ihm nichts nachbearbeiten musste.

Marc legte eine Hand an seine Schulter und tanzte näher an ihn heran, während seine Finger nach hinten in seinen Nacken wanderten. Eine Spur aus Gänsehaut folgte der Berührung und Marcs tiefer Blick tat sein Übriges.

„Und, was hast du heute noch vor?" Die Frage war so scheinheilig, wie sie gefährlich war.

KAPITEL 24

ALS ER DIE Haustür hinter sich schloss, fühlte es sich an, als verließe er den Schutzbunker, um eine vom Krieg zerrüttete Welt zu betreten. Als wäre die Sonne lebensfeindlich, die Luft schwer vom Bleigeruch und der Boden zerfurcht von Erdbeben und Explosionen.

Vor ihm lag die Straße, in der er wohnte. Die Straße, die seine Postbotin jeden Tag passierte. Wo jeden Tag Menschen entlangspazierten. Ganz normale Menschen, die nichts Böses vorhatten. Er sah ihnen oft genug vom Fenster aus zu.

Finn blickte an sich hinab und musterte die Sneaker, in denen seine Füße steckten. Sie waren blau. Irgendwie beruhigte ihn dieser Gedanke.

Die Welt war ruhig, aber nicht zerrüttet. Die Kastanien, die in großen Abständen den Wegesrand säumten, raschelten leise mit ihren Baumkronen, als wollten sie ihm Mut zuflüstern. Weit und breit war kein Mensch zu sehen. Ein Auto fuhr vorbei. Finn zog sich die Kapuze tiefer ins Gesicht und zwang sich, weiterzugehen. Ein Schritt nach dem anderen.

Der Gehweg bestand aus großen, quadratischen Steinplatten, zwischen denen hier und da ein paar grüne Spitzen hervorschauten. Rechts von ihm erhoben sich Hecken und Zäune, die die benachbarten Grundstücke umgaben. Links von ihm parkten die Familienkutschen. Hier und da zierte ein Kreidekunstwerk den Weg.

Wie weit war er schon gekommen?

Finn warf einen Blick über die Schulter. Er hatte sich kaum zweihundert Meter von seinem Haus entfernt. Wenn er rannte, wäre er binnen Sekunden wieder drinnen. In Sicherheit.

Aber er wollte nicht. Er ballte die Hand zur Faust und ging weiter. Da hinten an der Kreuzung lag die Bushaltestelle. Manchmal hatte er es tatsächlich geschafft, Bus zu fahren, wenn er seine Mutter besuchen wollte. Immer dann, wenn er der einzige beim Einstieg gewesen war. Wenn sich Leute hinter ihm drängten, erstarrte er. Deswegen war er auch schon mehrere Male den ganzen Weg gelaufen.

Heute wollte er nicht zu seiner Mutter. Es war zu zeitig und normalerweise rief er vorher an. Heute hatte er einen anderen Plan.

Er ging den ganzen Weg zu Fuß. Immer die Straße entlang, immer geradeaus, bis er sich dem Stadtkern näherte. Radfahrer kamen ihm entgegen. Mütter mit Kinderwagen. Spaziergänger und Leute, die noch eben schnell eine Tüte Brötchen vom Bäcker geholt hatten und jetzt auf dem Weg zu einem leckeren Frühstück waren.

Er fühlte ihre Unbeschwertheit und gleichzeitig seinen eigenen nervösen Pulsschlag. Sein Alarm jaulte auf, wann immer jemand etwas zu dicht an ihm vorbeiging. Noch mehr, wenn er jemanden hinter sich wahrnahm, so wie jetzt. Der Klang der Schritte, ihr Takt. Wenn er schneller ging, schien es der andere auch zu tun. Finn konnte sich nicht umsehen. Er biss die Zähne fest zusammen, um nicht zu schreien.

Dann brach er aus, schlug einen Haken nach rechts und warf sich mit dem Rücken gegen die Wand eines Geschäfts. Die Frau, die an ihm vorbeilief, nahm ihn gar nicht wahr. Sie starrte auf ihr Handy und tippte. Sie hatte ihn nicht verfolgt. Natürlich nicht.

Finn beugte sich nach vorn und massierte sich die Schläfen. Er lehnte so lange an der Wand und sah den normalen Leuten bei ihrem Alltag zu, bis er sich wieder mutig genug fühlte, um weiterzugehen.

Er hatte ein Ziel. Einen guten Grund für all das hier. Milan. Er wollte ein richtiges Date mit ihm erleben. Eins, bei dem keiner von ihnen kochte. Bei dem sie ein Dessert bestellten und leise über andere Gäste redeten. Eins, bei dem weder Fernseher noch Laptop liefen. Eins, das eben vollkommen normal war, bei dem Milan nicht zurückstecken musste.

Finn wurde langsamer, als er den ersten Aufsteller eines Cafés erblickte. Er hatte es geschafft. Er war bis in die Innenstadt gekommen. Weiße Stühle und Tischchen warteten auf der kleinen Terrasse auf Gäste. Eine Angestellte spannte die Sonnenschirme auf. Finn sah kurz zum Himmel. Ihm war gar nicht aufgefallen, wie schön dieser Tag war. Ein wahnsinnig blauer Himmel erstreckte sich über der Stadt, dekoriert mit nur wenigen weißen Schäfchenwolken. Zwei Spatzen saßen auf der Regenrinne des Hauses. Ein zaghaftes Lächeln legte sich auf sein Gesicht, aber Finn wischte es schnell wieder fort.

Er wählte einen sicheren Platz aus. Einen, der in einer Ecke der Terrasse lag, sodass er auf der einen Seite die Gebäudewand im Rücken hatte, und auf der anderen Seite einen der Sträucher, die die Terrasse einrahmten. Dort ließ er sich nieder. Wie ein ganz normaler Typ. Er sah sich eine Weile um, bevor er das Handy hervorzog und Milan eine Nachricht schrieb.

Treffen wir uns zum Frühstück im Café Sperling?

Finn machte ein Foto von der Terrasse, auf dem auch ein Teil der schicken Speisekarte im Vordergrund zu sehen war, und schickte es hinterher. Okay, ganz normal war diese Verabredung vielleicht doch nicht.

Eigentlich wartete man eine Zusage auf die Einladung ab, ehe man sich überhaupt auf den Weg machte. Was wenn Milan noch schlief? Er hatte nicht mitbekommen, wann er gestern nach Hause gekommen war. Oder ... ob überhaupt.

Finn schluckte den Kloß hinunter, der sich gerade in seinem Hals bildete, legte das Telefon beiseite und nahm die Karte zur Hand. Tatsächlich schafften es die Fotos der verschiedenen Kuchen und Gebäcke, ihn ein wenig von seiner Angst abzulenken. Er bestellte sich eine heiße Schokolade. Falls Milan nicht kam, würde er eben allein hier frühstücken und auch das wäre ein Erfolg und ein Schritt in die Richtung, in die er gehen wollte.

Er würde seine Freiheit zurückgewinnen. Die Angst in Ketten legen.

Die Spatzen, die dem Café seinen Namen gaben, hüpften auf dem Boden zwischen den Tischen herum. Sie schienen ihn regelrecht zu belagern, weil er im Moment der einzige Gast hier draußen war.

„Ich habe noch gar keine Krümel, die ich euch geben könnte. Da müsst ihr wohl noch warten." Er rührte seine heiße Schokolade um und genoss ihren leckeren Duft.

Der süße, volle Geschmack ließ ihn für einen Moment die Augen schließen. Er hatte lange nicht mehr so etwas Leckeres getrunken. Allein dafür hatte sich der Kampf gelohnt.

Als er das Glas wieder abstellte, kamen Schritte näher.

„Ist der Platz hier noch frei?"

Perplex schaute er die junge Frau an, die die Hand auf die Lehne des leeren Stuhls gelegt hatte. Fremde Augen blickten in seine. Offen, fragend. Ein kleines Lächeln, das ihm galt. Hoffnung, dass er *ja* sagte.

Überfordert starrte er zurück. Das kam so unerwartet, dass er das Brennen ihres Blickes auf seiner Haut gar nicht spürte.

„Mein ... meine Verabredung kommt gleich", stammelte er.

„Ach so." Ihre Wangen färbten sich rosa. „Entschuldigung. Ich dachte, ich versuche mein Glück." Ihr Lachen klang schamhaft, als sie sich abwandte und nach drinnen ging. Finn sah ihr nach. Ihr Pferdeschwanz schwang wild hin und her. Eine ganz normale junge Frau, die ... Interesse an ihm gehabt hatte.

„Wow", flüsterte er sich selbst zu und massierte sich die Schläfen. Sein Herz klopfte nervös. Ein anderer Mensch hatte ihn angesprochen, angesehen, und es war nichts Schlimmes passiert. Fast musste er lachen. Es würde noch lange dauern, bis er das wirklich verinnerlichte. Bis andere Menschen in seiner Umgebung wieder zu einer ungefährlichen Normalität wurden.

„Hey."

Finn hob den Kopf und ließ die Arme sinken. Augenblicklich wuchs ein Lächeln auf seinem Gesicht, obwohl er sich immer noch zittrig fühlte.

Er war gekommen.

Ein Spatz stob davon. Das Scharren des Stuhls hatte ihn vertrieben.

Milans Lächeln konnte die Müdigkeit nicht ganz aus seinem Gesicht vertreiben. Das fiel ihm jetzt erst nach und nach auf.

„Tut mir leid wegen der spontanen Einladung", sagte Finn. „Ich bin aufgewacht und ohne viel nachzudenken hierher ... und dann hab ich an dich gedacht." Auf einmal kam ihm seine Aktion sehr egoistisch vor. Bestimmt hatte Milan kaum geschlafen, sich dann aber verpflichtet gefühlt, herzukommen. Die kleinen Schatten unter seinen Augen sprachen eine eindeutige Sprache.

„Es ist schön hier", stellte Milan fest. „Und ich finde es bewundernswert, dass du einfach hierher gegangen bist. Eine gute Strategie, seine Ängste direkt nach dem Aufstehen zu bekämpfen, wenn der Kopf noch nicht ganz wach ist."

„Du siehst müde aus. Ich hätte mir einen anderen Tag dafür aussuchen sollen."

„Ich bestelle mir gleich einen extra starken Kaffee und alles ist gut." Milan zwinkerte ihm zu und falls er doch irgendwie böse auf ihn war, verbarg er es gut. Es schien ihm wirklich nichts auszumachen. Erleichtert nickte Finn.

„Geht auf mich."

Zusammen mit Milan hier zu sitzen, ließ seine Angst immer schneller schwinden. Finn strich sich die Kapuze vom Kopf und sah ihm dabei zu, wie er mit geschlossenen Augen einen langen Schluck Kaffee genoss.

Dieser Ausdruck auf Milans Gesicht kitzelte etwas in ihm. Etwas, das er von früher kannte. Finn schluckte und wandte den Blick ab.

„Wie war es denn gestern so?", fragte er.

„Mit Lex und seinen Jungs ist es immer unterhaltsam. Wir waren in einem Gay Club. Ich glaube ja, dass Lex seine Models vor allem dort auftreibt, und nicht über irgendwelche Agentur-Datenbanken." Milan lachte. „Ich hab ein paar Bier getrunken und mich zum Tanzen nötigen lassen. Sie haben sogar dein Lied gespielt."

Finn beobachtete Milans Lippen. Wie sie jede einzelne Silbe formten und sich am Ende zu einem neuen Lächeln verzogen. Wenn er ihn jetzt küsste, würden sie nach Kaffee ohne Milch und mit einem Löffel Zucker schmecken.

„Mein Lied?"

„Dancing Queen. Ich musste sofort an dich denken."

Er hatte sich zu viele Sorgen gemacht. Das wurde ihm mit einem Schlag klar, als er wieder in Milans schöne, graue Augen schaute. Dieser Mann dachte in einem Schuppen voller Gelegenheiten an ihn und rollte sich trotz Kater aus dem Bett, um spontan mit ihm auf einer Terrasse in der Innenstadt zu frühstücken.

Für eine Weile war die Welt heil. Milan und er aßen Kuchen, tranken Kaffee und heiße Schokolade und saßen unter blauem Himmel im Café Sperling wie zwei ganz normale Männer auf einem Date. Es war wie ein Traum von einem Leben, in dem diese eine Nacht nie geschehen war. Konnte es immer so sein, wenn er es schaffte, die Angst zu überwinden? Das wäre …

Ganz dicht neben ihm bewegte sich etwas. Wer war da? Finns Herz blieb stehen. Er riss die Arme so hastig hoch, dass er das leere Glas vor sich umstieß. Es kippte, rollte vom Tisch und zerschellte auf dem Beton.

Finn zuckte, spähte durch den Spalt zwischen seinen Fingern und atmete angestrengt. Er war an diesen Stuhl gefesselt. Er wusste es. Er musste nicht nachsehen. Jeden Moment würde der Schmerz kommen. Ein Schlag oder ein Schnitt. Irgendwo an seinem Körper. Er hätte nicht rausgehen dürfen. Er hätte nicht …

„Finn." Milans Stimme drang nur vage durch den Vorhang aus Furcht. Etwas berührte seine Schulter. Keine Klinge. „Alles ist gut. Du bist nicht in Gefahr. Ich bin direkt neben dir."

Das Zittern kam von ganz tief drinnen. Es brachte seine Atemzüge zum Beben und ließ seine Haut ganz kalt werden. Bis auf die Stelle, an der Milan ihn anfasste.

„Alles ist gut. Schau mich an, hm?" Die Stimme war bei ihm. Er kannte sie. Er konnte Milan vertrauen. Vorsichtig richtete er den Blick auf ihn, sah Milans Gesicht. Die Sanftheit in seinen Augen, vermischt mit einem kleinen Hauch Besorgnis.

„T-tut mir wirklich leid", sagte eine andere, hastige Stimme etwas weiter entfernt. „Soll ich jemanden rufen? Einen Arzt?"

Er erwachte wie aus einem Traum. Sein Herz wummerte, sein Gesicht kribbelte, weil das Blut aus seinen Zügen gewichen war. Finn ließ die Hände sinken. Milan stand neben ihm.

„Die junge Frau hat nur den Strauch gegossen. Alles gut." Milan streichelte seine Schulter und hielt seinen Blick fest, als würde er wissen, wie sehr er das gerade brauchte, um sich aus seiner Angst herauszuziehen. Und je mehr ihm das gelang, je mehr die Angst wich, umso mehr Platz machte sie einem anderen Gefühl. Die Scham ließ ihn auf dem Stuhl zusammensinken.

Scheiße, hatte er sich gerade vor jemandem zu Tode erschreckt, der einfach nur Blumen hatte gießen wollen? Vor seinen Füßen hantierte eine Frau mit Handfeger und Kehrblech herum und beseitigte so das Chaos, das er geschaffen hatte.

„Entschuldigung. Ich hätte nicht so überreagieren müssen."

„Das macht nichts, alles in Ordnung", sagte die Frau und verschwand mit einem höflichen Lächeln wieder nach drinnen.

Finn schüttelte den Kopf. So viel zu seinem Traum von der Normalität.

„Geht es wieder?", fragte Milan. Finn legte die Hand vorsichtig auf Milans.

„Danke, dass du dir das antust", sagte er.

„Zeit mit einem hübschen Mann, einem leckeren Stück Kuchen und einem guten Kaffee zu verbringen ist wirklich keine Sache, die man sich gerne antut, aber ich war schon immer hart im Nehmen." Milan drückte seine Hand. „Wollen wir noch bleiben oder sollen wir uns auf den Weg machen?"

Nein. Er wollte nicht, dass ihr Date schon vorbei war. Nicht so. Nicht, nachdem er sich gerade wie ein Psychopath benommen hatte.

„Können wir noch ein bisschen spazieren gehen?"

Milan nickte. Finn bezahlte, entschuldigte sich nochmal bei der jungen Frau und stand dann auf. Sicherheitshalber zog er sich die Kapuze wieder über den Kopf. Hätte er sie vorhin aufgehabt, hätte er die Bewegung neben sich vielleicht gar nicht bemerkt und alles wäre normal geblieben.

Sie liefen ein Stück nebeneinander her. Mit Milan an seiner Seite fühlte er sich sicherer. Außerdem war es helllichter Tag ... er musste wirklich keine Angst haben. Dennoch bemerkte er, wie aufmerksam er war. Sein Körper blieb in Alarmbereitschaft. Jeder Schritt barg eine gewisse Vorsicht und niemand entging seinem Blick. Finn scannte jeden ab, der ihnen entgegenkam. Nur selten schaute jemand zurück.

Früher waren die Straßen fast wie ein Laufsteg gewesen. Heute waren sie ein Spießrutenlauf.

„Mir gefiel das Hemd, das du bei unserem Shooting getragen hast", sagte Milan. „Das hat mich dran erinnert, dass ich auch mal wieder meinen Kleiderschrank aufmöbeln muss. Ich habe vor dem Umzug viel weggegeben und jetzt habe ich gefühlt nur noch zwei T-Shirts und ein Hemd."

Er blieb an einem Schaufenster stehen, das Finn gar nicht bemerkt hatte. Er hatte die ganze Zeit nur auf die Menschen um sie herum gestarrt. Nun zwang er sich, die Puppen anzusehen. Dabei rückte er näher zu Milan und nahm seine Hand. Milan schloss die Finger sanft um seine, ganz selbstverständlich.

„Ist mir gar nicht aufgefallen", gab Finn zu.

„Hätte ja auch sein können, dass ich einen ganzen Schrank voller gleicher Klamotten habe. So wie bei den Simpsons."

Finn schmunzelte. „Ich hab mir ehrlich gesagt jetzt lange Zeit keine großen Gedanken mehr um meine Outfits gemacht." Die vier übergroßen Pullis, die er in Herbst und Winter trug, hatte er online bestellt und es war ihm egal gewesen, ob sie ihm standen. Dasselbe galt für die Hemden, nur dass er die einfach von seinem Opa übernommen hatte. Irgendwie hatten sie ihm ein zusätzliches Gefühl von Geborgenheit gegeben.

Vielleicht war ein kleines Update genau jetzt die richtige Entscheidung.

„Also haben wir beide was aufzuholen. Lust, die Tage mal zusammen zu shoppen?" Milan legte den Arm um ihn und zog ihn dichter an sich heran, als jemand nahe an ihnen vorbeilief. Finn bemerkte den Luftzug, den die fremde Person verursachte, aber er schaffte es, nicht in Panik zu verfallen, indem er sich an Milans Spiegelbild im Schaufenster festhielt, und an dem warmen Gefühl von Sicherheit, das ihm seine Nähe gab. „Wir gehen an einem Wochentag und zu einer Uhrzeit, zu der nicht so viel los ist. Und wir suchen kleinere Läden aus, die nicht so populär sind."

Finn nickte. Milan schien ein Talent dafür zu haben, Pläne zu machen, die zu den Bedürfnissen von anderen Menschen passten. Nicht nur, was die Ernährung anging. Er war mit Herz und Verstand bei ihm, das bewies er ihm jedes Mal, wenn sie zusammen waren. Es kam ihm wie ein Wunder vor, dass ausgerechnet dieser wunderbare Mann ihn mochte. Ausgerechnet ihn.

Finn legte die Arme um Milans Nacken und küsste ihn. Auch jetzt mit der Angst um ihn herum, mit der Scham und all den anderen Gefühlen, denen er hier draußen gegenüberstehen musste, konnte sein Herz anders schlagen. Glücklich. Verliebt.

KAPITEL 25

AM ABEND SAßEN sie auf seinem Sofa und schauten einen Film. Nachdem sie am Mittag wieder heimgekehrt waren, war jeder für sich seiner Arbeit nachgegangen, mit dem Versprechen, dass sie sich später wiedersehen würden.

Und nun saßen sie hier, schauten einen Actionfilm und leerten seinen Vorrat an Paprikachips. Bevor Finn den letzten Chip aus der Schüssel nahm, warf er einen Blick zu Milan, um zu sehen, ob er den vielleicht wollte. Aber Milan hatte sichtbar kein Interesse mehr an den Knabbereien – er schlief.

Den Kopf auf der Seitenlehne des Sofas abgelegt, die Beine angewinkelt, lag er da und schlummerte. Finn nahm die Fernbedienung und regelte die Lautstärke herunter. Jetzt konnte er Milan atmen hören. Langsam und tief.

Es war das erste Mal, dass er ihn schlafen sah. Er holte wohl nach, was ihr zeitiges Date ihn gekostet hatte. Finn lächelte seicht und betrachtete ihn noch ein bisschen.

Sie hatten jetzt schon viele Abende zusammen verbracht. Sie hatten gekocht, geredet, Filme geschaut, Snacks gegessen, nebeneinander her gezeichnet und gearbeitet oder gelesen oder die Vögel besucht. Und dann war Milan immer nach Hause gegangen. Oder er. Je nachdem.

Die Nacht hatten sie immer getrennt verbracht. Und das lag an ihm. Er hatte das Zögern bei Milan gesehen. Mehrmals schon. Die Frage, die auf seinen Lippen lag und doch nicht ausgesprochen wurde.

Sie hatten so oft Arm in Arm nebeneinandergesessen. Wie bei einem Kino-Date. Sie hatten Händchen gehalten, Küsse ausgetauscht. Als seien sie in einem Film mit Altersbeschränkung gefangen.

Aus dem Augenwinkel sah Finn, dass inzwischen der Abspann lief, und weiße Namen über einen schwarzen Hintergrund scrollten. Dieser Film war zu Ende.

Finn schaltete den Fernseher ab.

Was sollte er tun? Milan wecken, damit er nach Hause ging? Eigentlich wollte er das nicht. Er sah so friedlich aus. Und er hatte den Schlaf sicher nötig.

Okay.

Er stand auf und schlich leise aus dem Wohnzimmer. Er würde sich bettfertig machen, während Milan in seinem Haus war. Das war kein Problem, richtig? Er konnte sich im Badezimmer umziehen, es sogar abschließen, für den Fall, dass Milan doch aufwachte und nach ihm suchte.

Allein darüber nachzudenken, kam ihm albern vor. Er würde ihn nicht sehen.

Und selbst, wenn er dich sieht ...

Finn presste die Lippen aufeinander und schloss die Badezimmertür hinter sich. Als er sich umdrehte, sah ihm sein Spiegelbild entgegen. Von Kopf bis Fuß. Er war standhaft geblieben, hatte ihn nicht wieder mit einem Handtuch verhängt.

Er wusch sich das Gesicht, putzte die Zähne und hielt immer wieder Inne, um zu lauschen, ob sich im Wohnzimmer etwas regte. Alles war still. Finn stellte die Zahnbürste zurück in den Becher und wischte sich über den Mund. Sein Blick lag auf dem Pyjamashirt. Es war grau-weiß gestreift und so groß, dass es als beinahe als Nachthemd durchging. Dazu trug er zurzeit graue Shorts, die bis zu den Knien gingen. Noch lieber wäre ihm eine lange Hose gewesen, aber dafür war es noch zu warm.

Sein eigener Körper leistete Widerstand, als er sich auszog. Seine Gliedmaßen wehrten sich gegen die Anweisungen, die sein Kopf gab. Es dauerte lange, das Shirt auszuziehen. Die schützende Wärme wich von seiner Haut, aber um die ging es gar nicht. Es ging um den Schutz. Er sah nicht in den Spiegel, sondern starrte stur weiter auf das Kleidungsbündel. Sich das Hemd überzustreifen, tat gut. Der Stoff war kühl und umhüllte ihn angenehm sanft. Knopf für Knopf schloss Finn das Pyjamahemd und nickte sich dabei zu.

Das war eine Kleinigkeit gewesen.

Zögerlich schaute er an sich herunter. Das Hemd war weit genug, dass er nicht zu viel von dem sehen würde, was er nicht sehen wollte. Schon den Hosenknopf unter den Fingerspitzen zu fühlen, ... Es sollte nicht so schwierig sein.

Finn schluckte und gab sich einen Ruck. Die Hose glitt an ihm herab. Dann die Boxershorts. Fast wäre er über den Badewannenrand nach vorn gekippt, weil sich irgendwo etwas bewegte. Das musste Milan sein.

Sofort klopfte ihm das Herz bis zum Kinn. Als hätte es nur darauf gewartet.

Hastig zog er sich die Schlafshorts an, verschwendete keinen weiteren Gedanken, keine weitere Sekunde.

„Finn?" Milans Stimme klang träge. Finn eilte zur Badezimmertür und drehte so lautlos wie möglich den Schlüssel. Milan sollte nicht wissen, dass er sich eingeschlossen hatte. Sie dateten seit einer Ewigkeit. Wie kindisch war es, dass er sich so penibel versteckte?

„Ich bin hier", sagte er und trat heraus.

An Beruhigung war nicht zu denken. Die Herzklopf-Alarmanlage blieb angeschaltet. Er stand mit viel weniger Schutz als sonst vor Milan.

Jetzt sah er noch niedlicher aus als vorhin beim Schlafen. Seine Augen wirkten klein, das Gesicht ein bisschen zerknautscht. So ganz ohne Kissen auf der Sofalehne einzunicken, war nicht allzu bequem.

„Sorry, meine Müdigkeit hat mich einfach übermannt." Milan fuhr sich durch die verstrubbelten Haare und obwohl er ihn gar nicht berührte, lief ein Kribbeln über Finns Nacken.

„Macht nichts", erwiderte Finn tonlos. Er stand immer noch in der Tür zum Badezimmer, wollte weg, denn die Situation vibrierte vor Gefahr, aber gleichzeitig konnte er sich nicht bewegen. Etwas hielt ihn fest. Milans Blick. Das kaum sichtbare Lächeln auf seinen Lippen.

Er wollte ihn küssen. Immer wieder. Es war nie genug.

Milan schien es genauso zu gehen. Finn merkte nicht, wie genau es passierte, wer den ersten Schritt machte, aber am Ende lehnte er mit dem Rücken gegen den Türrahmen und Milan war vor ihm, eine Hand an seiner Schulter, und küsste ihn.

Schwindel erfasste ihn. Milans Lippen waren weich und unendlich sanft, aber flößten ihm doch die pure Hitze ein. Sie floss durch sein Gesicht, an seinem Hals hinab, in seine Brust, die sich viel zu schnell unter seinen Atemzügen hob und senkte, und noch weiter hinab.

Es macht ihm Angst, es dort zu spüren.

Diese Hitze war schädlich. Er hatte sich schon einmal daran verbrannt. Und Milan ... Milan würde ...

Ein Stöhnen entwich ihm, als Milans Zunge in seinen Mund eindrang. Sie waren sich so nah. Milans starke Schultern spannten sich unter seinen Fingern. Er spürte die Muskeln durch den Stoff hindurch, wusste nicht, ob er sich gerade an ihm festhielt, oder sich im nächsten Moment entscheiden würde, ihn wegzudrücken.

Die fremde Hitze war ungewohnt, verlockend und einschüchternd. Es hatte sich noch nie so zwischen ihnen angefühlt wie jetzt. Die Anziehung war immer da gewesen, aber zahm und liebevoll. Jetzt wurde sie hungrig, forderte mehr.

Milans Hände wanderten an seiner Brust hinab, fühlten ihn durch den Stoff, glitten zu seinen Seiten, dann über die Hüften. Begierig. Er wollte ihn. Natürlich wollte er. Sie waren zwei erwachsene Männer, die seit Wochen umeinander herumtänzelten. Irgendwann musste das hier passieren. Finn schluckte.

Heiße Küsse an seinem Hals ließen seine Knie weich werden. Machten ihn noch hilfloser. Statt Milan von sich zu schieben, glitten seine Hände in die verstrubbelten Haare und krallten sich darin fest.

Gott, wie sollte er ... wie konnte er ...? Hatte Milan vergessen, was er ihm erzählt hatte? War es ihm egal?

Seine eigene Stimme vibrierte in seiner Kehle. Er spürte es noch deutlicher, weil Milans Lippen genau dort waren. Angst und Erregung hatten sich untrennbar miteinander verflochten. Er konnte sich nicht helfen. Er verlor sich darin, unfähig, etwas zu tun.

Statt nach unten wanderten Milans Lippen wieder hinauf. Er küsste seine Wange, dann seine Nasenspitze. Hitzig schauten sie einander an, und Milan sah direkt in seine Seele.

Er zog ihn in eine Umarmung. Finns Herz klopfte direkt gegen Milans Brust. Die Starre ließ ihn los. Gott, er musste ihm doch wehgetan haben, so fest wie er an seinen Haaren gezogen hatte ...

„Entschuldige", flüsterte er. „Ich hab nicht gemerkt, was ich mache."

Hatte er es jetzt versaut? Die Luft um sie herum kühlte ab, aber die Umarmung blieb warm.

„Ich hab dich überrumpelt", sagte Milan. „Uns beide gewissermaßen." Er streichelte seinen Kopf. „Ich weiß nicht, ob es dir aufgefallen ist, aber ich bin total verknallt in dich."

Er war sich nicht sicher, ob er noch auf dem Boden stand, oder ob er schwebte. Ein Lächeln vertrieb die Anspannung aus seinem Gesicht. Er schmiegte den Kopf sachte an Milans.

„Hab bitte keine Angst davor, *Nein* zu mir zu sagen", flüsterte Milan. „Okay?"

Finn kannte niemanden, dem er diese Worte jemals zugetraut hätte. Sex war den größten Teil seines bisherigen Lebens der Dreh- und Angelpunkt von allem gewesen. Kai und er ... Er hatte nie Nein zu ihm gesagt, nie daran gedacht. Aber das hätte sie auch nicht gerettet.

Das Messer hatte nicht nur ihn zerschnitten, sondern sie beide.

Milan war wahnsinnig einfühlsam und gleichzeitig kam er ihm so stark vor. Nicht nur sein Körper – vor allem seine Persönlichkeit. Er sagte das mit Ruhe und Sicherheit. Als sei es wirklich kein Problem. Als würde er wirklich bei ihm bleiben, selbst, wenn sie es hundertmal versuchten und hundertmal scheiterten.

Scheiße.

Tränen brannten in seinen Augenwinkeln.

„Okay", brachte Finn heraus und drückte Milan fest an sich.

KAPITEL 26

MILAN BETRACHTETE DAS Foto in seiner Hand. Wenn Finn ihm Dinge aus seiner Vergangenheit zeigte, kam es ihm vor, als hätte dieser junge Mann schon mehr als ein Leben hinter sich.

Sie saßen auf dem Fußboden von Finns Schlafzimmer und sahen den Inhalt eines weiteren Kartons durch. Finn wollte mit seiner Vergangenheit aufräumen und Milan wollte ihm dabei helfen, so gut er eben konnte.

Manches machte ihn immer noch wütend. Manches fassungslos.

Auf dem Bild saß Finn auf dem Sessel, der seine Videobühne gewesen war. Nackt. Er hatte das Bein, das der Kamera zugewandt war, so aufgestellt, dass es das Nötigste verdeckte. Ein ziemlich heißes Foto. Und obwohl es gar nicht so alt war, wirkte Finn ganz anders darauf. Jünger. Seine Ausstrahlung hatte etwas ganz und gar Unbeschwertes, Naives, Herausforderndes. In seinen Augen glommen Verführung und Lebensfreude. Eine Mischung, die tausende Männerherzen höher schlagen lassen konnte.

Der Finn, der neben ihm auf dem Boden kniete, und einen Hefter durchblätterte, wirkte ganz anders. Ruhig, zurückhaltend, in sich gekehrt, oft sogar ängstlich. Darunter lagen viele Schichten, das wusste Milan. Er hatte es gesehen und gespürt. Finn war witzig, kreativ, mutig und leidenschaftlich. Seine Vergangenheit hielt ihn immer noch gefangen.

„Das Bild da drückt alles aus, was falsch gelaufen ist", sagte Finn. „Ich hab gedacht, ich sei unsterblich oder so. Unantastbar. Hochmut kommt vor dem Fall."

„Dich hat ein Verrückter angegriffen. Das war nicht deine Schuld. Das hätte dir auch als zugeknöpfter Student passieren können. Solchen Leuten reicht ein Blick, vielleicht ein Lächeln im falschen Moment, das nicht einmal ihnen selbst gelten muss."

Finn zuckte mit den Schultern. „Auf jeden Fall kommt es auch weg." Er nahm ihm das Foto aus der Hand und warf es in den Karton, in dem die Sachen zum Verbrennen landeten.

„Was ist das?"

„Unterlagen von meinem Krankenhausaufenthalt. Die hebe ich wohl auf ..." Finn schloss den Hefter und schien ihn neben sich auf den Boden legen zu wollen, doch er zögerte. Bestimmt kannte Finn diese Berichte in- und auswendig. Wie es sich wohl anfühlte, auf dem Papier zu lesen, was mit seinem Körper passiert war? Ob man so etwas überhaupt je realisieren konnte?

Er sah ihn an und schenkte ihm ein kleines Lächeln.

„Vielleicht", setzte Finn an und senkte den Blick. „Vielleicht wäre es gut, wenn du das liest? Ich weiß nicht, vielleicht auch nicht. Ähm ..."

Milan musterte ihn aufmerksam. Wenn Finn wollte, dass er sich die Berichte durchlas, dann würde er das tun. Vielleicht konnte er dann besser auf ihn eingehen.

„Du hast bestimmt viele Fragen. Wegen ..." Er stieß einen hitzigen Seufzer aus und fuhr sich genervt durchs Haar. Er kämpfte mit sich. Mit den Worten, die nicht über seine Lippen kommen wollten. Milan konnte es sehen.

„Wegen deiner Verletzung", bot er ihm an und berührte seinen Arm. Ja, die hatte er, war sich nur nicht sicher gewesen, wann der richtige Moment war, um sie zu stellen. Oder ob das überhaupt notwendig war. Mit der Zeit – daran glaubte er – würden sie gemeinsam auf alles ihre eigenen Antworten finden.

Finn nickte nur und schob ihm den Hefter zu. Milan nahm ihn und schlug ihn auf. Es dauerte einen Moment, ehe Finn sich wieder der Kiste zuwandte. Das hier war nicht einfach für ihn. Vielleicht hatte er Angst, dass diese Akten ihn abschreckten. Aber das würde er nicht zulassen. Egal, was hier stand, egal wie grausam es sein mochte – es konnte gar nichts an seinen Gefühlen ändern.

Milan nahm einen tiefen Atemzug und begann zu lesen.

Auf der ersten Seite fand er nur allgemeine Informationen zu Finn. Geburtsdatum, Blutgruppe, Gewicht, solche Dinge. Darauf folgte ein Bericht über seine Einlieferung in die Notaufnahme. Milans Blick flog über Worte, deren Bedeutung er sich nur lose zusammenreimen konnte. Die Fachbegriffe bestimmter Adern, Muskeln, Sehnen und Nervenbahnen.

Um ihn herum wurde es still, während er sich Silbe für Silbe voran kämpfte. Er musste sich konzentrieren, um ruhig zu bleiben. Finn sollte kein schlechtes Gewissen haben, weil er ihm das hier offenbarte. Es war ein großer Vertrauensbeweis, ein großer Schritt für ihn. Vor allem sollte er nicht denken, dass es ihn abschreckte. Nichts davon.

Der Arzt, der den Bericht verfasst hatte, schrieb, dass sie eine partielle Penektomie hatten vornehmen müssen. Sie hatten Finn da wieder zusammengenäht, wo sein Peiniger ihn zerschnitten hatte. So konnte gewährleistet werden, dass der Harnröhrenausgang nicht verlegt werden musste.

Wie neutral dieser Text klang. Seine Kehle war trocken vom vielen Schlucken.

Milan las weiter. Auf den hinteren Seiten standen Informationen über den Heilungsprozess und der Hinweis darauf, dass eine psychologische Betreuung dringend angeraten wurde. Weitere Komplikationen seien nicht aufgetreten, die Operation gelungen und die Wunde gut verheilt. Der Patient hatte fristgemäß entlassen werden können.

Er blätterte die letzte Seite um und schloss den dünnen Hefter. Es war nicht so, wie wenn man ein Buch schloss, oder eine Website, auf der man recherchiert hatte. Den Hefter zu schließen, beendete nichts, schloss nichts ab. Alles, was er gelesen hatte, war Realität für Finn. Jede Sekunde, während sie hier saßen und atmeten und sich anschauten.

„Danke, dass du mir das gezeigt hast", sagte er, um die Stille zu brechen.

Finn sah ihn an. In der Art, wie sich sein Gesicht anspannte, lagen Angst und Unsicherheit.

„Es ist hart, das zu lesen", gab er zu, weil er spürte, dass Finn mehr von ihm brauchte. „Du musst unheimlich stark sein, um so etwas durchstehen zu können."

Milan konnte sich nicht mal im Ansatz vorstellen, wie schrecklich es für Finn gewesen sein musste. Die Entführung, die Hilflosigkeit, der Angriff, die Schmerzen ... das Aufwachen danach. Das ganze Leben danach.

Wie fühlte sich das an, wenn man in einem Krankenhaus aufwachte, und ein Teil von einem einfach fehlte? Ein Teil, der so viel ausmachte. Die kalte, klare Gewissheit, dass man ab jetzt so weiterleben musste, musste hart wie Asphalt sein.

„Ich weiß nicht, ob man jemanden stark nennen kann, der dem Problem seit Monaten einfach nur ausweicht, so gut es geht." Finn atmete hörbar tief ein und aus. „Ich kann mich kaum ansehen. Ich kann es nicht aussprechen. Nicht mal denken. Ich hab Angst vor ... keine Ahnung, vor *allem*."

„Und doch sitzt du hier mit mir und arbeitest dich durch diese Sachen durch." Er strich über den Rand eines der Kartons.

„Mein Herz wummert wie bekloppt, seit du den Hefter in die Hand genommen hast. Du hast gesagt, ich soll keine Angst haben, dich abzuweisen ... aber was ist mit dir? Du bist viel zu rücksichtsvoll um mir einen Korb zu geben."

Milan schüttelte den Kopf und hob den Zeigefinger. „Das stimmt nicht. Ich habe dir einen gegeben. Du warst sogar so höflich, dich dafür zu bedanken."

Perplex sah Finn ihn an. Dann fiel er Groschen und er lachte kurz auf.

„Im Ernst, Finn. Ich bin im siebten Himmel." Er strich ihm vorsichtig eine Strähne zurück, die sich aus seinem Zopf gelöst hatte. „Pass auf ... ich verspreche dir, dass ich hier bei dir bin, weil *mein Herz wummert wie bekloppt*, wenn du in meiner Nähe bist." Mit seiner Wiederholung von Finns Worten schaffte er es, ihm ein kleines Lächeln abzuringen. „Bitte streich ganz schnell diese Gedanken aus deinem Kopf, dass ich nur aus Mitleid oder sowas Zeit mit dir verbringe. Ich war schon beim ersten Mal, als wir uns gesehen haben, ein kleines bisschen verknallt in dich. Und jetzt bin ich's noch mehr. Daran kann so eine Krankenakte nichts ändern."

Finn küsste ihn. Sanft und zärtlich und lange. Er war stark. Egal, was Finn selbst darüber dachte. Er hatte ihm sein Herz geöffnet, nachdem er das Vertrauen in die ganze Welt verloren hatte. Finn war nur nicht bewusst, was das bedeutete. Aber ihm schon.

Als sie sich wieder voneinander lösten, sah Finn ihm mit mehr Mut und Kraft als vorher in die Augen. Es war das erste Mal in seinem Leben, dass es sich so anfühlte. Dass er das Gefühl hatte, jemanden stärker zu machen. Einfach nur, indem er ihn küsste. Es war wie Magie. „Hast du Lust auf einen Spaziergang?"

Eine halbe Stunde später verließen sie das Haus. Über ihnen erstreckte sich ein ungewohnt grauer Himmel, doch das hielt sie nicht von ihrem Vorhaben ab. Milan spürte Finns Entschlossenheit. Sie lag in jedem großen Schritt, in dem Druck seiner Finger, als er seine Hand nahm, und in dem Blick, den sie tauschten, als er das Gartentor hinter sich schloss.

Sie verließen Rapunzels Turm gemeinsam, und das war ein tolles Gefühl – er brauchte keinen Sonnenschein, um sich darüber zu freuen. Ihm reichte, dass Finn bei ihm war.

„Wo gehen wir eigentlich hin?", fragte er. Sie liefen einfach die Straße entlang. Ein leichter Wind zog an den Kronen der Kastanienbäume über ihnen.

„Wir räumen weiter auf ... wenn es okay ist."

Milan nickte, auch wenn er sich nicht sicher war, was Finn meinte. Letztendlich war er bereit, überall mit ihm hinzugehen. Sie stiegen in den Bus und fuhren quer durch die Stadt in ein ganz anderes Viertel. Wohnte hier Finns Mutter?

„Lebst du eigentlich schon immer hier?", fragte er, als sie ausstiegen. Die Gegend sah ganz anders aus. Wohnblöcke mit farbenfrohen Fassaden sprossen aus dem Boden. Die Balkons der einzelnen Wohnungen waren reich bepflanzt, hier und da blitzte ihm ein gestreifter Sonnenschirm entgegen. Ein großer

Spielplatz lag zwischen den beiden Blöcken, an denen sie vorübergingen.

An der Kreuzung, auf die sie zuliefen, leuchtete die Reklame eines Supermarktes. Dahinter schien die Innenstadt wieder zu beginnen.

Finn nickte. Er wirkte nervös. Seine Pupillen zuckten hin und her, aber als er wieder seine Hand nahm, wurde er ruhiger und lief dicht bei ihm. „Wir haben sogar genau hier gewohnt, als ich noch klein war. Später hat mein Vater ein Haus gekauft, in dem er dann selbst fast nie anwesend war. Aber meine Mutter und ich haben uns eine gute Zeit gemacht." Er atmete tief ein und schaute rüber zu dem Spielplatz. „Das Klettergerüst da fand ich immer super. Ich saß oft ganz oben auf der Ecke, habe Seifenblasen in die Luft gepustet, und mich wie der König des Spielplatzes gefühlt."

Milan schmunzelte bei dem Versuch, sich Klein-Finn vorzustellen. Irgendwie glaubte er, dass er damals auch schon die Haare lang getragen hatte. In seinem Fantasiebild schauten sie unter einer Mütze hervor und wehten sanft im Wind, der auch die Seifenblasen forttrug, die Finn machte. Bestimmt hatte er viele Freunde gehabt.

„Ich hab Louis kennengelernt, nachdem wir umgezogen waren. Er war sofort mein Kumpel. Wir sind zusammen zur Schule gegangen und später auch auf dieselbe Uni. Er war immer so lässig, und hat es mit seiner Art irgendwie geschafft, dass sogar die Leute unsere Kumpels wurden, die uns am ersten Tag noch Schwuchteln genannt haben. Keine Ahnung, er hatte irgendwas an sich. Und ich kannte niemanden, der so viele verschiedene Capps besaß."

Finns Stimme wurde leiser, während er das erzählte, als würde er sich in seinen eigenen Gedanken verlieren.

Er lief neben Finn her, schaute sich um und behielt ihn dabei immer im Blick. Wenn ihnen jemand entgegenkam, spannte Finn sich neben ihm an, und wich den Leuten stets aus. Er hielt das Kinn gesenkt, als wolle er jeden Blickkontakt vermeiden.

„Als ich meine Ausbildung begonnen habe, dachte ich, dass es eine schwierige Zeit werden würde. Ich war ziemlich außen vor und die anderen Kerle in meinem Kurs haben sich über mich lustig gemacht, weil ich der Dickste war. Haben sich über meine ‚Wurstfinger' lustig gemacht und so weiter. Ich hab mich drauf eingestellt, dass es ein Kampf wird."

Finn sah ihn überrascht an, dann hob er ihre ineinander verschränkten Hände und hob zweifelnd eine Augenbraue.

Milan musste lachen. „Sie waren wirklich ein bisschen dicker damals, aber ... es waren eben dumme Sprüche. Mein Louis hieß Patrizia. Sie war echt lieb und hat es irgendwie geschafft, mich mit in die Gruppe zu integrieren."

„Ich kann mir dich überhaupt nicht als unsicheren Typen vorstellen. Oder als jemanden, den andere sich trauen zu mobben."

„Wir verändern uns alle mit der Zeit. Ich habe durch meinen Beruf viel Selbstbewusstsein gewonnen. Ich war gut, in dem, was ich gemacht habe."

„Das konnte ich schon überprüfen", sagte Finn und schenkte ihm ein Lächeln.

Inzwischen waren sie an dem Supermarkt angekommen und bogen in die Straße ein. Hier sah es etwas weniger bunt aus.

Finn wurde langsamer. „Da vorn ... da hab ich gewohnt. Im dritten Stock."

Milan betrachtete das Haus, auf das Finn deutete. Das meinte er also mit Aufräumen? Die Orte aus seiner Vergangenheit zu besuchen? Wie lange war er wohl schon nicht mehr hier gewesen?

„Die Uni ist zwei Busstationen von hier entfernt. Das Fitnessstudio drei. Und der Club ..." Er sprach nicht weiter.

„Wir müssen nicht alles auf einmal machen", sagte Milan und strich mit dem Daumen über Finns. „Die Straßen laufen nicht weg."

„Ich will es versuchen." Finn drückte seine Hand.

„Okay. Ich bin dabei", versprach er. Sie würden sich gemeinsam diesen Geistern stellen.

KAPITEL 27

A B JETZT GINGEN sie regelmäßig nach draußen. Tatsächlich fing er sogar an, sich darauf zu freuen. Das Haus zu verlassen, wurde mit jedem Mal etwas normaler. Er konnte besser atmen, musste sich weniger umsehen.

Milan hielt seine Hand. Sie redeten viel, wenn sie unterwegs waren, erzählten sich Geschichten von früher. Es fühlte sich an, als würde er Milan schon ewig kennen, nicht erst seit zwei Monaten.

Zuerst hatten sie nur seine alte Straße besucht und waren sie abgelaufen. Dann vorbei am Park. Ein anderes Mal waren sie bei der Uni gewesen und hatten die Einkaufsstraße passiert, in der der Schuhladen war, wo er die Turnschuhe gekauft hatte.

Letztes Mal hatten sie von Weitem den Sexshop gesehen, in dem er regelmäßig neue Requisiten ausgewählt hatte.

Heute waren sie wieder in der Nähe, liefen aber eine andere Route ab.

Obwohl es heller Nachmittag war, fühlte sich dieser Teil der Stadt finsterer an. Vielleicht lag es an den grauen Fassaden oder den langen Schatten, die die Hochhäuser warfen. Vielleicht an den Silhouetten der Fabriken, die man am Ende der

Häuserschluchten sehen konnte. Vielleicht an den grimmigen Gesichtern der Menschen, die hier ihre Wege kreuzten. Oder vielleicht war es auch Einbildung.

Noch sahen die Clubs nach nichts aus. Die Leuchtreklamen waren leblos ohne die bunten Lichter, die sie zum Scheinen brachten. Es gab keine Menschenschlangen vor den Eingängen, keine Musik, die auf die Straße tropfte.

Trotzdem lief es ihm kalt über den Rücken, als sie auf das Gebäude zuliefen.

Finn straffte seine Haltung ganz bewusst, machte sich größer, obwohl sein Körper sich am liebsten auf den Boden kauern wollte. Hier war es passiert. Er war aus der anderen Richtung gekommen, am Club vorbei und dann von ihm weggegangen. Ungefähr hier ... hier musste es gewesen sein, als ...

Finn blieb stehen. „Hier hat er mich angesprochen." Er starrte auf den Flecken Beton, als würde sich hier eine Blutspur erkennen lassen. Cäsars Stimme flüsterte Worte in sein Ohr. Bat ihn, zu warten. Freundlich noch. Wie ein normaler Mensch. Nicht wie das Monster, als das er sich entpuppt hatte.

Ich kenne dich aus dem Himmel.

Du bist noch hübscher als auf dem Bildschirm. Sag, kann ich dich um ein Autogramm bitten? Ich lade dich auf einen Drink ein.

Ohne es zu merken, hatte er die Augen geschlossen. Um ihn herum fiel die Nacht über die Stadt. Hinter ihm war die Musik, die Menschen, die auf Einlass warteten. Er spürte sogar die Müdigkeit in seinen Muskeln, die der Sport hinterlassen hatte. Alles war wieder da.

In meinem Büro ...

„Nein!", fauchte er. Er würde nicht mitgehen. Er schüttelte Cäsars Hand ab und rannte, so schnell er konnte. Rannte um sein Leben. Sein Herz wummerte schwer in seinem Brustkorb. Das Licht blendete ihn, fremde Augen starrten ihn an, als wäre er wahnsinnig geworden. Sie wichen ihm aus. Finn rannte weiter, ohne nachzudenken. Nur weg von ihm.

Er wusste, was passieren würde. Dieses Mal nicht.

Woher kam dieser Schmerz? Er schnitt mit einer unsichtbaren Klinge in seinen Körper. Finn keuchte und taumelte gegen eine Häuserwand, hielt sich mit einer Hand daran fest und drückte die andere gegen seine Brust.

Ein Schluchzen kam aus seiner Kehle, als die Wirklichkeit über ihn herfiel. Er hatte keine Zeitreise gemacht. Es war doch schon längst passiert. Vor über einem Jahr. Er konnte es nicht ändern, egal wie weit er rannte.

Finn kniff die Augen fest zusammen, um die Tränen zurückzuhalten.

„Scheiße", fauchte er. Sein Körper wollte viel mehr Luft, als er ihm geben konnte. Sein Atem ging kurz und flach. Alles drehte sich. Eine neue Angst ersetzte die alte. Ihm war kalt.

„Finn", sagte die vertraute Stimme. Ein kleines bisschen Wärme sickerte in seine Schulter, dort wo jemand ihn anfasste. „Alles ist gut. Du bist in Sicherheit." Es war Milan. Natürlich war es Milan. Er war immer da.

Finns Unterlippe bebte. Die Tränen liefen. Er konnte es nicht verhindern. Er drehte sich zu ihm um und verbarg sein Gesicht in ihrer Umarmung, fand in Milans starken Armen Halt für seinen zitternden Körper, und dieses Gefühl von Geborgenheit, das alle Geister vertrieb.

Milan streichelte sanft seinen Rücken, bis er wieder normal atmen konnte. Das Kribbeln und der Schwindel vergingen. Der Alarm verstummte. Er war in Panik ausgebrochen. Finn schluckte und drückte Milan noch ein bisschen fester an sich, ehe er sich langsam von ihm löste und sich mit dem Ärmel die Augen trocknete.

„Ich dachte nicht, dass ich so ausflippe", sagte er leise.

„Alles gut. Du hast jedes Recht dazu, auszuflippen. Genau deswegen machen wir das doch zusammen."

Er nickte und versuchte ein kleines Lächeln. Er musste furchtbar aussehen, so frisch verheult. Die Haut um seine Wangen herum wurde dann immer rot wie von einem Sonnenbrand, und die Nase selbst leuchtete in derselben Farbe. Aber Milan schaute ihn so liebevoll an, als wäre er das Schönste, das es hier weit und breit gab.

„Wollen wir irgendwo was essen gehen? Zur Stärkung?" Milan hielt ihm wieder seine Hand hin und Finn ergriff sie.

Solche seltsamen Dates wie sie hatte vermutlich kein anderer Mensch in dieser Stadt. Zuerst ein bisschen ausflippen, dann gemeinsam essen. Finn schüttelte still den Kopf über sich.

Egal, wie seltsam es wurde, egal wie er sich benahm – Milan blieb immer da, genau wie er es versprochen hatte. Er war ihm einfach nachgerannt, als er sich losgerissen hatte.

„Mein Gefühl hat mir von Anfang an gesagt, dass etwas nicht stimmt", erzählte er leise. „Schon in dem Moment, als er mich angesprochen hat. Aber ich hab nicht drauf gehört. Ich war ja unantastbar. Ich war so dumm, mich mit Komplimenten einwickeln zu lassen."

„Hey." Milan drückte seine Hand, wie um ihn aus diesem Gedankenstrom zu reißen, der immer weiter abwärts führte. Wieder dorthin, wo es seine Schuld war. Wo die anderen Recht hatten. „Du warst unvorsichtig. Aber du konntest nicht ahnen, was dieser Kerl vorhatte. Du wolltest freundlich zu einem Fan sein. Wenn mich ein Kunde auf der Straße ansprechen würde, würde ich auch mit ihm reden."

„Das ist nicht dasselbe", sagte Finn. „Ich habe ..."

„Nur weil ich nicht nackt bei der Arbeit bin?"

Finn schnaufte belustigt. „Ich weiß jedenfalls, dass ich nie wieder mein Gefühl ignorieren werde."

Wenig später saß er tatsächlich mit Milan in einem kleinen Restaurant. Langsam aber sicher fühlte sich auch das beinahe wieder normal an. Er kam damit klar, dass der Kellner an seinem Stuhl vorbeilief. Er schaute Milan an und beobachtete die anderen Gäste unauffällig aus der Ferne.

Milan hatte ihm den Tipp gegeben, nach Motiven und Inspiration zu suchen, um die Angst in Schach zu halten, die Umgebung nicht wie eine Welt aus Gefahren zu betrachten, sondern wie eine Studie, ein Buffet aus Formen und Bildern.

Der Mann dort drüben am Tisch wischte sich ständig die Handflächen an der Hose ab und fummelte an seiner Hosentasche herum. Ihm gegenüber saß eine Frau, mit der er sich gut zu amüsieren schien. Beide lächelten viel, dennoch wirkte der Typ unendlich nervös.

Schließlich zog er eine kleine Schatulle aus der Tasche und hielt sie unter dem Tisch verborgen. Finns Mundwinkel zuckten. Nein, die Welt um ihn herum war nicht nur voll Böswilligkeit und Gefahr.

Er entspannte sich auf dem Stuhl und kämpfte sein lautes Herzklopfen zurück. Bei aller Selbsttherapie wollte er nicht vergessen, dass er mit Milan hier war. Es sollte sich wie ein Date anfühlen. Er wollte nicht immer nur der Patient sein, sondern auch sein Freund.

Sanft legte er seine Hand auf Milans und lächelte ihm zu. Milan lächelte zurück, wandte dann aber überrascht den Kopf und fixierte etwas oder jemanden, der auf ihn zuzukommen schien. Unsicher warf Finn einen Blick über die Schulter.

Ein großer, schlanker Mann mit dunklem Bart kam auf sie zu. Die Art, wie er sich bewegte, wie seine Schritte und sein Körper Raum einnahmen, verlieh ihm eine selbstbewusste Ausstrahlung – sein charmantes Lächeln erledigte den Rest. Er hatte lange niemanden mehr gesehen, der so vor Charisma strahlte. Finn schluckte mit trockener Kehle.

Der Mann kam an ihren Tisch und schaute zwischen ihnen beiden hin und her. „Hier versteckst du dich also?" Er lachte. „Und hast direkt meinen Rat befolgt, das lob' ich mir."

„Finn, das ist Lex Peterson. Lex, das ist Finn."

Finn befeuchtete seine Lippen. Lex Peterson. Der Kerl war der Fotograf und Filmemacher, von dem Milan so oft geschwärmt hatte. Er sah gut aus, hatte diese volle, kräftige Stimme und atmete Lässigkeit. Finn wusste gar nicht, was er sagen sollte. „Hi."

„Na, wenn das dein Date ist, verstehe ich, dass du keine anderen Models anschreibst. Bei welcher Agentur bist du?"

Finn öffnete den Mund. Worum ging es hier? Und hatte er ihm gerade unterstellt, ein professionelles Model zu sein? Wärme sickerte in seine Wangen. Sein Herz pochte, aber es war nicht die Alarmanlage. Es war Lex, der ihn nervös machte. Die verzückte Art, wie er ihn ansah. Wie er sein Gesicht musterte. Der fremde Blick prickelte auf seiner Haut.

„Ich bin bei keiner Agentur", stellte er klar. „Ich bin genau genommen auch kein Model. Also ... nicht professionell."

„Was? Jetzt sag aber bitte nicht, dass du hinter irgendeinem Büroschreibtisch versauerst, wo dich niemand sieht?" Lex griff in sein Jackett und zog eine Visitenkarte hervor. „Melde dich unbedingt bei mir, wenn du Lust hast." Mit einem Seitenblick auf Milan fügte er noch hinzu: „Kannst den da natürlich auch mitbringen." Er lachte. „Sieh dir dieses umwerfende Profil an. Kannst du kurz deine Haare für mich zurückstreichen?"

Lex' Worte bewegten etwas in ihm. Etwas, das lange stillgestanden hatte. Es fühlte sich vertraut an. Wie eine Schatzkiste, die lange im Schatten seines Bewusstseins verstaubt war und jetzt geöffnet wurde.

Dieser Schatz war verflucht.

Trotzdem öffneten Lex' Worte den Deckel.

Finn strich sich in einer fließenden Bewegung die Haare über die Schulter, damit Lex sein Profil ohne den Vorhang aus Strähnen betrachten konnte.

„Das nenne ich mal eine Hollywood-Kieferlinie. Ich könnte direkt hier und jetzt ein Shooting mit dir machen." Lex lachte und schien erst jetzt wieder zu bemerken, dass Milan auch noch am Tisch saß. Er klopfte ihm so hart auf die Schulter, dass es laut klatschte. „Aber ihr Zwei habt gerade ein Date, deswegen geh' ich mal weiter zu meiner eigenen Verabredung. Hat mich gefreut." Er lächelte ihnen beiden nochmal zu und ging dann weiter in den hinteren Bereich des Restaurants.

Sein Verschwinden hatte was von einem Wetterumschwung. Finn wischte sich mit beiden Händen übers Gesicht. Seine Wangen waren immer noch warm.

„Alles okay?"

„Alles gut, ich bin nur ein bisschen platt von dieser Begegnung."

Milan schmunzelte. „Er hat eine sehr direkte Art und ich glaube, er hat auch schon was getrunken."

„Kann sein. Ich fand ihn nett." Das Gespräch echote noch in seinem Kopf. Die Tatsache, dass er ihn gebeten hatte, die Haare zurückzustreichen, statt einfach selbst Hand anzulegen, flößte ihm Sympathie ein. In seiner Position war er es vermutlich gewohnt, alles zu bekommen, was er wollte. Oder es sich eben einfach zu nehmen.

„Er ist was Besonderes." Milan musterte ihn immer noch mit einem Funken Zweifel. Wahrscheinlich machte er sich Sorgen, dass es ihm doch zu viel war. „Er schien wirklich beeindruckt von dir."

Finn betrachtete die kleine, rechteckige Karte. „Schon verrückt, der Gedanke, jemals wieder vor eine Kamera zu treten." Als er seine eigenen Worte hörte, lief ihm ein kalter Schauer über den Rücken. Hatte er das gerade wirklich in Betracht gezogen? Ein Fotoshooting mit dem Hollywood-Fotografen? Was dachte er sich dabei? Diese Bilder würden die ganze Welt bereisen. Eine ziemlich absurde Idee für jemanden, der sich schon vor den Blicken seiner Nachbarn fürchtete.

„Wenn du das machen willst, komme ich gern als Unterstützung mit", sagte Milan.

Finn schüttelte eilig den Kopf. „Nein. Nein, lieber nicht. Ich spinne nur ein bisschen rum." Er schnaufte. „Er hat mich einfach überrumpelt."

„Andere überrumpeln ist sozusagen sein Hobby." Milan grinste ihn über den Rand der Menükarte hinweg an. „Und du hast ihm gut standgehalten. Als ich ihn hab kommen sehen, hatte ich ein flaues Gefühl im Magen. Aber du bist schon viel weiter, als ich dachte."

Finn lächelte glücklich über das Kompliment. Ja, er war wirklich weit vorangekommen.

KAPITEL 28

ALS ER SIE übers ganze Gesicht strahlen sah, wurde ihm klar, dass er viel zu lange weggeblieben war. Sich viel zu lange von der Angst hatte abhalten lassen.

Dabei war der Weg gar nicht so weit.

Finn schloss seine Mutter in die Arme und drückte sie fest. Es tat so gut, wieder hier zu sein, in dem Haus, das immer irgendwie nach Mango roch ... Mutters Lieblingsduft. Sie kaufte Waschmittel, Shampoo und Parfüm allein danach ein. Finn grinste und nahm einen tiefen Atemzug.

„Ich war mir nicht sicher, wann ich dich das nächste Mal sehe."

„Ich mir auch nicht", gab er zu und löste sich wieder von ihr. „Aber ab jetzt wird es besser. Ganz bestimmt."

Sie lächelte zu ihm hinauf. „Das klingt, als hättest du etwas zu erzählen. Komm mit nach draußen." Seine Mutter versetzte die Räder ihres Rollstuhls mit energischen Bewegungen in Schwung und wirkte dabei, als wäre sie in den letzte Jahren nur jünger statt älter geworden. Finn folgte ihr durchs Wohnzimmer auf den kleinen Hof.

Eine gestreifte Markise spendete der kleinen Terrasse Schatten. Auf dem Tisch stand ein Strauß getrockneter Blumen, daneben ein Teller mit Keksen. Sie war auf ihn vorbereitet.

„Soll ich dir mit irgendetwas helfen?", fragte er, aber sie deutete nur auf einen der Stühle, also ließ Finn sich nieder. Sein Blick flog über das Grundstück. Als Jugendlicher hatte er den Garten als zu klein empfunden, weil er nicht genug Platz für zwei Zelte und ein Lagerfeuer geboten hatte – eine fixe Idee, die Louis ihm mal in den Kopf gesetzt hatte. Inzwischen war er froh, dass seine Mutter nicht so viel Fläche zu beackern hatte. Er wusste, wie wichtig es ihr war, dass alles gepflegt aussah ... und, dass sie selbst dafür sorgen konnte.

Aus den Pflanzkübeln, die den Garten einrahmen, ragten die verschiedensten Gewächse auf. Das in der Ecke waren doch Tomaten, oder? Seine Mutter schien wirklich Spaß am Gärtnern entwickelt zu haben.

Sie verschwand kurz nach drinnen und kehrte dann mit einem Tablett zurück, auf dem zwei Tassen und eine Kanne standen. Finn hielt sich davon ab, ihr zu helfen. Seine Mutter wollte diese Dinge immer allein erledigen. Also sah er nur zu und bedankte sich, als sie ihm einschenkte.

„Also, was gibt es Neues? Letztes Mal am Telefon hast du erzählt, dass Björn ausgebüxt war und du ihn im Nachbargarten einfangen musstest."

War das schon so lange her? Sein schlechtes Gewissen verpasste ihm eine Ohrfeige.

„Es gibt jede Menge Neues und das hat mich ziemlich in Beschlag genommen", sagte er. „Der neue Nachbar ... Milan ... wir treffen uns inzwischen regelmäßig. Ich hab mich verliebt. Und er hat echt viel Geduld mit mir. Ich hab Hoffnung, dass aus uns etwas werden kann."

Seine Mutter machte große Augen. Für ein paar Sekunden schien sie sprachlos zu sein und Finn war sich nicht sicher, was danach kommen würde. Dann lächelte sie. „Das sind ja großartige Neuigkeiten, Schatz. Ich freu mich so für dich." Sie tätschelte seine Hand. „Erzähl mir alles über ihn. Und euch. Deine alte Mutter ist neugierig."

Er lachte und nickte ihr zu. Nach einem Schluck Tee begann er, zu erzählen. Von Milans Einzug, ihren ersten Begegnungen im Garten und wie sie sich nach und nach immer näher gekommen waren.

Seine Mutter hörte ihm gespannt zu, lächelte immer wieder, wenn er von Milans Worten erzählte oder ins Schwärmen geriet. „Er scheint ein toller Mann zu sein. Jemand, der dich verdient."

Finn nippte an seinem Tee. Inzwischen war seine Kehle trocken vom vielen Reden. Während er eine kleine Pause einlegte, schwirrten ihre Worte durch seinen Kopf. Dass Milan ihn verdiente ...

Natürlich, sie war seine Mutter, sie musste so reden. Ehrlich gesagt war Milan doch viel besser als er. Er war nicht eifersüchtig, nicht misstrauisch, nicht feige. Er war stark, selbstbewusst und zielstrebig. Dabei noch so einfühlsam, witzig und sexy. Ein echter Traumtyp.

Du hast direkt meinen Rat befolgt, das lob ich mir. Warum kam ihm jetzt Lex Peterson in den Kopf? Er hatte gestern viel über diese Begegnung nachgedacht, aber diesen Teil des Gesprächs fast vergessen. Was hatte er damit gemeint? Welchen Rat befolgte er?

„Ohne ihn zu kennen, Schatz ... ich habe ein gutes Gefühl bei ihm. Weil du strahlst, wenn du über ihn redest."

Finn lächelte. „Danke. Ich hab ihn unheimlich gern. Manchmal liege ich morgens im Bett und muss mir selbst klar machen, dass ich es nicht geträumt habe. Mein Leben hat sich jetzt schon so sehr verändert. Ich hätte das kaum für möglich gehalten. Nach allem." Er atmete tief durch.

„Ich bin froh, dass ihr euch gefunden habt. Du brauchtest jemanden, dem du vertrauen kannst. Damit du dir auch wieder selbst vertrauen kannst."

Er wusste genau, was sie meinte. „Ich hab's gut bis hierher geschafft."

Sie nickte ihm zu und strich sich eine Strähne aus dem Gesicht. „Ich freue mich wirklich für dich."

Wenn er daran dachte, wie die erste Zeit gewesen war ... als sie seine einzige Bezugsperson gewesen war, die noch zu ihm stand. Seine Tage hatten nur aus Schweigen, Schlafen und Schmerz bestanden. Sein Leben war vorbei gewesen. Das hatte er auch mehrmals gesagt. Und sie hatte ihm immer widersprochen.

Du bist noch so jung, Schatz. Vor dir liegt noch ein ganzes Leben.

Er hatte nichts davon wissen wollen. Doch am Ende hatte seine Mutter wieder Recht gehabt. Hatte sie immer. Auch damit, dass wieder jemanden finden würde, der ihn liebte.

„Je glücklicher ich bin, umso mehr Angst kriege ich, das wieder zu verlieren", gab er zu. Es war einer dieser immer wieder auftauchenden Gedanken, den er niemandem mitteilen konnte, weil es niemanden außer Milan gab, dem er sich öffnen konnte. Es tat so gut, das endlich loszuwerden.

„Das ist nur menschlich, Schatz. Aber lass dich nicht davon beherrschen. Genieß dein Glück und denk nicht an das Ende, wenn es noch lange nicht in Sicht ist. Ihr seid frisch verliebt. Das ist die schönste Zeit."

Sie sprachen miteinander, als wären Milan und er schon verheiratet, dabei waren sie ja noch nicht mal offiziell ein Paar. Auch wenn es sich für ihn so anfühlte. Da stand noch etwas zwischen ihnen.

„Es ist nur ... wir haben noch nicht ...“ Er wandte den Blick ab. „Wir waren noch nicht intim miteinander. Er weiß gar nicht, wie es da unten aussieht.“

„Habt ihr darüber geredet?“

„Er kennt den OP-Bericht.“

„Über deine Angst, meine ich.“

Er hatte Milan nur erzählt, dass das mit Kai und ihm danach auseinandergegangen war.

„Nicht die genauen Details“, murmelte er. Ein Teil von ihm glaubte, dass es Milan auch passieren würde, wenn er es aussprach. Er wollte nicht an diese Versuche denken, die Kai und er unternommen hatte, nicht an den frustrierten, verletzten Blick, und nicht an die Worte, die er ihm am Ende an den Kopf geworfen hatte.

„Ich glaube nicht, dass es so sein wird wie mit Kai. Es sind zwei grundverschiedene Männer und Kai hat dich ganz anders kennengelernt als Milan.“

Das stimmte. Kai hatte den Schock miterlebt. Er hatte ihn im Krankenhaus gesehen, den ganzen Rummel durchgemacht, die Interviews, die Berichte. Seine Veränderung. Der Anblick seines zerstörten Körpers war vermutlich nur die Spitze des Eisbergs gewesen.

Aber dieses Gewicht hing nicht an Milans und seiner Verbindung. Sie hatten ganz neu angefangen. Der Gedanke schenkte ihm Hoffnung.

Heute Abend traf er sich nicht mit Milan. Er hatte ihm geschrieben, dass er arbeiten musste. Das stimmte. Er würde arbeiten, und zwar an sich selbst. Milan konnte und musste ihn nicht bei allem an die Hand nehmen. Es gab viele Dinge, die er mit sich selbst ausmachen musste. Jetzt war endlich die Zeit dafür.

Finn hatte nach dem Abendessen noch eine halbe Stunde im Vogelzimmer gesessen und Kraft getankt, indem er mit seinen gefiederten Freunden gesungen und gespielt hatte. Als er den Raum verließ, hatte er immer noch die Melodie von *Lay all your love on me* im Kopf.

Mit bedächtigen, langsamen Schritten lief er durchs Haus, durchquerte den Flur, stieg nach oben ins Schlafzimmer. In der linken Hand hielt er den Spiegel, der in den letzten Monaten nur als Dekoration an der Wand des Vogelzimmers gehangen hatte. Es war ein einfacher Handspiegel, der noch von seinen Großeltern stammte, die hier vor ihm gewohnt hatten. Er wurde bereits ein bisschen trüb, aber irgendwie gehörte das auch zu seinem Charme und zu der Vertrautheit, die ihm das Erbstück einflößte.

Finn legte ihn auf dem Beistelltisch neben seinem Bett ab, zog die Vorhänge zu, schaltete das große Licht aus und die kleine Nachttischlampe an. Dann fing er an, sich auszuziehen.

Obwohl er allein im Haus war, spürte er das Zögern in seinen Muskeln. Normalerweise zog er sich im Badezimmer um. Als ob er allein den Blick der anderen Zimmerwände fürchtete. Finn schüttelte den Kopf und überwand sich.

Das T-Shirt, die Socken und die Hose legte er auf den Stuhl an seinem Schreibtisch. Dann zog er auch die Boxershorts aus, faltete sie in der Hälfte zusammen und packte sie ganz oben auf den kleinen Stapel.

Er blieb niemals lange nackt.

Sonst zog er die Jacke seines Pyjamas bereits an, bevor er die Unterhose wechselte. Jetzt lag da nur pure, bloße Haut unter ihm, wenn er das Kinn senkte. Sein Körper, so wie er war.

Sein lauter Herzschlag eroberte die Stille, mit der das Schlafzimmer bis zum Rand gefüllt war. Finn öffnete eine App auf seinem Handy und ließ leise ein wenig Musik laufen. Dann setzte er sich auf die Bettkante.

Seine Hände lagen auf seinen Knien. Heiße und kalte Haut.

Er betrachtete seine Finger und ließ seine Hände langsam zurückwandern, an den Oberschenkeln entlang, bis zu den Hüften. Sein Blick folgte ihnen.

Ganz am Anfang hatte er diesen Teil von sich oft angesehen. Er hatte lernen müssen, wie er sich saubermachen und pflegen musste, und beim Wasserlassen war auch alles anders. Diese mechanischen Dinge hatte er gelernt und irgendwie akzeptiert. Auf diesem Bereich funktionierte er ja auch irgendwie immer noch ... er konnte sogar im Stehen pinkeln, wenn er sich Mühe gab.

Aber darum ging es nicht.

Das, was da noch war, sah nicht schön aus. Auch wenn sie den Stumpf gut vernäht hatten, sah man doch, dass etwas fehlte. Die neue Spitze hatten sie mit Haut von seinem Oberschenkel nachgebildet, sodass die Form zumindest noch an einen richtigen Penis mit Eichel erinnerte. Aber das war nur Augenwischerei.

Vorsichtig berührte er die Haut, strich mit den Fingerspitzen darüber. Viel zu fühlen gab es nicht. Wie sollte es auch, wenn doch fast nichts mehr da war. Wenn die ganzen Nervenbahnen fehlten.

Finn presste die Lippen hart aufeinander. Der Arzt hatte ihm gesagt, dass er immer noch ein gutes Sexualleben haben könne. Das übliche Blabla von wegen, dass er andere Wege finden könne. Nach Kai allerdings hatte er damit abgeschlossen.

Manchmal wachte er morgens mit verklebten Shorts auf. Anfangs hatte er das nur verstörend gefunden. Als würde sein Körper ihn veralbern. Wenn er wach war, hatte er es schließlich nicht mal mehr geschafft, hart zu werden, obwohl der Arzt gesagt hatte, dass es gehen müsste.

Das erste Mal, dass er wieder etwas gefühlt hatte ... das war vor ein paar Tagen mit Milan gewesen. Allein der Gedanke daran prickelte heiß auf seinen Schultern und lief wie ein warmer Strom durch seinen Körper.

Wenn es doch noch funktionieren würde ... Und wenn Milan sich wirklich damit arrangieren könnte, wie er aussah?

Finn rutschte ganz auf die Liegefläche und griff nach dem Handspiegel. Dann stellte er die Beine auseinander und betrachtete den ganzen Bereich von Nahem, während er mit der Hand daran entlangfuhr.

Seine Hoden waren immer noch heil. Im Schummerlicht sah man nicht, dass die Farben von Schaft und Eichel nicht stimmten. Wenn man es nicht wusste, konnte man vielleicht sogar denken, dass er einfach nur einen ziemlich kurzen Schwanz hatte. Was für ein Trost ...

Finn schluckte hart, als ihm sein eigenes Bild, das ihm die Webcam auf den Bildschirm zurückgeworfen hatte, in den Sinn kam. Er war perfekt gewesen, lang und schlank, hatte sich wunderbar in seiner Hand angefühlt. Jetzt verschwand er komplett, wenn er die Finger darum legte.

Was würde Milan denken, wenn er das sah? Wenn er das fühlte? Würde er ihn überhaupt anfassen wollen? Dieses zerschnittene, kaputte Stück Fleisch? Würde er ihn noch als Mann sehen können? Als jemanden, den man begehren konnte?

Finn sank ins Laken zurück. Er ließ den Spiegel fallen, die Hand in seinem Schoß ruhen.

Vor ein paar Tagen, als Milan ihn vorm Badezimmer geküsst hatte, war dieses Drängen in ihm gewesen. Ein paar heiße Atemzüge lang hatte er sich *gewünscht*, dass er ihn anfasste. Ein tollkühner Gedanke.

Wie wäre es, wenn er jetzt neben ihm liegen könnte?

Wenn er ihn jetzt nochmal so küssen würde?

Er rief sich die Bilder ins Gedächtnis, Milans Geruch, die Berührungen seiner Hände, den Klang seiner Atemzüge. Er hatte ihn gewollt. Wirklich gewollt. Das Glimmen in seinen Augen, die fremde Hitze ...

Finns Herz schlug schneller. Da war etwas in ihm. Immer noch, auch wenn er es lange zu verbannen versucht hatte.

KAPITEL 29

D ER NÄCHSTE TAG gehörte ihnen. In Milans Auto fuhren
sie zum Stadtrand, wo es wunderbar still war. Rund um
sie herum streckten sich weite Wiesen aus und ein grasbewach-
sener Damm erhob sich. Seit Finn sich erinnern konnte, hatte
es hier keine Überschwemmungen mehr gegeben, aber als Kinder waren sie im Winter gerne hergekommen, um auf dem
Hügel Schlitten zu fahren.

Weiter hinten begann der Wald und zwischen den Stämmen
konnte man schon von hier aus das Glitzern des Flusses
erahnen, der dicht an ihrer Stadt vorbeifloss.

Finn schulterte die Tasche, die er mitgebracht hatte. Genug
Ausrüstung, um den ganzen Tag hier zu verbringen.

Milan schloss den Wagen ab und lief dann neben ihm her,
während er Richtung Wald losspazierte.

Finn hob den Kopf, blickte zum blauen Himmel hinauf
und nahm einen tiefen Atemzug von der frischen Spätsom-
merluft. Der Wind strich ihm sachte durchs offene Haar und
die Welt erschien ihm zum ersten Mal seit langer Zeit vollkommen friedlich.

Er hatte sich nicht einmal umgesehen, die Umgebung nicht nach anderen Menschen gescannt. Er hatte sich auch nicht sofort an Milans Hand geklammert, als würde er ohne sie im Boden versinken wie in Treibsand.

Er war ausgestiegen und losgegangen. Wie jemand, der einfach frei war.

Ein Lächeln stahl sich auf seine Lippen. Langsam, ganz langsam schaffte er das, was er früher für unmöglich gehalten hatte.

„Du strahlst heute richtig von innen heraus", sagte Milan und nahm seine Hand. Finn schloss sachte die Finger um seine.

„Ich freue mich auf unser Date." Er drückte Milan einen Kuss auf die Wange. Im Moment waren seine Ängste ganz weit weg.

Sie spazierten lange, ehe sie einen Platz fanden, an dem sie sich niederlassen wollten. Am Rand des Waldes im Schatten der ersten Baumkronen breitete Milan schließlich die Picknickdecke aus und stellte seine Tasche darauf ab.

Finn erleichterte sein Gepäck um Snacks und Getränke und verteilte sie in der Mitte der Decke. Es gab Sandwiches, zwei ziemlich lecker aussehende Salate und natürlich auch Süßigkeiten.

„Hast du gefrühstückt?", fragte Milan.

„Nur einen Kaffee getrunken."

Milan krabbelte auf allen vieren über die Decke zu ihm und reichte ihm eine Banane. Finn musste lachen. „Danke, Herr Ernährungscoach."

Ganz in Ruhe richteten sie ihr Lager für den Tag ein. Nachdem die Snacks aus der Tasche verschwunden waren, konnte Finn die Sachen auspacken, auf die es wirklich ankam:

seine Zeichenmaterialien. Er hatte sogar eine kleine Staffelei dabei, die man ausklappen konnte.

Er baute sie neben der Decke auf, während er zufrieden von der Banane abbiss.

„Man könnte meinen, wir hätten uns abgesprochen." Milan zog eine ähnliche Vorrichtung aus seinem Gepäck. Finn grinste. Sie waren eben beide Künstler und mochten beide die Natur.

„Wie wäre es nachher mit einem Zeichenwettbewerb?", schlug er vor. „Wir wählen gemeinsam ein Motiv aus und jeder zeichnet es auf seine Weise."

„Ja, warum nicht? Könnte lustig werden."

Als die Tasche leer war, faltete Finn sie zusammen, machte sich auf der Decke lang und schob sie sich als Kissen unter den Kopf. Wenn er die Augen schloss, hörte er das sanfte Rascheln der Bäume deutlicher. Wie hatte er so lange ohne das hier leben können? Sein Garten war schön und gut, aber das hier ... das war doch etwas ganz anderes.

„Kann ich ein paar Fotos von dir machen?"

„Von meinem Hollywood-Profil?" Die Worte schlüpften aus seinem Mund, bevor er darüber nachdenken konnte.

Milan lachte. „Ja, so ungefähr. Hast du über Lex' Angebot nachgedacht? Seine Fotos sind schon was Besonderes ..."

„Nein", sagte er schnell. „Also, ja, nachgedacht habe ich. Aber ich werde nie wieder was in die Richtung machen. Du bist der Einzige, der mir mit einer Kamera nahekommen darf. Fürs Familienalbum."

Sie grinsten einander an und Finn setzte sich auf. Er strich sich die Haare zurecht und posierte ein bisschen für Milan. Nach ein paar Knipsern stand er auf und ging zu ihm. „Tauschen wir?"

Milan hob die Augenbrauen und hielt die Kamera fest. „Was? Wieso?" Er sah richtig erschrocken aus.

„Na es wird ein ziemlich einseitiges Album, wenn immer nur ich darin auftauche, oder? Hast du Angst, dass ich sie kaputtmache? Ich kenn mich doch mit Kameras aus ...“

Er musterte ihn mit einem fragenden Blick. Er wollte ihm die Kamera nicht aus der Hand reißen. Milan schien ja regelrecht Schiss davor zu haben, dass er es tat.

„Was ist los?“

„Ich ... Oh Mann.“ Er schnaubte und befeuchtete die Lippen, ehe er ihm antworten konnte. „Ich hab dir ja erzählt, dass ich Angst hatte, andere zu fotografieren. Na ja ... das war nur die Hälfte des Problems.“

„Machst du denn niemals Selfies?“ Wenn er so darüber nachdachte ... Milan hatte ihm noch nie eines geschickt. „Das ist ja irgendwie traurig.“ Er strich über Milans Wange. Diese Angst in seinen Augen passte gar nicht zu ihm. Dieses Märchen, das sein Opa ihm eingepflanzt hatte, musste tief sitzen.

„Weißt du, ich hab sehr viel Zeit mit meinem Opa verbracht und ich habe ihn als Kind für den schlausten Menschen der Welt gehalten. Wahrscheinlich auch, weil ich gespürt und gesehen habe, wie anders sich meine Mutter verhält, wenn sie in seiner Nähe ist. Das war immer sehr respektvoll, fast angespannt.“ Er stieß den Atem aus. Die Erinnerungen wogen schwer, das konnte Finn fühlen. „Wenn in der Familie was passiert ist, jemand krank wurde oder so, dann hatte er immer eine Begründung dafür. Meistens waren es solche Dinge wie das mit den Fotos. Blödsinn natürlich, aber auf mich hat das wahnsinnig Eindruck gemacht.“

Finn nickte. „Ich kann es mir vorstellen. Wie hätte er wohl reagiert, wenn er gewusst hätte, dass du schwul bist?“

„Wahrscheinlich hätte er es mit einer Teufelsaustreibung versucht."

Sie schauten einander an, tiefes Verständnis füreinander in ihren Blicken. Schließlich seufzte Finn. Er wollte das düstere Thema wegschieben. Milan lebte jetzt ein freieres Leben und das war schön.

„Dann muss ich dich wohl fotorealistisch zeichnen für unser Album."

„Ich arbeite an mir."

Finn lächelte. „Schon gut. Wahrscheinlich wird dein Freund Lex dich irgendwann mit einem Foto überrumpeln."

„Das ist nicht die unwahrscheinlichste Theorie."

„Gehen wir zum Fluss? Die Füße eintauchen?"

„Wirklich nur die Füße?"

Finn schnitt eine Grimasse und nahm Milans Hand.

Hunderte kleine Steinchen schmiegten sich an seine nackte Fußsohle. Finn mochte das leise Knirschen bei jedem Schritt.

Das Plätschern des Wassers war die pure Idylle. Ein paar Insekten umschwirrten sie, während sie am Ufer entlang spazierten. Auf der anderen Seite lagen noch mehr grüne Wiesen und auf der einen weidete gerade eine ganze Herde Schafe.

Milan lief vor ihm her und hatte Spaß daran, im flachen Wasser umherzustampfen und die Tropfen spritzen zu lassen wie ein Kind. Finn beobachtete das Schauspiel schmunzelnd. Er selbst schritt langsam durchs Wasser, ließ es sanft seine Waden umfließen. Unter Wasser gruben sich seine Zehen in Sand und Kies.

„Wie wäre es mit Libellen?", rief Milan, der ihm ein paar Meter voraus war.

„Libellen?"

„Als Motiv für unseren Zeichenwettbewerb."

Finn sah sich um. Auf Anhieb entdeckte er gleich zwei von diesen beeindruckenden Wesen. Wie sie über dem Wasser schwebten, wirkte fast ein bisschen unwirklich, aber die eigentliche Besonderheit waren die Farben, in denen ihre Körper und sogar die Flügel zu leuchten schienen. Wie Perlmutt.

Eine echte Herausforderung, das auf Papier zu bannen. Er freute sich schon auf Milans Bild.

„Ist akzeptiert."

Wenig später saß er mit kühlen, nackten Füßen im Schneidersitz auf der Picknickdecke, die Staffelei vor sich und seinen Lieblingsbleistift in der Hand.

Die Umrisse der Szene, die er zeichnen wollte, wuchsen nach und nach auf dem Papier, während sich um ihn herum die Gräser im Wind wiegten.

Immer, wenn er zur Seite schaute, sah er Milan, der auf seinen Fersen saß und sich ebenfalls in die Leinwand vertiefte. Allerdings hatte er seine flach ausgerichtet, parallel zum Boden, wahrscheinlich, damit er den Verlauf des Wassers besser kontrollieren konnte.

Manchmal blieb sein Blick an den ineinanderlaufenden Farben hängen. Dann besann er sich darauf, dass sein eigenes Bild diese Aufmerksamkeit brauchte. Neben ihm lag ein Etui mit Buntstiften, die er für die Coloration benutzen wollte. Er beendete seine Skizze und griff danach.

Sie hatten sich kein Zeitlimit gesetzt. Sie konnten hier sitzen und malen, bis die Sonne unterging, und dieser Gedanke hatte seine ganz eigene Schönheit. Wann hatte er sich zuletzt so schwerelos gefühlt?

Finn lächelte beim Zeichnen. Auch wenn sein Bild nicht perfekt war – dieser Moment hatte alles, was er sich wünschte.

Er spürte die Verbindung zu Milan in jedem stillen Atemzug und in jedem kleinen Moment, in dem sie gleichzeitig das Bild des jeweils anderen studieren wollten, um zu sehen, wie weit er war. Und er spürte die Freiheit in jedem Muskel, weil da nur Entspannung war, und kein paranoider Gedanke ihn von der Leinwand ablenkte.

Das hier war die Welt, die er verloren geglaubt hatte und das Leben, das ihm unerreichbar erschienen war. Und das alles hatte er durch Milan zurückgewonnen. Er hatte ihn ermutigt. Ihn neugierig gemacht. Ihn gestärkt. Ihn inspiriert.

Wenn er nur einen Bruchteil davon an ihn zurückgeben konnte, …

Keiner von ihnen schaute auf die Uhr. Es gab nur sie beide, die Bilder und die Natur um sie herum. Lediglich am Voranschreiten der Bilder ließ sich erkennen, dass die Minuten vergingen.

Finn entschied sich, den Hintergrund sehr zurückhaltend zu zeichnen. Er wählte realistische, unaufgeregte Farben, um Himmel, Wasser und Gräser zum Leben zu erwecken. So schuf er eine Bühne für den Star seines Kunstwerkes. Die Libelle bekam alle Liebe, die seine Buntstifte hergaben.

Sie erstrahlte in Violett und Rosa, Blau, Grün und Gelb – war beinahe ihr eigener, kleiner Regenbogen. Er schuf fließende Verläufe, versuchte, genau den Zauber einzufangen, der diesen Kreaturen innewohnte, wenn man sie herumschwirren sah. Das Bild war nicht perfekt. Einige Linien waren nicht so akkurat, wie sie hätten sein können. Am Computer hätte er das noch nachträglich ausgebessert.

Finn legte den Stift ins Etui und sah rüber zu Milan. Obwohl er weniger Zeit in die Skizze gesteckt und mit Wasser und Pinsel größere Flächen hatte bearbeiten können, hatte er keinen nennenswerten Vorsprung aufgebaut, weil er zwischendurch immer wieder hatte warten müssen, dass die Farben trockneten.

Das Wasser auf seinem Bild war wunderschön. Milan hatte einen guten Blick dafür, wie man Farben so einsetzte, dass sie diesen magischen Funken rüberbrachten, und dabei doch nicht zu übertrieben wirkten, um realistisch auszusehen. Er hatte ein sehr feines Gespür für diese Art von Ästhetik. Das ganze Bild wirkte wie ein Tagtraum. Zauberhaft und trotzdem so echt.

Finn konnte sich kaum an dem kleinen Kunstwerk sattsehen.

„Du hast gewonnen", sagte er.

Milan lachte. „Sollte eine Jury nicht gemeinsam entscheiden?" Er lehnte sich zu ihm herüber und musterte nun sein Bild. Milans Kinn berührte seine Schulter und Finn konnte nicht anders, als kaum merklich ein Stück zu ihm heranzurücken.

„Deine Libelle ist besser getroffen", stellte er fachmännisch fest. „Schau, bei meiner sind die Flügel eigentlich viel zu groß. Biologisch eher fragwürdig."

Finn schnaufte belustigt. „Künstlerische Freiheit. So hattest du mehr Fläche fürs Aquarellieren."

„Einigen wir uns darauf, dass beide preisverdächtig sind."

„Also bekommt niemand einen Preis?", fragte Finn und drehte sachte den Kopf. Milans Gesicht war seinem ganz nahe. Er spürte, wie er das Gesicht verlagerte und die Hände an seine Schultern legte. Ein warmer Schauer lief über seinen Nacken.

„Nein, jeder bekommt einen", säuselte er noch, kurz bevor sich ihre Lippen trafen. Sie küssten sich lange und zärtlich. Finn griff in Milans Haar und genoss das Gefühl von Nähe und Zuneigung, das ihn durchströmte, wenn sie sich so nahe waren.

Langsam sank er zurück auf die Decke und Milan folgte ihm hinab.

„Okay, also, was wünschst du dir?", flüsterte er gegen Milans Lippen.

„Dass die Zeit jetzt stehen bleibt."

Finn grinste über so viel Kitsch. „Es muss was sein, das die Jury dir erfüllen kann." Er fuhr mit dem Zeigefinger über Milans Unterlippe.

„Ich möchte an einem Morgen neben dir aufwachen."

Die Worte brachten alles in ihm zum Kribbeln, selbst den Atem, den er in seinen Lungen festhielt. Er wollte genau dasselbe. Und es war so typisch Milan, dass er das *Wann* für ihn offenließ.

„Okay", erwiderte er. „Lässt sich arrangieren."

Milan küsste seine Stirn, dann seinen Nasenrücken. Es kitzelte. „Und du?"

„Ich hätte gerne noch eine Massage. Eine richtige ..."

„Mit allem drum und dran?"

„Auf einer Liege, mit Entspannungsmusik."

„Und einem richtigen Massageöl", ergänzte Milan noch für ihn. „Das mache ich gern."

Eine ganze Weile lagen sie einfach nur verträumt beieinander. Milan spielte mit seinen Haaren und Finn betrachtete den Himmel und die kleinen Wolken, die über ihnen vorbeizogen.

Sie verzehrten ihre mitgebrachten Snacks, redeten viel über Kunst und als es ruhiger wurde, merkte Finn, dass Milan eingenickt war. Grinsend strich er ihm über die Stirn und nahm sein Handy zur Hand. Er bannte sein eigenes, breites Lächeln auf ein Selfie und schickte es Marius.

Wer bist du?, kam es binnen weniger Sekunden zurück. *Und woher hast du diese Nummer?*

Finn schickte ihm ein lachendes Emoji. Ja, er hatte sich eine Weile nicht mehr gemeldet. Aber doch nicht so lange, dass man ihn komplett vergaß.

Ich hab jemanden kennengelernt.

Du verarschst mich.

Nein, ich meins ernst. Wir daten.

Das ist krass. Wow. Ich wünschte, ich hätte auch was Cooles zu erzählen, aber Fehlanzeige. Hab mich bei ein paar Synchronstudios vorgestellt, aber da kam nichts bei rum.

So gelangweilt vom Telefonieren?

Dafür muss ein neues Wort erfunden werden. Marius schickte ihm ein Bild von einem Stapel schlafender Faultiere. *Aber erzähl mir lieber was von euch. Vielleicht facht das meine Motivation an.*

Wir sind gerade auf einem Date und er schläft neben mir.

Das Feuer brennt heiß.

Finn warf einen Blick auf Milans Gesicht und betrachtete einen Moment lang seine dichten, dunklen Wimpern.

Du weißt, dass mein Feuer anders brennt.

Marius schickte ihm eine blaue Flamme. *Nur, weil du Schiss hast und dein letzter Freund ein Schlappschwanz war.*

Finn stieß ein Seufzen aus und überlegte, was er darauf antworten sollte. In der Zwischenzeit tippte Marius allerdings schon wieder und schickte noch eine Nachricht hinterher.

Meine Kunden wissen nicht mal, ob ich nen Schwanz habe, und brennen trotzdem lichterloh. Mach dir keine Platte. Du bist doch immer noch du. Deine Hände sind noch dran, deine Zunge ist noch dran, dein Arsch ist immer noch saftig. Ich wüsste nicht, warum ihr keinen geilen Sex haben solltet.

Du bist unmöglich, schrieb er nur und schickte die Nachricht kopfschüttelnd ab. Marius hatte leicht Reden. Er war da eher pragmatisch.

Bei mir läuft seit Wochen nichts mehr. Vielleicht muss ich doch meine Gesangskarriere pushen, damit die richtigen Kerle zu mir kommen. Singst du eigentlich noch?

Es fiel ihm schwer, sich das vorzustellen. Marius war attraktiv und seine Stimme wirkte nicht nur am Telefon anziehend auf die Männer.

Ich bin nicht für eine Band zu haben.

Hast du das Klirren gehört? Das war mein brechendes Herz.

Bist du noch in der Gruppe? Er selbst war eine Weile nach dem Angriff ausgetreten. Er hatte die dauernden Gespräche über Sex nicht ausgehalten und es war auch nicht fair den anderen gegenüber, wenn sie ständig Rücksicht auf ihn nehmen mussten. Aber letztendlich gehörte er ja auch nicht mehr dazu. Sie alle hatte verbunden, dass Sex und Erotik ihre Jobs prägten. Das traf auf ihn nicht mehr zu. Also hatte er dort auch nichts mehr verloren.

Klar, aber es ist immer dasselbe. Ludwig macht Werbung für seine Sextoys, Albert schickt uns Ausschnitte aus seinen Manuskripten und Veit jammert rum, dass er einsam ist.

Milan regte sich auf der Decke, streckte die Arme nach hinten und wand sich hin und her, um die müden Muskeln zu dehnen. Finn steckte das Handy ein.

Gähnend hielt Milan sich die Hand vor den Mund und blinzelte gegen das Sonnenlicht an. „Das zählt nicht", murmelte er. „Oder muss ich jetzt noch einen Wettbewerb gewinnen?"

Finn grinste und schüttelte den Kopf. „Nein. Es ist ja kein Morgen, sondern ein Nachmittag."

„Glück gehabt."

KAPITEL 30

ALS DER ABEND sich über die Felder und Wiesen legte, und es langsam kühler wurde, packten sie ihre Sachen und fuhren zurück in die Stadt. Finn ließ das Beifahrerfenster herunter und genoss den kühlen Fahrtwind im Haar, während er die Gebäude und Menschen an sich vorbeifliegen sah.

Jeden Tag kam er der Stadt ein bisschen näher. Jedes Mal, wenn er nach draußen ging, und nichts Schlimmes passierte, gewann er ein wenig Vertrauen zurück. Wahnsinn, wie eine einzige, schreckliche Nacht reichte, um eine ganze Welt zu verschließen.

Diese Menschen, die er da sah, waren keine Verbrecher. Keiner von denen würde ihm etwas tun. Die meisten nahmen ihn nicht einmal wahr. Sie waren Mütter, Väter, Lehrerinnen, Bankangestellte, Großeltern, Katzenhalter, Studenten ... Menschen, die einfach nur ihre Leben lebten.

Er musste ihnen wieder vertrauen, wenn er dasselbe wollte wie sie.

Finn nahm einen tiefen Atemzug, als der Wagen in ihre Straße einbog.

Milan und er stiegen aus, brachten die Taschen nach drinnen, die jetzt vor allem mit Verpackungsmüll gefüllt waren. Aber das waren nicht die einzigen Mitbringsel. Finn stellte die beiden Libellenbilder auf die Kommode im Flur.

Milans Haus schenkte ihm inzwischen genau so viel Geborgenheit wie sein eigenes. Alles hier roch nach ihm, und irgendwie schien das Haus seinen eigenen Charakter zu haben. Es strahlte Ruhe und Friedlichkeit aus. Vielleicht, weil die Räume so groß geschnitten waren. Selbst der Flur bot so viel Platz. Es gab keine schmalen Durchgänge und keine Verstecke für finstere Gedanken.

„Wollen wir gleich einen Film schauen?", rief Milan, der kurz nach oben gejoggt war. Vermutlich, um ein wenig zu lüften.

Finn betrachtete sich in dem Spiegel über der Kommode. In seinem Blick lag Entschlossenheit. Er hatte sich etwas vorgenommen, das er heute umsetzen wollte. Wenn es sich ergab. Wenn ... Milan es wollte. Er würde nicht wieder zurückschrecken. Er würde seinem Gefühl folgen. Nicht der Angst, sondern der Begierde.

Finn schluckte und wandte sich ab, als Milan gerade wieder die Treppen heruntergepoltert kam.

„Ja, klar", meinte er, warf ihm ein Lächeln zu und ging hinüber ins Wohnzimmer, wo die bequeme Sofainsel schon auf sie wartete.

Der Film lief und sie beide verzehrten die letzten Sandwiches, die beim Picknick nicht alle geworden waren. Milan saß dicht neben ihm. Nicht so dicht, dass sich ihre Oberschenkel berührten – er wahrte immer einen kleinen Abstand – aber doch so, dass sie die Anwesenheit des jeweils anderen immer spüren konnten.

Finn mochte das. Er bekam Herzklopfen, wann immer Milan den Kopf drehte. Dann sahen sie sich an, und es war, als spielten sie ein Spiel, bei dem es darum ging, wer der Versuchung, dem anderen einen Kuss zu stehlen, länger widerstehen konnte.

Es war harmlos. Kleine, kurze Berührungen. Es ging um Zuneigung, nicht um Erotik. Vielleicht würde heute Abend gar nichts passieren. Er würde es nicht erzwingen. Wie peinlich wäre es, wenn er die Initiative ergriff und am Ende doch feststellte, dass er zu feige war, um seinen Plan durchzuziehen?

Nervös wackelte er mit den Zehen. Auf einmal konnte er sich gar nicht mehr auf den Film konzentrieren. Die Explosionen auf dem Monitor bekam er nur am Rande mit. Wer sagte denn, dass er mutiger sein würde, wenn Milan den ersten Schritt machte? Er suchte doch nur schon wieder Ausreden.

Der Bildschirm wurde schwarz und der Abspann rollte los. Milan wandte ihm das Gesicht zu und grinste. „Und? War echt gut, oder?"

Finn nickte nur mechanisch. Wenn der Abend jetzt für beendet erklärt wurde, wie ging es dann weiter? Eine ungewohnte Nervosität beschlich ihn, krabbelte wie eine Schar Ameisen über seine Haut.

„Bist du schon müde? Ich hatte ja mein Mittagsschläfchen."

Milan lächelte ihn an und Finn konnte gar nichts sagen. Er war kein bisschen müde. Er war gar nichts, außer diesem lauten Wummern in seiner Brust. Was war das? Lampenfieber?

„Ich ... wir können ... ins Bett gehen. Ich meine ..." Er schloss den Mund und presste die Lippen aufeinander, ehe noch mehr von diesem unsicheren Gestammel aus ihm herauskam.

Milans Lächeln wurde weicher. „Hast du Lust, heute hier zu übernachten?"

Finn nickte, bevor er überhaupt einen Gedanken daran verschwendet hatte. Es ging nicht um die Einlösung von Milans Wunsch.

Es war sein eigener, der ihn so nervös machte.

Milan erwartete nichts, Milan würde ihn nicht drängen, für ihn war es vollkommen okay, wenn er einfach nach Hause ging und ihm nur einen Abschiedskuss an der Türschwelle gab.

Umso seltsamer fühlte sich diese Erkenntnis an.

Er nickte abermals.

„Ich bereite alles vor und du kannst dich schon mal im Bad austoben, okay?"

Milan ging. Wieder hörte er seine Schritte auf der Treppe. Ein bisschen benommen saß Finn da und sah zur Tür, die Richtung Flur und Badezimmer führte.

Oben polterten Schritte.

Er würde hier schlafen. Bei Milan. Das war etwas völlig Normales. Sie waren sich schon so vertraut. Wenn er sich überlegte, wie schnell alles mit Kai gegangen war ... damals hatte es kein Nachdenken, keine Angst und keine Grenzen gegeben. Es hatte keinen Mut gebraucht, ihm nahezukommen.

Finn ging ins Badezimmer und wusch sich das Gesicht. In der Schublade unterm Waschbecken lagen abgepackte Zahnbürsten. Milan hatte ihm die schon mal gezeigt, als sie an einem Abend ein bisschen zu viel getrunken hatten.

Er packte eine aus und putzte seine Zähne.

Würde sein Herz irgendwann müde von dem steten, heftigen Takt werden, den es schlug? Es fühlte sich an, als würde es bald durch seine Brust hindurchbrechen. Finn legte die Hand darauf und atmete bewusst und ruhig ein und aus.

Milan war ihm wichtig. Verdammt wichtig. Das mit ihnen war so wahnsinnig kostbar. Deshalb klopfte der Alarm so laut.

„Willst du Sachen von drüben holen, oder nimmst du mit einem von meinen Shirts vorlieb?", fragte Milan aus dem Flur. Die Tür war zwischen ihnen.

Wenn er nach drüben ging, könnte er sich auch dort umziehen. Ganz allein. Er könnte durch den Garten huschen, wo ihn bestimmt keiner sehen würde. Es wäre die perfekte Flucht vor einigen der Dinge, die ihm gerade Angst machten.

„Ich nehme eins von deinen", sagte er und öffnete die Tür. Milan trug bereits andere Sachen. Karierte Shorts und ein graues Achselshirt. Die Klamotten waren nichts Besonderes und doch sorgte der Anblick dafür, dass ihm wärmer wurde.

„Okay. Ich bringe es dir."

Finn griff nach Milans Schulter. „Nein, ich komme mit." Er wusste, dass Milan es ihm leicht machen wollte. Er wusste, dass das Umziehen eine Herausforderung für ihn war. Er war viel zu lieb zu ihm.

Vielleicht war es genau das, was ihn gerade anstachelte.

„Okay, dann kannst du ja schon hoch gehen. Ich komme gleich nach."

Finn stieg die Treppen hinauf und betrat Milans Schlafzimmer. Der Raum lag dunkel vor ihm, lediglich das Lichtband am Kopfende des Bettes spendete ein wenig Helligkeit. Das Fenster stand offen und ließ kühle Luft hinein. Der Motor eines Autos dröhnte vorbei, entfernte sich schnell wieder.

Das Bett war groß genug für zwei Leute. Milan hatte ein zusätzliches Kissen und eine Decke paratgelegt. Er würde gut darin schlafen können. Ob Milan wohl schnarchte? Ein leises Schmunzeln kämpfte sich durch die Starre in seinem Gesicht.

Die Schritte kamen näher. Milan öffnete den Kleiderschrank hinter ihnen und reichte ihm ein Shirt heraus.

„Danke", sagte Finn leise und krümmte seine Finger um den kühlen Stoff.

„Ich hab über die Bilder nachgedacht. Wie würdest du es finden, wenn wir tauschen und jeder eines bei sich aufhängt? Also ... wenn du's nicht insgeheim doch hässlich findest. Ich kann's verkraften." Milan lachte und setzte sich auf eine Seite des Bettes. „Nur eine Idee. Ich fand den Tag echt schön und es wäre eine gute Erinnerung daran."

Die Worte vertrieben nicht nur die Stille aus dem Raum, sondern auch einen Teil seiner Angst. Finn zog sich das Shirt über den Kopf und legte es über die Lehne des Schreibtischstuhls, der neben ihm stand. Er wandte Milan den Rücken zu.

„Nein, geht mir auch so. Das ist eine süße Idee." Er konnte sich Milans Aquarell gut in seinem Haus vorstellen.

„Okay, dann kann ich mir schon überlegen, wo ich es anbringe."

Ob Milan zu ihm schaute? Oder sah er aus dem Fenster, weil er glaubte, es ihm damit leichter zu machen? Zögerlich drehte Finn sich um. Milan saß aufrecht im Bett, die Beine unter der dünnen Decke vergraben, und den Blick nachdenklich auf den karierten Stoff des Bettzeugs gerichtet.

Als eine Weile nichts passierte, schien er zu merken, dass sein Blick auf ihm ruhte, und schaute auf. Ein warmer Schauer lief über seinen Rücken. Es war gar nicht schwer, Milans Blick standzuhalten. Sein Blick schmerzte nicht. Schon lange nicht mehr.

Nun stand er hier ... zum ersten Mal in diesem neuen Leben sah jemand so viel von seiner Haut. Nackte Arme. Seinen Oberkörper. Seinen Bauch. Die Oberschenkel. Sah ihn als Mann, nicht als verhülltes Etwas, das sich unter weiten Stofflagen versteckte.

Milan schien seine Einladung zu verstehen. Seinen Wunsch, dass er ihm half, dieser Angst zu begegnen. Er musste es nicht einmal aussprechen. Das kleine Zucken in Milans dunklen Brauen war die Reaktion auf die Erkenntnis. Ganz langsam wanderte sein Blick hinab. Finn konnte es fühlen. Eine warme Spur auf seiner Haut.

Jetzt war es ganz still in ihm. Der Alarm war aus.

Finn betrachtete Milans Gesicht, sah wie seine Pupillen sich bewegten, wie er innehielt, und sich Zeit nahm, um jeden Zentimeter zu mustern. Sein Blick war aufmerksam und ein zaghaftes Lächeln umspielte seine Mundwinkel. Gerade genug, um es als solches zu erkennen.

Milan betrachtete ihn wie ein Gemälde oder ein tiefsinniges Foto, wertschätzte jedes einzelne Detail. Das war nicht bedrohlich, es war ... schmeichelhaft.

Ab jetzt hatte es keinen Sinn mehr, etwas vor Milan zu verbergen. Er hatte ihn gesehen. Er konnte die Fessel abwerfen, den Alarm ausschalten.

Nein. Nicht ganz.

Er hatte den unversehrten Teil gesehen. Das, was von dem alten Finn übrig geblieben war. Mit ein bisschen weniger Kontur als früher, weil er sich nicht mehr darum bemüht hatte, seine Muskeln zu definieren. Aber er sah immer noch gut aus. Seine Brustmuskeln, der flache Bauch, der wohlgerundete Po. Es war, wie Marius gesagt hatte.

War es aufrichtig, wenn er Milan das zeigte und den Rest verbarg? Das hier ... das war doch eine Illusion. Eine Täuschung. Wie wenn man eine Blumenvase auf den Brandfleck stellte, der die Tischdecke verunzierte.

„Du bist wunderschön." Milans sanfte Stimme schmiegte sich an seine Ohren. Die Worte kitzelten angenehm in seiner Brust, aber das änderte nichts daran, dass er sich wie ein Betrüger fühlte.

Finn ballte die Hände zu Fäusten. Was, wenn er jetzt einfach auch die Shorts auszog? Wenn er den Vorhang wegriss? Ein für alle Mal?

269

Er könnte es jetzt tun, sich damit von dieser Angst befreien. Es war so einfach. So einfach. Finn schüttelte über sich selbst den Kopf und entkrampfte seine Finger. Es ging nicht.

Er griff nach dem Shirt, das Milan ihm gegeben hatte und zog es sich über, als hätte er nie etwas anderes vorgehabt als das. Als wäre er nicht wie ein Feigling vor dem echten großen Schritt zurückgewichen.

Langsam ging er aufs Bett zu und krabbelte hinein.

„Ist alles in Ordnung? Ich kann auf dem Sofa schlafen, wenn das zu nah ist."

„Nein, es ist gut so." Er sah in Milans hübsches Gesicht und versuchte, seine Frustration zu verbergen. Milan sollte das nicht auf sich beziehen. Er war so wunderbar. Er half ihm so viel. „Es ist schön, so nah bei dir zu sein." Finn legte sanft einen Arm um Milan und zog ihn zu sich, damit er ihn küssen konnte.

Es sollte sich nicht wie eine Niederlage anfühlen. Er war jetzt hier, ganz dicht bei dem Mann, der ihm so viel bedeutete. Im selben Bett. Körper an Körper. Da war kein Platz für schlechte Gefühle. Nicht, wenn Milan ihn so küsste und ihm durchs Haar strich.

KAPITEL 31

Milans Geruch war überall um ihn herum, als er am Morgen langsam zurück ins Bewusstsein dämmerte. Finn lag auf der Seite, den Arm unter das Kissen geschoben, den anderen vor sich auf dem Laken abgelegt. Milans Hand lag auf seiner. Ein Lächeln schlich sich auf sein Gesicht.

Es war, als wäre er aufgewacht und direkt in einen Traum gefallen. Eine Weile sah er Milan beim Schlafen zu, doch es dauerte nicht lange, bis auch er erwachte. Die Sonne warf ihre Strahlen längst bis auf das Bett und lautes Vogelzwitschern drang herein. Es war bestimmt schon zehn.

Milans Finger schlossen sich fester um seine und ein glückliches Lächeln breitete sich auf seinen Zügen aus. Finn ließ sich anstecken. Ja, sein Wunsch hatte sich erfüllt. Sie hatten die ganze Nacht zusammen verbracht, waren aneinandergeschmiegt eingeschlafen. Der Knoten musste sich irgendwann in der Nacht aufgelöst haben.

„Daran könnte ich mich gewöhnen", murmelte Milan und strich ihm über den Arm. „Wie hast du geschlafen?"

„Ich dachte, es würde mir schwerfallen, woanders zu schlafen, aber ich musste nur die Augen zumachen und war sofort weg." Er schmunzelte und rückte ein Stückchen näher an Milan heran.

„Das freut mich. Ich kann mich nachts manchmal ganz schön viel herumwälzen ..."

„Davon habe ich nichts gemerkt."

„Dann ist gut." Milan wickelte sich eine seiner langen Strähnen um den Zeigefinger und schaute ihn verträumt und mit einem kleinen Rest Müdigkeit in den Augen an.

„Ich freue mich schon auf meine Massage."

Milan grinste. „Ich werde mich heute gleich um die Organisation kümmern. Ich such dir das beste Massageöl aus, das ich finden kann. Es gibt da richtig tolle Sachen ..." Seine Stimme machte etwas mit ihm. Und dieser tiefe Blick dazu.

„Wo ich dich hinlege, muss ich mir noch überlegen", sprach er weiter. „Aber wir finden schon eine Möglichkeit. Auf jeden Fall werde ich mir ganz viel Zeit nehmen. Du wirst von oben bis unten verwöhnt. Schultern, Rücken, Arme, Nierenregion, Beine, und wenn du willst, nehme ich mir auch nochmal die Füße vor."

Wenn er daran dachte, wie gut sich seine Finger angefühlt hatten, als er vor einigen Wochen zu ihm in den Pool gestolpert war, ... Finn benetzte seine Unterlippe mit Feuchtigkeit.

In seinem Kopf wuchsen nicht nur Bilder, sondern Gefühle. Eine Ahnung davon, wie es sein würde, wenn er all die Stellen berührte, die er gerade aufgezählt hatte. Milans Hände würden all das erkunden, was sein Blick gestern erfasst hatte. Seine Massage würde das Öl auf seiner Haut verteilen, sie geschmeidig machen, ihn wärmen und vor Entspannung seufzen lassen. Ein Kitzeln fuhr durch seine Brust und tiefer hinab in seine Lenden.

Finn presste die Schenkel unter dem unerwartet heftigen Gefühl zusammen, krümmte und streckte die Zehen, aber es ließ ihn nicht los.

„Das hört sich verführerisch an", sagte er. Und ohne sich selbst im Spiegel zu sehen, wusste er, dass sich sein eigener Blick verändert hatte. Dass man ihm seine Begierde ansehen konnte. Dass Milan sie sehen konnte.

Ihre Lippen trafen sich. Die eben noch wohlige Wärme der Decke wurde schnell zu einer unerträglichen Hitze. Finn schloss die Augen und versuchte, nicht darin zu versinken. Dieses Gefühl war wie ein alter Freund aus einem vergangenen Leben, von dem er sich nie richtig verabschiedet hatte.

Jetzt überrumpelte er ihn auf einmal und Finn wusste weder, was er sagen, noch, was er tun sollte. Die Alarmanlage lief und eine Stimme in seinem Kopf sagte ihn, dass das der Anfang vom Ende war.

Milans Hände fühlten sich so gut an. Er streichelte seinen Rücken, kitzelte seinen Nacken, indem er sanft die Fingerspitzen über seine Haut wandern ließ.

Die Küsse gingen so tief, dass sein ganzes Gesicht kribbelte. Er konnte nur noch daran denken, wie schön das war. Irgendwie schaffte Milan es, den Alarm leiser zu drehen. Er fuhr ihm durchs Haar, lächelte ihn in den kleinen Momenten zwischen ihren Küssen an und schob die Decke beiseite, weil es ihm wohl auch zu warm wurde.

Milans Körper war wunderbar warm und hart. Der dünne Stoff des Shirts ließ es zu, dass er die kleinen Erhebungen seiner Nippel deutlich spüren konnte, als er darüberstrich. Er hatte Milans Körper nie so genau wahrgenommen wie jetzt. Nicht einmal, als er halbnackt im Pool gesessen hatte.

Er schob das Shirt nach oben, berührte die Haut darunter. Milans Bauchmuskeln zuckten.

„Ich bin kitzelig", murmelte Milan in den Kuss.

„Hoffentlich nicht überall", raunte Finn und rollte sich auf ihn. Schmunzelnd blickte er auf Milan hinab und spürte nun ganz deutlich die fremde Härte zwischen seinen Schenkeln. Es war wie ein Stromstoß, der ihn zum Leben erweckte. Finn rutschte an den Oberschenkeln hinab und zog ihm die Shorts von den Hüften.

In Milans Augen funkelte die Begierde – er wollte ihn, und Finn war hungrig nach genau diesem Gefühl. Er beugte sich über ihn, spürte regelrecht, wie sein Blick auf ihm lag, als er seinen Schwanz in den Mund nahm.

Während er Milan verwöhnte, war er jemand anders. Jemand, der keine Hemmungen, keine Angst vor fremden Blicken und seiner eigenen Erregung hatte, und der ganz sicher keine innere Alarmanlage besaß.

Milan sank tiefer in die Matratze, nur um ihm dann wieder entgegenzukommen. Salzige Erregung verteilte sich auf Finns Zunge, während er ihn immer weiter trieb. Es war wie Hypnose, wenn Milan ihn mit seinem Blick festhielt, die Lider halb geschlossen, die Brauen leicht zusammengezogen unter der Last des heftigen Gefühls, das er ihm bescherte.

Finn konnte es mitfühlen. Wenn er sah, wie es in ihm tobte, wie es ihn zerriss, wenn er spürte, wie Milan gegen die Unruhe kämpfte, wie er zuckte und doch stillhalten wollte ... Sein eigenes Stöhnen vibrierte in seinem Mund.

Milan fasste ihn bei den Schultern, drückte ihn weder von sich fort, noch zog er ihn an sich heran. Es war eine Warnung. Aber Finn brauchte nicht gewarnt zu werden, er wusste, was er wollte.

Er machte weiter, schloss die Lippen noch fester um ihn, und reizte ihn, bis Milan sich ergab. Ein beinahe schmerzhaft erleichterter Laut drang an seine Ohren und die warme Flüssigkeit rann seine Kehle hinab. Finn schluckte sie hinunter, und saugte an der Spitze, bis nichts mehr kam.

Milans Finger waren kühl auf seinem Gesicht, sie schoben ihm den Vorhang aus wilden Strähnen aus der Stirn. Finn löste sich von ihm und wischt sich über den Mund.

„Das war der Wahnsinn", flüsterte Milan und zog ihn für einen Kuss an sich heran. Finn ließ sich in seine Umarmung sinken. Das Glühen wich langsam aus seinem Körper und ließ ihn wie benommen zurück. Er hatte … überhaupt nicht mehr nachgedacht.

Milan streichelte seinen Rücken, auch er musste die Hitze spüren. Seine eine Hand glitt tiefer und griff fester zu, als sie seinen Po erreichte. Doch bevor sie nach vorn gleiten und in seinen Schoß wandern konnte, drehte er sich von ihm weg.

„Nicht", bat er leise.

Er wusste nicht, was da unten los war – *ob* dort etwas los war – und er wagte es selbst nicht, es herauszufinden. Das, was da in ihm getobt hatte, kühlte schon wieder ab und wenn Milan ihn jetzt dort anfasste, und merkte, dass da nichts war … nur dieser klägliche, kaputte Rest …

„Kann ich deine Dusche benutzen?"

Milan schaute ihn an. Nicht sauer, nicht entsetzt, nur so wahnsinnig lieb wie immer. „Na klar, jederzeit."

Finn blinzelte die Tränen weg und krabbelte von ihm herunter. Scheiße, er wusste nicht mal, woher die jetzt kamen.

„Ich mach uns Frühstück." Milans Stimme folgte ihm bis zu den Treppen, die nach unten führten. Finn nickte, obwohl er längst aus Milans Blickfeld verschwunden war. Seine Beine bewegten sich ganz von allein. Er lief weg. Vor etwas, das ihm gerade eine Scheißangst machte. Es war wie ein Geist, er konnte es nicht sehen, ihm keinen Namen geben, und doch fühlte es sich gerade so erdrückend an, dass er kein Wort mehr herausgebracht hätte.

Er war froh und dankbar, dass Milan ihn weder aufgehalten noch gefragt hatte, was los war. So verschwand er im Bad, schloss die Tür ab, zog sich aus und stieg in die Dusche. Erst, als das kalte Wasser lief und ein Bibbern durch seinen Körper jagte, konnte er wieder durchatmen.

War das wirklich nur die Angst vor Milans Berührung gewesen? Finn reckte den Kopf nach oben und ließ sich das Wasser direkt ins Gesicht regnen. So viel zu dem Versuch, mit sich selbst klarzukommen.

Es war naiv gewesen, zu glauben, dass es reichte, wenn er sich ein paar Mal zwang, sich selbst anzuschauen. Seine kleine Flucht war ein Rückschlag, aber ... eigentlich hatte er doch einen großen Schritt nach vorn gemacht. Er hatte bei Milan übernachtet und es war schön gewesen. Und der Blowjob gerade eben ... *Himmel*, das war wirklich heiß gewesen.

Zum ersten Mal war er wieder so intim mit jemandem gewesen, hatte sich sogar gut dabei gefühlt. Selbstbewusst und sicher. Wie früher. Es gab keinen Grund zum Heulen.

Finn senkte den Kopf und sah an sich herab. Sein Blick folgte den Wassertropfen, die an seinem flachen Bauch hinab rannen.

*

Am liebsten hätte er immer so weitergemacht. Mit einem Leben, das nur aus Reden, Kochen und Kuscheln mit Finn bestand – aber das ging nicht. Sie mussten sich beide auch um die Arbeit kümmern. Wie die Erwachsenen, die sie nun mal waren.

Milan grinste und dachte an seine Zeit als Teenager, wo Feiern noch das Größte und Wichtigste in seinem Freundeskreis gewesen war. Seltsam, wie sich die Prioritäten verschieben konnten. Früher hätte er nie gedacht, dass er mal ein Spießer mit einem eigenen Haus werden würde.

Für den Job als Masseur hatte er sich entschieden, weil es nach einem guten Lifestyle geklungen hatte. Außerdem klang es cool, wenn man sagen konnte, dass man in einem teuren Hotel arbeitete und mit Promis zu tun hatte.

Aber irgendwo in dem Hohlraum zwischen beendeter Schule und Beginn seiner Ausbildung hatten sich ein paar Dinge verändert, und er hatte angefangen, das Leben anders zu sehen. Wenn die Eltern einen mehr oder weniger zu Hause rauswarfen, und man plötzlich für alles selbst verantwortlich war, fing man wohl oder übel an, nachzudenken.

Dass er direkt im Hotel hatte wohnen können, war ihm wie ein Wink des Schicksals vorgekommen. Tja, und nun war er hier. In einer kleinen Stadt und mit einem ganz anderen Leben. Und er war froh darüber, dass es genau so gekommen war. Jetzt musste er nur weiter daran arbeiten, es sich aufzubauen.

Der Termin heute Nachmittag war ein wichtiger Schritt.

Es war eine Überraschung gewesen, dass sich die Presse ganz von selbst meldete und ihn zu seinem Business interviewen wollte. Vielleicht war einer seiner Kunden mit jemandem von dort befreundet und sie hatten so von ihm erfahren. Auf jeden Fall würde das Interview ihm dabei helfen, hier und in der Umgebung Fuß zu fassen.

Vor der Tür des Gebäudes richtete Milan den Kragen seines Hemdes. Dann klingelte er. Seltsam, dass das Interview an dieser eher privat aussehenden Adresse stattfand.

Die Journalistin war eine junge Frau, mit modischem Kurzhaarschnitt. Sie begrüßte ihn sehr herzlich, lächelte viel und leitete ihn zu einem Sofa, auf dem es Platz nehmen sollte. Ihre Mitarbeiter schafften Tee und Snacks heran ...

Ein wenig unwohl schaute Milan sich um. Dass so viele Leute nur wegen ihm hier waren, war ungewohnt und kam ihm überzogen vor.

„Das, wird aber nur ein schriftliches Interview, richtig? So hatten wir es besprochen?", versicherte er sich, als ein junger Mann auf einmal seine Stirn puderte. „Ich stelle Ihnen Fotomaterial für den Artikel zur Verfügung."

„Ja, natürlich. Entschuldigen Sie, der Junge ist etwas übereifrig." Sie lachte und machte eine wegwedelnde Handbewegung in Richtung des jungen Mannes. Dann nahm sie schräg gegenüber auf einem Sessel Platz. „Ich lasse nur mein Band mitlaufen, um den Ton aufzunehmen, falls mir bei meinen Notizen etwas entgeht."

Erleichtert lehnte er sich zurück. „Das ist kein Problem."

Das Interview begann mit einigen privateren Fragen. Woher er kam, was ihn mit dieser Stadt verband und warum er diesen Beruf gewählt hatte. Milan erzählte freigiebig und erwartete, dass sie jetzt über seine Arbeit reden würden, aber Frau Schäfer interessierte sich als erstes für sein Logo.

„Ich habe gehört, dass Finn Wieser, der ebenfalls von hier stammt, Ihr neues Logo designt hat. Wie kam es dazu?"

Milan runzelte die Stirn. Die Frau war gut informiert. Aber das war wohl ihr Job und wahrscheinlich wollte sie damit unterstreichen, dass er sich dem Ort schon jetzt sehr verbunden fühlte. Das war etwas Gutes, also ging er darauf ein – allerdings ohne seine Beziehung zu Finn zu erwähnen. Er wusste, dass er das nicht gewollt hätte. Finn mochte keine Journalisten. Und das war noch zahm ausgedrückt.

Wahrscheinlich hatte er ihn ein bisschen mit seinem Arg-
wohn der Presse gegenüber angesteckt, denn ein kleines,
ungutes Gefühl regte sich in seiner Magengegend. Er fand
keinen handfesten Grund dafür. Es war sowas wie ei Instinkt,
der ihn auch dazu veranlasste, den Blick durch den Raum
schweifen zu lassen.

„Oh, Ihr Tee ist ja leer. Schenkt dem guten Mann nach.
Oder möchten Sie etwas anderes? Wasser? Kaffee? Einen
Softdrink? Ich kann alles organisieren." Frau Schäfer lachte
und dirigierte ihre Angestellten mit viel Routine.

„Wasser wäre vollkommen ausreichend", sagte er.

„Wie stehen Sie eigentlich zu Softdrinks? Darf man die laut
Ihrem Credo noch trinken? Sind die Light-Produkte besser
für einen schlanken Lebensstil? Oder empfehlen Sie Ihren
Kunden, rigoros auf Zucker zu verzichten?"

Milan grinste sie an. Endlich kamen Sie zu den Dingen,
über die er eigentlich hatte reden wollen.

„Wissen Sie, ich glaube, da herrschen so einige falsche
Annahmen. Nämlich, dass Disziplin allein den Menschen
glücklich machen würde. Aber meine Erfahrung ist eine andere: Genuss ist zentral für das Glücksempfinden von Menschen. Da hilft auch kein Schönreden. Wir wollen, was wir
wollen. Und wenn wir ehrlich sind, wollen wir keine halben
Portionen, sondern das volle Erlebnis." Er griff nach dem
Wasserglas, das ihm gerade jemand hingestellt hatte. „Deswegen finde ich es wichtig, dass meine Kunden sich das erlauben
können, und zwar ohne schlechtes Gewissen — außer natürlich, es liegt eine Unverträglichkeit oder etwas in der Art vor,
das ist etwas anderes. Aber im Grunde kann eine Ernährungs-
umstellung nur auf Dauer funktionieren, wenn wir glücklich
sind und uns wohlfühlen. Und wir fühlen uns nicht wohl,

wenn wir von Verboten umgeben sind und insgeheim doch den Wunsch haben, mal eine Cola zu trinken."

„Ihr Ansatz gefällt mir." Frau Schäfer lachte. „Haben Sie für mich vielleicht auch noch was in Ihrem Terminkalender frei?"

KAPITEL 32

FINN ZOG DIE Tür hinter sich zu und steckte den Schlüssel ein. Mit den Händen in den Taschen lief er über den Gehweg und sein Blick kletterte an der hellen Fassade seines Hauses empor.

Ein Gefühl von Stolz durchflutete ihn, als ihm klar wurde, dass er seit Tagen nicht mehr da oben hinter dem Vorhang verborgen am Fenster gestanden und Leute beobachtet hatte.

Als er heute Morgen die Autotür klappen gehört hatte, war er nicht hingegangen, um nachzusehen, ob das Milan war, der zu einem Kunden fuhr. Und er hatte auch nicht die ganze Zeit darüber nachgedacht, dass er jetzt bei jemand anderem war.

Noch war der Wagen nicht zurück. Milan hatte heute wohl viel zu tun. Er hatte etwas von neuen Kunden erzählt und war sicher entsprechend beschäftigt. Ob das neue Logo dabei geholfen hatte?

Finn schmunzelte leise vor sich hin und spazierte die Straße entlang. Es war ein ruhiger, recht kühler Sommermorgen. Lediglich das Gezwitscher der Spatzen sorgte für etwas Krach. Es klang nach einem Streit. Finn schaute auf zu den Kastanienbäumen, aber natürlich verstand er kein Spatzisch, auch wenn er in seinem Leben schon viel Zeit mit gefiederten Freunden verbracht hatte.

Ein konkretes Ziel hatte er nicht. Er folgte nur seinem Gefühl, immer der Nase nach, hinein in die Stadt. Ein bisschen bummeln. Schaufenster ansehen. Sich den Blicken anderer Menschen aussetzen, ohne in Panik zu geraten – das war im Groben seine To-Do-Liste.

Er kam an vielen Modegeschäften vorbei. In einem der Schaufenster hingen riesige Hinweisschilder auf einen Räumungsverkauf. Finn zuckte mit den Schultern und betrat den Laden. Er brauchte ja sowieso das eine oder andere neue Kleidungsstück, und selbst, wenn er hier nichts fand, war es eine gute Übung, denn hier hatte er weniger Platz, um anderen Leuten auszuweichen.

Auf all den Klamottenkarussels prangten Hinweise auf dicke Rabatte. Ein gutes Dutzend Leute verstreute sich über das kleine Geschäft und drehte an den Dingern wie an Glücksrädern.

Finn bewegte sich mit bedächtigen Schritten durch den Laden. Er behielt den Ausgang im Blick und wo sich die einzelnen Besucher aufhielten, das ließ sich im Moment noch nicht abstellen, aber er hoffte, dass er irgendwann wieder in der Lage dazu sein würde.

Bei den Jacken blieb er stehen und schob einige der Bügel herum, um sich die Modelle näher anzusehen. Ob Cord ihm stehen würde? Er zog eins der Stücke heraus und hielt es sich vor den Körper. Unschlüssig drehte er sich zu einem Spiegel um. Die Jacke war hellbraun und sah ein bisschen nach Arbeitskleidung aus, aber wenn er sie mit einem schönen Halstuch und einer lässigen Hose kombinierte, war das vielleicht ein cooler Kontrast.

Er strich sich die Haare zurecht und entschied, dass er sie anprobieren wollte. Eine Jacke war perfekt dafür, genau. Sich in einer fremden Umgebung umzuziehen, war eine gute Aufgabe, aber dadurch, dass er sich nicht bis auf die Haut ausziehen müsste, war es auch nicht zu schwierig.

Zufrieden lächelte er und hielt nach den Kabinen Ausschau.

Da vorn. Mit dem Bügel in der Hand schlängelte er sich zwischen den Karussells hindurch, schaffte es dabei sogar, ohne Panik an einer Frau vorbeizugehen, die schon einen ganzen Stapel an Kleidung im Arm balancierte.

Dann stand er in der Kabine und zog den grauen Vorhang zu. So richtig blickdicht war der allerdings nicht. Finn verzog den Mund und streifte sich seine Jeansjacke ab. Die Cordjacke lag ungewohnt schwer auf seinen Schultern.

Das Gewicht von Veränderung, dachte Finn sich mit einem Schmunzeln und betrachtete sich im Spiegel. Der Ton der Jacke vertrug sich gut mit seinen Haaren. Finn lächelte sein Spiegelbild an und zupfte ein wenig am Kragen herum. Aufgestellt oder umgeschlagen?

Die Knöpfe gefielen ihm. Sie waren schlicht und rund, hatten aber in der Mitte eine Art Katzenaugenform. Das war schick.

Er drehte sich hin und her und betrachtete sich aus unterschiedlichen Winkeln. Sie gefiel ihm echt gut. Grübelnd zog er sie wieder aus und angelte sich das Preisschild. Das Teil sollte ursprünglich 220 € kosten, war aber auf 54,99 € heruntergesetzt.

Finn knetete den Stoff zwischen den Fingern. Er mochte das Gefühl der Cordreihen und die anschmiegsame Note der Baumwolle. Immer wieder strich er darüber.

Warum zögerte er? Sie gefiel ihm und er hatte das Geld. Außerdem näherte sich der Herbst in großen Schritten – er konnte sie also tatsächlich auch bald regelmäßig tragen, wenn er seine Spaziergänge machte.

Was hielt ihn ab?

Er atmete tief ein und sah seinem Spiegelbild in die Augen. Dann formulierte er die Gedanken Wort für Wort und so laut in seinem Kopf, als würde er sie aussprechen.

Das hier ist nicht dasselbe.

Das hier war nicht der Sexshop. Er kaufte keine Unterwäsche, keine Spielzeuge. Nichts, das ihn einer Gefahr aussetzte. Es war eine stinknormale Jacke.

Entschlossen schob er den Vorhang zurück und trat aus der Kabine.

Direkt neben ihm vor einem Spiegel drehte sich gerade eine junge Frau um die eigene Achse und betrachtete sich mit unschlüssigem Blick.

„E-Entschuldigung?"

Finn wandte den Kopf. Meinte sie ihn?

Ein kühler Schauer lief ihm über den Rücken. Der Alarm war sofort wieder auf voller Lautstärke, aber Finn drängte ihn zurück. Diese Frau wollte ihn sicher nicht angreifen. Sie war kleiner als er und lächelte unsicher.

„Sie sehen wie jemand aus, der mehr Mode-Erfahrung hat, ähm ..." Sie räusperte sich und schaute auf ihre Schuhspitzen. „Ich bin morgen auf ein Klassentreffen eingeladen und will da schick und elegant aussehen. Also, nicht übertrieben. Aber auf eine mühelose Art und Weise. So wie Sie."

Überrascht hob Finn die Brauen. Zögerlich ließ er seinen Blick über sie schweifen. Sie trug einen hübschen, weinroten Rock mit Kellerfalten, der ihr gut stand. Lediglich die Bluse wirkte ein bisschen unpassend dazu.

„Haben Sie eine Hemdbluse im Kleiderschrank?", fragte er und lächelte sie vorsichtig an, auch wenn sie gerade auf den Boden schaute.

„Ja, ich weiß nicht. Vielleicht."

„Zu so einem Rock passen eng geschnittene Teile am besten. Eine schmale Bluse oder ein Top. Vielleicht auch so ein Pulli." Er griff nach einem Kleiderbügel aus dem nahegelegenen Karussell. Die Teile waren kurz geschnitten, die Höhe müsste in etwa passen. „Aber dafür ist es vielleicht noch zu warm."

Nun wagte sie doch einen Blick. Zuerst zu dem Pullover, den er ihr zeigte, dann in sein Gesicht. Das Herz sprang ihm immer noch fast aus der Kehle. Er hatte seit Ewigkeiten nicht mehr einfach so mit Fremden geredet, die ihn irgendwo ansprachen. Aber es fühlte sich gut an, als die junge Frau sein Lächeln schüchtern und dankbar erwiderte.

„Ich verstehe, was Sie meinen, denke ich. Ich fand den Rock so schön, aber mit meiner Bluse sieht alles irgendwie … aufgeplustert aus." Sie nahm ihm den Bügel ab und hielt sich den Pulli vor die Brust. „Der Herbst kommt ja, oder?" Ihr Lächeln wurde sicherer. „Vielen Dank für Ihre Hilfe."

*

Milan ging zu Fuß nach Hause. Irgendwie brauchte er frische Luft. Das merkwürdige Gefühl war die ganze Zeit über geblieben, als hätte er auf etwas gewartet – aber er wusste nicht auf was. Er schüttelte den Kopf und versuchte, damit den Gedanken loszuwerden.

Sein Weg führte ihn an der Grundschule vorbei. Milan spazierte an dem blauen Geländer des Pausenhofes vorbei und sah einigen Kindern dabei zu, wie sie auf dem Turm der Rutsche herumturnten.

Das friedliche Bild ließ ein wenig von der Anspannung von ihm abfallen.

Er streckte die Hand aus und ließ seine Finger über die Streben des Zaunes streichen. Als Kind war die Welt einfacher gewesen ... auch wenn er da natürlich vom Gegenteil überzeugt gewesen war und sich vor allem gewünscht hatte, endlich groß zu sein.

Jetzt war er groß und hatte den Schlamassel.

Er schmunzelte und hob den Blick. Da vorn war eine Drogerie. Vielleicht hatten sie ja einen guten Duft, den er in das Öl geben konnte, mit dem er Finn verwöhnen wollte. Er hatte Finn versprochen, ihm eine besonders erlesene Massage zu geben, und genau das hatte er auch vor.

Aus seiner Zeit beim Tulala-Tempel hatte er einiges mitgenommen – nicht nur Erfahrung. Nach einer Weile hatte er angefangen, eigene Öle zu mischen. Das hatte ihm Freude bereitet, auch wenn er kaum Gelegenheit gefunden hatte, sie anzuwenden, denn der Tempel wollte natürlich, dass er die Hausmarken benutzte.

Aber zumindest hatte er über deren Großhändler einige Sachen bestellen dürfen, an die man als privater Mensch nicht so gut herankam. Und von denen lagerten nun immer noch einige in seinem Schrank.

Milan betrat den Laden und huschte an den Regalen entlang. Er brauchte nur ein gutes Basisöl. Konzentriert las er die Etiketten, drehte einige Fläschchen in den Händen und besah sich die Listen mit den Inhaltsstoffen.

Eine deutlich bessere Laune trug seine Schritte, als er das Geschäft verließ und den Weg nach Hause einschlug.

Finn.

Eigentlich hätte er nur auf eine Art auf so eine Mail reagieren dürfen: mit dem Löschknopf. Trotzdem saß er vor dem Monitor und starrte den Text an.

Die Wahrheit über Finn Wieser.

Die Adresse des Absenders kannte er nicht. E. S. Keine Ahnung, wer das sein sollte. Hatte er hellseherische Fähigkeiten entwickelt? War das hier der Grund dafür, warum er den ganzen Tag schon so ein mieses Gefühl hatte? Mit einem widerwilligen Ausdruck im Gesicht las er den Text der Mail.

Ich habe hier ein Video für Sie, das früher öffentlich zugänglich war. Leider hat Ihr Freund jeder Plattform rechtliche Schritte angedroht, die es gehostet hat. Deswegen ist es nur noch auf weniger populären Seiten zu finden, was dem Wahrheitsgehalt aber keinen Abbruch tut.

Milan atmete tief durch und ließ einen Virenscan über den Link laufen.

Eigentlich wollte er das nicht sehen. Er konnte sich auch so denken, dass manche Leute sich ihre eigene Wahrheit schufen. So wie diese Person. Finn hatte ihm keine Lügen erzählt. Er hatte die Berichte gesehen, er hatte *ihn* gesehen. Wie er war. Wie er lebte. Das war die Wahrheit.

Aber vielleicht fand er in dem Video einen Hinweis. Etwas, das ihm dabei half, Finn in Zukunft vor diesen Leuten zu beschützen. Wenn er verstand, wie sie dachten, konnte er sie besser einschätzen.

Milan klickte auf den Link und wurde zu einer Seite mit einem Videoplayer weitergeleitet.

Er hatte Privataufnahmen erwartet, aber es handelte sich scheinbar um Ausschnitte aus Fernsehbeiträgen.

Finn saß mit einer Frau in einem hellen Raum und gab ein Interview. Er sah erschöpft aus, halb in sich zusammengesunken, trug weite Kleidung, so wie er ihn kennengelernt hatte, und wagte kaum einen Blick in die Kamera.

„Sie haben sich sehr freizügig auf einer Sexseite im Internet präsentiert. Kam Ihnen nie in den Sinn, dass Sie damit auch zu einem leichten Ziel werden könnten?"

„Ich habe mich sicher gefühlt." Finn sprach leise, aber einigermaßen gefasst. „Hunderttausende Menschen bewegen sich im Online-Erotik-Bereich. Und meine Fans waren ..."

„Ihre Fans?"

Eine andere Stimme legte sich über das Video.

„Jinn hatte keine Zuschauer oder Kunden – er hatte *Fans*. Anhänger, die ihn regelrecht vergöttert haben, und die er immer wieder genährt und gefüttert hat, damit sie ihm treu bleiben. Das war Kalkül."

Das Bild wechselte zu einem anderen Interview. Der junge Mann, der jetzt in die Kamera schaute, war im selben Alter wie sie. Auf der Bauchbinde stand *Kai Buchmann, ehemaliger Freund des Opfers.*

„Finn hat sich mehr und mehr verändert. Er hat nach den Blicken und der Anerkennung gehungert. Er brauchte das, dass ihm tausende Kerle zusehen und ihm sagen, wie geil er ist. Ich wollte das damals nicht sehen, aber er ist immer mehr zu einem Narzissten geworden. Wenn Sie mich fragen, war er süchtig danach. Und wenn man so abhängig von der Aufmerksamkeit fremder Leute aus dem Internet ist, dann hat man keinen Blick mehr für Gefahren.

Wissen Sie, ich hätte mir gewünscht, dass ihm meine Aufmerksamkeit reicht. Das hätte ihn vielleicht davor bewahrt. Aber er wollte ja immer mehr."

„Trotzdem sind Sie bei ihm geblieben."

Kai zuckte mit den Schultern. „Ich hab ihn eben geliebt. Erst nach dem Vorfall habe ich gemerkt, wie abhängig er wirklich von dem ganzen Theater war. Meine Zuneigung war nicht genug für ihn. Er war ständig gereizt, weil andere ihn jetzt nicht mehr schön finden. Sie sehen ja selbst, wie er immer noch versucht, sich überall zu zeigen. Vielleicht nicht mehr nackt, aber er weiß, dass er auch ein schönes Gesicht hat.

Es kommen auch dauernd Geschenke, wissen Sie? Seine Fans. Die helfen natürlich auch, das am Leben zu halten. Manchmal glaube ich, er fühlt sich wie ein Gott. Ein gefallener Gott. Ich halte das einfach nicht mehr aus. Deswegen musste ich endlich den Schlussstrich ziehen."

Milan starrte Kai in die Augen. Das war sein Ex-Freund? Dieser Mann, der vor der Fernsehkamera saß und keine einzige liebevolle Silbe für Finn übrig hatte? Der redete, als sei er selbst das größte Opfer in dieser Geschichte?

Himmel, selbst wenn das stimmen würde, was er da erzählte ... Wie käme man auf die Idee, so etwas vor Kameras zu erzählen? Sich auf diese dreckige Art von ihm trennen? Direkt nach einem schweren Schicksalsschlag? Ihm musste klar sein, dass er Finn damit noch einen weiteren Hieb versetzte.

Wieder schaltete sich die Stimme aus dem Off ein.

„Jinn hat in seiner eigenen Welt gelebt. Dort war er derjenige, den alle anhimmeln." Im Hintergrund liefen scheinbar Ausschnitte aus Finns Camshows. „Sein ganzes Leben drehte sich nur darum. Er ging ins Fitness-Studio, um seinen Körper für seine Anhänger zu stählen. Noch begehrenswerter auszusehen. Jede Woche wurde seine Show noch ausgeklügelter, noch aufreizender." Es war wie eine Art Zeitraffer. Ja, man konnte sehen, dass Finns Konturen sich veränderten. Auf die Toys achtete Milan gar nicht. Es war viel zu viel auf einmal.

Das Bild zoomte auf den Chat.

Ich würde ihn dir am liebsten in deinen süßen, kleinen Arsch rammen.

289

Kann ich dich besuchen und dir ein bisschen zur Hand gehen?
Bei meinem Schwanz würde dir Hören und Sehen vergehen.

Immer wieder tauchten Handynummern auf, die eine Sekunde später von einem Chatbot entfernt wurden.

„Jinn hat diese Nachrichten auch gesehen. Ihm musste zu jeder Zeit klar sein, welche Botschaft er mit seinen Shows aussendet. Insider vermuten, dass er sich seinem Fan womöglich sogar absichtlich ausgeliefert hat, um noch mehr Beachtung zu gewinnen."

„Habt ihr sie noch alle?!", rief Milan dem Video entgegen. „Hört ihr euch selbst eigentlich zu?" Wie krank musste man sein, um allen Ernstes zu unterstellen, dass Finn sich freiwillig hatte fesseln und verletzen lassen.

Der Sprecher redete einfach weiter. Nun wurden Fotos eingeblendet, die einen noch jüngeren Finn zeigten.

„Schon früher zeigte Jinn deutliche Anzeichen von Geltungssucht. Seine Social Media Profile waren voll von Selfies wie diesen."

„Das sind ganz normale Bilder", knurrte Milan.

„Eine Schulkameradin schrieb: In der achten Klasse wollte keiner von uns die Hauptrolle im Theaterstück spielen, weil sie so viel Text hatte ... nur Finn. Er hat sich sogar freiwillig dafür gemeldet. Da waren wir alle erleichtert. Ich fand ihn mutig."

Milan schüttelte den Kopf. Wie konnte man ein dermaßen absurdes Video drehen? Finn wollte also, dass ihn jemand brutal angriff, und fast dabei tötete? Und der Beweis für diese steile These war, dass er Spaß am Schultheater gehabt hatte?

„Er ist immer schon aufgefallen, allein durch seine Haare. Aber er hat auch immer diese teuren Klamotten gehabt. Ich glaube, das war ihm wichtiger als das Studium. Ich hab nie viel mit ihm geredet, er kam mir ganz nett vor. Aber was man so hörte, klang eher abgehoben. Er soll wohl in einer Art Elite-Chatgruppe gewesen sein, zu der wir Normalos keinen Zutritt hatten."

Er hätte lachen wollen, aber es drückten sich nur zwei kleine Wutträen aus seinen Augenwinkeln. Was war dieses Video? Er wollte diese Leute greifen und schütteln, bis ihnen selbst klar wurde, was für ein Blödsinn da zusammenkam.

Als wäre Finn der einzige junge Mann auf dem Planeten, der Wert auf sein Aussehen legte. Der einzige Student, der mit Freunden in einer Chatgruppe war. Der einzige Mensch, der gerne teure Marken trug, obwohl er sie sich vielleicht nicht wirklich leisten konnte.

„Ehemalige Freunde von Jinn berichteten auch, dass er sich in einschlägigen Clubs gern von Fremden ansprechen ließ, Autogramme verteilte und ausgiebig flirtete, obwohl er in einer Beziehung war. All diese Beweise legen nahe, dass Finn nicht ist, was er in seinen Interviews zu sein vorgibt.

Er ist ein Narzisst, der das, was ihm geschehen ist, über einen langen Zeitraum mindestens provoziert, wenn nicht gar bereits einkalkuliert hat. Auf jeden Fall ist er niemand, der so wie aktuell mit Spenden, Medienaufmerksamkeit und Geschenken überhäuft werden sollte.

Bitte verbreitet dieses Video, um auch eure Freunde und Angehörigen aufzuklären."

„Einen Scheiß werde ich verbreiten."

KAPITEL 33

Finn betrat das Zimmer mit einer Mischung aus Vorfreude und Anspannung. Sein erster Blick galt dem Bild, das er gemalt hatte. Die Libelle hing über Milans Schreibtisch. Ein sehr prominenter Platz. Ein zurückhaltender, silbergrauer Rahmen fasste es ein und es schien fast, als hätte Milan irgendetwas mit den Farben angestellt. Sie waren ihm gar nicht so intensiv vorgekommen, als er daran gearbeitet hatte.

Ein angenehm weicher Geruch schlich sich in seine Wahrnehmung. Ein bisschen holzig. Was war das? Er schnupperte.

Die Massageliege stand mitten in dem kleinen Raum. Der Schreibtisch diente heute wohl als Ablagefläche für Tücher und das Ölfläschchen. Auf der Liege selbst wartete ein rosafarbenes Handtuch, sorgsam gefaltet. Er wusste, wofür das war.

Finn schluckte. Als er sich die Massage gewünscht hatte, hatte er vor allem an Milans magische Hände und die Entspannung gedacht, die sie ihm bescheren würden ... nicht an die Nacktheit. Aber vielleicht war es unterbewusst doch Absicht gewesen. Auf dieser Liege zu liegen, nur ein Handtuch als Schutz und Milan ganz nahe bei ihm – das war definitiv eine

Herausforderung. Ein Schritt nach vorn. Ein Schritt zueinander.

„Ist das okay? Missfällt dir irgendwas?" Milans Hand lag auf seiner Schulter.

„Das ist wunderbar", sagte Finn. Allein, wie Milan den Raum vorbereitet hatte. Die Vorhänge waren zugezogen, verbargen den wolkigen Abendhimmel, unter dem er hergekommen war. Auf den Brettern des Bücherregals brannten Teelichter und vom Computer kam leise Musik.

Außerdem war es wohlig warm im Zimmer. Er würde nicht frieren, selbst wenn er nackt auf der Liege Platz nahm.

„Dann lasse ich dich kurz allein, damit du es dir bequem machen kannst."

Finn widersprach nicht. Er lächelte Milan zu, als der ihm von der Tür aus zuzwinkerte und sie dann leise schloss.

Wie war das bei professionellen Massagen? Gab es da eine Umkleide? Wahrscheinlich, oder? Sich direkt vor dem Masseur auszuziehen kam ihm zu seltsam vor.

Finn ging näher an die Liege heran und strich mit der Hand darüber. Die Oberfläche war anschmiegsam und härter, als er erwartet hatte.

Ein Blick über die Schulter, zur geschlossenen Zimmertür, dann fing er an, sein Hemd aufzuknöpfen. Die Liege stand genau gegenüber vom Schreibtisch. Wenn er lag, würde er den nicht mehr sehen, aber jetzt gerade erinnerte ihn das an früher, als er sich auf seine Shows vorbereitet hatte.

Ein elektrisierendes Kribbeln schoss durch seine Wirbelsäule als er sich an das erste Mal erinnerte, an das Lampenfieber und das Feuer in seinen Wangen. Und in seinem Schoß.

Sein Kehlkopf bewegte sich.

Milan hatte keine Webcam, und auch der Monitor schien keine eingebaute Kamera zu besitzen. Oder?

Bevor er sich das Shirt ganz abstreifte, machte er zwei Schritte auf den Schreibtisch zu und fuhr mit dem Daumen über den schwarzen Rahmen des Bildschirms, um sicherzugehen. Er wusste selbst nicht genau, warum er das tat. Es gab keinen richtigen Grund ... selbst wenn es hier eine Kamera gab, so würde sie natürlich nicht laufen. Milan würde ihn nicht einfach aufnehmen.

Finn erschrak, als das Licht des Monitors anging und das ruhige Schwarz von einem grellen Weiß abgelöst wurde. Er war wohl nur auf Stand-by gewesen. Vor ihm erschien Milans E-Mail-Postfach.

Okay, der Monitor hatte keine eingebaute Kamera. Er konnte diesen Gedanken beiseiteschieben und sich wieder auf seine Aufgabe konzentrieren. Ausziehen. Einfach ausziehen. Dann auf die Liege.

Er schluckte.

Eine fettgedruckte Zeile stach ihm ins Auge.

Re [2]: Die Wahrheit über Finn Wieser

Die Fingernägel seiner rechten Hand gruben sich in den Handballen, als er krampfhaft versuchte, sich davon abzuhalten, nach der Maus zu greifen und diese E-Mail zu öffnen. Sie war von E. S. Das Kürzel kannte er.

Hicks.

Hatte man ihm eins dieser ...

Scheiße. Sollte er ihn rufen und ihn danach fragen? Nein, das würde aussehen, als hätte er geschnüffelt. Als hätte er mit voller Absicht seinen PC durchsucht. Das ging nicht. Er vertraute Milan.

Richtig.

Er vertraute ihm.

Du drehst dich jetzt um und tust so, als hättest du das nie gesehen, sagte die Stimme in seinem Kopf. Irgendjemand hat mit Milan

Kontakt aufgenommen. Einer von denen, die ihn immer noch damit verfolgten. Offenbar hatte Milan etwas zurückgeschrieben. Aber das musste nicht bedeuten, dass er denen glaubte. Wahrscheinlich stand in seiner Mail, dass sie ihn gefälligst in Ruhe lassen sollten, und nun schrieben die ihm, dass er einen Fehler machte oder so.

Egal. Egal. Egal.

Milan und er waren verliebt. Er war hergekommen, Milan hatte das hier für ihn vorbereitet. Er sollte nicht an ihm zweifeln. Nicht an ihnen beiden.

Er nickte sich zu und tat endlich das Richtige. Er drehte sich um, ging wieder zur Liege und öffnete seinen Gürtel.

„Bist du fertig?", rief Milan von draußen.

„Moment noch!"

Hicks.

Hitze stieg in sein Gesicht. Er hatte nur Zeit damit verplempert. Eilig streifte er sich die Hose ab und stieg heraus. Jetzt noch die Socken. Als Letztes die Unterhose. Kurz und schmerzlos.

Finn nahm das rosafarbene Handtuch von der Liegefläche und wickelte es sich um die Hüfte, sodass es seinen Schoß bedeckte. Es war lang genug, dass er es an der Seite befestigen konnte. Als es saß, kletterte er auf die Liege und legte sich auf den Bauch.

„Jetzt bin ich fertig."

Obwohl er auf dem Bauch lag, war es nicht unbequem. Am Ende der Liege gab es eine Halterung für den Kopf, sodass er seinen Nacken nicht überanstrengen musste, um so eine Weile auszuharren.

Er wusste nicht so richtig, wo er die Arme hinlegen sollte, also ließ er sie direkt neben dem Körper ausgestreckt liegen.

Fühlte sich schon ein bisschen seltsam an. Ein bisschen ausgeliefert.

Die Tür klappte leise und Schritte kamen näher.

„Ist es bequem so, oder soll ich die Kopfstütze noch verstellen?" Finn presste die Lippen aufeinander, als der nächste Hickser kam. Milan tätschelte seine Schulter. „Oder sollen wir lieber ein ander Mal?"

„Alles perfekt", sagte Finn und schloss die Augen. Vielleicht war die Massage jetzt wirklich genau das, was er brauchte. Entspannung. Er war es leid, Angst vor diesen Leuten zu haben. Sogar wütend auf sie zu sein.

Manche von denen schienen ein ganz persönliches Problem mit ihm zu haben. Vielleicht waren sie homophob. Nur bei Kai verstand er es nicht. Er hatte damals so viel über ihn geredet, so viele Dinge erzählt, die einfach nicht stimmten. Er hatte nie die Zuneigung von Fremden seiner vorgezogen. Er war so froh gewesen, dass Kai bei ihm blieb. Glücklich und dankbar und voller vorsichtiger Hoffnung.

Als er nach der OP aufgewacht war, hatte er an seinem Bett gesessen, mit den dunkelsten Augenringen, die er jemals bei jemandem gesehen hatte. Kai hatte seine Hände genommen, sie gestreichelt und ihm versprochen, dass alles gut werden würde. Und er hatte versucht, daran zu glauben.

Der holzige Geruch wurde stärker und holte ihn zurück in die Gegenwart.

„Schon Kleopatra hat Honig für ihre Haut verwendet", sagte Milan mit sanfter Stimme. Er legte die Hände an seine Schultern und fuhr langsam an seinem Rücken auf und ab.

Das war erst das Aufwärmen, das wusste Finn. Bald kneteten die geübten Finger seine Muskeln. Den ganzen Rücken auf und ab, die Schultern, den Nacken, dann seine Arme. Milan nahm sich unendlich viel Zeit für jedes Stück von ihm und erzählte nebenbei leise, was er tat und welche positiven Auswirkungen das auf seinen Körper haben sollte.

Der Schluckauf verschwand, ebenso wie der Gedanke an die E-Mail. Für eine Weile lag Finn einfach nur da, spürte die Schwere seines Körpers und Milans Finger, die ihn verwöhnten.

Manche Handgriffe taten zuerst ein bisschen weh, aber meistens wurde es dann erst richtig gut.

Den Bereich, den das Handtuch bedeckt, ließ er kommentarlos aus und widmete sich dann seinen Beinen. Ein warmer Blitz durchfuhr Finn, als Milan die Rückseiten seiner Oberschenkel anfasste. Ihm wurde wieder klar, dass er vollkommen nackt hier lag und sein Herz pochte. Milan war ihm so nah. Er könnte das Handtuch wegschieben und mit den vom Öl glitschigen Fingern noch ganz woandershin vordringen.

Finn schluckte trocken. Der größte Nachteil an seiner Lage war, dass er nichts trinken konnte.

Eine Gänsehaut jagte die nächste, während Milan sich an seinen Beinen auf und ab arbeitete. Das wohlige Gefühl seiner Berührungen hörte nicht bei den Oberschenkeln auf, sondern kroch durch seinen ganzen Körper. In kleinen Wellen kribbelte es sich seinen Weg bis zu seinem Gesicht.

Finn hielt den Atem an.

Der warme Druck des Handtuchs und der Liege an seiner Mitte. Kaum merklich bewegte Finn die Hüfte, drehte sie ein ganz klein wenig. Milan sollte es nicht mitbekommen.

Er war hart. Der Gedanke tauchte wie aus dem Nichts auf und riss alles an sich. Der ganze Entspannungseffekt der Massage schien zu verpuffen, als sich eine fremde Hitze in ihm ausbreitete.

Zum Glück konnte Milan sein Gesicht nicht sehen. Und auch nicht, was passierte. Scham und Erregung tanzten wild im Kreis umeinander herum. Was sollte er machen? Wenn Milan ihn bat, sich umzudrehen, damit er vorne weitermachen konnte – was sollte er sagen?

Damals, als er es mit Kai versucht hatte, war er nie richtig hart geworden. Selbst dann nicht, wenn Kai ihn gestreichelt und an ihm herumgespielt hatte. Und jetzt passierte es einfach so?

Es musste an Milans Massagekünsten liegen. Schon, als er vor einigen Wochen seine Füße massiert hatte, war das unerwartet schön gewesen. Irgendwie schaffte er es, seinen Körper zu beleben. Wunden zu heilen, die tiefer lagen. Die niemand genäht hatte.

„Die Füße machen wir zuletzt, hm? Als krönenden Abschluss", sagte Milan und nahm die Hände von ihm. Sofort fehlte etwas.

„Soll ich mich jetzt umdrehen?", hörte Finn sich fragen.

„Ja, bitte."

Milan kam nach vorn, um die Kopfstütze dafür anders einzustellen. Er ahnte nichts von der Hitze, die er in ihm entfacht hatte.

Finn rappelte sich hoch. Langsam. Das Handtuch noch an Ort und Stelle. Sein Körper war so seltsam leicht, als er sich in eine sitzende Position brachte, die Beine von der Liege baumeln ließ. Sie war nicht groß genug, um sich direkt darauf zu wenden.

Sofort ging sein Blick zu der Wölbung im Handtuch. Er biss sich auf die Unterlippe. Es selbst zu sehen, drehte die Temperatur noch ein paar Grad höher. Zum ersten Mal seit einem Jahr hatte er wirklich das Bedürfnis, sich anzufassen. Die Hand unter den Stoff zu schieben.

Auf einmal stand Milan direkt vor ihm.

„Ich hab immer gesagt, dass ich diese Art von Massage nicht anbieten würde, aber jetzt gerade würde ich gerne eine Ausnahme machen." Verdammt, seine Stimme ... und dieser heiße Blick. Er wollte ihn. Ihn. Obwohl er wusste ... „Wenn ich darf."

In Milans schönen Augen fand er keine Angst vor dem, was es zu entdecken gab, kein Zögern, kein Mitleid. Er sah ihn nicht an wie ein Opfer. Wenn Milan ihn so anschaute, fühlte er sich wieder ganz. Und er wollte ihm geben, was er sich so wünschte.

Finn zog ihn in einen Kuss. Milans Lippen waren noch heißer als seine. Ihre Zungen umspielten einander. Er löste das Handtuch und schlug es zurück. Legte alles frei.

Milans Hände wanderten an seinem Oberkörper entlang. Er kümmerte sich gar nicht um die Enthüllung. Als wäre alles ganz normal.

Finns Herz pochte wie verrückt, als Milan sich hinab beugte und seine Nippel mit der Zungenspitze kitzelte. Jede Berührung sagte ihm, wie scharf er auf ihn war. Der feste Griff seiner Hände an seinen Oberschenkeln, das Streifen seines heißen Atems.

Es war noch gar nichts passiert und doch bebte sein Atem, als Milan von seiner Brust abließ und ihn ansah. Noch ein Kuss, sanfter als der letzte und viel zu schnell vorbei. Milan lehnte die Stirn sachte gegen seine. Sein Blick kribbelte tief drinnen.

Dann berührte er ihn. Einfach so. Als hätte es nie diese Barriere gegeben. Finn sah nach unten. Sah zu, wie Milans schöne Hände ihn anfassten. Es war wie im Traum.

Finn legte einen Arm um Milans Nacken und stützte sich mit der anderen auf der Liege ab. Er spreizte die Beine ein wenig mehr und sofort eroberte Milan sich auch dieses Stück von ihm.

Noch immer konnte Finn nirgendwo anders hinsehen. Milans Hand glitt mühelos an ihm auf und ab. Die Haut glänzte feucht vom Öl.

Er wusste nicht mehr, wie es sich früher angefühlt hatte. Nur, dass es anders gewesen war. Dass er es geliebt hatte, wenn Kai mit der ganzen Handfläche über seine Eichel rieb.

Jetzt war es das pure Adrenalin, dass Milan ihn überhaupt berührte. Dass er heiß auf ihn war. Es war nicht der mechanische Reiz, der ihn so schwer atmen ließ. Nicht nur. Es war in seinem Kopf. In seinem Herzen. Zwischen ihnen in der Luft. In Milans Blick. In seinen Küssen.

Er griff fester in Milans Haare. Sein Schwanz zuckte heftig.

„Fühlt sich das gut an?"

„Gott, ja, was machst du da?", keuchte er.

Milan grinste ihn unverschämt sexy an. Seine Hand lag an seinen Hoden, aber sein Daumen irgendwo weiter unten. Nicht in ihm, aber ... Fuck.

„Eine Massage", murmelte er und küsste seinen Hals.

„Wie konnten ... die dich gehen lassen?", fragte er und biss sich gleich darauf auf die Lippe, weil seine Stimme sich überschlagen wollte. Er war jetzt schon so weit. Und Gott, er wollte es keine Sekunde lang zurückhalten.

Stöhnend ergab er sich dem so lange vergessenen Gefühl. In mehreren heiß kribbelnden Schüben drang die weiße Flüssigkeit aus ihm heraus. Er beobachtete, wie es passierte, ohne es zu verstehen. Es kam ihm vor wie ein Wunder.

Er hatte nie wieder Sex haben wollen. Nie wieder jemanden anfassen. Erst recht nicht angefasst werden. Es war vorbei gewesen. Als wäre dieser Teil von ihm gestorben. Dieser Teil, den er für alles irgendwie verantwortlich gemacht hatte.

Finn drückte sein Gesicht in Milans Halsbeuge, sog seinen vertrauten Geruch in die Nase und spürte den kräftigen Pulsschlag. Es war einfach, die Tränen in dieser Geborgenheit vor der Welt zu verstecken.

Milan fragte nicht und sagte keine komischen Sachen wie ‚so schlimm sieht er doch gar nicht aus'. Er strich ihm einfach durchs Haar und hielt ihn fest, bis er wieder mit sich klarkam.

KAPITEL 34

WÄHREND FINN DUSCHTE, kümmerte Milan sich um das Abendessen. Er wusch sich die Hände an der Spüle, doch das Kribbeln in Fingern und Handfläche blieb hartnäckig.

Beim Tischdecken fiel ihm auf, dass er vergessen hatte, den Einkauf aus seinem Rucksack zu holen. Heute hatte sich alles in seinem Kopf nur um die Massage und deren Vorbereitung für Finn gedreht. Jetzt kam er langsam wieder runter ... Die Welt hatte sich heute verändert. Ein ganz klein wenig nur, aber manchmal machten die kleinsten Dinge den größten Unterschied.

Er hörte es, als er an der Badezimmertür vorbeilief. Finn sang *The Winner Takes it All*. Schmunzelnd blieb er einen Moment lang stehen und hörte ihm zu. Seine Stimme war so sanft und gleichzeitig so stark, dass sie wunderbar zu diesem Song passte. Er sang ihn etwas tiefer als das Original und es klang, als würde er dabei lächeln.

Vielleicht fühlte er sich gerade wie ein Gewinner. Das war verdammt süß.

Mit Mühe brachte er sich dazu, weiterzugehen.

Die Situation vorhin auf der Liege war so intim gewesen, dass er jetzt noch die Gänsehaut spürte, die sie ihm über die Oberschenkel gejagt hatte. Er hatte Finns Angst gespürt, aber auch seine Erregung. Sie hatten nur diesen einen Moment überwinden müssen. Das hatte Finn ganz allein geschafft.

Ganz am Anfang hatte er selbst noch Angst gehabt. Angst, dass er ihm wehtat, dass er ihn irgendwie falsch anfasste. Aber das war überhaupt kein Thema gewesen. Alles hatte sich so natürlich angefühlt. Wie völlig normaler Sex. Nein, nicht ganz. Wie völlig normaler Sex mit jemandem, der ihm verdammt wichtig war.

Das zwischen ihnen war nie etwas Leichtfertiges gewesen. Er hatte von Anfang an gespürt, dass Finn etwas Besonderes war. Nicht wegen seiner Geschichte. Es war ... diese Leichtigkeit, die ihn umschwirrte, wenn er keine Angst hatte. Diese Energie tief in ihm drin, die immer öfter auch aus seinen Augen strahlte, wenn sie zusammen waren. Die wahrscheinlich lange niemand mehr zu Gesicht bekommen hatte. Er konnte sie hören, wenn Finn sang, sehen, wenn er lächelte, sie fühlen, wenn er ihn küsste und die Arme um seinen Nacken schlang.

Dieser Funke war es, der ihn gefangen genommen hatte. Und er wusste, dass er dabei war, sich komplett in seinem Licht zu verlieren.

Finn kam frisch angezogen und mit feuchten Haaren aus dem Badezimmer. Er trug ein Handtuch lässig um die Schultern gelegt und setzte sich an den Tisch. Als sie sich anschauten, flog ein verschmitztes Lächen zwischen ihnen hin und her wie ein Ping-Pong-Ball.

Keiner schien sprechen zu wollen, aber das machte nichts. Sie wussten beide, dass sie gerade glücklich waren.

Das frisch aufgebackene Kräuterbrot knackte verführerisch und verströmte seinen leckeren Duft im Wohnzimmer. Gemeinsam genossen sie das Essen und tranken danach noch einen Schluck Wein.

Später verabschiedeten sie sich mit leisen Worten und langen Küssen, und als er Finn nachsah, wie er mehr nach nebenan *tanzte,* als zu laufen, wusste er, dass er ihn nie wieder loslassen wollte.

*

Tatendrang erfüllt ihn, als Sonnenlicht in sein Gesicht fiel. Finn stand mit einem Lächeln im Gesicht auf. Seine Schritte durch das Haus waren federleicht und er hatte die ganze Zeit das Gefühl, singen zu wollen, als wäre er in einem Musical aufgewacht.

Milan hatte seinen Albtraum fortgejagt. Alles war so wunderbar normal gewesen. Dass es nochmal so werden könnte, hatte er sich kaum vorstellen können. Dass jemand ihn einfach so anfassen konnte, ihn ansehen konnte, ohne diesen Blick voll Mitleid, den er bei Kai gesehen hatte, als sie gemeinsam das OP-Ergebnis in Augenschein nahmen.

In diesem Moment hatte Milan ihn nicht als Opfer gesehen, nicht als den armen Typen mit dem Stummel, sondern als den Mann, den er begehrte. Dass es jemanden gab, der das konnte, kam ihm wie ein Traum vor. Die Ärzte und seine Mutter hatten immer gesagt, dass er die Hoffnung nicht aufgeben sollte, das übliche Zeug eben, so wie man jemandem nach einem Autounfall sagte, dass er wieder lernen würde, die Hand oder das Bein richtig zu bewegen ... er hatte ihnen nicht geglaubt. Bis gestern.

Auf einmal erschien alles wieder möglich. Alles.

Finn trank einen Smoothie zum Frühstück und ging zu Agnetha, Anni-Frid, Björn und Benny. Er gab ihnen Futter, füllte das Wasser nach und machte ein bisschen sauber. Dann zog er sich an und setzte sich vor den Laptop, um ein bisschen zu arbeiten.

Mittags, während das Nudelwasser kochte, lief er durchs Haus und sammelte Kleidung für die Wäsche ein. Dabei stieß er auf die Hose, die er bei seinem Restaurant-Date mit Milan getragen hatte. Die Visitenkarte von Lex steckte noch in der Tasche. An den Ecken ein bisschen zerknittert.

Finn hockte vor der geöffneten Waschmaschine und betrachtete die Aufschrift. Fotograf und Videofilmer Lex Peterson. Auf der Rückseite war eins seiner berühmtesten Bilder abgedruckt. Es war das Schwarzweißfoto eines Mannes. Eigentlich war es ziemlich unaufgeregt, er stand einfach nur da und schaute in eine Richtung, die Kamera blickte ihm halb über die Schulter. Aber sein Ausdruck und die ganze Komposition gaben dem Motiv eine tolle Dramatik.

Außerdem sah das Model wahnsinnig perfekt aus. Finn strich mit dem Daumen über das Papier und dachte an Lex' Worte. An dem Tag war für ihn klar gewesen, dass er das nicht annehmen würde. Er wollte nie wieder die falschen Blicke auf sich ziehen. Komplimente waren damals wie eine Droge für ihn gewesen. Durch die vielen netten Worte hatte er sich zu gut, zu sicher, gefühlt. Wieder darauf hereinzufallen wäre ziemlich dumm.

Oder?

Er drehte die Karte zwischen den Fingern.

Vielleicht wäre es auch eine gute Maßnahme zur Selbsttherapie. Er war immer noch nicht so sicher, wie er es sich wünschte. Immer noch schreckhaft und ein bisschen panisch, wenn er draußen war und die Blicke der anderen spürte.

So ein Shooting wäre ein Schritt, um das abzubauen. Irgendwann wollte er sich wieder sicher fühlen können. Auch draußen unbeschwert sein. Und Lex war definitiv jemand, dem er vertrauen konnte. Der Mann hatte eine Reputation und er war ein Freund von Milan.

Finn stopfte die Hose in die Trommel und schloss die Waschmaschine. Er füllte Waschmittel ein und startete das Programm. Dann stand er vorm Spiegel und musterte sich. Vielleicht durfte er sich ja doch noch ein bisschen schön finden. Trotz allem.

Er strich sich die Haare zurück und lächelte seinem Spiegelbild zaghaft entgegen. Es war ein gutes Gefühl, sich selbst auch wieder anders ansehen zu können. Ohne Angst.

Wahrscheinlich war es gut, dass alles so kurzfristig passierte, sonst hätte er sich vielleicht doch noch umentschieden. Er hatte seinen Mut zusammengenommen und Lex angerufen. Und jetzt stapfte er über diesen Sandweg auf den Bauernhof zu, auf dem heute ein größeres Shooting stattfand, das von Lex organisiert wurde.

Mehrere Models, mehrere Fotografen.

Finn spazierte unter den Nuss- und Ahornbäumen hindurch. Neben ihm lief ein langer, alternder Holzzaun entlang, der aus groben Brettern gefertigt war. Finn zählte die Astlöcher in den Streben, um sich von seiner Nervosität abzulenken.

Der Herbst kam mit großen Schritten. Die Luft war noch warm, aber sie roch schon nach feuchtem, bunten Laub und Regen auf den Gräsern.

Dass es diesen Bauernhof hier gab, hatte er gar nicht gewusst. Er lag ein bisschen abseits und war von der Haltestelle aus auch nicht direkt zu sehen. Die üppigen Baumkronen verbargen die Gebäude und Weidezäune, bis man näher herankam.

Zwei Pferde standen auf der Koppel und beobachteten ihn. Vom Fototeam konnte er noch nichts erkennen. Die Adresse stimmte. Wahrscheinlich waren sie drinnen oder weiter draußen, hinter der Scheune oder in einem Garten. So ein Grundstück bot ja viele schöne Kulissen.

Lex hatte gesagt, er solle gedeckte Farben tragen, nichts zu Buntes, und sich ganz natürlich zurechtmachen. Daran hatte er sich gehalten. Er trug ein älteres, cremeweißes Hemd und eine braune Stoffhose, dazu einen dünnen, geflochtenen Gürtel und derbe Boots. Die Haare trug er in einem etwas unordentlich gebundenen Zopf.

Das Tor stand offen. In den Boden waren die Reifenmuster der Arbeitsfahrzeuge eingeprägt. Finn schaute sich um, um irgendwo eine Spur der anderen auszumachen.

Dort hinten hörte er etwas. Ob überhaupt jemand mit ihm rechnete? Im Gegensatz zu Lex, der quasi ein Promi war, kannte ihn ja niemand. Sicherheitshalber steckte er die Hand in die Hosentasche, bereit, die Visitenkarte vorzuzeigen.

Es war Lex Peterson selbst, der hinter der Ecke des Wohnhauses stand und seinem Model Anweisungen zurief. Der andere Mann stand in vier Metern Entfernung und posierte. Neben ihm standen zwei weitere Leute, die mit Reflektoren hantierten. Alle sahen sehr beschäftigt aus.

Es war wohl besser, wenn er wartete, bis sie eine Pause einlegten.

Eine Weile hörte er dem Klicken des Auslösers und den Stimmen des Teams zu. Lex und seine Leute arbeiteten sicher schon lange zusammen. Auch das Model wirkte, als wisse es genau, was Lex wollte. Klar, das waren alles Profis.

Und er war ein kleiner Amateur. Vielleicht hatte Lex auch nur freundlich sein wollen, als er sie beide in dem Restaurant entdeckt hatte. Schließlich war er Milans Kumpel. Vielleicht war er davon ausgegangen, dass Finn sowieso nicht auf sein Angebot eingehen würde. Warum hatte er daran nicht früher gedacht?

Jetzt stand er hier wie bestellt und nicht abgeholt und kam sich dumm vor. Warum sollte Lex jemanden wie ihn zu einem Shooting einladen, wenn es für ihn absoluter Standard war, mit richtigen Models zu arbeiten. Mit jemandem wie ihm da drüben.

Finn ging zwei Schritte rückwärts, und wollte einfach wieder hinter der Ecke das Hauses verschwinden. Er konnte genauso unbemerkt wieder gehen, wie er gekommen war, und diesen Ausflug einfach als Spaziergang verbuchen.

„Sorry, ich kann mich gerade noch nicht um dich kümmern, Hollywood, aber geh doch mal rüber zur Scheune. Anthony ist bestimmt gerade fertig und würde sicher auch gern den einen oder anderen Schuss machen."

Finn hielt den Atem an.

Meinte er ihn? Hatte er die ganze Zeit gewusst, dass er hier gestanden hatte?

„Brauchst nicht schüchtern sein. Geh einfach hin." Lex ließ keine Sekunde von seiner Arbeit ab, sondern machte nur eine vage Handbewegung in Richtung der Scheune.

„Okay, danke", sagte Finn kleinlaut und stapfte hinüber zu dem anderen Gebäude. So ganz wohl war ihm nicht dabei, jetzt doch mit einem fremden Fotografen zu arbeiten. Aber wenn das ein Kollege von Lex war, gab es sicherlich keinen Grund, Angst zu haben.

Die Scheune war richtig urig. Hier und da blätterte die rote Farbe vom Holz ab und der Geruch des Heus kam ihm entgegen. Das Tor wirkte wie der riesige geöffnete Mund des Gebäudes.

Ein Mann lehnte an einem Stützpfosten im Eingangsbereich und blätterte auf dem kleinen Screen seiner Spiegelreflexkamera einige Bilder durch.

„Ähm, hallo", sagte Finn und räusperte sich. Er wollte nicht so unsicher klingen, aber er war schon froh, dass er überhaupt ein Wort herausbekam. Das Ganze war viel schwieriger, als er es sich vorgestellt hatte. Er wünschte sich Björn oder noch besser Milan zur seelischen Unterstützung herbei. Tja, aber keiner von beiden wusste überhaupt, dass er hier war. Er musste da ganz allein durch.

„Hey. Du bist eins von den Models, die Lex eingeladen hat", stellte der Fotograf ohne Umschweife fest und schaute ihn an. Er war ungefähr Mitte vierzig, hatte einen stoppeligen Vollbart, den er sich jetzt kratzte, und dunkle, buschige Augenbrauen. Er trug ein kariertes Hemd, dessen Ärmel er an den Ellbogen umgekrempelt hatte, und seine Füße steckten in völlig abgewetzten Turnschuhen, an deren Schnürsenkeln Erde klebte.

„Genau. Ich bin Finn."

Der Mann kam näher und Finn musste mit sich kämpfen, um nicht zurückzuweichen. Der Fotograf war einen halben Kopf größer als er, und als er die Hand nach ihm ausstreckte, erstarrte Finn einen Moment lang.

Es dauerte mehrere Schrecksekunden, bis ihm klar wurde, dass er ihm nur die Hand schütteln wollte.

„Ich bin Anthony Verne. Freut mich." Er lächelte und kratzte sich nochmal das bärtige Kinn. „Was hältst du davon, hier vorn ein bisschen für mich zu posen?" Verne deutete auf den Bereich des Scheuneneingangs, wo der Schatten des Gebäudes begann. Heuballen türmten sich neben der Leiter, die zum Dachboden hinauf führte. „Du kannst dich gegen die Bündel lehnen, ich glaube, das würde ziemlich cool aussehen."

Finn nickte und befolgte die Anweisung. Ein paar der Halme pieksten ihm in den Rücken und gegen den Kopf, aber er lehnte sich dennoch ganz lässig dagegen.

„Leg dir den Zopf über die Schulter und verschränk die Arme. Und dann schau mal nach da drüben, beachte mich gar nicht." Verne fuchtelte mit seiner Hand herum, als würde er ein Orchester dirigieren, schaute aber die ganze Zeit durch den Sucher. Finn tat, was er wollte und versuchte nebenbei, seinen schnellen Herzschlag zu beruhigen.

Er spürte den Blick der Kamera auf sich, und das fühlte sich anders an als wenn Milan ihn fotografierte. Es kribbelte in seinem Magen wie bei einer Achterbahnfahrt. War das noch die Alarmanlage oder die Euphorie darüber, dass er das hier wirklich machte?

„Okay, tolles Profil, dreh den Kopf noch weiter. Die Beine ein bisschen lockerer, du siehst zu steif aus."

„Sorry, ich mach das nicht so oft", murmelte er und versuchte, die Pose so zu ändern, wie Verne sie haben wollte. Er spürte selbst, wie verspannt er war.

„Das wird am Ende niemand sehen, glaub mir. Du siehst großartig aus, selbst wenn du nur ganz normal dastehst. Könnte man sofort drucken. Ich versuch' nur, noch etwas mehr rauszuholen."

Wahrscheinlich sagte er das nur, damit er sich besser fühlte, aber das Kompliment floss trotzdem wohlig warm durch ihn hindurch und entspannte seine Muskeln.

Der Auslöser klickte immer öfter und ganz langsam wich die Angst in den Hintergrund, verschwand zwischen dem Geruch des Heus und der sanften Wärme dieses Spätsommernachmittags.

Verne dirigierte ihn zu der Leiter, machte dort einige Bilder von ihm und bat ihn dann, sich weiter hinten einfach direkt ins Heu zu werfen, während er selbst auf einen Schemel stieg und von oben auf ihn herab fotografierte.

„Mach die Haare mal dafür auf."

Finn lag auf seinem Heubett und hob den Kopf, um den Zopfhalter zu entfernen. Er ließ ihn in der Tasche seines Hemdes verschwinden und nahm seine Pose wieder ein.

Sein ganzer Körper kribbelte vor Aufregung. Dass er hier so lag, war ein Schritt mehr, als er eigentlich hatte gehen wollen. Auch wenn er komplett bekleidet war, fühlte es sich irgendwie an, als würde er mehr zeigen, als gut für ihn war.

Aber Vernes Worte waren wie ein Zauber. Sein Lob trieb ihn an, und er sparte wahrlich nicht damit.

„Wahnsinn, das sieht absolut awesome aus. Du wirst es lieben." Finn konzentrierte sich auf die Luft in seinen Lungen und Vernes Stimme, während er sich immer wieder sagte, dass das hier okay war.

„Die Hand noch etwas näher zum Gesicht. Nein, die andere. Dreh die Handfläche andersherum. Und deine Haare … die müssen wir mehr verteilen. Warte."

Verne sprang von dem Schemel herunter und ließ sich auf Knien neben ihm ins Heu fallen. Auf einmal war er direkt über ihm.

Finn spürte, dass sich seine Lippen bewegten, aber keine Silbe kam aus seinem Mund.

Heißkalte Panik durchbohrte seine Brust wie eine Gewehrsalve. Fremde Finger schlossen sich um seine Handgelenke. Finn konnte nicht atmen. Alles setzte aus. Da war nur noch diese Stimme in ihm, die ihn anschrie.

Nicht nochmal! Nie wieder!

Mit einem Mal roch das Heu nach Blut und war das Sonnenlicht in seinem Gesicht wie das Aufblitzen einer Klinge. Hastig rollte Finn sich zur Seite, riss sich los und kam ungeschickt auf die Beine.

Stolpernd rannte er an der Leiter vorbei und stürzte nach draußen. In seiner Hektik knickte er auf dem unebenen Boden um. Heißer Schmerz zuckte durch sein Bein, doch er hielt ihn nicht davon ab, weiterzulaufen, direkt auf den Zaun zu, der das Gelände umsäumte.

Weg! So viel Abstand zwischen sie beide, wie nur irgendwie möglich – das war sein einziges Ziel. Die Sonne, das Blätterrascheln, der Wind, alles nur Fassade. Er steckte nicht in einem Musical, sondern in einem Horrorfilm.

Er war noch nie so schnell gerannt, spürte weder seine Füße, noch seine Hand, als er über den Zaun sprang. Erst, als die Bushaltestelle hinter der Biegung des Weges in Sicht kam, wagte er einen Blick über die Schulter.

Nein, niemand folgte ihm.

Finn bremste sich, und es fühlte sich an, als wäre die Erschöpfung ihm die ganze Zeit hinterher gehastet. Jetzt holte sie ihn ein. Seine Knie zitterten vor Angst und Schwäche. Seine Sicht flackerte. Er musste husten, weil seine Kehle auf einmal rau und trocken war.

Der Wind fühlte sich warm und kalt zugleich auf seinen Wangen an. Mit seiner eiskalten Hand wischte er sich den Schweiß von der Stirn.

Er schaffte es gerade noch bis zu den Sitzen in der Wartekabine. Zum Glück war niemand hier. Finn sank auf dem Stuhl zusammen. Ihm war übel. Er kannte dieses Schwächegefühl. Er war kurz davor, das Bewusstsein zu verlieren.

„Scheiße", fluchte er tonlos und versuchte, die Hände zu Fäusten zu ballen. Die Finger kribbelten heftig bei dem Ver-

313

such. Sie waren ganz weiß und kamen seinem Willen nicht ganz nach.

Himmel, er war komplett durch. Er ...

Die Tränen liefen heiß über seine Wangen. Sein Körper spie einfach alles was, was er hatte. Genauso überfordert wie seine Seele. Er konnte sich das nicht übel nehmen. Er war viel zu weit gegangen. Mal wieder.

Du hast dir doch vorgenommen, nie wieder deinen Instinkt zu ignorieren.

Ja, das hatte er. Und trotzdem war er darüber hinweg gegangen. Weil er sich zu stark gefühlt hatte, zu sicher. Die Leute hatten Recht. Sie hatten einfach Recht, auch wenn er jedes einzelne Wort hasste, das sie in die Kameras gesagt hatten.

Er war zu sehr von sich selbst besessen. Zu sehr von dem Drang, schön zu sein, anderen gefallen zu wollen, Aufmerksamkeit zu bekommen. Komplimente. Vernes Worte hatten gereicht, um ihn alle Vorsätze über Bord werfen zu lassen. Schon lag er im Heu und posierte.

Du bist so ein dummer Idiot.

Scheiße, war das peinlich. Verne würde Lex davon erzählen und der würde Milan fragen, ob sein Freund noch alle Tassen im Schrank hatte.

Verne hatte ihm nichts tun wollen. Das wurde ihm immer klarer, je öfter die Szene in seiner Erinnerung ablief. Er hatte nur seine Haare für das Foto sortieren wollen und seine Hände so hinlegen, wie er sie für die Pose haben wollte. Das war völlig normal für die Leute aus seinem Business. Nichts, weswegen man so ausrasten sollte.

Aber er war nicht normal. Er war kaputt. Und das änderte sich nicht, bloß weil er Sex mit Milan gehabt hatte. Das würde sich *niemals* ändern. Je früher er das einsah, umso besser für sie beide und den Rest der Welt.

KAPITEL 35

ER BRAUCHTE EINEN ganzen Tag, um sich wieder zu sammeln. Um im Bett zu liegen und sich vor der Welt zu verstecken, während auf seinem Tablet irgendeine Renovierungssendung lief. Etwas, für das er seinen Kopf nicht brauchte und das ihn nicht an das Fotoshooting erinnerte.

Sein Körper fühlte sich klein und schwach unter dem Gewicht der Decke an. Er trug einen langen Pyjama, hatte beschlossen, dass mit dem Ende des Sommers auch das Ende der Zeit für kurze Hosen gekommen war.

In seinem Bauch grummelte es. Das war der Hunger, weil er noch nichts gegessen hat. Aber dieses Knurren war reine Biologie. Ihm fehlte der Appetit. Er würde hier so bald nicht aufstehen und etwas essen.

Aber du musst die Nymphis füttern, mahnte ihn die Stimme in seinem Kopf. Ja, das musste er. Die vier konnten nichts für den Mist, den er verzapfte. Ihre Gesellschaft würde er aushalten können. Im Gegensatz zu der von Milan.

Die Scham brannte immer noch heiß hinter seiner Stirn, wenn er auch nur daran dachte, ihm von seinem Ausflug zu erzählen. Nicht nur die Tatsache, dass er erst gesagt hatte, er würde nie wieder auf Fotoshootings gehen und Milan sei wenn überhaupt der einzige, vor dessen Linse er sich begeben würde, und sich dann doch hatte verführen lassen – das war schon peinlich genug.

Aber dass er dann auch noch alles andere über den Haufen geworfen hatte.

Ich weiß jedenfalls, dass ich nie wieder mein Gefühl ignorieren werde, hörte er sich noch sagen. Das war an dem Tag gewesen, als Milan ihn begleitet hatte, während er die Orte aus seiner Vergangenheit besuchte. Die Straße, in der der Club gewesen war. Er hatte ihm beigestanden, machte diesen ganzen Scheiß für ihn mit. Dann war er mit ihm essen gegangen, und dann war Lex aufgetaucht.

Ein Kompliment hier, ein anerkennender Blick dort, und schon lag er im Heu und posierte für einen Fremden an einem abgelegenen Ort, wo sonst was hätte passieren können und ohne, dass Milan auch nur wusste, dass er unterwegs war.

Finn fuhr sich mit beiden Handflächen übers Gesicht.

Er war so dumm. Dachte er denn gar nicht nach, bevor er Dinge tat? Brannte bei ihm alles durch, wenn andere ihn anschauten? Wenn er spürte, dass er ihnen gefiel? Wenn sie ihm Sachen sagten, die er hören wollte?

Finn nahm das Tablet aus der Halterung und öffnete ein anderes Tab im Browser.

Mach das nicht, sagte die Stimme in seinem Kopf. *Du hast gut daran getan, dich von denen fernzuhalten.*

Er hatte lange nicht mehr auf diese Seite geschaut. Auch nicht in das Forum. Sein Account war uralt und seit einem halben Jahr unbenutzt. Damals, nachdem die Medien seinen Fall so ausgeschlachtet hatten und er immerhin erreicht hatte, dass bestimmte Videos nicht mehr gezeigt werden durften, war diese Gruppe entstanden. Seine Mutter hatte ihn darauf aufmerksam gemacht, weil Leute sie angeschrieben hatten.

Es war eine Gemeinschaft, die nicht von der Sache ablassen konnte. Ein paar Möchtegern-Journalisten, die Ärger von ihren Vorgesetzten bekommen hatten, ein paar Leute, die sauer wegen der Schließung des Clubs waren, in dem es passiert war, vielleicht sogar ein paar Freunde von Julius „Cäsar" oder irgendwelche ehemaligen Fans ... er konnte nur mutmaßen.

Sie hatten weiterhin Videos gemacht und sie im Privaten geteilt.

Damals war er so wütend darüber gewesen, dass er irgendwelche Pläne gemacht hatte, sie zu unterwandern und sie zum Aufhören zu zwingen. Aber durch Marius und seine Mutter hatte er verstanden, dass das keine gute Idee war. Dass es diese Menschen nur noch mehr aufbringen würde. Sie hatten sich an ihm festgebissen. Das Beste war es, sie zu ignorieren und ihnen kein Futter mehr zu geben. Das hatte er getan.

Und es war eine gute Entscheidung gewesen – er war ruhiger geworden, sich auf andere Dinge konzentriert. Darauf, sein Leben irgendwie zu gestalten, neu anzufangen. Irgendwie.

Am wütendsten hatte ihn immer gemacht, wie überzeugt sie davon gewesen waren, ihn zu kennen. Ihn besser zu kennen als er sich selbst. Wie eine Klasse Hobbypsychologen. Obwohl sie gar nichts über ihn wussten, nichts davon, wie es in ihm aussah. Sie hatten sich ein Bild von ihm zusammenfantasiert.

Aber vielleicht war er auch derjenige, der fantasierte. Der es nicht wahrhaben wollte. Es war doch allzu oft so, dass andere viel klarer sahen als man selbst, wenn es um etwas Persönliches ging. Natürlich wollte er sich nicht als diesen selbstverliebten Typen mit Gottkomplex sehen. Keiner wollte das, oder?

Seine Finger erinnerten sich immer noch an das Passwort. Schneller, als er es sich anders überlegen konnte, fand er sich in der Gruppe wieder.

Unfassbar. Es gab immer noch Beiträge mit aktuellen Datumsstempeln.

Ohne nachzudenken, klickte er den neusten Beitrag an.

In dem Meer aus Buchstaben entdeckten seine Augen sofort die fünf, die in der Lage dazu waren, seine Welt noch finsterer werden zu lassen, als sie es jetzt gerade ohnehin schon war. *Milan.*

Er tauchte nicht in der Mitgliederliste auf, aber in den Texten ... und auf dem Vorschaubild des Videos, das die Benutzerin reingestellt hatte. Er war es ganz eindeutig. So viel zu seiner Kameraangst.

Sein leerer Magen ballte sich zu einer harten, unförmigen Masse zusammen, und sein Herz fühlte sich so träge und kraftlos vor Schreck an, als sei es sich nicht sicher, ob sich das Weiterschlagen noch lohnte.

*

Eigentlich waren zwei Tage keine lange Zeit. Aber sie wurden es, wenn man vorher spätestens alle fünf Stunden Kontakt zueinander gehabt hatte – selbst wenn es nur eine kurze Nachricht oder ein Gif in einer App gewesen war.

Finn meldete sich nicht.

Langsam begann es, sich komisch anzufühlen.

Milan saß an seinem Rechner und versuchte, sich auf die Arbeit zu konzentrieren. Fünf Tabs mit Rezeptideen warteten darauf, dass er sich durchging und die Nährwerttabellen analysierte. Er stellte ein neues Rezeptbuch für einen Kunden zusammen. Aber sein Blick flog immer wieder zu seinem Smartphone, bis er es in die Hand nahm und die Nachrichten öffnete.

Finn war zuletzt heute Morgen online gewesen. Geschrieben hatte er aber schon seit vorgestern Abend nicht mehr. Nach ihrem Treffen und der Massage hatte er ihm ein Selfie von sich im Bett geschickt, die Decke über die untere Hälfte seines Gesichts gezogen, und die Augen glücklich strahlend.

Er hatte ihm mit einem Herz-Emoji geantwortet und ein „Gute Nacht" verschickt. Das war ihre letzte Interaktion. Daran konnte es nicht liegen. Alles war gut zwischen ihnen gewesen.

War er krank geworden oder hatte plötzlich einen so großen Grafiker-Auftrag bekommen, dass er alles andere vergaß?

Geht es dir gut? Ich denk' an dich und mache mir Sorgen, weil du dich nicht meldest.

Natürlich hätte er auch rübergehen und klingeln können, aber etwas hielt ihn davon ab. Es gab noch eine dritte Möglichkeit, warum Finn sich nicht meldete. Vielleicht brauchte er etwas Abstand. Sie waren sich sehr nahe gekommen, und auch, wenn sich alles so schön und positiv angefühlt hatte, musste er es womöglich erst verarbeiten. Das war in Ordnung ... er wollte nur sichergehen, dass es nicht doch einen anderen Grund gab. Wenn Finn ihm schrieb, dass es ihm gut ging, könnte er sich wieder der Arbeit zuwenden und einfach abwarten, bis er auf ihn zukam.

Aber die Antwort blieb aus.

Zwei Stunden brauchte er, um sich durch die Rezepte zu quälen. Seine Gedanken weigerten sich strikt, sich auf die Arbeit zu konzentrieren. Stattdessen fand er sich in seinem E-Mail-Postfach wieder.

Frau Schäfer, oder wie sie in Wirklichkeit hieß, hatte es aufgegeben, ihm zu schreiben, nachdem er ihr geschrieben hatte, dass er sie wegen übler Nachrede anzeigen würde, wenn sie ihm weiterhin solche Videos schickte. Die Worte schienen zu wirken.

Inzwischen hatte er drei dieser Machwerke gesehen. Alle waren ähnlich aufgebaut, arbeiteten aber teils mit anderem Material. Dieser Kai kam bei allen vor, und immer ging es darum, zu beweisen, dass Finn die Tat mindestens provoziert, wenn nicht sogar herbeigewünscht hatte. Es war krass. Wiederholt war von Spenden die Rede. Scheinbar hatte Finns Schicksal zumindest anfangs einige Leute bewegt. Vor allem dagegen schienen die Videomacher etwas zu haben.

Und was, wenn das der Grund war, warum Finn nichts von sich hören ließ? Weil die ihn wieder unter Druck setzten?

Er verstand wirklich nicht, wie die Welt so funktionieren konnte. Wie man aus Finns Geschichte etwas so Verdrehtes machen konnte. Wie man ihm schaden wollen konnte.

Wie furchtbar musste er sich gefühlt haben, als das damals abgelaufen war? Nach diesem Schlag auch noch von Medien und völlig fremden Menschen fertiggemacht zu werden ... das war einfach nicht fair.

Je mehr er darüber nachdachte, umso wahrscheinlicher kam ihm dieses Szenario vor. Finn meldete sich wahrscheinlich deshalb nicht, weil er nicht wollte, dass er da mit reingezogen wurde.

Wenig später stand er im Garten, an der Stelle des Zauns, die man von Finns Küchenfenster aus gut im Blick hatte. Finn hatte ihm erzählt, dass er ihn am Anfang von dort aus beobachtet hatte.

Er hielt es für besser, nicht am Vordereingang zu klingeln. Gut möglich, dass Finn dort niemandem öffnen wollte. Aber hier im Garten waren sie geschützt vor fremden Blicken. Es war ein vertrauter Ort. Einer, an dem er ihm versprechen konnte, dass ihn solche Leute ganz bestimmt niemals davon abhalten würden, bei ihm sein zu wollen. Egal, was sie erzählten.

Der Abend dämmerte längst. Am Himmel mischte sich ein feuriges Rotviolett und der Wind zog an den Blättern der Bäume. Der erste Hauch Nachtluft streifte ihn und seine Nackenhärchen stellten sich auf. Der Sommer war vorbei.

Eine ganze Weile stand er hier, schaute auf sein Handy und rüber zum Fenster. Sollte er einfach hingehen und klopfen? Er wollte Finn nicht erschrecken.

„Da bist du ja", sagte er und lächelte erleichtert. Die Tür ging auf. In eine weite Strickjacke gehüllt, kam Finn auf ihn zu und blieb vor dem Anemonenbeet stehen. Er sah müde aus, so als hätte er eben noch geschlafen. Die Augen wirkten rot und ein bisschen geschwollen, das Gesicht blass.

„Geht es dir gut? Du siehst fertig aus." Je länger er ihn musterte, umso schlechter wurde das Gefühl in seinem Magen. Der Finn, der jetzt vor ihm stand, war das komplette Gegenteil von dem, den er vor zwei Tagen an seiner Türschwelle verabschiedet hatte. Was war passiert?

Finn atmete hörbar tief durch.

„Lassen wir das sein, okay?"

„Was meinst du?" Milan runzelte die Stirn. War das eine Alkoholfahne, die ihm da entgegenkam?

„Ich hab die ganze Zeit Angst davor gehabt, aber ich wollte es nicht wahrhaben. Ich hätte nicht gedacht, dass man sowas faken kann. Ich mein, extra das Haus und der ganze Aufriss..." Er schnaufte. „Aber Kai hatte wahrscheinlich Recht. Ich bin so sehr von mir selbst eingenommen und so süchtig danach, von anderen angehimmelt zu werden, dass ich drauf reinfallen *will*. Jeder andere hätte inzwischen was aus seiner eigenen Dummheit gelernt. Aber ich nicht." Er lachte auf aber es klang einfach nur erschöpft und bitter. „Beim ersten Mal hat es mich meinen Schwanz gekostet und dieses Mal mein Herz. Theoretisch kann mir ja jetzt nichts mehr passieren, oder?"

All die Worte, die er sich vorhin zurechtgelegt hatte, verpufften. Die Kälte in Finns Augen fraß sich direkt in sein Herz. Er verstand es nicht. Aber wenn er ihn ansah, dann fühlte es sich an, als stünde da nur noch eine Hülle vor ihm. Als hätte Finn seine Seele verloren.

„Was ist passiert?" Seine Lippen formten die einzige Frage, die sein Hirn zustande brachte. Was Finn da redete, ergab keinen Sinn.

„Müssen wir das wirklich noch weiterspielen? Reicht euch das immer noch nicht? Ich habs zugegeben. Macht eure Reportage. Macht was ihr wollt. Aber lasst mich zum Teufel nochmal endlich in Ruhe."

Der Hass in Finns Stimme ließ ihn schlucken.

„Finn." Irgendwas lief hier falsch. Unfassbar falsch. Finn wandte sich ab, die Hände zu sichtbar zittrigen Fäusten geballt. Milan fühlte genau dasselbe. Alles in ihm bebte. „Spinnst du jetzt? Was soll das? Ich hab nichts gefaked."

Milan sprang über den Zaun und stapfte hinterher. Er konnte Finn doch nicht einfach nach drinnen verschwinden lassen! Nicht, wenn es sich anfühlte, als würde er für immer gehen. Weggehen, um nie wieder mit ihm zu reden. Er griff nach seiner Hand. Sie war eiskalt.

„Geh zurück." Finn drehte sich nicht einmal um. Er schüttelte seine Hand so rigoros ab, als sei sie irgendetwas Ekelhaftes. „Es ist vorbei."

„Finn, was ist denn los, verdammt? Rede mit mir. Du kannst mir nicht sowas an den Kopf werfen und dann abhauen."

„Runter von meinem Grundstück. Sonst rufe ich die Polizei."

Er konnte Finn nur noch anstarren. So lief das jetzt? Er redete mit ihm, als wäre er irgendein Fremder, der unbefugt sein Grundstück betrat?

Finns Kopfschütteln war das letzte, das er zu sehen bekam, bevor sich die Tür schloss. Er hörte, wie sich der Schlüssel innen drehte. Fassungslos starrte er auf die Klinke.

Sein ganzer Körper kribbelte, aber es war kein schönes Gefühl. Eher kam es ihm vor, als wären das die vielen kleinen Fasern, aus denen er bestand und als lösten sie sich langsam nach und nach auf.

Auch wenn er nicht verstanden hatte, warum das alles passierte ... die Botschaft schnitt sich glasklar ihren Weg in sein Bewusstsein frei: Finn wollte nichts mehr mit ihm zu tun haben.

Müssen wir das noch weiterspielen? Macht eure Reportage.

Das Denken fiel ihm schwer. Der Schock lähmte ihn auf eine Art und Weise, wie er es noch nie erlebt hatte. Und dabei war der nur der Rahmen, der alle anderen Gefühle zusammenhielt. Traurigkeit, Wut, Frustration, Verzweiflung.

Milan wollte schreien. Er fand nur keine Silben, in die er dieses Verlangen hineinpressen konnte. Hier zu stehen und Finns Namen zu rufen, bis er heiser wurde, würde nichts bringen.

Er hatte nichts erklären, nicht darüber reden wollen. Er hatte seine Entscheidung getroffen, ohne ihn auch nur anhören zu wollen. Was passiert war, spielte eigentlich gar keine Rolle.

Mit schweren Schritten stapfte Milan zurück zum Zaun. Er stieg über das Beet hinweg und landete wieder drüben auf seinem Grundstück. Dann ging er nach drinnen, in sein viel zu großes Haus.

KAPITEL 36

MIT ZUSAMMENGEPRESSTEN LIDERN stand Finn im Flur seines Hauses und stützte sich an der Wand ab. Wenn er die Augen öffnete, würden die Tränen fließen, und er war sich nicht sicher, ob sie dann jemals wieder aufhören würden.

Es tat weh.

Milan hatte es nicht mal zugegeben, als er ihn konfrontiert hatte. Er bestand darauf, dieses abartige Spiel weiterzuspielen. Diese Maske aus Verständnis trug er so gut, dass er sie sogar in so einem Moment nicht abnahm. Nicht einmal so viel Respekt hatte er vor ihm.

Er hätte damit rechnen müssen.

Es war alles zu schön gewesen.

Nun liefen die heißen Tränen doch über seine Wangen, obwohl er sie nicht lassen wollte. Und sein Herz schmerzte, obwohl er es hatte beschützen wollen. Dass er sich überhaupt nochmal so fühlen konnte ... er hatte vor einem Jahr so viel verloren, sich so kraftlos und leer gefühlt, dass der beste Trost die Gewissheit gewesen war, dass er jetzt nichts mehr verlieren konnte. Das hatte ihm Sicherheit gegeben. Daraus hatte er die Stärke gezogen, überhaupt weiterzumachen.

Jetzt fühlte er sich verwundet. Genauso schlimm wie damals nur anders. Milan hatte ihn betrogen. Er hatte mit denen zusammengearbeitet. Ihn die ganze Zeit für sie ausspioniert. All die Küsse, all die Liebe, die er gespürt hatte. Nichts davon hatte existiert. Nur Wunschdenken. Milan war nie der gewesen, für den er ihn gehalten hatte.

Ihr gemeinsames Lachen hallte bitter in seinen Ohren wider.

Finn drückte sich die Hand auf den Mund.

Er hatte doch gewusst, dass sie zu allem fähig waren. Es hatte wehgetan, Kai auf dem Bildschirm zu sehen, wie er von ihm sprach, als wäre er irgendein Irrer … aber bei Milan ging es tiefer. Es bohrte sich durch seine Schulterblätter mitten in sein Herz.

Milan.

Er musste aufhören, sich immer tiefer hineinzudenken, aber er konnte nicht. Es ging immer weiter. Er lief nicht durch einen Tunnel, da hätte er stehen bleiben können. Er fiel. Und das Schlimmste an diesem Gedanken war die Gewissheit, dass da unten ganz sicher niemand war, der ihn auffangen würde.

Es gab niemanden. Es hatte nie jemanden gegeben.

Wenn er sich in Milans Arme geschmiegt hatte, und er ihm über den Kopf strich, und sich alles so gut angefühlt hatte, so sicher, dann war das nur eine Lüge gewesen.

Jeder Atemzug voller Geborgenheit, jedes unbeschwerte Lachen. Das hatte er einem Mann geschenkt, den es gar nicht gab. Den er sich vor lauter blinder Sehnsucht zurechtgeträumt hatte.

Es hatte Zeichen gegeben. Er hatte sie übersehen wollen.

Es war so, wie es immer gewesen war. Wenn er sich sicher fühlte, dann war das der Moment, kurz bevor alles kaputt ging. Und es lag an ihm. Es musste an ihm liegen, wenn doch immer alle anderen Recht behielten. So weh es auch tat, das schlucken zu müssen.

Wie würde dieses neue Video aussehen, in dem Milan über ihn sprach? Was würde er erzählen? Dass er sich ihm bereitwillig gezeigt hatte? Dass er in seinen Augen gesehen hatte, dass er sich trotz allem begehrenswert gefühlt hatte – wenn auch nur für eine Minute? Dass der alte Narzissmus immer noch da war, nur begraben unter einer Staubschicht?

Sicher würde auch Verne etwas beitragen können. Finn schluckte hart. Er konnte es schon hören.

Ich hab ihm nur gesagt, dass er gut aussieht, und schon war er bereit, im Heu für mich zu posieren. Ein bisschen länger und er hätte sich wahrscheinlich auch noch ausgezogen. Ich kenne solche Menschen zur Genüge.

Das Schluchzen schüttelte seinen ganzen Körper.

Er wollte, dass es aufhörte. Dass sein Kopf still war und sein Herz nicht mehr brannte. Aber das lag nicht in seiner Kontrolle. Nichts davon. Der Schmerz raubte ihm die Kraft. Trotzdem lief er los. Stieg mit Füßen, die er nicht fühlte, die Treppe hinauf. Bewegte sich mit zittrigen Knien voran und wischte sich mit eiskalten, tauben Händen die Tränen aus dem Gesicht, bis er am Bett ankam.

Mitsamt aller Kleidung ließ er sich hineinfallen und wickelte sich in die Decke. Er hätte jetzt alles für eine Umarmung gegeben. Eine aufrichtige. Aber es war niemand hier, der das tun konnte. Seine einzigen echten Freunde hatten Flügel und würden sich nur verunsichert in den Ecken des Zimmers herumdrücken, wenn er in diesem Zustand zu ihnen kam.

Irgendwann versiegten die Tränen. Sein Gesicht klebte am Kissenbezug. Es war nicht vorbei, aber eine angenehme Taubheit ersetzte jetzt das Gefühl von Druck und Enge in seiner Brust.

Vorbei sein würde es erst, wenn er nicht mehr daran dachte.

Finn stand auf und ging zum Fenster, um hinaus auf die Straße vor den Häusern zu schauen. Was erwartete er denn? Dass Milans Gruppenfreunde ihn besuchen kamen und eine große Party schmissen?

Es passierte rein gar nichts. Die Welt hatte sich rein äußerlich überhaupt nicht verändert. Die Kastanien draußen am Wegesrand interessierte sein gebrochenes Herz nicht, genauso wenig wie die Spatzen.

Oder Libellen.

Frustriert stieß er den Atem aus.

Wie sollte er bitte jemals aufhören, an Milan zu denken? Da konnte er gleich versuchen, mit dem Atmen aufzuhören. Es waren vielleicht nur ein paar Wochen gewesen, aber manchmal reichte das. Manchmal konnte ein einziger Tag ein ganzes Leben zum Strahlen bringen. So hatte sich die Zeit mit Milan angefühlt. Als wäre alles vorher gar nicht so schrecklich einsam gewesen, gar nicht so kalt, weil er letztendlich doch immer auf dem Weg hierher gewesen war. Zu einem besseren Moment. Zumindest hatte er das gedacht.

Er schniefte.

Das Bild stand in der Ecke neben der Schlafzimmertür. Das Aquarell war immer noch schön, aber er konnte es nicht mehr so betrachten wie vorher. Es war wie die Turnschuhe. Das Souvenir einer fatalen Reise. Er würde es nicht aufhängen. Aber jetzt gerade konnte er es auch nicht wegschaffen.

Das brachte sowieso nichts.

Er musste sich selbst wegschaffen.

Darüber hatte er damals schon nachgedacht. Raus aus dieser Stadt, in der das alles passiert war. Wegziehen. Irgendwohin, wo ihn niemand kannte. Und dann?

Nochmal neu anfangen?

Dieses Mal schlauer?

Im Moment glaubte er selbst nicht daran, dass er das könnte. Er würde doch immer wieder dieselben Fehler machen. So wie sich seine Gedanken im Kreis drehten, tat er selbst es auch.

Er brauchte einen Plan, damit er sich an irgendetwas festhalten konnte. Dieses Video würde sicher nicht mehr lange auf sich warten lassen. Wahrscheinlich würden sie es wieder im Internet verteilen.

Er musste seinen Anwalt anrufen, damit sie kurzfristig darauf reagieren konnten. Auch, wenn es sich sinnlos anfühlte. Nichts würde davon besser werden ... aber vielleicht wurde alles etwas weniger grässlich. Irgendetwas zu tun, würde ihm helfen, sich besser zu fühlen.

Es war ein hohler Gedanke, aber er versuchte, ihn nicht zu genau zu erkunden. Das Recht war auf seiner Seite, aber in sich drin wusste er, dass an der Botschaft dieser Videos etwas dran war. War es auch damals schon gewesen. Nur dieses Mal würde er es von Milan hören.

Er musste sich wappnen.

An deiner Stelle würde ich mir das gar nicht erst geben, schrieb Marius. *Das ist doch der pure Abfuck. Die können dir nicht sagen, wer du bist. Das ist eine Bande von sexuell frustrierten Arschlöchern, die sich an dir festgesaugt hat.*

In dieser Woche war er unendlich dankbar, dass Marius immer noch da war. Sie hatten an dem Abend lange telefoniert und jetzt schrieben sie jeden Tag und Finn fühlte sich schlecht, weil er ihn in letzter Zeit doch ganz schön vernachlässigt hatte. Er entschuldigte sich immer wieder dafür, aber Marius sagte nur, dass das nichts machte.

Ich wäre heilfroh, wenn du mich ein paar Wochen für jemanden ignorieren würdest, wenns einfach bedeutet, dass du glücklich bist. Sah für mich auch so aus.

Finn schluckte. *Ich war glücklich.*

Ich weiß. Und deswegen solltest du dir den Scheiß auch nicht ansehen. Du solltest den Typen am besten gar nicht mehr sehen, bis Gras über deine Seele gewachsen ist.

Ich bin mir sicher, dass der Spruch anders geht.

Ist doch egal.

Finn schnaufte belustigt und betrachtete Marius' Profilbild eine Weile. Er hatte sicher Recht – es würde ihm nicht guttun, das Video zu sehen. Trotzdem schaute er jetzt jeden Tag sechs Mal in die Gruppe, um zu sehen, ob es etwas Neues gab. Aber in den Unterhaltungen tat sich kaum etwas. Wahrscheinlich hatten die wichtigsten Mitglieder ein anderes Kommunikationsmittel.

Ich kann nur nicht anders. Selbst wenn ich's mir vornehme, werde ich mich nicht dran halten.

Jemand hatte ihn im Visier und er wartete auf den Schuss. Er wollte es hinter sich haben. Er wollte alle Verletzungen einstecken, die diese Leute ihm versetzen konnten, und dann endlich heilen.

Pass auf, ich nehme mir eine Woche frei von meinem Traumjob und komme zu dir. Und dann dröhnen wir uns mit Filmen und Videospielen zu. Ich bringe meine Switch mit.

Wie immer war sein erster Reflex, das Angebot abzulehnen. Er hatte schon angefangen, die Nachricht zu tippen, als er sich stoppte. Warum eigentlich nicht?

Er wusste, warum, auch wenn er es nie zugegeben hätte. Seit Kai konnte er niemandem mehr so ganz vertrauen. Auch nicht alten Freunden. Ein Teil von ihm glaubte immer noch, dass Marius auch nur darauf wartete, näher an ihn heranzukommen, damit er Material liefern konnte.

Wenn er einer von denen war, dann brach eben auch noch das letzte Stück seiner Welt zusammen – was machte das noch? Es war doch genau der richtige Moment dafür, das herauszufinden.

„Gebt mir alles, was ihr habt", sagte er und tippte seine Antwort an Marius: *Okay, komm vorbei.*

*

In all der Zeit, die er Finn kannte, war er in diesen Tagen zum ersten Mal sauer auf ihn gewesen. Weil er seine Nachrichten nicht las. Weil er seine Anrufe ignorierte und weil er ihm keine Chance gab, zu verstehen, was eigentlich passiert war.

Einfach so war alles vorbei und Finn fort. Es kam ihm so albern vor, wie weit weg er sich anfühlte, obwohl er genau wusste, dass er direkt neben ihm sein Leben weiterlebte, auch wenn er ihn nicht sah.

Er selbst kam sich vor wie ein Geist. Er machte irgendwie weiter. Seinen Job, den Haushalt, den Garten ... aber nichts fühlte sich wirklich echt, wirklich greifbar an. Das einzige, richtige Gefühl war die Wut. Irgendwann richtete sie sich nicht mehr auf Finn, sondern auf seine eigene Unfähigkeit, herauszufinden, was geschehen war.

Da waren Ahnungen in seinem Kopf. Unaufhörlich versuchte sein Hirn, die wenigen Puzzleteile, die er hatte, zusammenzusetzen. Es ließ ihm keine Ruhe.

Wie konnte etwas, das sich so schön und so vollständig angefühlt hatte, einfach so kaputtgehen? Als wären seine Gefühle nicht mehr gewesen, als ein altes Foto, das man so leicht entzweireißen konnte.

Das, was er für Finn empfand, waren keine Schnipsel, die man durch die Gegend pusten konnte. Dafür hingen sie jetzt viel zu schwer an seinem Herzen und wollten nicht davon ablassen.

Er musste herausfinden, was passiert war. Auch dann, wenn es nichts am Ergebnis änderte. Das war er sich selbst schuldig.

„Dann ist er aufgesprungen und wie ein Wahnsinniger aus der Scheune gerannt."

Milan verzog mitleidig das Gesicht. Anthonys ganze Geschichte über hatte er schon befürchtet, dass sowas passieren würde. „Er hat Panik bekommen", murmelte er leise.

„Das war mein Fehler", sagte Lex. „Ich hab ihn eingeladen und hätte mich auch um ihn kümmern müssen. Dann wäre das ganz anders gelaufen."

Ganz so sicher war Milan sich da nicht. Lex mit seiner direkten Art hätte Finn vielleicht noch schneller in die Flucht geschlagen.

„Ich hätte mitkommen müssen", sagte er und seufzte. „Finn hat in der Vergangenheit ziemlich krasse Erfahrungen gemacht. Jemand hat ihn mehr oder weniger entführt und so schlimm zugerichtet, dass er in die Notaufnahme musste. Jemand, von dem er dachte, dass er ihm freundlich gesinnt war. Seitdem hat er Angst in Situationen, wo fremde Menschen um ihn herum sind. Er hätte nicht allein zu dem Shooting gehen dürfen, das war zu viel auf einmal. Aber er hat mir nicht gesagt, dass er es vorhat."

„Er dachte sicher, er schafft das", sagte Lex. „Mann will ja nicht ständig die Hand gehalten kriegen. Ich versteh', dass er das allein machen wollte. Das war seine Entscheidung."

Milan nickte. Wenn Finn sich deswegen so entschieden hatte, konnte er das verstehen. Dennoch tat es ihm leid … aber es erklärte noch nicht, was mit ihnen beiden passiert war.

„Hat das sonst noch jemand mitbekommen? Dass er dort war und dann weggerannt ist?"

„Ich hab nicht mal mitbekommen, dass er da war", murmelte Marc, der sich ansonsten kaum zu Wort meldete und auch nicht wirklich hier sein zu wollen schien. Vielleicht nahm er es ihm noch übel, dass er ihm in der einen Nacht im Club einen Korb gegeben hatte. Milan überging seinen Kommentar und wandte sich Anthony zu.

„Nicht, dass ich wüsste. Wir waren ganz für uns und der Rest vom Team hat wahrscheinlich nicht weiter auf ihn geachtet. Ich lade oft fremde Models ein. Das sind die gewohnt."

Daran lag es also nicht.

Es blieb nur noch das Interview übrig. Daran hatte er von Anfang an gedacht. Finn musste irgendwas davon mitbekommen haben. So verwunderlich war das ja nicht, wenn er sich daran erinnerte, dass er selbst ungefragt E-Mails mit irgendwelchen Videos zugeschickt bekommen hatte.

Finn hatte an diesem Tag am Gartenzaun so verletzt ausgesehen, nach so viel Enttäuschung und Wut geklungen. Er hatte seine Stimme kaum erkannt, wenn er ihm nicht gegenübergestanden und ihn dabei angesehen hätte. Bis dahin hatte er nur den ruhigen, freundlichen, sanften, fröhlichen und nervösen Finn gekannt. Das Bild hatte einen Riss bekommen.

Er musste denken, dass er ihn verraten hatte. Und belogen. Immerhin hatte er ihm von seiner Kamera-Angst erzählt.

Wenn sie ihm das gezeigt hatten, brauchte Finn nicht mehr viel Fantasie, um sich eine Horrorgeschichte daraus zu formen.

Da spielte es auch keine Rolle, dass er gar nicht viel über sie beide gesagt hatte. Er wusste nicht mehr Wort für Wort, was er erzählt hatte ... aber er wusste, dass man mit ein paar geschickten Schnitten den Eindruck stark manipulieren konnte.

Die Frage, warum jemand diese Anstrengungen unternehmen sollte, um sie auseinanderzubringen, blieb zwar offen, aber wer aufwändige Videos erstellte, in denen er dem Opfer einer Straftat irgendeine absurde Art von Schuld aufbürdete und zu belegen versuchte, dem traute er auch zu, dass er versuchte, Finns Privatleben zu sabotieren. Auf diese Leute sollte er wütend sein. Nicht auf Finn.

„Hat dir das weitergeholfen?", fragte Lex und stellte die leere Kaffeetasse vor sich ab. „Weißt du jetzt, wie du Mister Hollywood zurückbekommst? Ich hoffe auf ein Ja, denn deine leidende Visage geht mir langsam auf die Nerven, mein Freund."

Er machte sich nicht mehr die Mühe, zu versuchen, Lex von diesem Spitznamen für Finn abzubringen.

Jetzt gerade tat die Wut etwas Gutes für ihn. Sie gab ihm den Mut, den er brauchte, um Lex seinen Plan zu unterbreiten.

„Du musst einen Film für mich machen."

KAPITEL 37

FINN TRUG SEIN Sweatshirt mit der Kapuze. Seit er allein war, fühlte sich das Haus so kalt an, dass das Teil gerade richtig war. Er hätte nie aufhören dürfen, es zu tragen.

Als es klingelte, wusste er, dass Marius auf der Schwelle stand. Er ging auf die Tür zu und legte die Hand auf die Klinke. Der Alarm in ihm war müde. Kein Wunder, dass er es inzwischen leid war, ihn ständig zu warnen, wenn er am Ende doch immer die falschen Entscheidungen traf.

Er war bereit für den nächsten Schlag. Für alles gewappnet. Er würde Marius alle seine Fragen beantworten, wenn es sein musste. Ein bisschen hatte er sich schon von diesem Bild seines alten Freundes verabschiedet – auch wenn sie sich vorher nur einmal getroffen hatten, als sich die ganze Clique aus der Chatgruppe verabredet hatte. Organisiert von Louis.

Finn öffnete und ließ seinen Besuch herein.

Marius sah nicht ganz so aus wie auf seinem Profilbild. Die Haare waren länger, der Bartschatten dunkler. Der ungewohnte Geruch, den er mit nach drinnen brachte, machte seinen Kopf irgendwie klarer.

„Dass ich das noch erleben darf", sagte Marius und grinste ihn breit an. „Endlich seh ich mal dein Haus. Sogar von innen. Oh, und ich seh dich. Auch nicht zu unterschätzen."

Finn zwang sich zu irgendeiner Mimik. Das Lächeln gelang ihm wohl nicht so recht, denn Marius legte sein Grinsen sofort ab und trat auf ihn zu, um ihn in die Arme zu nehmen.

„Ach Mann. Tut mir echt leid, Kleiner."

Finn ließ sich in die Umarmung sinken. Er wusste nicht, was er denken oder fühlen sollte. Durfte er froh darüber sein, dass Marius hier war, oder fiel er dann wieder auf eine Lüge herein?

Noch während er danach forschte, schlossen sich die fremden Arme um ihn und eine Hand klopfte ihm sachte auf den Rücken. Marius roch nicht wie Milan. Er benutzte eins dieser sportlichen Parfüms. Und seine Arme passten irgendwie anders um seinen Körper herum. Seine Hände waren nicht wie die von Milan.

„Du kannst es wahrscheinlich nicht mehr hören, weil's dir schon zu oft gesagt wurde, aber sicher noch nicht mit meinem teuren Stimmchen, aber: Es wird alles wieder gut."

Finns Mundwinkel zuckte und er merkte, dass er Marius zurückumarmte, ohne es wirklich gewollt zu haben. Nein, das war falsch. Er wollte es so sehr, dass er sich dafür schämte. Er brauchte so sehr jemanden, dass ihm gerade egal war, ob der ihn auch nur belog.

„Du hast Recht, ich hab das schon zu oft gehört."

„Ich kann die ganze Woche dableiben. Das wird der beste Urlaub seit Langem."

Was musste Marius für trübe Urlaube verbracht haben, wenn er sich hierauf freute? Finn schniefte und löste sich aus seinen Armen. Dann fiel sein Blick auf Marius' Tasche. Da steckten wohl Klamotten für ein paar Tage und die angekündigten Spiele drin.

Unter normalen Umständen hätte er ihn gebeten, nicht hier zu übernachten, aber inzwischen war es ihm egal.

„Kann ich kurz zur Toilette?"

„Ja, klar." Er deutete auf die Tür.

„Und danach will ich deine musikalischen Mitbewohner kennenlernen. Darauf hab ich mich die ganze Fahrt über gefreut."

Wenn sein Essen nicht sowieso geliefert werden würde, wäre nichts in seinem Kühlschrank gewesen. So aber kam es, dass Marius am Abend in seiner Küche stand und Spaghetti Bolognese kochte.

Finn saß auf einem Stuhl neben dem Fenster, den Kopf auf die Hände gestützt, und spähte durch die Gardinen hindurch in Milans Garten hinein. Immer, wenn er den Kastanienbaum dort sah, musste er daran denken, wie Björn sich dort verschanzt hatte.

Er hatte gar keine Angst vor Milan gehabt. Er selbst war also nicht der einzige, der sich hatte täuschen lassen. Von Anfang an hatte er ein gutes Gefühl bei Milan gehabt. Die ganze Zeit darauf vertraut.

„Ist er draußen?", fragte Marius und schob sich gerade eine Nudel in den Mund, um zu prüfen, ob sie schon gar genug waren.

Finn schüttelte den Kopf. Obwohl er sich sicher war, dass er Milan nicht sehen wollte, war ein Teil von ihm enttäuscht darüber. Der schwächste Teil von ihm.

Er legte sich die Hand auf die Brust und spürte eine Weile seinem Herzschlag nach. Komisch, dass das Herz immer weitermachte, oder? Selbst, wenn der Verstand noch so laut schrie, dass alles sinnlos war. Und selbst, wenn die vielen Male, als es nicht aus Angst sondern aus Zuneigung für Milan geschlagen hatte, umsonst gewesen waren. Sein Herz trug es ihm nicht nach.

Finn blinzelte die neu aufkommenden Tränen weg und stand auf. Er inspizierte den Inhalt der Töpfe von Nahem. Die Soße roch wahnsinnig tomatig.

„Der Geschmack wird dich wegfegen", sagte Marius.

Finn brummte zustimmend. Er war bereit dafür, weggefegt zu werden. Nudeln und Bolognese konnten keine Wunden heilen, aber sie konnten definitiv einen leeren Magen füllen. Und heruntergeschluckte Tränen waren nun mal kein guter Ersatz für richtiges Essen.

*

Lex, Marc und Anthony waren gegangen. Er selbst war noch da. Wieder allein. Milan hielt sein Handy in der Hand. Seltsam, wie selbstverständlich noch immer dieser Gedanke hochkam: Jetzt kannst du zu Finn gehen.

Binnen weniger Wochen war Finn ein Teil seines Lebens geworden. Es war ganz natürlich, dass sie zusammen Zeit verbrachten. Und es fühlte sich falsch und verschoben an, ihn nicht mehr zu sehen, nicht mehr mit ihm reden zu können.

Als wäre er plötzlich fort. Dabei saß er wahrscheinlich nebenan an seinem Grafiktablet und zeichnete für einen Auftrag eine Illustration.

Seit Tagen hatte er ihn nicht mehr im Garten gesehen. Draußen vor dem Haus auch nicht. Er versteckte sich wieder vor der Welt, damit niemand ihn sehen, niemand ihn bemerken und niemand ihm wehtun konnte.

Es war wie am Anfang ... mit einem Unterschied. Er hatte ihn gesehen. Er hatte ihn gefühlt. Und er konnte nicht vergessen, wie seine Welt geleuchtet hatte, als Finn ein Teil von ihr gewesen war. Wie gemütlich das Sofa gewesen war, wie lecker das Essen, wie lustig die Filme, und wie schön die Natur. Aber allem fehlte jetzt seine Gesellschaft. Alles war nur noch halb. Vorher war ihm das nie so klar gewesen. Da hatte er Finn noch nicht gekannt.

Milan schaute auf sein Handy und blätterte durch die Fotogalerie. Die Bilder von ihrem Tag am Wasser waren seine liebsten. Es waren nur ein paar Schnappschüsse. Finns nackte Füße am Ufer. Ein verwackeltes Bild von ihm, wie er ihm halb den Rücken zuwandte, Tropfen flogen und seine Haare vom Wind bewegt wurden. Eine Libelle, die auf einem Stein saß und deren Körper und Flügel golden und ein bisschen grün schimmerten.

Es gab kein Bild von ihnen gemeinsam. Kein einziges Pärchenfoto. Natürlich nicht. Das lag an ihm. Finn hätte sicher nichts dagegen gehabt. Sie hätten nebeneinander auf der Picknickdecke liegen, sich aneinanderschmiegen und die Handykamera über sich halten können. Es wäre in Pixel gebanntes Glück gewesen.

Aber die Gelegenheit war vorüber. Vielleicht für immer.

Milan schluckte hart, aber bevor der Kloß in seinem Hals noch größer werden konnte, meldete sich Lex in der Nachrichtenapp.

Das Material ist hart, Mann. Was für Fucker. Dein Kleiner tut mir echt leid. Das erinnert mich so an Stacy, weißt du?

Er hatte ihm die Videos weitergeleitet, die er selbst bekommen hatte. Lex hatte viel von seiner Familie erzählt und Milan war nicht immer ganz mitgekommen, wenn er ehrlich war. Aber an Stacy erinnerte er sich. Lex bezahlte die Gebühren für ihre Eltern, damit sie auf eine Privatschule gehen konnte, nachdem sie an ihrer Highschool sexuellen Übergriffen ausgesetzt gewesen war. Lex hatte ihm Fotos von Nachrichten gezeigt, die Stacy im Anschluss von ihren Mitschülern bekommen hatte. Nachrichten, in denen man ihr die Schuld dafür gab, dass ein beliebter Lehrer im Kreuzfeuer stand. Alles nur, weil sie zu kurze Röcke, zu aufreizende Strümpfe oder zu viel Make-Up getragen hatte. Die reinste Bullshit-Parade, wie Lex es genannt hatte.

Pass auf. Wir machen aus deiner Idee was richtig Großes. Nicht einfach nur ein Video. Ich bin nicht umsonst Dokumentarfilmer. Ich rufe ein paar Dudes an.

Milan runzelte die Stirn. *Wie meinst du das?*

Minutenlang blieb der Chat still. Lex war online, aber scheinbar zu beschäftigt, um ihm zu antworten.

„Gerade hinstellen. Was wird denn das? Du siehst aus wie ein Anfänger", sagte Lex und stemmte die Hände in die Hüften.

Milan lächelte schief. „Ich bin ja auch einer. Ich stand noch nie vor der Kamera." Lex ahnte gar nicht, wie sehr das stimmte. Und er ahnte nicht, wie laut sein Herz gerade klopfte.

Ein Stativ hielt die Kamera fest auf ihn gerichtet. Die Linse des Objektives hätte genauso gut der Lauf einer Waffe sein können. Milan schaffte es kaum, ein paar Sekunden hineinzuschauen.

„Wenn der Profi dir sagt, dass du gerade stehen sollst, dann stehst du gerade. Ich hab nicht nur Tiere gefilmt. Glaub's mir einfach." Er lachte. „Kannst du wenigstens deinen Text? Shit, wir brauchen jemanden, der dir den Schweiß abtupft."

Milan zog ein Taschentuch aus seiner Hose und erledigte das selbst. Wenn es nach Lex gegangen wäre, hätten sie eine ganze Filmcrew hier in seinem Wohnzimmer postiert. Es war auch schon mit den zwei Softboxen und dem Tontechniker ziemlich überfüllt.

„So und jetzt aufhören, zu schwitzen."

Milan lachte ein wenig verzweifelt.

„Du willst doch, dass das gut wird, oder?"

Natürlich wollte er das. Es war seine Idee gewesen. Und er wollte alles dafür tun, damit es etwas bewegte. Für Finn. Und dafür musste er jetzt über seinen verdammten Schatten springen.

Alles in ihm war verspannt – von oben bis unten. Selbst sein Kehlkopf schien sich erstarrt zu sein. Das merkte er, als er versuchte, zu schlucken.

Die Kamera wird dich nicht umbringen, sagte er sich immer wieder in Gedanken. Sein Verstand lachte ihn dafür schon aus, aber sein Körper blieb auf dem Standpunkt, dass er wahrscheinlich gleich sterben würde.

„Okay, Stop Victim Blaming, Klappe, die erste!", rief Lex und ahmte mit seinen Armen eine Filmklappe nach. Dann stellte er sich grinsend hinter die Kamera und drückte den Knopf. Das kleine Lämpchen neben der Linse leuchtete auf.

Milan fühlte seinen Körper nicht mehr. Er stand nur da und hörte seine eigenen Gedanken. Lex gestikulierte ungeduldig. Die Kamera lief. Sie zeichnete ihn auf, und wenn Gernots finstere Geschichten stimmten, dann war er spätestens jetzt nur noch eine seelenlose Hülle.

Schwindel ergriff ihn und Milan griff hastig nach der Lehne des Sessels, um sich daran abzustützen.

„Okay, das war nichts. Hast du nicht ordentlich gegessen, oder was?" Lex kam auf ihn zu und sah ihm direkt in die Augen. Er konnte es ihm nicht sagen. Es war zu peinlich.

„Ich werde mal einen Schluck trinken, sorry." Milan schob sich an ihm vorbei und eilte in die Küche.

Lex war ein guter Kerl und er wollte ihm helfen. Aber er war niemand, der gerne seine Zeit verschwendete. Er war Profis gewöhnt und wenn er sich weiter so anstellte, würde er vielleicht das ganze Projekt abblasen, auch wenn er gestern noch gesagt hatte, dass es ihm selbst wichtig war, über dieses Thema aufzuklären. Er hatte oft genug gesehen, wie launisch und wechselhaft Lex sein konnte – gerade wenn es um seine Arbeit ging.

Du musst dich jetzt zusammenreißen. Er nahm einen langen Schluck aus der Wasserflasche und ging dann zurück ins Wohnzimmer. Noch einmal tupfte er sich den frischen Schweiß ab.

Eigentlich hatte er es doch jetzt hinter sich, oder? Lex hatte einfach den Knopf gedrückt. Es gab nichts mehr zu verlieren. Warum fühlte es sich dann immer noch so an?

Erneut verspannte sich jeder einzelne Muskel. Es war wie ein Zauber. Wenigstens konnte er auch nicht weglaufen, wenn alles in ihm aus Stein war.

„Okay, zweite Runde", rief Lex. „Jetzt aber richtig."

Milans Augenbraue zuckte.

Denk nicht an die Kamera, sagte die Stimme in ihm. Und dieses Mal kam sie nicht aus seinem Kopf, sondern aus seinem Herzen. *Denk an Finn.*

KAPITEL 38

FINNS KIEFER VERSPANNTE sich. „Da ist es", murmelte er.

„Was? Ich hab doch gesagt, du hast Facebook-Verbot!" Marius nahm ihm das Smartphone aus der Hand und legte es auf den Beistelltisch auf der anderen Seite des Sofas.

„Ich muss das sehen."

„Musst du überhaupt nicht. Du musst auf die Arschlöcher scheißen. Das musst du, wenn du schon irgendwas müssen willst."

Finn schnaufte und schüttelte den Kopf.

„Hier. Besieg mich in Smash Bros. Dann lasse ich es dich ansehen." Marius gab ihm den Controller.

Sie wussten beide, dass er keine Chance auf einen Sieg hatte, wenn Marius ernst machte. Er war verdammt gut in jedem einzelnen dieser Spiele. Finn tat ihm den Gefallen und wählte einen Charakter aus.

Marius konnte ja nicht ewig hierbleiben und ihn davon abhalten. Irgendwann würde er wieder nach Hause gehen und spätestens dann würde er sich das Video anschauen.

Der Kampf dauerte lange. Sie warfen sich alle möglichen Attacken und Gegenstände an den Kopf, ohne, dass es einem von ihnen den Sieg brachte. Wahrscheinlich zog Marius das Duell absichtlich in die Länge. Er versuchte, ihn abzulenken.

„Hör mal, ich werde es mir sowieso ansehen", sagte er nach einer Weile. „Vielleicht ist es sogar besser, wenn ich das mache, während du hier bist."

Mit dem nächsten Angriff kickte Marius ihn von der Plattform.

„Du bist echt ein Masochist, weißt du das?" Er seufzte. „Na gut. Wir schauen es gemeinsam an und dann beschäftige ich mich den Rest der Woche damit, den Schwachsinn, den die da verzapft haben, wieder aus deinem Kopf zu kriegen. Wird lustig."

Finn ignorierte den ironischen Unterton in der Stimme seines Freundes und stand auf. Er wollte es auf einem richtigen Monitor sehen. Nicht auf dem kleinen Handybildschirm. Marius folgte ihm ins Schlafzimmer.

Der Post mit dem Video hatte bereits einige Likes in der Gruppe.

Finn setzte sich nicht auf den Stuhl. Er blieb stehen und schob den Cursor auf den Abspielen-Button.

Was würde er da gleich zu sehen kriegen?

Er hatte Angst davor, dass Milan da drin auftauchen würde. Angst davor, sein anderes Gesicht zu sehen. So ganz offen. Die Erinnerungen an ihre gemeinsame Zeit taten zwar weh, aber sie waren auch eine Art Schatz, den er tief in sich aufbewahrte und der immer dann für ihn leuchtete, wenn es nachts zu dunkel in ihm wurde. Eine kleine Hoffnung in seinem Herzen klammerte sich an die Idee, dass er vielleicht einfach alles falsch verstanden hatte. Dass Milan gar nicht zu denen gehörte. Und dann wäre alles echt gewesen. Jedes Wort, jeder Kuss, jedes Versprechen.

Dieses Video würde diesen letzten kleinen Traum zerschmettern. Er konnte sich nicht vormachen, dass es anders sein würde. Oder?

„Du musst das nicht ansehen", sagte Marius ihm noch einmal. Er stand neben ihm, die Hände auf der Tischplatte des Schreibtisches abgestützt mit diesem ernsten Blick in den Augen, der fast ein bisschen wie Milans war, nur weniger sanft.

Finn presste die Lippen aufeinander und klickte.

Jetzt gab es kein Zurück mehr. Bald würde das Video sowieso wieder überall sein. Er konnte sich nicht davor verstecken.

Die Musik war dieselbe wie bei den alten Videos. Auf einem dunklen Hintergrund erschien Text. Eine Zusammenfassung der Tat. Knapp und nüchtern. Dann wurden nach und nach Artikel und Schlagzeilen eingeblendet, flogen durchs Bild, während die Musik dramatischer wurde.

Wieder rückte die Spendenkampagne in den Mittelpunkt. Beiträge dazu wechselten sich mit Ausschnitten aus seinen Camshows ab. Auf der einen Seite sah man ihn wichsen, auf der anderen Seite standen die Aufforderungen, für ihn und sein schlimmes Schicksal zu spenden.

Finn senkte den Blick.

„Hurensöhne", sagte Marius. „Prüde Hurensöhne. Als ob die sich noch nie nen Porno angesehen haben. Und wir wissen ja: Wer Pornografie konsumiert oder produziert ist ein schlechter Mensch, der kein Mitgefühl verdient hat. Was für eine bestechende Logik."

Er konnte nichts erwidern. So langsam wusste er nicht mehr, was logisch war oder was wirklich stimmte. Es war ja nett, dass Marius ihm nicht die Schuld an allem gab, aber was waren zwei oder drei Personen gegen mehrere Dutzend?

Dachten Marius und seine Mutter insgeheim vielleicht auch, dass er schuld war?

Eine Frau erschien auf dem Monitor.

„Kennst du die?"

Finn schüttelte den Kopf. Er hatte sie noch nie gesehen. Im Video stellte man sie als Frau Schäfer vor. Sie erzählte mit halb verheulter Stimme von ihrer ehemals glücklichen Ehe.

„Aber dann hat mein Mann diese Seite entdeckt. Er hing nur noch vor seinem Tablet und hat daraufgestarrt. Mich hat er gar nicht mehr gesehen. Als ich ihn gefragt habe, was er da macht, hat er nur abgeblockt und gesagt, er brauche das als Ausgleich. Irgendwann habe ich bemerkt, dass es keine normalen Pornos waren, sondern Cam-Shows. Er hat immer demselben jungen Mann zugesehen. War regelrecht besessen von ihm. Ich glaube, er war sogar verliebt. Dabei war er gar nicht schwul. Ganz bestimmt nicht."

Marius schlug mit der flachen Hand auf den Tisch. „Dass du dir sowas ansehen und ruhig bleiben kannst! Was für ein Schwachsinn! Du bist ein Zauberer, Finn! Du kannst Heteros schwul machen, indem du ihnen deinen Schwanz zeigst. Alter ..."

„Ich bin wirklich nicht für Gewalt, aber wenn Sie mich fragen, ob es mich verwundert, was passiert ist, dann sage ich: Nein. Dieser Mann hat ganz bewusst mit Herzen und Begierden gespielt und sich selbst zum Objekt, regelrecht zu einer Droge für seine Zuschauer gemacht. Es ist kein Wunder, dass irgendwann jemand seine Hände daran legen wollte."

Marius neben ihm schüttelte heftig den Kopf und seine Fingerknöchel traten weiß hervor, so fest waren seine Hände zu Fäusten geballt. Ihn selbst regte das alles gar nicht mehr so sehr auf. Diese Frau erzählte eine Geschichte, die er schon mehrmals in verschiedenen Ausführungen gehört hatte.

Er hatte Beziehungen zerstört. Ehen. Glückliche Leben. Mit seinem Narzissmus. Und am Ende sein eigenes. Das war nur gerecht.

Während die Frau sprach, wurden private Bilder eingeblendet. Hochzeitsfotos, die die schöne Zeit der beiden illustrieren sollten. Finn verzog den Mund. Seine Mutter sagte immer, dass niemand für das Glück eines anderen verantwortlich sein konnte. Aber er war sich nicht mehr sicher, ob das so stimmte. Vielleicht konnte man nicht für das Glück anderer verantwortlich sein, aber dafür für das Pech.

Er hielt den Atem an, als plötzlich Milan im Bild war.

Da saß er. Auf einem Sofa in einer Umgebung, die Finn nicht kannte. Angespannt lehnte er sich weiter vor, als würde er dadurch mehr erkennen können, dabei gab es nicht viel zu sehen.

Milan schaute nicht in die Kamera. Sie filmte ihn schräg von der Seite und leicht von unten, als wäre das Stativ falsch eingestellt. Auch der Schnitt wirkte ein bisschen ungeschickt und passte nicht zu dem Clip davor.

Gerade stellte Milan seine Tasse auf dem Untersetzer ab und schaute zu jemandem, der außerhalb des Sichtfeldes der Kamera stand.

„Ja, er hat das Logo für mich angefertigt. Ich wollte das, weil ich das Gefühl hatte, dass er in der Lage dazu ist, meine Unternehmensphilosophie zu verstehen und genau so aufs Papier zu bringen, wie ich sie fühle. Unsere Zusammenarbeit war sehr gut. Mehr ist da nicht."

Wieder ein Schnitt.

„Genuss ist zentral für das Glücksempfinden von Menschen. Da hilft auch kein Schönreden. Wir wollen, was wir wollen. Und wenn wir ehrlich sind, wollen wir keine halben Portionen, sondern das volle Erlebnis."

Finn runzelte die Stirn.

Das war nicht das, was er erwartet hatte. Scheinbar war Milan nicht direkt einer von denen, die ihm schaden wollten, aber ... was er da sagte, war eigentlich noch schlimmer, als das hätte sein können.

Sie hatten nur zusammengearbeitet. Mehr war da nicht. Mehr konnte da nicht sein. Milan hatte es mit ihm versucht, aber am Ende hatte er sich wohl eingestehen müssen, dass er das nicht konnte. Mit der halben Portion Mann, die er noch war.

Seine Gesichtsmuskeln machten irgendetwas, das sich schmerzhaft anfühlte. Sein Kiefer bebte und obwohl er die Nasenflügel blähte, bekam er nicht genug Luft.

Ein Arm legte sich um seine Hüfte und streichelte seine Seite. „Hey ...“

Finn schniefte und wischte sich mit dem Ärmel übers Gesicht. Das hier tat ganz anders weh. Nicht in seinem Kopf, sondern in seinem Herzen. Er war nicht mehr wütend auf Milan, hatte keine Angst mehr vor der Welt. Verzweiflung ersetzte das Blut in seinen Venen. Ohne die Wut fehlte ihm auf einmal jede Kraft.

Marius half ihm, sich auf den Stuhl zu setzen, der neben dem Schreibtisch stand. Er konnte Milan ja nicht mal einen Vorwurf machen. Er hatte es wirklich mit ihm versucht. Ganz aufrichtig. Er hatte gehofft, dass es klappen würde. Dass es das nicht tat, war nicht seine Schuld.

Es war seine eigene. Er hatte selbst dafür gesorgt, dass das passiert war.

Marius umarmte ihn und ließ ihn an seiner Schulter weinen. Es waren nicht viele Tränen. Den größten Vorrat hatte er schon verbraucht. Trotzdem brannten seine Augen.

Wenn selbst Milan es nicht geschafft hatte, ihn trotzdem zu lieben, dann konnte es niemand. Es war vorbei. Nicht nur das mit ihnen beiden, sondern alles.

„Bist du sicher, dass er über dich gesprochen hat? Ich meine ... da fiel nirgends dein Name, ganz im Gegensatz zu dem Interview mit der blöden Kuh vorher. Ich finde, das sah ziemlich fishy aus."

Finn schniefte nur. Es war nett von Marius, dass er nach irgendetwas suchte, das ihn aufheiterte. Nach einer Hoffnung, die er ihm geben konnte. Aber das tat am Ende doch bloß noch mehr weh.

„Er guckt nicht in die Kamera. Findest du nicht, dass es aussieht, als hätte man das heimlich aufgenommen? Und es klang zwei Mal, als hätte man ihn mitten im Satz abgeschnitten. Ich kenne mich mit Stimmen aus, Finn. So klingt kein beendeter Satz." Er tätschelte seine Schulter und löste sich von ihm, um das Video zurückzuspulen. „Da, hör hin."

Er klickte auf der Maus herum.

„Ich will das nicht nochmal hören", sagte Finn und klappte den Monitor des Laptops herunter. „Ich wollte das sehen, damit sie nichts mehr haben, das sie unerwartet auf mich abfeuern können. Ich muss jetzt damit klarkommen."

Marius stieß hörbar den Atem aus. „Wir bringen dich ins Bett."

Als die Wärme der Decke ihn einhüllte, ließ Finn alle Gedanken los. Er wollte schlafen, damit er diesen Körper nicht mehr fühlen musste. Milan hatte es gut auf den Punkt gebracht. Niemand konnte etwas dafür, dass er das volle Erlebnis haben wollte. Das war nur menschlich. Er musste sich damit abfinden.

Er glaubte Milan, dass er eine Chance gesehen hatte. Sie hatten es sich beide gewünscht, gemeinsam gehofft. Vielleicht hatte er sich deswegen so verbunden mit ihm gefühlt. Vielleicht waren ihre Küsse deswegen so schön gewesen. Weil sie beide irgendwie gehofft hatten, dass auch der Rest so sein würde.

Milan hatte nichts mehr gesagt, nachdem sie sich an diesem Morgen so nahe gekommen waren. Kein Wort über seinen Körper. Wie naiv es war, dass er einfach geglaubt hatte, den einen Mann gefunden zu haben, dem es egal war, dass ihm jemand seinen Schwanz verstümmelt hatte. Der ihn trotz allem heiß finden konnte. Glücklich damit sein konnte.

Er hätte es ahnen müssen. Aber er hatte lieber träumen wollen.

*

Alles fühlte sich ein bisschen nach Hollywood an. Lex, der ständig telefonierte und alle möglichen Leute mobilisierte. Aus der Küche bekam Milan nicht alles mit, aber er hätte sich nicht gewundert, wenn er gerade mit der Bürgermeisterin gequatscht hätte.

Gestern und vorgestern waren sie gemeinsam durch die Gegend gefahren und hatten Menschen interviewt. Kollegen von Lex hatten geholfen, zusätzliches Material herbeizuschaffen und Recherche zu erledigen.

Aus dem kleinen Video, das er hatte machen wollen, war wirklich ein großes Projekt geworden und er war jetzt schon wahnsinnig gespannt auf das Ergebnis. An seinen Naturdokus hatte Lex Wochen und Monate gearbeitet – das hier würde nur einen Bruchteil der Zeit dauern und hoffentlich trotzdem wie eine Bombe einschlagen.

Er wendete Reis und Gemüse in der Pfanne und drehte die Hitze ein wenig herunter, damit er kurz rübergehen und lauschen konnte.

„Glaub nicht, dass du mir einen Gefallen damit tust, Kenny, *ich* tu *dir* einen Gefallen, indem ich dir das Material als erstes gebe." Lex lachte gönnerhaft, nickte und legte auf.

„Wer war das?"

„Jemand von der Regionalzeitung. Die kleinen Scheißer haben keine Ahnung, was auf sie zukommt. Ist das Essen fertig?"

Die ganze Woche über machte er nichts anderes, als an dem Video zu arbeiten. Nachdem sein eigener Auftritt abgefilmt war, arbeitete er weiter im Hintergrund und half, das Team zu versorgen. Lex war mehr oder weniger bei ihm eingezogen und seine normale Arbeit lag komplett brach – zumindest, was Hausbesuche anging.

Wenn jemand anrief, der eine Frage hatte, stöpselte Milan sich das Headset an.

Viel Schlaf bekam er nicht. Lex arbeitete von morgens bis abends, und danach wollte er oft noch das Tagwerk feiern. Er fand, dass man nur gut arbeiten könne, wenn man erreichte Ziele immer ausgiebig feierte.

Milan hätte lieber mit einer zusätzlichen Portion Schlaf gefeiert, aber er passte sich an, um Lex' Launenhaftigkeit zu besänftigen. Es war für das Projekt. Und vor allem war es für Finn.

Obwohl ihm nicht viel Zeit zum Nachdenken blieb, dachte er doch immer wieder an ihn. Er war der Kern von alldem. Lex fragte mehrmals, ob Finn nicht auch ein Interview beisteuern wollte, aber er las die Nachrichten gar nicht, die er ihm schickte.

Hoffentlich würde er das Video sehen. Es war nicht nur eine Botschaft an die Welt, sondern auch seine Chance, Finn zu erreichen.

KAPITEL 39

WENN ER MARIUS morgens auf seinem Sofa liegen sah, musste er wieder an Milan denken. Nicht direkt an ihn, aber an etwas, das er gesagt hatte. An die Sache mit dem Auslöser seiner Kamera und wie dieser Lex einfach den Knopf gedrückt hatte. So etwas Ähnliches hatte Marius mit seinem Besuch für ihn getan.

Er war einfach hier. Er war einfach sein Freund.

Es störte ihn nicht mal mehr, dass er hier übernachtete.

Er war sehr gut darin, ihn abzulenken. Wenn sie keine Spiele spielten, dann erzählte er ihm die besten Anekdoten aus seinem Job an der Telefonsexhotline. Manches kam ihm so skurril vor, dass er sich fragte, ob Marius sich das gerade erst ausgedacht hatte, aber er beteuerte immer, dass er nur die Wahrheit wiedergab.

Einmal saßen sie zusammen im Vogelzimmer und machten Musik mit den vier gefiederten Bandmitgliedern. Marius hatte in letzter Zeit ein paar eigene Songs geschrieben, und versuchte, sie den Vögeln beizubringen. Björn tat ihm den Gefallen, ein bisschen mitzuzwitschern.

„Das wird ein Hit", stellte Marius fest. „Dein Björn weiß, was gut ist. Darauf verlasse ich mich."

„Ich frage ihn, ob er dir eine Empfehlung für ein Plattenlabel schreibt", witzelte Finn und sie lachten, als wäre alles wieder in Ordnung.

Inzwischen ging es ihm tatsächlich ein bisschen besser, aber richtig zur Ruhe kam er nicht. Nebenan ging etwas vor. Milan hatte jeden Tag Besuch. Er hatte Lex gesehen und jede Menge Leute, die er nicht kannte, aber die irgendwie nach Journalisten aussahen.

„Iss deinen Kuchen und erzähl mir, was gerade schon wieder in deinem Kopf vorgeht. Ich seh', dass du über schwere Themen nachdenkst, also versuch' gar nicht erst, dich rauszureden."

Finn griff nach dem letzten Stück Marmorkuchen aus ihrer gestrigen Back-Session. „Nur wegen dem Theater nebenan."

„Du könntest ihn anrufen und fragen, was er so treibt."

Er schoss Marius einen verständnislosen Blick zu.

„Ihr seid immer noch Nachbarn. Irgendwann müsst ihr wieder miteinander reden."

Finn stieß ein Seufzen aus. Er konnte sich nicht vorstellen, Milan irgendwann wieder mit neutralen Augen zu sehen. Nur an ihn zu denken, ließ sein Herz wieder schneller schlagen. Er war nicht einfach *irgendein Typ*, mit dem es nicht geklappt hatte. Er war wie ein kleiner Teil seiner Seele, den er verloren hatte und nicht wiederfinden konnte.

„Ich weiß, du willst das nicht hören, aber ich hab mir das Video jetzt so oft angesehen, dass ich mir hundertprozentig sicher bin. Das Interview mit deinem Milan ist nicht das, wonach es aussieht. Ich glaube nicht, dass er dich wegen seiner Kamera-Angst angelogen hat. Was, wenn er nicht wusste, dass er gefilmt wird? Und was, wenn dieser seltsame

Zusammenschnitt gar nicht von dir handelt? Ich hab genug Germanys Next Topmodel Folgen gesehen, um zu wissen, dass man solches Material ganz beliebig zusammenpuzzeln kann. Wir hören doch nicht mal, welche Fragen er gestellt bekommt. Die könnten ihn gefragt haben, was er von Light-Produkten hält. Und weil sie wussten, wie du tickst, wussten sie auch, dass du seine Worte von ganz allein auf dich beziehen würdest."

Er liebte und hasste Marius gleichermaßen für seine Rede. Dafür, dass er immer noch versuchte, die Bombe zu entschärfen, obwohl sie längst explodiert war. Es war falsche Hoffnung.

„Das kann ich auch von dir sagen. Du willst unbedingt, dass alles gut wird und deswegen suchst du nach einer Möglichkeit, es so zu interpretieren."

„Kann schon sein", sagte Marius. „Ich hab lange nichts Romantisches mehr erlebt, aber immer, wenn du mir was getextet hast, wo es um ihn und euch beide ging, hab ich die Vibes gespürt. Ich bin noch nicht bereit, euch aufzugeben."

„Das ist lieb, aber wir sind ja keine Fernsehserie, gegen deren Ende du per Petition protestieren kannst."

„Du bringst mich auf Ideen." Marius zwinkerte ihm zu. „Wie viele Unterschriften muss ich sammeln, damit du dir das Video noch einmal mit mir ansiehst und versuchst, auf die Sachen zu achten, die ich meine? Nur die eine Stelle. Dann kannst du selbst entscheiden, ob du ihn anrufst oder nicht."

Sie saßen nebeneinander auf dem Sofa und Finn loggte sich bei Facebook ein. Der Post mit dem Video stand immer noch weit oben in seiner Timeline, weil er mit diesem Account nicht viel anderes machte, als deren Aktivitäten zu folgen. Er öffnete es und stellte auf Vollbild.

„Darf ich? Wir müssen uns nicht nochmal das Gejammer von der Ex-Ehefrau anschauen." Marius schien die Zeitstempel inzwischen ganz genau zu kennen, denn er fand auf Anhieb den Moment des Videos, in dem Milan auf der Bildfläche erschien.

Sofort heftete sich sein Blick an das so vertraute Gesicht. An Milans warme Augen, seine geradlinigen Züge und den Mund, der so oft lächelte und der es als Erster, seit so langer Zeit geschafft hatte, ihn damit anzustecken.

Erst nach einigen Sekunden fiel ihm auf, dass sich das Bild gar nicht bewegte. Marius hatte es direkt pausiert.

„Sag mir, dass das nur meine Einbildung ist ... Er sitzt da drüben, mit dem ganzen Körper von der Kamera abgewandt, und wo ist die überhaupt? Auf Höhe seiner Knie? So filmt niemand ein Interview. Niemand."

Finn runzelte die Stirn. Was Marius sagte, stimmte schon. Es sah komisch aus. Inoffiziell. Er brummte zustimmend und ließ seinen Freund weitermachen.

Sie hörten Milan reden.

„Ja, er hat das Logo für mich angefertigt."

„Es geht eindeutig um mich", sagte er. „Das kannst du nicht wegreden." In diesem Moment hörte er seine eigene Enttäuschung in seiner Stimme. Obwohl er sich dagegen gesträubt hatte, hatte Marius es geschafft, Hoffnung in ihm zu wecken. Er hatte sich nach dem ersten Durchlauf nicht gemerkt, was genau Milan gesagt hatte ... nur die Bedeutung seiner Worte. Aber jetzt hatten sie es ja wieder ganz klar vor sich.

„Ja, in diesem Teil des Gespräches." Marius ließ das Video weiterlaufen. „Achtung. Da. Hast du das gesehen? Das war ein Schnitt. Sein Arm hat gezuckt und eben hat er den Kopf noch anders gehalten."

Es sah eher aus wie ein Bildfehler, aber es stimmte, da war ein Ruck drin. Es sah nicht natürlich aus.

„Damit stellen sie ihren eigenen Kontext her. Er redet vorher von dir, aber das, was sie hintendran geschnitten haben, kann sich auf was ganz anderes beziehen. Und da ..." Er drückte wieder auf Play und spielte die zweite Hälfte von Milans Beitrag ab. „Ist noch ein Schnitt, dieses Mal nicht getarnt. Aber du hörst an seiner Stimme und Atmung, dass er noch nicht fertig ist. Wahrscheinlich hat dieser Satzteil nicht zu der Botschaft gepasst, die sie vermitteln wollten. Ehrlich Finn, ich bin keiner, der dir sinnlos Hoffnung machen will ... aber das ist sowas von verdächtig. Das musst du zugeben."

Finn biss sich auf die Unterlippe und betrachtete wieder den Milan auf dem Bildschirm. Wäre er doch hier. Der Wunsch durchdrang alle anderen Gedanken, schob Angst und Scham beiseite. Machte Platz für schmerzhafte Gewissheiten. Er fehlte ihm. Und Marius hatte Recht. Man musste kein Detektiv sein, um das zu erkennen. Dieses Video war Bullshit. Diese ganze Gruppe war Bullshit. Dass er sich davon hatte beeinflussen lassen, war Bullshit.

Er hatte einfach so alles weggeworfen. Milan nie richtig vertraut.

Langsam sank er auf dem Sofa in sich zusammen. Er selbst war derjenige, der alles so interpretierte, wie es in sein Bild passte. Die ganze Zeit über hatte er Angst davor gehabt, dass Milan sich von ihm abwenden würde, wenn er ihn zu nah an sich heranließ.

„Ich bin so bescheuert."

„Schön, dass du das einsiehst", sagte Marius sanft und berührte seine Schulter. „Es gibt zwei Situationen, in denen Menschen sich am liebsten bescheuert verhalten. Wenn sie verliebt sind. Und wenn sie Angst haben. Das weiß auch dein Milan."

Finn schüttelte den Kopf. „Würdst du dich nochmal auf jemanden einlassen, der überhaupt kein Vertrauen in dich hat? Der beim kleinsten Funken Zweifel sofort alles beendet und dich am Handy stummschaltet?"

Der Griff von Marius' Hand wurde energischer. „Finn, du bist nicht irgendjemand. Du bist wahnsinnig verletzt. Du hast Fortschritte gemacht, aber dein Trauma ist immer noch da. Du hast etwas erlebt, das deine Welt und deine Fähigkeit, anderen zu vertrauen, in ihren Grundfesten erschüttert hat. Das steckt in dir drin. Und wenn er dich auch nur ein winziges bisschen mochte, wird dir eine aufrichtige Entschuldigung mit Erklärung die Tür wieder öffnen."

„Er muss sich das nicht geben. Er kann Männer haben, mit denen alles viel einfacher ist", murmelte er mit dem Gedanken an Milans Besuch.

„Muss er nicht. Aber vielleicht will er ja. Vielleicht ist es ihm das ja wert."

In ihm kämpften Hoffnung und Sehnsucht gegen Scham und Wut. Wut auf sich selbst. Er konnte doch nicht immer alles auf seine verdammte Vergangenheit schieben. Auf diese eine Nacht. Wie konnten diese paar Stunden sein ganzes Leben so sehr beeinflussen? Das war einfach nicht richtig.

„Die haben mir damals gesagt, dass ich mir einen Therapeuten suchen soll, aber ich wollte nicht", sagte er.

„Dann such dir *jetzt* einen. Manchmal braucht man eben ein bisschen Zeit." Er rüttelte ihn sachte. „Sich einer fremden Person zu öffnen erfordert Mut. Außerdem … ist es in unserer Gesellschaft immer noch so, dass man irgendwie Angst hat, für gaga gehalten zu werden, nur weil man psychologische Hilfe in Anspruch nimmt. Das macht es noch schwieriger, den Schritt zu tun."

„Du solltest lieber Seelsorge machen, als in den Hörer zu stöhnen", murmelte er und versuchte, all die Gefühle einfach wegzulachen.

„Ach weißt du, manchmal betrachte ich es sogar so. Ich hab immer mal wieder einen dazwischen, der eigentlich nur jemanden braucht, der ihm zuhört und sich für ihn interessiert."

Er lehnte sich zu Marius und fand sich sofort in einer Umarmung wieder. Er hatte wirklich dringend einen Freund gebraucht. Letztendlich hatte er mit ihm aber dasselbe gemacht – ihn auf Abstand gehalten, weil er Angst gehabt hatte. Erst jetzt, als alles egal war, hatte er sich getraut, sich darauf einzulassen.

Finn atmete tief durch und sammelte seine Kraft. Es gab einige Dinge, die er tun musste, auch wenn es für manche davon vielleicht schon zu spät war.

Der Markt war trotz des regnerischen Wetters gut besucht. Es nieselte schon den ganzen Morgen. Immerhin waren die Tropfen eine gute Ausrede, um eine Kapuze zu tragen.

Finn betrat den Platz vor dem Rathaus und sah sich um, legte sich im Kopf eine Route zurecht, die er gehen konnte. Es würde nicht leicht werden. Viele fremde Menschen tummelten sich vor den Ständen. Einige redeten laut miteinander und dass man von hinten angerempelt wurde, war keine Seltenheit.

„Willst du das wirklich machen?", fragte Marius an seinem Ohr. Er war nicht hier. Seine Stimme kam aus dem kleinen Kopfhörer vom Headset seines Smartphones. Als er Marius von seinem Plan erzählt hatte, hatte er ihn nicht allein gehen lassen wollen.

Es bringt weder dir noch ihm was, wenn du eine Panikattacke bekommst.

Aber er musste es allein machen. Das hier war der Kompromiss, den sie gefunden hatten.

„Ja, auf jeden Fall", murmelte Finn ins Mikrofon und ging mit großen Schritten auf den ersten Marktstand zu. „Erste Station: Äpfel."

Das Verkäufer-Ehepaar war dick und laut. Die beiden waren echte Marktschreier und priesen ihre Früchte über den ganzen Platz hinweg an.

„Junger Mann, unsere Äpfel sind besser als die aus Schneewittchen!", rief die Frau ihm zu, als er näher kam. Vorsichtig hob Finn den Kopf und begegnete ihrem Blick. Er schluckte.

„Der von Schneewittchen war vergiftet."

„Gerda, was redest du denn schon wieder? Mach den Leuten unsere Äpfel nicht madig." Der Mann lachte und rüttelte seine Frau an der Schulter. „Sie sind natürlich nicht vergiftet, sondern saftig und gesund!" Nun sahen ihn beide an und ein paar andere Kunden lachten.

Finn spürte die Anwesenheit der vielen Fremden um ihn herum. Neben ihm. Hinter ihm. Er wollte die Arme um seinen Körper legen und rückwärts gehen, sich aus dieser Menschentraube lösen. Aber das wäre es dann gewesen mit seinen frischen Äpfeln.

„Kauf deine Äpfel, dann seil dich ab", sagte Marius' Stimme kurz und klar in sein Ohr. Er hatte recht. Wenn er das schnell hinter sich brachte, war er auch schnell wieder hier raus.

„Ich hätte gern drei Stück."

„Nochmal Glück gehabt", sagte der Mann und packte die Äpfel in einen Jutebeutel. Finn zog die Geldbörse aus seiner Jackentasche und bezahlte mit zittriger Hand. Als er sich endlich aus der Gruppe von Kunden lösen konnte, fühlte sich das an, als hätte er die ganze Zeit über die Luft angehalten.

Ihm lief der Schweiß über den Rücken.

„Oh Mann", schnaufte er ins Mikrofon.

„Hast du die Äpfel?"

„Ja, und ich lebe noch."

„Super. Was als nächstes?"

„Birnen, Aprikosen, Beeren ..."

„Wie gesund das klingt. Da werde ich schon vom Zuhören vitaler. Rede weiter."

„Du bist doch der Telefondienstleister." Finn bahnte sich seinen Weg zum nächsten Stand. Hier gab es allerlei verschiedene Sorten von Beeren. Seine Sittiche hätten die bestimmt gern alle probiert. Vielleicht sollte er ihnen ein paar mitbringen, wenn er schon hier war.

„Soll ich dir erzählen, was ich anhabe?" Mit Marius' Sexstimme im Ohr pirschte er sich an den Beerenstand heran. Ganz vorn stand eine Gruppe älterer Frauen, die alle zusammenzugehören schienen. Finn stellte sich mit einem kleinen Abstand hinter sie und wartete, bis sie bezahlten.

Allgemeines Gemurmel beherrschte diese Ecke des Marktes. Der Regen wurde stärker. Die Markise über ihnen hielt die Tropfen ab, aber das leise Trommeln war deutlich zu hören.

Um ihn herum öffneten sich ein paar Regenschirme.

Jemand stieß ihn an und drängte ihn weiter vor. *Nein, nicht!* Finn stolperte gegen eine der älteren Damen, die einen erschrockenen Schrei von sich gab. Sein Herz verstopfte ihm den Hals. Er konnte kaum atmen, als die Welt um ihn herum mit seinen Erinnerungen verschwamm.

In seinem Augenwinkel blitzte die Klinge auf. Finn schlang beide Arme um sich und zwang sich den Kopf zu drehen. Da war kein Messer. Niemand nahm ein verdammtes Messer mit auf den Markt.

Sein Körper glaubte seinem Verstand nicht.

„Ich trage ein T-Shirt, das ich schon so oft gewaschen habe, dass es überhaupt keine klar zu definierende Farbe mehr hat. Ich hätte es schon wegwerfen sollen, aber ich spiele so gerne mit den losen Fäden am Saum."

Marius' Worte hielten ihn in der Realität fest. „Das mach ich auch gerne", flüsterte er über sein Herzklopfen hinweg.

Die Frau, die er unabsichtlich angerempelt hatte, warf ihm einen zweifelnden Blick zu, sagte aber nichts, und die Person, die ihn geschubst hatte, drückte sich gerade an ihm vorbei. Es war eine junge Frau, die sich schützend eine Zeitung über die Haare hielt. Kein Messermörder.

„Wenn du ein richtiger Kunde wärst, würde ich jetzt abschätzen, auf was du stehst. Entweder trage ich dann nur Unterwäsche, oder Hotpants, oder manchmal auch schicke Strümpfe."

Finn musste ein bisschen lachen, weil er wusste, dass Marius überhaupt kein Fan von solcher Wäsche war. Während seines ganzen Besuchs hatte er alle möglichen Arten von Jogginghosen getragen.

„Und welcher Typ Kunde bin ich?"

„Der Typ, der keine Sexhotlines anruft."

„Stimmt."

Finn wartete, bis sie fertig war, und kaufte dann seine Beeren ein.

„Warum eigentlich nicht?"

„Wahrscheinlich, weil ich weiß, dass du dir die Fußnägel schneidest während du mir ins Ohr stöhnst, wie geil ich bin."

Marius lachte.

Ihn auf diese Art bei sich zu haben, half wirklich. Die vertraute Stimme beruhigte und erdete ihn, lenkte ihn gerade genug von den anderen Menschen ab, dass er die Aufgaben erledigen konnte, ohne dass sein Herz aus seiner Brust sprang.

Am Ende stand er mit vollen Beuteln wieder an der Ampel. Der Regen prasselte auf seine Kapuze. Er hatte keinen Schirm dabei. Aber das machte nichts. Er war viel zu stolz und erleichtert, dass er das geschafft hatte, um zu frieren.

Zu Hause zog er sich um und begann damit, den Korb zu packen. Es war derselbe, den Milan ihm vor einigen Wochen gebracht hatte, als er sich auf der Türschwelle als der neue Nachbar vorstellte.

Er war voller guter Sachen gewesen und mit einer hübschen Schleife verziert.

Während er seine gekauften Früchte hineinlegte und versuchte, die möglichst hübsch zu drapieren, sah er die ganze Zeit Milan vor sich stehen, wie er ihn anlächelte und sich vorstellte. Und wie er selbst ihm die Tür vor der Nase zugemacht hatte ... Oh Mann.

Zum Glück hatte Milan sich davon nicht abschrecken lassen. Damals.

Finn presste die Lippen aufeinander. Er hatte Milan vor ein paar Tagen nochmal die Tür vor der Nase zugemacht. Im Garten, als er ihn gefragt hatte, was los war. Er hatte ehrlich verwirrt ausgesehen. Und wütend geklungen, als er ihm nicht richtig geantwortet hatte.

Er hatte ihn wie einen Eindringling behandelt. Ihn einfach verurteilt, ... und dafür hatte ein blödes Bild in einer Facebookgruppe gereicht. Und die E-Mail, die er auf Milans Rechner gesehen hatte. Zwei kleine Momente, für die er die schönsten Tage des ganzen letzten Jahres wegwarf.

Es gab kein Wort dafür, wie dumm und feige das gewesen war.

Und es gab auch keine Karte dafür. Was sollte da draufstehen? Entschuldige, dass ich mich meinen paranoiden Wahnvorstellungen hingegeben habe, statt wie ein Erwachsener mit dir zu reden?

Entschuldige, dass ich nicht ansatzweise so einfühlsam und gelassen bin wie du?

Er band eine neue Schleife und betrachtete sein Werk ein paar Sekunden lang. War der Korb schön genug, um irgendetwas zu reparieren? Seine Angst sagte ihm, dass schon diese Frage absoluter Blödsinn war. Ein Geschenk konnte nichts reparieren, das man mit Taten eingerissen hatte.

KAPITEL 40

E R HATTE SICH gerade erst hingelegt, als es an der Tür klingelte. Wahrscheinlich hatte Lex oder einer von den anderen was liegen gelassen. Wie ein Zombie stand er aus dem Bett auf und schlurfte mit zerknittertem Gesicht, zerzausten Haaren und nur in seine Shorts gekleidet, zur Tür.

Draußen regnete es. Er hörte das Rauschen und das leise metallische Singen in der Regenrinne. Ein Geräusch, an dem er sich kaum hatte satthören können, nachdem er in das Haus gezogen war. Aber jetzt war er zu erschöpft, um es genießen zu können.

Die Tür schwang auf und Milan war wach.

„Finn?"

Der Film war doch noch gar nicht veröffentlicht worden. Was ...?

Sein Blick heftete sich an den Korb, den Finn im Arm hielt. Eine Auswahl frisch aussehender Früchte strahlte ihm entgegen. Alles sprach für einen ziemlich wirren Traum, der Vergangenheit und Gegenwart mit ein paar dummen Wünschen vermischte.

Zweifelnd schaute er in Finns Gesicht.

„Ich weiß nicht, wie ich anfangen soll." Von der Kälte, mit der er sich letztes Mal von ihm abgewandt hatte, war nichts mehr zu sehen. Vor ihm stand der alte Finn. Der, den er so vermisst hatte. Verdammt. Und wenn er doch nicht träumte? Dann stand er so zerknittert, wie er sich gerade fühlte vor dem Mann, in den er immer noch verknallt war.

Milan wischte sich übers Gesicht.

„Komm rein. Es regnet doch."

Zögerlich ging Finn an ihm vorbei, blieb aber im Flur, so als wage er es nicht, weiter in das Haus vorzudringen. Noch immer hielt er den Korb fest.

„Ist der für mich?", fragte er.

„Ja." Finn erwachte aus seiner Starre. „Ja, den hab ich für dich zusammengestellt. Mit Sachen vom Markt. Und mit deinem Korb ... ich hatte keinen anderen."

Milan schnaufte. Diese Korbsache war irgendwie ein Dauerbrenner bei ihnen. Er nahm ihm das Geschenk ab und musterte den Inhalt kurz. Er hatte die Sachen vom Markt?

Finn hatte ihm bei ihren Ausflügen in die Stadt erzählt, dass Lebensmitteleinkäufe immer noch eine große Hürde waren. So groß, dass er sich seine Nahrungsmittel liefern ließ, obwohl die nicht alle Sachen hatten, die er gerne aß. Er hatte Angst vor den Schlangen an den Kassen, weil dann Leute hinter ihm standen. Der Markt war zwar kein Supermarkt, aber es gab doch immer ein ziemliches Gedränge und viel Krach. Hatte Finn das für ihn auf sich genommen?

„Danke", sagte er. „Das ist nett." Er hatte sich in den letzten Tagen öfter überlegt, was er Finn sagen wollte, wenn sie sich das nächste Mal sahen. Aber dieses Skript war nutzlos. Jetzt, da er ihm gegenüberstand, bekam er weder eine sinnvolle Frage heraus, noch konnte er seine Gefühle irgendwie einordnen.

Seine Wut, weil Finn ihn einfach hatte stehen lassen, war weg. Er war einfach nur verdammt froh, ihn zu sehen. Aber er wollte immer noch wissen, was los war. Was es bedeutete.

„Als du nebenan eingezogen bist, hatte ich gerade schon wieder ziemlichen Stress mit den Reportern. Ich hab dir davon erzählt, dass mich einige dauernd anrufen ... und an dem Tag, an dem Björn weggeflogen ist, war einer auf meinem Grundstück. Ich war misstrauisch. Und ich hätte denen definitiv zugetraut, dass sie das Haus kaufen, nur um an mich ranzukommen. Weißt du, es gibt ein paar Leute, die mich regelrecht hassen."

Ja, das wusste er. Das hatte er gesehen.

„Du dachtest, ich bin einer von denen. So eine Art undercover Agent."

Finn verzog den Mund zu einem schmerzlich amüsierten Lächeln. „Ja. Ich hab versucht, mir das auszureden, aber dann hab ich gesehen, dass du Mails von E. S. bekommst. Ich wollte echt nicht schnüffeln ... das war an dem Massagetag. Ich musste nachsehen, ob an deinem PC eine Kamera ist, und ... okay, das macht es nicht besser. Aber ich wollte nicht auf deinen Bildschirm schauen." Sein kurzes Auflachen klang verzweifelt und sein Blick zuckte unruhig hin und her. „Ich sehe ein, dass ich Hilfe brauche. Ich hab die Nummer angerufen, die der Arzt mir damals mitgegeben hat. Nach meiner Entlassung aus dem Krankenhaus. Es reicht nicht, dass ich wieder rausgehe. Ich muss viel mehr an mir arbeiten, als ich dachte. Das hab ich erst durch dich verstanden."

Er rieb sich die Arme, als würde er frieren. Erst jetzt fiel Milan auf, wie nass Finns Sweatjacke war. Wie lange hatte er vor der Tür gestanden, bevor er ihm geöffnet hatte? Eigentlich war er doch schnell gewesen. Oder ... hatte Finn schon eine Weile da gestanden und sich nicht getraut, zu klingeln?

Sein Blick wurde sanfter. Er konnte es nicht ertragen, Finn so unsicher zu sehen. So zerbrechlich. Wegen ihm. Ja, er war sauer gewesen. Aber jetzt gerade wollte er ihn nur noch in den Arm nehmen.

Vorsichtig trat er an Finn heran. Überbrückte die Distanz zwischen ihnen. Räumlich ... und tief innendrin.

Als er die Arme ausbreitete, schmiegte Finn sich schon gegen ihn. Milan drückte ihn an sich, den feuchten Stoff von Finns Jacke unter den Fingern. Eine vertraute Wärme sickerte zu ihm hindurch.

„Es gibt wohl einiges, worüber wir reden müssen", murmelte er und Finn löste sich von ihm. In seinen hellen, blauen Augen standen Tränen und seine Wangen glänzten feucht. Milan nahm sein Gesicht in beide Hände und wischte mit den Daumen über die feuchte Haut.

Finns Lippen waren kühl von Luft und Regen. Er küsste sie sanft, versank in dieser Welt aus Kribbeln und Herzklopfen, die in seiner Erinnerung schon so weit verblasst war, dass sie ihn vollkommen übermannte.

Milan schloss die Augen.

Ein paar Dinge waren schief gelaufen. Sie hatten zu wenig miteinander geredet, obwohl er gewusst hatte, dass das wichtig war. Obwohl er geglaubt hatte, dass sie es schon taten. Aber Finns Verletzungen reichten viel tiefer.

Irgendwie hatte er gedacht, dass Vertrauen kein Thema mehr war. Weil sie doch wussten, dass das hier *besonders* war. Auch wenn sie genau darüber noch nie gesprochen hatten, was sie fühlten.

Wenn er es getan hätte – vielleicht hätte Finn ihm dann von seiner Angst erzählt. Vor der Angst, ihm sich ganz anzuvertrauen. Nicht nur seinen Körper.

Die Kapuze rutschte von Finns Kopf und Milan strich ihm durch die schönen Haare. Sie küssten sich immer wieder. Keine Berührung sollte die letzte sein. Sie waren hungrig danach. Und sofort wieder süchtig.

Sie saßen im Wohnzimmer. Er hatte Finn eine Decke gegeben. In rosa Flausch eingewickelt saß er da auf seinem Sofa und hielt eine Tasse Tee in beiden Händen, während sie miteinander redeten und der Regen von draußen gegen die Fensterscheiben klopfte. Die Welt war wieder im Gleichgewicht.

Milan schälte zwei der Äpfel und achtelte sie, während Finn erzählte, wie es zu allem gekommen war. Von den Dingen, die er nicht mitbekommen hatte. Warum er sich so spontan für das Shooting entschieden hatte ... wie er aus Versehen in seinem E-Mail-Postfach gelandet war. Und von einer Facebook-Gruppe, die er beobachtete, um nicht von bösen Neuigkeiten überrascht zu werden.

Finns Angst war ein Bild, das aus vielen Puzzleteilen bestand. Wie eines dieser bunten Filmplakat-Mosaike, die aus vielen tausend kleinen Fotos bestanden.

Die Klinge, die dieser Julius geführt hatte, hatte Finn verletzt und sein Leben nachhaltig beeinträchtigt, einen Teil von ihm einfach weggeschnitten ... aber genau dasselbe hatten auch andere Menschen mit ihm getan. Indem sie ihm die Schuld gaben. An dem, was ihm passiert war – und zum Teil sogar an Dingen, die ihnen selbst widerfahren waren. Es war verrückt, dass so etwas überhaupt möglich war. Und dass es einfach weiterlief, auch ein Jahr nach der eigentlichen Tat noch.

Wie konnten diese Leute so leichtfertig sein?

Manche waren aufgebracht wegen der Spendenkampagne, die ein sozialer Verein damals für Finn ins Leben gerufen hatte, vielleicht aus Neid, oder weil sie es unnötig fanden, oder weil ihnen Finns Schwulsein widerstrebte. Manche waren aufgebracht, weil sie Pornografie falsch fanden oder sie nicht verstanden. Manche waren aufgebracht, weil Finn keine Interviews mehr geben wollte oder weil sie glaubten, er wäre arrogant oder bereichere sich an seiner Geschichte. Und manche waren aufgebracht, weil sie nicht mit der Tat und ihren Auswirkungen umgehen konnten.

„Vielleicht wäre Kai nicht so sauer auf mich gewesen, wenn ich gleich die Therapie angefangen hätte. Vielleicht hätten wir zusammen eine machen sollen. Es war bescheuert von mir, dass ich mich so dagegen gewehrt hab."

„Du hattest viel zu verarbeiten", sagte Milan. „Da war schon eine große Verletzung, die du akzeptieren musstest. Wenn dir dann noch einer sagt, dass du auch psychische Verletzungen hast, um die du dich kümmern sollst ..."

Finn schaute auf seinen Tee. Er wirkte ruhig und viel gefasster als vorhin. Es war ein gutes Gespräch. Sie konnten über alle ihre Gedanken reden. Eine neue Art von Verständnis und Geborgenheit füllte den Raum.

Milan schob Finn den Teller mit den Apfelstücken hinüber. „Die Äpfel, die du geholt hast, sind sehr gut."

Finn nahm eine der Spalten und knabberte daran.

„Ich bin gespannt, was die Nymphen zu den Brombeeren sagen. Ich wollte immer schon mal welche holen, weil die Leute im Forum schreiben, dass ihre Vögel die lieben. Beim Lieferdienst gab's nie welche. Und dann kamst du mit deinem Korb ..." Finn schmunzeln zu sehen, tat ihm gut.

Eine Weile schwiegen sie, ehe Finn eine Frage stellte, die so klang, als würde er sie schon eine Weile in seinem Kopf hin und her drehen. „Wer war bei dir zu Besuch? Ich hab oft die Autos gesehen ... und mir vorgestellt, dass dich die Presse besucht."

Milan schnaufte amüsiert. „So falsch lagst du da gar nicht. Ich hatte Lex und Anthony zu Besuch. Und noch ein paar Leute aus seinem Team. Wir haben an einem Projekt gearbeitet."

„Arbeit ist gut, zur Ablenkung."

Er nickte. „Aber das war nicht der Grund, warum ich damit angefangen hab. Ich wollte schon eine Weile sowas machen ... und der Tritt, den du mir gegeben hast, war der Anstoß dafür."

„Jetzt machst du mich neugierig. Hast du einen Film gedreht?"

„Sagen wir, ich habe ihn mit Lex zusammen produziert. Es ist eine Art Dokumentation. Willst du sie sehen?" Nervosität breitete sich in seiner Brust aus und machte seine Atemzüge kürzer. Eigentlich hatte er ja damit gerechnet, dass Finn zufällig über den Film stolpern würde. Nicht, dass er dabei sein würde, wenn er ihn sah. Aber es kam ihm richtig vor, dass sie ihn zusammen schauten. Er hoffte, dass Finn seine Arbeit gut fand. Dass sie ihm half. Aber jetzt beschlich ihn doch ein bisschen die Angst, dass er ganz anders reagieren würde.

*

„Du hattest wirklich Angst vor der Kamera." Finn deutete auf den Bildschirm. „Ich seh's in deinen Augen."

„Ja, innerlich kreische ich vor Panik", gab Milan lachend zu. „Im Ernst, wir mussten das Take vier Mal aufnehmen und das hat schon gereicht, um Lex echt auf die Nerven zu gehen. Er hatte keine Geduld mit mir. Der ist aus irgendeinem Grund davon ausgegangen, dass ich ein Profi vor der Kamera bin."

„Hast du ihm nicht gesagt, was los ist?"

Milan schüttelte den Kopf. „Ich hatte Angst, dass er die Sache dann wieder abbricht. Dafür war es mir zu wichtig."

Nun war er noch gespannter auf das Thema des Films. Milan hatte bis jetzt ein Geheimnis daraus gemacht.

Neugierig betrachtete er den Bildschirm und lauschte Fernseh-Milans Worten. Er sprach über das Leben und die Erfahrungen, die einen Menschen formten. Das war recht allgemein. Worauf wollte er hinaus?

Es gab einen Schnitt und im nächsten Abschnitt saß eine ältere Dame vor der Kamera. Graue Haare rahmten in sanften Wellen ihr Gesicht ein. Die Bauchbinde wies sie als Diplom-Psychologin aus.

„Wir reden zu selten über Mobbing und Diskriminierung, aber noch seltener reden wir über das Victim Blaming.

Wenn Sie vergewaltigt wurden und der gegnerische Anwalt Sie fragt, welche Kleidung Sie am Tag der Tat getragen haben, geht das bereits in diese Richtung. Es ist der Versuch, dem Opfer einen Teil der Schuld aufzulasten. In harten Fällen geht es um eine komplette Umkehr der Täter-Opfer-Dynamik.

Ich arbeite vor allem mit Missbrauchsopfern. In einigen Fällen sind die Auswirkungen so stark, dass sie genauso schwer wiegen, wie das Erlebnis der Tat selbst. Ein gewaltsamer Übergriff schädigt das persönliche Sicherheitsgefühl nachhaltig. Aber wenn wir danach keinen Rückhalt erfahren, sondern uns noch damit herumschlagen müssen, unsere Handlungen zu hinterfragen – was wir ohnehin tun, glauben Sie mir – und Vorwürfe abzuwehren, dann brennt sich die Wunde nur tiefer ein, statt zu heilen."

Finn schluckte schwer. Es ging nicht um Fotografie oder Kunst. Er schaute zu Milan, unsicher, was er von alldem halten sollte. Eine Dokumentation über Victim Blaming? Würden sie da auch über ihn reden? Er rutschte unruhig auf der Sitzfläche hin und her. Und das sollte bald öffentlich ausgestrahlt werden? Würde Milan seine Geschichte erzählen?

Er war sich nicht sicher, ob er das wollte.

Milan sah ihn an und nahm seine Hand. „Es ist nicht richtig, dass du die ganze Zeit Angst haben musst. Ich wollte das Thema unbedingt an die Öffentlichkeit bringen, damit diese Leute merken, was sie tun. Lex kennt auch jemanden, der solche Erfahrungen machen musste. Ich fürchte, fast jeder kennt jemanden … und trotzdem spricht niemand darüber."

Aufregung flutete seinen Körper. Ein heißkaltes Kribbeln, irgendwo zwischen Fliegen und Fallen. Milans Hand hielt ihn fest, und er war froh darüber. Vorsichtig lehnte er sich gegen ihn.

Nach der Psychologin erschien eine Frau auf dem Bildschirm. Die Kamera folgte ihr in ihrem Alltag. Aus dem Off erzählte sie, dass sie von ihrem Chef vergewaltigt worden war, und wie ihr Umfeld und die Öffentlichkeit darauf reagiert hatten.

Es tat weh, sich das anzuhören.

Sie musste es doch gewollt haben, mit ihren kurzen Kostümchen und den aufwändig zurechtgemachten Haaren. Sie hätte doch davon profitiert, Karriere gemacht. Es sei vielleicht nur harter Sex gewesen, kein Missbrauch.

Er merkte erst, dass er Milans Hand fest drückte, als der ihm beruhigend mit dem Daumen über den Handrücken strich.

Diese Frau war so mutig. Sie hatte bestimmt das gleiche Theater hinter sich wie er. Und dann noch die Kraft, sich wieder in die Öffentlichkeit zu stellen. Das war bewundernswert. Sie erzählte, dass sie in Therapie war. Dass sie immer in Therapie sein würde, und dass sie fand, die Gesellschaft solle sich stärker hinterfragen.

„Es läuft etwas falsch, wenn wir mehr darum bemüht sind, Taten zu rechtfertigen, als Opfern zu helfen."

So ging es weiter. Abwechselnd sprachen Psychologen, Sozialwissenschaftler, jemand von der Polizei und Betroffene oder deren Angehörige. Es war unheimlich viel Material und Finn schaffte es kaum, sich davon zu lösen, obwohl immer wieder Gedanken hochkamen, die er mit Milan teilen wollte.

Dann war der Film vorbei.

„Und, was meinst du dazu?"

„Das habt ihr in dieser einen Woche gemacht?"

Milan schmunzelte milde. „Ja, so ungefähr. Lex ist ein Arbeitstier. Wir waren rund um die Uhr beschäftigt. Sein Team ist wahnsinnig motiviert."

„Das ist krass. Ich ... find's gut. Glaube ich. Mir schwirrt ein bisschen der Kopf."

„Gut." Milan stieß den Atem aus. „Dann muss ich also nicht ins Büro der Regionalzeitung einbrechen und die Datei in einer Nacht-und-Nebel-Aktion wieder stehlen."

„Ich hoffe, es bewirkt etwas Gutes."

„Bewirkt es etwas in dir?" Milan sah ihm in die Augen.

Er ahnte ja nicht, was alles in seinem Kopf vorging. Wie die Psychologin gesagt hatte – er hatte alles hinterfragt. Seine ganze Karriere. Jede einzelne Entscheidung, jeden Blick, jedes Lächeln. Auch wenn er sich oberflächlich immer dagegen gesträubt hatte, es als seine Schuld anzunehmen ... tief in sich drin hatte er doch angefangen, genau das zu glauben. Das war auch eine seiner Ängste. Dass sie Recht damit hatten.

„Ja."

„Du bist nicht allein, Finn. Wir haben so viele Fälle recherchiert, sind rumgefahren, haben mit Leuten geredet ..."

„Ich weiß, dass ich nicht allein bin." Er schenkte Milan ein Lächeln. Er hatte *ihn* an seiner Seite. Immer noch. „Danke." Das Wort kam aus der Tiefe seines Herzens, und meinte so viel mehr, als diese zwei Silben ausdrücken konnten.

KAPITEL 41

SEIN ANRUFBEANTWORTER HATTE in den nächsten zwei Tagen viel zu tun. Aber es waren andere Stimmen und Namen, als die, die er gewohnt war. Finn hörte sich die meisten von ihnen an. Er hatte das Gerät in die Küche gestellt und war gerade dabei, Zwiebeln zu schneiden, als es wieder ansprang.

„Hallo, hier ist Nele, Nele Wagner. Ich weiß nicht, ob das die richtige Nummer ist, ähm, wenn nicht, dann tut es mir leid wegen der Störung. Ich bin mit dir zur Uni gegangen, Finn. Wir hatten nicht so viel Kontakt, aber vielleicht erinnerst du dich ja." Nachdenkliche Stille kehrte ein, ehe sie weitersprach. „Ich hab nicht viel nachgedacht, als die Leute mich gefragt haben. Ich weiß, dass das nicht gut war. Ich hätte überhaupt nichts über dich sagen sollen. Ich kannte dich überhaupt nicht. Aber ich hab's trotzdem gemacht, und so dazu beigetragen, dass Leute dir eine Mitschuld an dem gegeben haben, was dir in diesem Club passiert ist." Sie atmete hörbar tief durch. „Das tut mir wirklich, wirklich sehr leid. Ich hoffe, dir geht es heute besser als damals. Alles Gute, Finn."

Finn warf dem Gerät ein dünnes Lächeln zu. Er wusste, wer sie war.

Obwohl sein Fall in Milans und Lex' Film nicht einmal angeschnitten worden war, erinnerten sich jetzt viele Leute an ihn und riefen an. Nele war nicht die erste, die sich sogar entschuldigt hatte. Milan hatte es irgendwie geschafft, die Zuschauer zu bewegen und zum Nachdenken zu bringen.

Während die Zwiebeln brieten, und der scharf-süßliche Geruch in der Küche ausbreitete, merkte er, dass er auf etwas wartete. Aber das war blödsinnig.

Kai würde sich nicht melden. Das zwischen ihnen würde kein Video reparieren können. Es war eine Verletzung, die bleiben würde. Bei ihnen beiden.

Sie sprachen viel über Verletzungen.

Sein Therapeut, Frederik, war ein Mann um die vierzig mit Buchhalterbrille und kurzen blonden Haaren. Finn hatte erwartet, dass diese Sitzungen wie Interviews sein würden, doch er irrte sich. Frederik fragte zwar, warum er hier war, aber er ließ ihn reden, ohne ihn direkt in eine bestimmte Richtung zu drücken.

Finn erzählte von Milan. Davon, wie gern er ihn hatte und wie schön die gemeinsame Zeit war. Das brachte ihn ganz automatisch zu seinen Ängsten. Und diese wiederum ließen sie in die Vergangenheit reisen.

Anfangs fiel es ihm schwer, Frederik ehrliche Antworten zu geben. Er zögerte viel, druckste herum, fand ausweichende Worte. Frederik blieb ruhig und geduldig. Er bohrte nicht, sondern sprach mit ihm über Gefühle und Ängste. Und über seine Ziele. Die zu formulieren sei wichtig.

Mit der Zeit gewöhnte er sich an diese Gespräche und an Frederik. Die Angst, dass er trotz ärztlicher Schweigepflicht etwas nach außen tragen würde, war noch irgendwo in seinem Kopf, aber er behielt sie jetzt im Griff.

So konnten sie gemeinsam weiter vordringen, über Vertrau-
en und Intimität reden, über Liebe und Beziehungen und
auch über Sexualität. Frederik machte ihm nicht nur seine
Ängste bewusst und half ihm, mit ihnen umzugehen – er
ermutigte ihn auch, seine Scheu abzulegen.

Und dann war da noch eine Sache, die er ihm zu erkennen
half ...

Nach der dritten Sitzung zog er sein Handy aus der Tasche
und hielt es sich ans Ohr, während er langsam den Weg neben
dem Ärztehaus entlang schlenderte. Er schaute auf seine
Turnschuhe – Violett mit weißen Schnürsenkeln.

Als sich jemand am anderen Ende meldete, blieb Finn vor
Schreck stehen, obwohl er ja damit hätte rechnen müssen,
dass jemand abnahm, wenn es klingelte.

„Hallo?" Die Stimme klang misstrauisch, aber auch vertraut.

Finn schluckte seine Ängste herunter. „Hey Louis, ich bin's."

„Finn." Ob Louis sich freute oder ob ihn der Anruf nervte,
ließ sich aus dieser einen Silbe nicht heraushören. Er hatte
überhaupt keine Ahnung, wie sie nach all der Zeit zueinander
standen. Sie waren immer Freunde gewesen, bis er den Kontakt abgebrochen hatte.

„Wie geht's dir?", begann er. Auch um Zeit zu gewinnen,
aber ebenso, weil es ihn interessierte. Weil er sich das oft
gefragt hatte. In der Gruppe hatte keiner mehr über ihn
geredet. Er war komplett aus seiner Welt verschwunden, als er
ihn geblockt hatte.

„Gut, bin am Arbeiten und so. Aber alles fit."

Finn nickte. „Das freut mich."

„Und bei dir? Ich mein ... wie kommt's, dass du dich meldest?"

„Mir geht es langsam besser. Ich bin in einer Therapie und
räume mit meiner Vergangenheit auf."

„Und ich bin einer der Kartons, die du dafür auspacken musst?" Louis lachte. „Na dann leg mal los."

„Du warst immer mein Freund und ich hätte dich nicht einfach aus meinem Leben aussperren sollen, das weiß ich. Ich war überfordert … mit Kai und den Medien und meinem Körper. Du hast mich gerettet und ich war dir dankbar, aber gleichzeitig hast du mich auch immer daran erinnert … und an die Zeit davor. Ich konnte das nicht loslassen." Seine Stimme wurde dünner, während er sprach, aber er hielt es durch, Louis all das zu sagen. „Ich glaube, ich hab dir tief innendrin die Schuld gegeben, obwohl gerade ich es besser wissen müsste."

Die Worte schmeckten bitter auf seiner Zunge.

Auf der anderen Seite der Leitung klang es, als würde Louis einen Zug von einer Zigarette nehmen und den Qualm wegpusten.

„Okay", sagte er. „Mich haben damals ein paar Leute besucht und wollten Statements von mir. Ich hab denen klipp und klar gesagt, dass du nichts provoziert hast oder Schuld bist oder so, dass du 'n ganz normaler Typ bist, 'n armes Würstchen nach allem …" Louis unterbrach sich selbst. „Sorry wegen dem Würstchen." Er schnaufte. „Jedenfalls hab ich immer drauf gewartet, dass sie das ausstrahlen, aber es kam nichts."

„Danke, dass du zu mir gestanden hast." Er wusste, wie wenig selbstverständlich das war. „Rede ruhig so wie immer, das tut doch irgendwie gut." Inzwischen schmerzte es lange nicht mehr so wie am Anfang. „Ich versuche, mein Augenmerk auf das zu richten, was ich habe, nicht auf das, was weg ist."

„Okay. Also reden wir jetzt wieder öfter?"

Finn lächelte. „Das wäre schön."

Ein frischer, feuchter Herbstwind strich durch die Straße und wirbelte Blätter am Zaun entlang. Es war Oktober und so langsam brach die Zeit an, in der die Menschen ihre leichten, bunten Halstücher gegen Strickschals austauschten.

„Die Jacke sieht gut an dir aus", sagte Milan und strich ihm über den Arm. „Wenn ich Cord trage, sehe ich automatisch aus wie sechzig."

Finn lachte und nahm Milans Hand in seine, während sie unter den Kastanien entlangschlenderten.

„Warum haben wir die gemeinsame Shopping-Tour noch nicht unternommen, die wir mal geplant hatten?"

„Wahrscheinlich, weil du insgeheim denkst, dass ich ein hoffnungsloser Fall bin", erwiderte Milan grinsend und zupfte mit einem gespielt angeekelten Blick an seinem dünnen Mantel herum.

„Es gibt immer Hoffnung." Er gab ihm einen Kuss auf die Wange. „Sogar dann, wenn wir selbst keine mehr haben … vielleicht kommt jemand vorbei, und bringt uns eine Portion mit. In einem Weidenkorb zum Beispiel."

Milan drückte seine Hand sachte und warf ihm ein Lächeln zu. Beschwingt spazierten sie durch die Straße, lauschten dem Knistern und Rascheln des Laubs unter ihren Sohlen und kickten hier und da Kastanien aus dem Weg.

Bald stiegen sie in den Bus.

Er hatte immer noch das Gefühl, die Blicke der anderen spüren zu können, aber sie waren nur ein sanfter Nieselregen auf seiner Haut. Er hielt sie aus. Und manchmal fühlten sie sich sogar gut an. Auch das war in Ordnung.

Darüber hatten Frederik und er viel geredet. Über diese Zerrissenheit zwischen der Angst vor fremden Blicken und dem Wunsch, von anderen angesehen zu werden.

„Die menschliche Natur ist voller Widersprüche", hatte Frederik gesagt und ihn mit einem wissenden Lächeln bedacht. „Letztendlich macht das die Buntheit unserer Facetten aus. Manchmal kommt es auf den Lichteinfall an, wie wir eine Farbe sehen."

„Wie bei Libellen."

„Es ist nichts Schlimmes oder Falsches daran, es in einer Situation so zu empfinden und in der anderen so. Gesteh dir diese Freiheit zu."

Finn nickte, während die Worte in seiner Erinnerung wieder verklangen.

Wenn er jetzt hier neben Milan saß und der Bus vor sich hin schaukelte, dann störte es ihn nicht, dass die anderen Menschen ihn sehen konnten. Noch weniger, wenn Milan sich zu ihm beugte und einen sanften Kuss auf seine Haare drückte.

*

Finns Mutter hatte dasselbe Strahlen in den Augen wie ihr Sohn. Milan mochte sie sofort. Eine kleine, schmale Frau, die ihn mit jedem Lächeln anstecken konnte. Sie trug eine rosafarbene Strickjacke und zwischen ihren welligen Haaren schwangen korkenzieherförmige Ohrringe, wann immer sie mit ihrem Rollstuhl manövrierte.

Sie setzten sich auf die Veranda, tranken Kaffee und aßen selbstgebackenen Bananenkuchen mit Sahne.

„Du bist ja so still, Mama", sagte Finn. „Stimmt irgendwas nicht?"

Sie lächelte und schaute zwischen ihnen beiden hin und her. „Ich bin nur sprachlos, wie gut ihr beiden zusammen ausseht. Noch besser als Kuchen und Sahne."

„Willst du der Kuchen oder die Sahne sein?", fragte er Finn und zog amüsiert eine Augenbraue hoch.

„Ich bin ganz klar die Sahne."

„Okay." Sie lachten leise und gaben sich einen Kuss.

„Habe ich dir schon erzählt, dass die Gebhardts nebenan ausziehen?", fragte Finns Mutter nach einer Weile und deutete mit der Kuchengabel auf das Haus, das sie meinte. Ihr Blick huschte zwischen ihm und Finn hin und her. „Wenn ein netter Mann dort einzieht, beratet ihr mich bitte bezüglich eines nachbarschaftlichen Geschenkkorbes. Ich verlasse mich auf eure Expertise."

Finns Mutter war wirklich süß und er konnte regelrecht spüren, wie stabil das Band zwischen den beiden war. Er war froh, dass Finn so jemanden an seiner Seite hatte.

Sie redeten über die Nachbarschaft, den Herbst, seine Arbeit mit den Kunden und über Finns Nymphensittiche. Irgendwann zogen sie sich nach drinnen zurück, weil es doch immer frischer wurde, und Milan ging kurz ins Badezimmer. Als er wiederkehrte, stand Finn im Türrahmen der Küche, während seine Mutter den Geschirrspüler bediente.

„Also seid ihr beiden jetzt fest zusammen?", fragte sie ihren Sohn gerade, der ihr zugewandt stand, und ihn deswegen nicht sehen konnte. Milan blieb ein Stück entfernt von ihm stehen und wartete grinsend auf die Antwort.

Finn begann herumzudrucksen. „Wir haben noch nicht so genau darüber gesprochen, aber es fühlt sich sehr zusammen an."

Er fuhr sich durchs Haar und Milan kam näher. Finns Mutter hatte ihn schon längst entdeckt und nun schien Finn ihren Blick über seine Schulter hinweg zu bemerken.

„Er steht hinter mir, stimmt's?"

Als er sich zu ihm umwandte, grinste er ihn an. „Finn Wieser, willst du ein Selfie mit mir machen?", fragte er mit bedeutungsschwerer Stimme. „Als Zeichen unserer innigen Verbundenheit?"

Finn lachte und umarmte ihn. „Ja, will ich."

„Dann ist es offiziell." Er küsste seinen Freund lang und zärtlich. Für ihn waren sie schon seit Wochen ein Paar. Es war nie eine Frage gewesen, die er sich gestellt hatte. Er hatte niemand anderen getroffen, nie an jemand anderen gedacht. Sein ganzes Herz war voll mit Finn.

Der hob jetzt das Handy am langgestreckten Arm schräg über sie und drückte auf den Auslöser. Es war ein süßer Schnappschuss. Der erste von vielen, die noch kommen würde, da war Milan sich sicher.

KAPITEL 42

BEI DIESEM FEUCHTKÜHLEN Herbstwetter gemeinsam im Garten zu arbeiten, fühlte sich wunderbar an. Finn hatte nicht damit gerechnet, dass es ihm so viel Spaß machen würde, die Axt zu schwingen.

Das Holz des alten Zaunes, der ihre Grundstücke voneinander trennte, brach mit Leichtigkeit entzwei. Es war ein ziemlich martialisches Ritual, aber es tat irgendwie gut, diese Grenze so symbolträchtig einzureißen.

Mit dem Holz würden sie ein schönes Feuer machen, wenn es durchgetrocknet war.

Stück für Stück zerkleinerten sie den Zaun, wechselten sich mit dem Werkzeug ab und trugen die Überreste fort.

Den ganzen Tag über war es gar nicht richtig hell geworden, weil der Himmel voller Wolken hing, aber so langsam merkte man doch, wie es dunkler wurde und der Abend sich anschlich.

Schon seit ein paar Minuten regnete es, aber Milan und er hatten sich mit einem Blick und einem Schulterzucken darauf verständigt, dass sie das hier noch fertigmachen wollten, bevor sie Feierabend machten. Es fehlte ja nicht mehr viel.

Also zog Finn sich die Kapuze über den Kopf und zog die letzten Reste des Zaunes aus dem Boden. Es ging so leicht, dass er sich wunderte, dass der Zaun bis heute noch nicht den teils heftigen Windböen zum Opfer gefallen war.

Vielleicht hatte er darauf gewartet, dass sie ihn abrissen.

„Super, das war's", verkündete Milan und stemmte die Fäuste in die Hüften. Finn stellte sich neben ihn und sie betrachteten gemeinsam für ein paar Sekunden schweigend das neue Bild. Jetzt war es ein einziger, großer Garten. Keine zwei Hälften mehr.

Nur die Grenzen seines Anemonenbeetes und die Art, wie das Gras emporragte, erinnerten noch an die Linie. Sie standen auf ‚seiner' Seite und Milan legte ihm die Hand auf die Schulter. Wärme und Nässe berührten gleichzeitig seine Haut und jagten ein kleines Kribbeln durch seinen Oberkörper.

„Zu dir oder zu mir?", fragte Milan.

„Ich muss nachher nochmal nach Agnetha sehen. Wegen ihrer Kralle", sagte Finn und steuerte auf die Tür zu. Milan folgte ihm nach drinnen. Zielgerichtet lief er zum Badezimmer und streifte sich bereits auf der Türschwelle das Sweatshirt über den Kopf, das er zum Arbeiten getragen hatte. Der Stoff hatte sich längst mit Regen vollgesogen und klatschte laut auf den Boden der Wanne.

Milan zog sich direkt neben ihm aus.

Er hatte die Turnschuhe von sich gekickt und Jacke und Shirt über den Wannenrand gelegt, sodass sich die Wanne langsam mit Regenwasser füllte.

Finn öffnete den Mund, um etwas zu sagen. Aber es kam kein Wort heraus. Milans Haut glänzte feucht von Wetter und Schweiß. Seine Haare waren so durchnässt fast schwarz und seine Brustwarzen hatten sich durch die Kälte aufgestellt.

Finn konnte nicht aufhören, ihn anzustarren, und gleichzeitig zu sprechen, war aus irgendeinem Grund unmöglich. Schließlich schluckte er nur und zog sich selbst weiter aus.

Sie würden sich die Dusche teilen.

Die Gewissheit floss heißkalt durch seine Venen, wärmte ihn von innen und überzog seine Haut doch mit einer Gänsehaut. Milan war verdammt sexy. Er hatte es immer gemocht, ihn bei der Gartenarbeit zu beobachten, auch schon bevor sie sich so nahegekommen waren.

Der Raum roch nach Regen, der nassen Erde, die an ihren Schuhen klebte, und nach ungewisser Spannung.

Wenn der Moment kommt, dann lass dich darauf ein. Denk nicht an Körperteile. Konzentrier dich nur auf das Erlebnis, auf eure Gefühle und Wünsche.

Finn hörte die Worte seines Therapeuten in seinem Kopf, als wären es seine eigenen. Seine Wünsche ... die waren ganz eindeutig.

Er streifte sich die nasse Hose von den Hüften, zog die Socken aus, und versuchte, sich keine Gedanken darüber zu machen, in welchem Winkel er zu Milan stand, oder ob er im Spiegel nicht sowieso alles von ihm sehen konnte ... und sowieso schon längst gesehen hatte.

Sein Herz klopfte laut und lebendig in seiner Brust.

Milans Blick streifte seinen. Warme Hände legten sich auf seine Schultern und feuchte Lippen kitzelten seinen Nacken. Milan stand dicht hinter ihm, aber ihre Körper berührten sich nicht.

Noch vor einigen Monaten hatte er kaum das Gefühl ausgehalten, dass auf der Straße jemand hinter ihm vorbeilief. Jetzt stand er hier und wünschte sich, dass Milan ihn mit seinen starken Armen umschlang und an sich drückte, damit er ihn spüren konnte.

Die Hitze dieses Gedankens trieb ihn weiter an. Er wandte sich zu Milan um und küsste ihn, ließ die Finger über seine Brust streichen, hinab zu den süßen, kleinen Brustwarzen. Ihm gefiel, wie hart sie sich anfühlten. Aber die Haut war so wahnsinnig kalt. Sie sollten besser schnell unters warme Wasser gehen.

Er lächelte Milan ein wenig scheu an und zog ihn an der Hand in die Dusche. Sekunden später benetzte eine neue Wärme ihre Körper.

Bald legte sich Dunst auf die Scheiben und sperrte die restliche Welt aus. Nur sie beide blieben übrig – nackt und nass und voller Begehren.

Die kühle Fliesenwand drückte sich an seinen Rücken. Milan war so nah. Sein Blick heiß und mit einer Ernsthaftigkeit, die Finn die Knie weich werden ließ. Er konnte nicht aufhören, ihn anzusehen. Auch nicht, als Milans Hände an seinen Hüften abwärts wanderten. Er würde nicht nachsehen, ob sein ...

Finn japste überrascht nach Luft. Wenn Milan ihn anfasste, war sein Körper auf einmal heil. Vier warme, feuchte Finger schlossen sich um seinen Schwanz, pressten die Handfläche gegen seinen Schaft. Der Daumen rieb über seine Spitze.

„Wie fühlt sich das an?", fragte Milan, die Lippen dicht vor seinen.

Finn schluckte. War das hier, was Frederik gemeint hatte, als er gesagt hatte, sie sollten viel und offen miteinander reden?

„Ich spüre da oben nicht mehr so viel", sagte er und merkte trotz des warmen Wassers, dass seine Wangen zu glühen begannen. Er wollte die Stimmung nicht kaputtmachen, er ...

„Mmmmhh."

Dieses Mal musste er nicht fragen, was Milan da tat. *Eine Massage.* Unwillkürlich hoben sich seine Mundwinkel, während sich seine Augenbrauen in purer Verzückung zusammenzogen.

Es war ein wahnsinnig geiles Gefühl. Ein heißes Prickeln in seinen Lenden, dieses verheißungsvolle Ziehen tief drinnen. Er war nicht kaputt. Er war immer noch ein Mann.

Finn öffnete die Augen. Seine Hand glitt über Milans Wange nach hinten in seinen Nacken. Er zog ihn in einen wilden Kuss. Ihre Zungen spielten miteinander, taten das, was ihre Körper sich noch nicht trauten.

Inzwischen schienen sogar die Fliesen an seinem Rücken zu glühen. Ihm war so heiß. Er stöhnte in den Kuss, betrachtete Milans Gesicht aus halb geöffneten Augen.

Seine Lippen waren rotgeküsst, die Haare klebten ihm in der Stirn. Noch immer liebkosten ihn seine fähigen Hände. Aber er war viel zu weit weg, obwohl er direkt vor ihm stand. Er wollte ihn an sich. In sich.

„Sind wir warm genug?", fragte er und wischte seinem Freund sachte die dunkeln Strähnen aus dem Gesicht.

„Heiß, würde ich sagen." Milan grinste so wahnsinnig sexy, dass Finn sich kaum beherrschen konnte, nicht allein davon zu kommen. Er stoppte seine Hände sachte und schob sie von sich.

„Dann lass uns das ins Schlafzimmer verlegen."

*

Nackt und kaum richtig abgetrocknet stiegen sie die Treppe zu seinem Schlafzimmer empor. Der Weg konnte einem wahnsinnig weit vorkommen, wenn man scharf war und so ein verdammt perfekter Po vor einem herumtanzte.

Bei jedem Schritt wippte sein Schwanz auf und ab. Das Gefühl war genauso penetrant wie das aufgeregte Klopfen in seiner Brust.

Warum hatte Finn ihre Nummer in der Dusche unterbrochen? Er hatte ihm angesehen, dass nicht mehr viel gefehlt hatte. War ihm das Stehen zu unbequem geworden?

Finn warf sich vor ihm auf das weiße Bett. Milan folgte ihm eilig, krabbelte über ihn und bedeckte seinen Körper mit Küssen. Zuerst die Brust, dann den Bauch, dann die Oberschenkel, während seine Hände den Weg dahin zurückfanden, wo sie vorher aufgehört hatten.

Wie Finn sich unter ihm wand, machte ihn wahnsinnig an. Er legte sich halb auf ihn, ein Bein zwischen Finns, das andere außen, und rieb seine eigene Härte gegen seine Hüfte.

Finn sah ihn an, ein erregtes Glimmen in seinen Augen und ein Stöhnen auf den Lippen. „Willst du mich ficken?"

Ein heißer Schauer lief über seinen Rücken. Er hatte Finn noch nie so sprechen gehört. Es kam ihm fast vor, wie ein Fehler in der Matrix, aber das verführerische Lächeln auf Finns Gesicht verriet ihm, dass er sich nicht verhört hatte.

Und Gott, ja ... er wollte.

Finn bedeutete ihm mit einem Blick auf den Nachtschrank, dass er die Schublade öffnen sollte. Darin fand er Kondome und eine kleine Flasche Gleitmittel, deren Siegel noch verschlossen war. Er brach es auf und benetzte seine Finger.

Als sie sich ansahen und er wieder näher an Finn heranrückte, wurde ihm klar, wie anders das hier war. Sex hatte sich früher nie so intim angefühlt. Es war immer eine schnelle Sache im dunklen Zimmer gewesen. Natürlich war es geil gewesen, aber es hatte nie so unter seiner Haut geprickelt wie jetzt. Wenn er Finn nur ansah, überkam ihn eine Welle von Begehren und Aufregung. Und Zuneigung.

Sorgsam bereitete er ihn vor, verteilte das Gleitmittel, während er ihn immer wieder küsste. Dann zog er sich das Kondom über. Als Finn so vor ihm lag, wunderschön und erregt, war es wie in einem heißen Sextraum, aus dem er bestimmt gleich wieder aufwachen würde.

Doch es passierte nicht. Er wachte nicht auf, als er in Finn eindrang, nicht, als seine Arme ihn umfingen und bebende Atemzüge, von einem süßen kleinen Schluckauf durchbrochen, sein Ohr kitzelten und auch nicht, als ihre Körper sich miteinander zu bewegen begannen, als wären sie immer schon eins gewesen.

*

Der Regen prasselte gegen die Fensterscheibe und der Herbstwind pfiff um das Haus herum. Bestimmt war es draußen jetzt richtig eisig … aber sie beide lagen warm und weich eingepackt in seinem Bett und schmiegten sich aneinander.

Sie waren immer noch nackt. Keiner von ihnen hatte die Kraft aufbringen können, nochmal aufzustehen und irgendwelche Kleidung überzustreifen. Wozu auch? Es gab nichts mehr zu verstecken. Heute hatte er alle Grenzen aufgegeben, die er früher für seine Schutzwälle gehalten hatte.

Wie viel sich verändern konnte. Er hatte nicht gedacht, dass er wieder jemand werden konnte, der sich öffnete. Aber mit Milan konnte er es.

„Ich glaube, ich liebe dich", flüsterte er in die Dunkelheit des Zimmers. Wahrscheinlich schlief Milan. Seine Atemzüge klangen tief und gleichmäßig und sein Arm ruhte schwer auf seiner Seite. Finn lächelte und legte den Kopf sachte an Milans Halsbeuge.

EPILOG

Wow, so richtig mit Teich, schrieb Marius als Antwort unter das Foto, das er ihm geschickt hatte. *Jetzt ist es richtig offiziell mit euch beiden. Wenn man gemeinsam ein Gewässer anlegt, auch wenns nur ein kleines ist, dann bedeutet das was.*

Finn schüttelte grinsend den Kopf und schickte das Emoji mit der Sonnenbrille. Er stand am Küchenfenster und schaute raus in den ,neuen' Garten. Dieser Sommer war nicht so heiß wie der letzte, aber angenehm warm und nicht so wechselhaft.

Vielleicht sollten sie Marius bald mal einladen. Zum Grillen. Zusammen mit Milans Freunden. Vielleicht wollte seine Mutter auch kommen. Sie hatten bei ihren Gartenarbeiten auch eine kleine Rampe an die Terrasse gesetzt.

Milan kam herein und brachte die frische Luft und den Geruch des Sommers mit. Er war heute schon zeitig aufgestanden, weil er um acht einen Termin bei einer Kundin gehabt hatte. Ihn hatte er schlafen lassen. Finn hatte die Zeit genutzt, um das Mittagessen vorzubereiten. Der Pfannkuchenteig stand fertig angerührt bereit, um in die Pfanne gegossen zu werden. Das Apfelmus, das sie vor ein paar Tagen selbstgemacht hatten, würde wunderbar dazu passen.

Milan umarmte ihn und küsste seinen Nasenrücken. „War alles ruhig hier?", fragte er.

„Alles perfekt", murmelte Finn und stahl sich noch einen richtigen Kuss von seinen Lippen. „Wie war dein Termin?"

„Gut. Sie ist begeistert von meinem Plan. Und von deiner Idee mit den Brombeeren."

Finn lachte. „Vogelnarren unter sich." Seitdem sie beide in Milans Haus arbeiteten, beeinflussten sie sich gegenseitig immer mehr. Er hatte Milan dazu ermutigt, sich oben ein Fotostudio einzurichten, und Milan inspirierte ihn bei seinen künstlerischen Aufträgen. Und manchmal machten sie auch gemeinsame Foto-Sessions ...

„Das gibt wieder viele neue Empfehlungen", sagte Milan und stellte sich neben ihn ans Fenster. „Vielleicht muss ich bald jemanden einstellen."

„Oh, du armer, erfolgreicher Mann."

Milan pikste ihn in die Seite.

Er hasste es, wenn er das machte, weil es kitzelte, und er liebte ihn dafür, weil es so wahnsinnig normal war. Jeden einzelnen Tag. Diese Normalität war das Besondere. Sie würde niemals langweilig werden, niemals Routine.

„Weißt du was?", fragte Milan und schaute ihn an. In seinen Augen stand dieses offene, lebensfrohe Lächeln, in das er sich verliebt hatte. Diese unumstößliche Gewissheit, dass am Ende immer alles gut werden würde, und dass es für alles eine Lösung gab.

„Nein, was denn?" Finn grinste, weil er ahnte, was sein Freund sagen würde. Er kannte diese Momente und lehnte sich bereits vor.

Milan küsste ihn lang und zärtlich. „Ich liebe dich."

Finn grinste an seinen Lippen, weil er immer richtig lag. „Ich dich auch."

„Aber das war gar nicht, was ich eigentlich sagen wollte ... du hast mich nur verführt ..." Er grinste zurück und warf einen kurzen Seitenblick zum Fenster. „Unsere Anemonen blühen."

NACHWORT & DANKSAGUNG

MENSCHEN KÖNNEN GRAUSAM sein. Einzelne Menschen genauso wie große Massen. Sogar die, die uns bewundern. Sogar die, die uns lieben oder geliebt haben.

Egal, ob die Wunden körperlicher oder seelischer Natur sind: Ich will euch das sagen, was Milan zu Finn gesagt hat: Ihr habt eine Vergangenheit, aber ihr seid nicht falsch oder hässlich oder kaputt. Und vor allem seid ihr nicht allein.

Ich danke meinem lieben Team: Sabrina, Sarah, Doris und Franzi. Eure Hinweise und Fragen, aber auch eure Begeisterung, haben dieses Buch zu dem gemacht, was es ist. Vielen lieben Dank auch an Mai, die diese wunderbare Illustration gezaubert hat.

Liebe*r Leser*in, auch dir vielen Dank, dass du dieses Buch gekauft oder ausgeliehen hast. Wenn diese Geschichte dich bewegt hat, schreib doch eine kleine Rezension auf Amazon. Sie muss nicht lang oder kunstvoll sein – drei kleine Sätze reichen! Damit unterstützt du mich sehr dabei, weitere Geschichten schreiben zu können.

SANFTER ENTFÜHRER

Wir haben alle unsere Geheimnisse.

Statt einem seriösen Bürojob nachzugehen, verkauft Randy seine getragenen Slips gewinnbringend auf Fetischseiten, und obwohl er Frauen datet, denkt er an Männer. Vor allem, wenn er nachts alleine durch den Park joggt …
Weil er seine Eltern nicht enttäuschen will, verdrängt er die dunklen Gedanken und balanciert auf der schmalen Kante zwischen Tabu und Normalität. Bis das Angebot einer Internetseite namens *Bad Dreams* ihn ins Wanken bringt. Die Betreiber versprechen: Wir erfüllen deine geheimsten Wünsche.

Etwas zu viel Neugier, dreihundert Dollar und ein paar Klicks sind der Beginn eines gefährlichen Spiels, bei dem Randy nicht nur sein Herz zu verlieren droht.

Was riskieren wir für die, die wir lieben? Wie frei sind die Gedanken wirklich?
Und was tun wir mit den Monstern in unseren Köpfen?

LESEPROBE

HEUTE TRUG ER den roten Herrenslip mit den schwarzen Nähten und Säumen. Reine Baumwolle – der Kunde hatte extra nochmal nachgefragt, obwohl alles im Text stand. Die nahm den Geruch am besten auf.

Er sollte ihn drei Tage tragen und am Ende einmal reinwichsen. Ein Klassiker.

Randy betrachtete sich von allen Seiten im Spiegel. Rot war nicht seine Farbe. Ließ seine Haut irgendwie kränklich aussehen. Weiß und Hellgrau standen ihm besser, aber er hatte alle Farben ins Sortiment genommen, weil Geschmäcker bekanntlich verschieden waren.

Er ließ den Saum gegen seine Hüfte schnipsen und griff dann nach den Socken. Die waren auch bestellt, aber der Kunde war zu knauserig für mehrere Tragetage gewesen. Oder zu ungeduldig. Egal – der würde trotzdem auf seine Kosten kommen. Dafür würde er schon sorgen.

Randy warf seinem Spiegelbild ein keckes Zwinkern zu und schlüpfte in seine Sportklamotten. Die zu rote Unterwäsche verschwand hinter dem grauen Stoff seines Trainingsanzuges und die Socken in den orange-grauen Turnschuhen. Sein ältestes Paar. Das war am besten für einen herben Geruch.

Im Park war es dunkler als im Rest der Stadt.

Die weit ausschweifenden Baumkronen überlagerten einander wie wildwachsende Dächer. Feuchtigkeit klebte an Blättern und Wegen, weil die Sonne kaum durchkam. Der Wind hielt sich ebenso fern von hier wie das Tageslicht – als hätte er den Ort aufgegeben. Kein Blatt raschelte, nichts bewegte sich. Irgendwo in der Ferne krächzte eine Krähe.

Es war die Art von zwielichtiger Atmosphäre, die für Filme taugte.

Für die Szenen, in denen gleich jemand verschwand.

Der Boden sah schlammig aus und würde die Sohlen seiner Schuhe sicher ordentlich einsauen, wenn er erst losrannte. Aber das war bei Weitem nicht das Dreckigste an seinem Job.

Randy grinste, stopfte sich die Knöpfe seines iPods ins Ohr und setzte sich in Bewegung.

Die Musik war sein einziger Begleiter. Er lief dieselbe Strecke wie immer, aber niemand begegnete ihm. Vielleicht war es noch ein bisschen zu früh. Aber das machte nichts. Er war gern allein hier.

Er konnte besser nachdenken, wenn der Weg wie ein Laufband vor ihm lag, eingerahmt von Bäumen und Sträuchern.

Sweet Dreams von den Eurythmics klopfte in seinen Ohren. Randy lief absichtlich langsam. Ungefähr so wie damals in der Schule beim Ausdauerlauf, wenn man nur versuchte, so auszusehen, als ob man rannte.

Er wollte nur ein bisschen ins Schwitzen kommen – nicht sich völlig verausgaben. Außerdem konnte er die Umgebung besser studieren, wenn er langsamer war. Seinen Blick über jedes Gebüsch streifen lassen, jeden Schatten studieren und in seinen Gedanken Bilder malen.

Die Ruhe brach viel zu früh.

Eine Katze huschte über den Weg, nur ein schneller, schlanker Schatten, der von links nach rechts schoss. Bald überholten ihn die ersten Läufer und Randy nahm es als Anlass, doch ein bisschen schneller zu laufen.

Einer der Stöpsel fiel aus seinen Ohren. In der Ferne rauschten die Autos über den Asphalt. Die Stadt hatte sich an ihn angeschlichen. Der Zauber war gebrochen.

Randy schnaufte und zog auf den anderen Ohrstecker heraus. Den letzten Kilometer joggte er in einem schnelleren Tempo. Inzwischen war sein Körper auf Betriebstemperatur. Der Sockenkäufer würde bekommen, was er sich wünschte.

Er würde übermorgen die Socken aus dem Umschlag ziehen, sie aus ihrer Einschweißfolie befreien und sich dann in seinem Geruch vergraben. Vielleicht würde er auf dem Bett liegen, den verschwitzten Stoff auf dem Gesicht, und sich dabei einen runterholen. Vielleicht streichelte er sich auch mit den Socken, oder streifte sie sich über den Schwanz.

Auf jeden Fall würde er dabei an ihn denken. Er würde sich mit seinem Duft betrinken und für eine kurze Zeit im Himmel seiner eigenen Ekstase schweben.

Neid regte sich in seiner Brust, wenn er daran dachte, wie einfach das war. Der Kerl ging einfach online und bestellte sich genau das, was er wollte. Online-Banking. Alles frei Haus.

Er blieb stehen, als er den Rand des Parks erreichte und die Sonne ihn plötzlich blendete. Wärme legte sich auf sein Gesicht. Ein paar hastige Wimpernschläge lang, konnte er kaum etwas sehen, dann bauten sich die Fassaden der Wolkenkratzer vor ihm auf. Gehwege voller Menschen. Straßen voller

Autos, Mopeds und Fahrräder. Jede Menge Augen und Münder und jede Menge Gedanken in jeder Menge Köpfen.

Randy beobachtete sie für einen Moment und fragte sich, wie viele von ihnen getragene Wäsche im Internet bestellten, wie viele wohl schon mal für Sex bezahlt hatten, wie viele sich wohl ihren Partner bei einem Nümmerchen mit einem anderen vorstellten, und wie viele geheime BDSM-Fantasien hegten.

Dann senkte er das Kinn, steckte die Hände in die Taschen seiner Trainingsjacke und lief Richtung Zebrastreifen.

*

Das Vakuumiergerät brummte laut, als es die Luft aus dem Folienbeutel zog. Die Verpackung bog sich und auf der zuvor noch glatten Oberfläche erschienen Falten. Wie ein Blatt, dem man beim Vertrocknen im Zeitraffer zusah.

Randy zog den verschweißten Beutel aus dem Gerät und schaltete es ab. Er fischte sich einen Karton aus dem Stapel neben dem Kleiderschrank und warf die eingeschweißte Ware hinein. Mit routinierten Handgriffen zu den diversen Schubladen seines Schreibtisches, zauberte er Dekomaterialien und Süßigkeiten hervor. Ein Lolli in Herzchenform landete im Karton. Den undekorativen, durchsichtigen Folienbeutel wickelte er in rosafarbenes Wachspapier ein. Das wertete seine Sendung deutlich auf. Schließlich legte er noch eine Visitenkarte bei. Darauf standen die eMail-Adresse, die er für die Geschäfte benutzte und sein Pseudonym. Die Rückseite war mit einem Foto von ihm verziert. Auf dem Bild trug er eine dünne Maske, aber sein Mund und seine Augen waren perfekt in Szene gesetzt.

Wenn er dem Käufer zufällig auf der Straße begegnete, und er ihm tief in die Augen sah, würde er ihn vielleicht erkennen können. Randy lächelte und griff nach einem der zurechtgeschnittenen Fetzen Briefpapier und schrieb einen kleinen Dankessatz. Das machte es noch persönlicher. Es war wichtig, den Kunden im Gedächtnis zu bleiben, und was das betraf, wollte er sich nicht auf seinen Geruch allein verlassen.

Schließlich klebte er alles zu, schrieb die Adresse auf den Karton und machte sich auf den Weg zur nächstgelegenen Postannahmestelle.

Es erfüllte ihn mit einem Gefühl von Zufriedenheit, dem Postbeamten dabei zuzusehen, wie er eine Briefmarke auf den Karton klebte und ihn mit einem Stempel verzierte. Mit einem Stempel, der einem Betrachter zumindest einen kleinen Hinweis darauf liefern konnte, von wo er das Paket abgeschickt hatte.

Der Gedanke tanzte auf spitzen Zehen durch seinen Kopf und kitzelte sämtliche Neuronenbahnen.

Randy bezahlte, steckte den Kassenbon ein und ging nach Hause.

Auf der Geburtstagsfeier seines Onkels trug er einen String.

Ehrlich – er hasste die Dinger. Obwohl er zugeben musste, dass sein Arsch darin bombastisch gut aussah, nervte der Stoff. Das änderte leider nichts daran, dass es echt unbequem war. Das Stück zwischen seinen Pobacken scheuerte die ganze Zeit und rieb ihn langsam aber sicher wund. Zum Glück hatte der Kunde nur einen Tag gebucht. Für mehr hätte er bei dem Modell definitiv einen Aufpreis nehmen müssen ...

Es gab sicher einige in seinem Business, die das mit den Tagen nicht so genau nahmen. Aber bei ihm nicht ... bei ihm bekamen die Kunden genau das, was sie sich wünschten. Auch wenn es so wie heute echt unbequem war. Deal war Deal.

Einmal hatte er sogar zehn Tage lang denselben Slip für jemanden getragen. Sie hatten lange darüber verhandelt und am Ende war eine ganze Monatsmiete dabei für ihn abgefallen.

Normalerweise trug er die Sachen zwei bis drei Tage, manchmal auch fünf, selten länger. In diesen zehn Tagen hatte er es tunlichst vermieden, auszugehen. Manchmal war es echt schwer, Beruf und Privates zu trennen. Es hatte ihn auch selbst ein bisschen geekelt, den Slip so lange zu tragen, aber gleichzeitig hatte es ihn auch angemacht. Nicht der Geruch natürlich. Auf sowas stand er nicht.

Es war eher die Beobachtung seines eigenen Verhaltens gewesen. Dass er diese Grenze übertreten hatte. Einfach so.

Trotzdem ... ihm waren die normalen Geschäfte lieber. Fünfundzwanzig Dollar für einen eintägigen Slip oder eine Shorts – das war optimal. Meistens blieb es ja nicht dabei. Viele Kunden wollten mindestens einen Orgasmus dazu, Tragefotos, bei denen er sich mit Lippenstift ihren Vornamen auf den Bauch schrieb, oder hatten andere Sonderwünsche, die extra kosteten.

Randy lehnte an der Wand neben dem Wohnzimmerfenster und nippte an seinem Sekt. Sein Blick streifte die anderen Gäste. Von denen hatte natürlich keiner eine Ahnung, worum seine Gedanken gerade kreisten. Wahrscheinlich hatte auch noch keiner von denen je einen Kerl im String-Tanga gesehen.

Seine Eltern standen mit zwei jungen Frauen zusammen, die in pastellfarbene Kleider gehüllt waren. Eins rosa eins hellblau. Beide waren hübsch. Also sowohl die Kleider als auch die Trägerinnen.

Ein paar Meter weiter saßen seine Cousins und zeigten sich wohl gegenseitig Fotos auf ihren Smartphones. Vielleicht sollte er dazustoßen. Sich auf den neusten Stand bringen lassen.

Randy fing den Blick seiner Mutter auf.

Sie hatte sich hübsch zurechtgemacht, die dunklen Locken in einen schwerelos wirkenden Dutt gebunden. Sie trug das dunkelviolette Kleid, das ihr so gut stand, und irgendwie schien sie es auch geschafft zu haben, seinen Dad in einen adretten Anzug zu stecken. Sie sahen wirklich gut zusammen aus.

Als sie die Brauen hob, lächelte Randy und ging zu ihnen hinüber. Sie begrüßte ihn mit einem Kuss auf die Wange und zog ihn dann neben sich.

„Das ist übrigens mein Sohn, Randolf. Er ist Künstler."

Randy neigte den Kopf, um die anderen in der Runde zu grüßen. „Randy. Armer Künstler, muss ich ergänzen, fürchte ich."

Die beiden Frauen lächelten. Die im rosafarbenen Kleid verabschiedete sich aus der Runde, aber die zweite – Claudia – blieb. Sie hatte blondes Haar und trug es in einem lose geflochtenen Zopf. Randy wusste sofort, was seine Mutter an ihr mochte.

Und es wunderte ihn auch nicht, dass sie ihn bald allein stehen ließ. Allein mit Claudia. Einem netten Mädchen. Single natürlich, und mit einem angenehmen Lachen. Sie arbeitete in der Buchhaltung einer Versicherungsfirma, hatte eine Schwester und interessierte sich für Kunst.

Sie gefiel ihm. Es war leicht, sich mit ihr zu unterhalten.

Es war wie beim letzten Mal. Bei Catherine. Da hatte es genauso begonnen, nur war es da Thanksgiving gewesen. Seine Mutter war gut im Kuppeln, gut im Auswählen. Und er war ein braver Sohn.

Er wusste, dass es sie glücklich machte. Er wusste, dass es ihr Hoffnung gab.

Seine Eltern hatten kein Drama daraus gemacht, als er ihnen erzählt hatte, dass er bi war. Sie hatten sich so verhalten, wie man es sich erhoffte. Zumindest hatten sie es versucht.

Trotzdem ... nach seiner Trennung von Lucas hatte er deutlich gemerkt, dass sie ihn lieber mit einer Frau sehen würden. Immerhin stellten sie ihm nie hübsche, angenehme Kerle vor.

Sie redeten nie auf ihn ein. Es gab keine Diskussionen. Eigentlich gab es diesen sanften Druck, den er da fühlte, gar nicht. Er konnte tun, was er wollte und sie würden es akzeptieren.

„Wie hältst du dich über Wasser, wenn es mit der Kunst gerade nicht so gut läuft?", fragte Claudia und riss ihn damit aus seinen Gedanken. Ihre hellen Augen blickten ihn aufmerksam an.

Sollte er ihr das wirklich verraten? Letztendlich erzählte er das, was er meistens erzählte, wenn sich Gespräche in diese Richtung entwickelten.

„Wenn es eng wird, verkaufe ich alte Klamotten. Online."

„Designer-Klamotten?" Sie lächelte. „Ich habe auch schon hin und wieder etwas bei eBay eingestellt, aber ich bin schon froh, wenn ich überhaupt etwas dafür bekomme."

Er zuckte mit den Schultern. „Nein, ganz normales Zeug. Ich habe wohl ein glückliches Händchen. Ich werde immer alles los." Er grinste und entschloss sich, dieses Mal einen Schritt weiterzugehen. „Vielleicht steckt hinter den Käufern ja auch immer derselbe ... ein reicher Stalker, der darauf steht, alle meine abgetragenen Sachen zu besitzen? Wer weiß."

Claudia lachte und Randy war sich nicht sicher, ob sie ihn nur lustig oder ab jetzt auch seltsam fand.

„Ich glaube, in dem Fall würde ich lieber auf das Geld verzichten."

Randy verkniff sich den Kommentar, dass sie da wohl sehr unterschiedliche Ansichten hatten. Das war oft so. Vielleicht tat es ihm gut, mit solchen Menschen zusammen zu sein. Mit jemandem wie Claudia.

„Möchtest du auch ein neues?", fragte sie und deutete auf sein Glas.

Er nickte und sie nahm es ihm ab. „Danke."

Als sie ging, zog er sein Handy aus der Tasche seiner feinsten Hose für offizielle Anlässe und überprüfte sein Postfach. Er stöberte gerne in den Mails herum, die vom Wäscheportal kamen. Vieles davon war nichts, das sich in Geld umwandeln ließ. Von zehn Nachrichten führte nur eine am Ende zu einem Verkauf. Die anderen waren Kerle, die sich einfach nur an den Nachrichten aufgeilten.

Manche wollten Fotos für lau, andere versuchten, mehr über ihn zu erfahren. Von seinen Rasurvorlieben bis hin zu allgemeinen Dingen wie seinem Wohnort. Meistens antwortete er ihnen trotzdem. Weil es ihm gefiel, einen Einblick in die Köpfe dieser fremden Männer zu bekommen.

Nirgends gaben Fremde so viel von sich preis wie im Internet. Und das betraf auch ihre intimsten Fantasien.

In seinem Posteingang befanden sich zwei Nachrichten. Eine beinhaltete den Wunsch nach einem neuen Video. Er sollte sich dabei filmen, wie er mit einer Latte aufs Klo ging. Ein alter Hut. Er würde dem Kerl nachher seine Preisvorstellung schicken.

Der Zweite fragte nach Haaren, aber es war nicht zu erkennen, ob er Kopfhaare oder Schamhaare meinte. Randy zuckte mit den Schultern. Er würde später nachfragen.

Gerade als er das Fenster wieder schließen wollte, poppte eine dritte Mail auf.

20% Rabatt für deine geheimsten Fantasien.

Schon der Betreff schrie nach Werbespam. Trotzdem öffnete er die Nachricht. Es schadete ja nicht, zu beobachten, was auf dem Markt für geheime Fantasien noch so passierte.

Die Aufmachung der Mail ließ ihn die Stirn runzeln. Es war kein hingeklatschter Text von wegen „Sexy Typen aus deiner

Nähe wollen ficken" sondern eine Art Newsletter mit einem richtigen Design. Dunkelgrau und Gold. Schöne Kombination.

Seine Augen schafften es gerade noch, das Wort *Wunscherfüller* zu lesen, bevor jemand ihm ein volles Sektglas unters Gesicht hielt. Er steckte das Handy ein. „Danke sehr."

Einen Moment lang musterte er das kleine Feuerwerk in seinem Glas.

„Ziemlich spritzig." Claudia lächelte. „Habe ich auch schon bemerkt."

Randy nickte.

Er hätte das Gespräch fortsetzen sollen. Sich nach Claudias Hobbys erkundigen oder nach den genaueren familiären Zusammenhängen, die sie auf die Feier seines Onkels führten. Aber jetzt gerade ging das nicht. Seine Gedanken prickelten.

Er prostete ihr zu, nahm einen Schluck Sekt und sagte dann: „Ich müsste mal kurz zur Toilette." Es war sicher nicht der charmanteste und eleganteste Weg, aus der Situation herauszukommen, aber aufs Handy zu starren, während sie ihm Gesellschaft leistete, war es auch nicht.

Er würde nur kurz diese Mail lesen. Mit einem entschuldigenden Lächeln auf den Lippen machte er sich auf den Weg zum Badezimmer.

Randy drehte den Schlüssel, zog das Handy aus der Tasche und setzte sich damit auf den Badewannenrand. Gespannt öffnete er das Fenster mit der E-Mail.

Bad Dreams – Neueröffnung – Werde jetzt Kunde und sichere dir 20% Rabatt auf deine geheime Fantasie!

Buche einen oder mehrere unserer begehrten und auf Qualität geprüften Wunscherfüller, um dein Kopfkino wahrwerden zu lassen. Ein Gangbang mit fünf sexy Mechanikern in einer Autowerkstatt? Ein Pizzabote, der exklusiv bei dir noch mehr ausliefert als nur deftiges Essen? Oder ein heißer Unbekannter, der dich in seinem Auto mitnimmt und dich erst wieder aussteigen lässt, wenn er mit dir fertig ist?

Sich dreckige Träume zu erfüllen, war noch nie so leicht wie jetzt. Trau dich, klick dich rein und buche deinen ganz individuellen Trip ins düstere Wunderland von Bad Dreams.

Randy befeuchtete seine Lippen, während er auf den Textblock starrte.

Wie er in diesen Newsletterverteiler gekommen war, fragte er sich gar nicht erst. Diese Leute hatten voll ins Schwarze getroffen. Das war ein bisschen unheimlich, aber zugleich kribbelten seine Fingerspitzen und tippten ganz von selbst auf den Link, der zur Website des Anbieters führte.

Das Portal, das sich öffnete, wirkte überraschend seriös. Keine pornografischen Bilder, keine schreienden Schriftfarben. Alles hatte irgendwie ... Stil, und das machte ihn nur noch neugieriger.

Gab es wirklich eine Art Firma, die sich darauf spezialisiert hatte, besondere Sexfantasien zu verwirklichen? Das musste ja bedeuten, dass es einen großen Markt dafür gab. Träumten wirklich so viele Leute davon, von fünf Automechanikern durchgenommen zu werden?

Randy schmunzelte.

Er entdeckte schnell die Maske, über die man sich seinen individuellen Wunsch zusammenstellen konnte. Man musste ein paar Angaben zu sich selbst machen und konnte auswählen, wie viele „Erfüller" man brauchte, welches Alter und Geschlecht sie haben sollten.

Männlich, 30-35.

Dann konnte man aus einer Liste von Schlagworten auswählen, zu welcher Kategorie das Vorhaben gehörte. Nach jeder

407

Auswahl, die er tätigte, wurden die Punkte, die er anklicken konnte, spezifischer.

Die Tags erinnerten ihn an Pornowebseiten. Von „anal" bis „Zuschauen" gab es alles, aber auf dem kleinen Handybildschirm wurde es zunehmend schwerer, den Überblick zu behalten und ordentlich zu navigieren.

„Randolf?" Das Handy rutschte aus seinen Fingern und plumpste auf den flauschigen, grünen Badezimmerteppich. Eilig hob er es wieder auf und spähte zur Tür, als bestünde die Gefahr, dass seine Mutter hereinkam, und sah, womit er sich gerade beschäftigt hatte. „Bist du noch im Bad?"

„Ja, Mom. Mir geht es gut, es war wahrscheinlich nur ein bisschen zu viel Chili."

Er stand vom Wannenrand auf und betrachtete sich im Spiegel. Die Stoffhose war zum Glück locker geschnitten und verbarg die Spuren einer beginnenden Erektion. Randy biss sich auf die Lippe, sperrte das Handy und steckte es wieder in sein Jackett. Das hier war nicht der richtige Ort, um dieser Website weiter auf den Grund zu gehen.

Nach einem tiefen Atemzug drückte er die Klospülung und drehte dann das Wasser am Waschbecken auf, um sich Hände und Gesicht zu waschen. Dann mischte er sich wieder unter die Partygäste.

Die Musik lief, die Gruppen hatten sich neu gemischt und alles war so bunt und hübsch arrangiert wie zuvor. Es fühlte sich nur nicht mehr an wie vorhin. Als hätte der düstere Schleier von *Bad Dreams* sich darübergelegt.

Claudia entdeckte ihn und winkte ihn zu sich.

Artig reihte Randy sich in den Gesprächskreis ein und lächelte allen zu. Claudia drückte ihm sein angefangenes Sektglas von vorhin in die Hand. Sie war wirklich aufmerksam. Randy nippte daran. Inzwischen hatte das Prickeln deutlich nachgelassen, wie bei Mineralwasser, das man zu lange offenstehen gelassen oder geschüttelt hatte.

Nur das Prickeln in seinem Kopf ließ nicht nach.

Den Gesprächen über den Hausbau der Harringtons, die Einschulung der Erstgeborenen und all diesen Sachen konnte er nicht folgen. Die Stimmen streiften seine Ohren, aber die Bedeutung der Worte blieb nicht hängen.

Wenn ihn jemand anschaute, nickte er zustimmend und setzte schnell wieder das Glas an die Lippen.

Es half nichts. Er hing noch in einer anderen Welt fest und etwas in ihm wollte partout nicht hierher zurück. Gleichzeitig fühlte er sich wie ein Kuckuckskind. Seiner Familie untergeschoben. Ein kleines Monster in einem Nest voller zwitschernder Küken.

Keiner hier war wie er. Er war nur gut darin, sie alle zu täuschen. Auch gut darin, sich selber zu täuschen. Er hätte nach Claudias Telefonnummer fragen und sich in zwei Tagen mit ihr verabreden sollen. Sie würden hübsch essen gehen und in ein paar Wochen wären sie vielleicht ein Paar. Wenn es gut lief, würden sie sich irgendwann verloben und heiraten.

Aber ... um damit glücklich zu werden, musste man *wollen*, dass es gut lief.

Jetzt gerade wollte er nur wissen, wie viel sein Wunsch nach Abzug von zwanzig Prozent Rabatt kosten würde.

ENDE DER LESEPROBE
Weiter geht es in „Sanfter Entführer"